카디프, 바이 더 시

CARDIFF
BY THE
SEA

CARDIFF, BY THE SEA
by Joyce Carol Oates

카디프, 바이 더 시

조이스 캐럴 오츠의 4가지 고딕 서스펜스

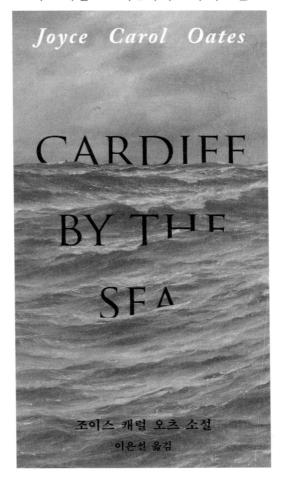

Joyce Carol Oates

CARDIFF
BY THE
SEA

조이스 캐럴 오츠 소설

이은선 옮김

하빌리스

어니 레포리에게 바친다

일러두기

1. 옮긴이 주는 괄호 안에 '옮긴이'라는 말과 함께 표기했습니다.
2. 본문의 이탤릭체는 원서의 표기를 따른 것입니다.

차
례

CARDIFF,

BY THE SEA

카디프,
바이 더 시

I

1

개수대 아래 어두컴컴하고 냄새나는 공간. 배수관 뒤편. 그녀는 거기 숨을 수 있을 만큼 몸을 작게 웅크린다.

끊긴 거미줄 몇 가닥이 그녀의 살갗에 들러붙는다. 눈에 눈물이 맺힌다. 그녀는 새끼 원숭이처럼 등을 구부린다. 무릎을 접어 작고 납작한 가슴에 대고 두 팔로 단단히 감싸 안는다.

그녀는 목숨을 구할 수 있을 만큼 조그맣다. 거미줄 사이로 들어갈 수 있을 만큼 조그맣다. 울면 안 된다는 걸 알 만큼 영리하다.

숨도 참아야 한다. 아무도 숨소리를 듣지 못하게.

그가 숨소리를 듣지 못하게.

숨어 있는 공간에 달린 문이 열리고 남자의 발과 다리가 보인다. 시커멓고 축축하게 번들거리는 뭔가가 바짓단에 묻어 있는 것이 보이지만 그녀는 보지 않는다. 빠르게 헐떡거리는 그의 뜨거운 숨소리가 들리지만 그녀는 듣지 않는다. 그가 으하하 하며 거친 웃음을 터뜨리고 허리를 숙여 안을 들여다본다. 그녀를 발견한다. 눈물범벅이라 그의 얼굴이 흐릿하게 보인다. 그가 입을 움직여 뭐라고 말을 하지만 그녀는 아무 말도 듣지 못한다. 잠시 후에 다시 문이 닫히고 그녀는 혼자 남겨진다.

이렇게 해서 결정이 난다. 그녀는 거미줄 안에서 살아남도록 허락을 받는다.

2

전화벨이 울린다. 뜻밖의 전화다.

휴대 전화면 클레어도 (아마) 아무 고민 없이 받았겠지만 거의 울리는 일이 없는 유선 전화다.

몇 초 만에 결정해야 한다. 전화를 받아야 하나?

발신 번호를 보니 모르는 번호다. 스팸 전화일 가능성이 크다.

하지만 폭우가 쏟아지는 4월의 어느 날 오전—궁금해서일까, 외로워서일까, 방심해서일까—그녀는 전화를 받는다. "네. 여보세요?"

충격적인 사건이 또 한 차례 클레어의 인생을 강타한다.

전화한 사람은 메인주 카디프에 있는 한 로펌 소속 변호사라고 자기소개를 한다. 그녀가 한 번도 들어 본 적 없는 사람의 유산을 물려받게 되었다고 한다. "메인주 카디프에 사셨던 모드 도니걸 님의 유산을요. 선생님의 할머님 되십니다."

"네? 누구요?"

"모드 도니걸—선생님의 친할머님이요. 여든일곱을 일기로 돌아가셨는데……."

이게 다 무슨 소리인지 알 수가 없다. 장난 전화일지 모른다는, 장난 전화인 게 분명하다는 생각이 들면서 그녀는 폭소를 터뜨리고 싶어진다.

"하지만 저는 그런 이름을 쓰시는 할머니가 안 계시는데요. 아는 분 중에 그런 이름을 쓰는 사람이 없어요—성이 더글러스라고 하셨나요?"

"도니걸이요."

잠시 정적이 흐른 뒤, 수화기 저편의 사람이 꿈속에서 들리는 목소리처럼 감정 없고 사무적인 투로 말을 잇는다. "하지만 선생님의 원래 성이 도니걸이잖습니까. 모르셨어요?"

"원래 성이요? 그런데—어디서 돌아가셨다고요?"

"메인주 카디프요."

클레어는 메인주 카디프라는 곳에 대해 들어 본 적이 없다. 그렇다고 장담할 수 있다.

그녀는 생의 대부분을 미네소타에서 보냈다. 처음에는 세인트폴에서, 그다음에는 미니애폴리스에서. 메인과는 아주 먼 곳이다.

최근에는 시카고, 브루클린, 필라델피아에서 살았으며 현재는 브린모어에서 살고 있다. 여전히 메인과는 제법 거리가 있다.

"……더 궁금한 게 있으신가요?"

"아, 아뇨……."

"저 때문에 머리가 복잡해지신 건 아닌지 모르겠습니다, 사이들 씨."

그럴 리가요! 덕분에 내 일상에 구멍이 뚫렸다면 모를까.

클레어는 변호사에게 고맙다고 인사한다. 통화가 끝난다. 그녀는 너무 정신이 없어서 루서스 피셔 변호사에게 모드 도니걸이 어떤 유산을 남겼는지, 돈이라면 얼마인지 부동산이라면 무엇인지—아무것도 물어보지 못했다. 민망해서 이제 와 다시 전화로 물어볼 수도 없다.

그가 그녀의 집 주소를 물었다. UPS로 서류를 보낼 테니 내일 오후면 받을 수 있을 거라고 했다.

그는 카디프에 사는 도니걸 집안의 친척 전화번호도 첨부하겠다고 했다. 그쪽에서 첨부해 달라고 했다는데, 그들은 클레어가 카디프에 오면 자기들 집에서 지냈으면 좋겠다고 한다.

친척이라니! 하지만 그들은 모르는 사람들이고 모르는 사람의 집에서 신세를 지다니 클레어로서는 상상조차 할 수 없는 일이다.

그녀는 혼자인 삶과 사생활을 소중히 여긴다. 사람들과 거리를 두는 것은 낯을 가리는 성격이라 그런 걸로, 말수가 적은 것은 입이 무거워서 그런 걸로 주변에서 오해할 수도 있겠지만. 그녀는 원래 의심이 많은 성격이 아니지만 (누가 보아도) 순진하지는 않기에 이 갑작스러운 '희소식'을 믿어도 될지 궁금해진다.

이게 모종의 사기극이라면 조만간 밝혀질 것이다. 그녀의 돈을 노리는 사람이 등장할 테니.

클레어에게는 유언장이나 유산이나 기타 등등 '유언 검인 법원'과 관련 있는 단어들이 낯설다. 그녀는 지금껏 살면서 '상속인'이 되어 본 유례가 없다. 그녀를 입양한 부모님의 유언장에 (아마도, 어쩌면) 그녀의 이름이 적혀 있을 거라는 생각조차 해 본 적이 없었다. 외동딸이라 상속받을 사람이 그녀밖에 없음에도…….

그녀는 변호사의 전화를 받고 너무 놀란 나머지 모드 도니걸의 죽음에 조의도 표하지 못했다. 이름을 잊어버렸을까 싶어 덜컥 겁이 났다. 아니, 이렇게 받아 적어 놓긴 했다. 모드 도니걸.

할머니가 돌아가셨다는데 눈 하나 깜짝하지 않다니 루셔스 피셔 변호사 입장에서 얼마나 무정하게 느껴졌을까.

하지만 모드 도니걸은 내 할머니가 아니야! 나는 할머니가 안 계신걸.

클레어를 입양한 집안의 할아버지, 할머니는 돌아가셨다. 그분들은 살아 계셨을 때도 그녀의 인생에서 그리 큰 부분을 차지하지 않았다.

말을 하고 보니 이상하게 들린다. '살아 계셨을 때도'라니 마치 그분들이 일부러 그런 것 같지 않은가.

클레어는 아무렇지 않게 조부모 얘기를 꺼내는 친구들이 부러웠다. 친구들은 너무나 당연한 듯 그들을 할아버지, 할머니라고 불렀다. 이 다정한 호칭에 담긴 정확한 의미는 무엇이었을까? 그녀의 외조부와 친조부는 입양 당시 이미 고령이었고 손녀에게 별 관심이 없는 듯했다.

클레어는 그들을 거의 기억하지도 못했다. 그들은 깊은 골짜기 저편에서 말이 없는 입양아를 물끄러미 바라보는 낯선 사람들이었다.

(아, 클레어가 말이 없었나? 그건 아니었다. 대개는 그렇지 않았다. 다만 희미하게 떠오르는 기억이 있는데…….)

(그물 아니면 거미줄 같은 것이 그녀의 입을 덮었다. 끈적끈적한 실이 입술에 닿고 눈썹에 걸렸다. 부들부들 떨며 격하게 숨을 마시는데 끊어진 거미줄이 콧구멍으로 들어왔다. 소름이 돋았다.)

클레어는 기억이 거의 나지 않는다. 진짜다.

당시에는 너무 어려서 부모님이 아이를 낳을 수 있었다면 아마—아니, 십중팔구—그녀를 입양하지 않았을 거라는 사실을 알지 못했다. 그들에게 친자식이 있었다면 그녀를 향한 사랑, 그녀를 향한 격한 관심이 생겨났을 리 없다는 것을 알지 못했다.

클레어는 고등학교 생물 시간에 DNA가 전부라는 사실을 배웠다. 개체들은 자신의 DNA를 물려받은 자손에게 애정을 쏟는다. 대부분의 종에서 수컷들은 다른 수컷의 자손을 살해하려는 성향을 보이며, 그 어미와의 짝짓기를 통해 자신의 DNA를 복제하려 한다. 궁지에 몰린 어미는 포악한 수컷으로부터 새끼를 지키려 할지 모르지만, 발정기에 접어들면 자기 새끼를 만들기 위해 그녀의 새끼를 죽이려 드는 수컷과 짝짓기를 하지 않을 수 없다.

짝짓기를 하지 않을 수 없다니. 왜일까?

어쩌면 그녀의 양쪽 조부모는 그런 이유에서 (입양된) 손녀에게 마음이 가지 않은 건지 모른다. 클레어는 그들의 핏줄이 아니었던 것이다.

그렇다면 친부모가 자기 자식을 버리는 건 얼마나 비정상적인 행위인가…….

그것이 미스터리다. 클레어는 해답에 대해 고민하고 싶지 않다.

이제 서른 줄에 접어든 그녀는 친부모와 핏줄에 대해 궁금해하기에 나이가 너무 많다. 그러니까, 그녀는 그런 데 관심을 기울일 만큼 젊고 순진하고 낙관적이지 않다는 말이다.

(또다시) 상처받을 위험을 감수할 필요가 있을까? 다만 그녀는 상처를 받은 적이 있다는 사실조차 완전히 인정하지 않았다.

그녀는 지도책에서 메인주 카디프를 찾아본다. 대서양 바로 옆이다. 벨파스트와 파이프가 옆 마을인 것을 보니 메인주의 이 (동쪽) 지역이 예전에 스코틀랜드에서 건너온 이주민들의 정착지였다는 것을 알 수 있겠다. 그녀는 자신의 (친)조상이 스코틀랜드나 아일랜드 출신인지 궁금해진다. 그날 아침까지만 해도 집안에 대해서 아무 생각이 없었는데.

(하지만 그녀는 켈트족의 역사, 예술, 음악에 확실히 호기심을 느끼긴 했다. 차를 몰고 어디론가 가던 도중에 라디오에서 우연히 아일랜드 발라드를 들었다가 상실감과 그리움이 파도처럼 밀려오는 바람에 고속 도로 갓길에 차를 세울 뻔한 적도 있었고⋯⋯. 누군가의 말투에서 희미하게라도 스코틀랜드나 아일랜드 억양이 느껴지면 당장 귀가 쫑긋 세워졌다.)

그러나 출신이 무슨 상관일까? 입양아에게 중요한 건 지금, 여기다.

확인해 보니 카디프는 메인주에서 큰 도시가 아니다. 인구도 1만9천 명에 불과하다. 에딩턴에서 칼날처럼 삐죽빼죽한 해안을 따라 북쪽으로 27킬로미터를 가면 나온다.

그녀가 거기서 태어났을 가능성이 있다니 기분이 묘하다―지도상의 한 점일 뿐인데.

하지만 뭐―사람이라면 누구나 태어난 곳이 있게 마련이니까.

클레어는 너무 희망에 부풀지 말자고 마음을 추스른다. 너무 기대하지 말자고. 어떤 시인도 경고하지 않았던가. 희망은 날개 달린 것이라고(에밀리 디킨슨의 시 제목이다 - 옮긴이). 연약하기에 쉽게 다칠 수 있다.

그녀는 유전자 결정론을—'운명'을 절대 믿고 싶지 않다. 그녀는 지식인으로서, 교육자 집안의 자녀로서 자아를 형성하는 데 가장 결정적인 역할을 하는 요인은 환경이라는 것을 안다.

주변 사람들과 장소. 삶의 질과 교육. 마시는 공기가 깨끗한지 오염되어 있는지 여부. 중요한 건 바로 주변의 환경이다.

그런 점에서 클레어는 운이 좋았다. 기본적으로 입양아는 행운아다. 이름 없는 존재들이 사는 세상에서 선택되어 아낌을 받았으니. 그녀는 좋은 교육을 받았고 배를 곯거나 생사의 공포를 느낀 적이 없었다. (있었나? 그녀가 기억하기로는 없다.) 그리고 지금은 담쟁이로 덮인 브린모어대학교 인문학 연구소에서 걸어서 몇 분 거리에 있는 훌륭한 방 하나짜리 아파트에서 살며, 박사 후 과정으로 19세기 사진을 연구하고 있다.

필라델피아 미술관의 수준급 사진 기록 보관소도 더러 방문하며, 연구는 철저하게 자율적으로 이루어진다. 연구소 정책상 소속 연구원들은 몇 년 동안 어느 누구에게도 보고할 필요 없이 혼자서 비공개적으로 연구를 진행할 수 있다.

클레어는 연구원이 죽더라도 연구소에서 몇 달 동안 모를 수 있겠다는 생각에 당혹스러워한 적이 있다. 감시로부터 자유로워지면 설레지만 불안한 법이다. 잘하면 외로워서 죽을 수도 있겠어.

오늘은 머릿속이 너무 복잡해서 일이 손에 잡히지 않는다. 미술관의 천장이 높은 기록 보관소 열람실에서 슬라이드를 들여다보며 노트북에 각주를 입력해야 하는데─통 집중을 못하겠다. 결국 그녀는 집에서 인터넷으로 바위가 많은 대서양 연안의 메인주 동부를 검색한다. 카디프라는 18세기의 유서 깊은 정착지를 검색한다.

메인주가 배출한 유명한 (남자) 화가들이 몇 명 있다. 윈슬로 호머, 로크웰 켄트, 조지 벨로스, 프레더릭 처치⋯⋯. 분명 천재적인 여자 화가들도 있겠지만 작품이 간과되거나 저평가되었을 것이다.

여자 화가들은 아무리 재능이 뛰어나고 독창적이더라도 다음 세대까지 명성이 이어지는 경우가 드물다. 어떤 상을 받았든, 심지어 어떤 남자 화가들과 교류를 맺었든 상관없이 그들이 죽자마자 작품은 빛을 잃기 시작하고 소멸한다. 클레어는 여기에 부당함을 느꼈기에 이를 바로잡는 데 힘을 보탤 작정이다.

메인에서 새로운 프로젝트를 시작할 수 있을지 모른다. 어쩌면.

상속. 유산. 할머니─도니걸. 카디프 변호사의 나직한 바리톤 음성이 귓전에서 메아리치며 그녀를 유혹한다.

이 기쁜 소식을 누군가와 나눌 수 있다면 얼마나 좋을까. 하지만 이곳 브린모어에는 그럴 만한 친구가 없다. 그녀는 누구와 대화를 하든 속을 너무 활짝 드러내지 않으려고 항상 조심하는 편이다. 애인에게조차 그렇다. 애인에게 특히 그렇다.

누군가와 가까워지면 자신을 드러내게 된다─너무 많이. 우리는 알몸일 때 무방비 상태가 된다. 비밀은 드러내면 다시 주워 담을 도리가 없다.

뿐만 아니라 클레어는 다른 사람들에게 자신이 입양아라는 사실을 밝힌 적이 없다. 그건 그녀만의 비밀이다. 때문에 유산을 상속받게 된 기쁨을 누구에게도 공개할 수가 없다.

그녀를 생각해 준 사람이 있었다는 증거를. 할머니라는 존재를.

그런데 왜 이제야 널 인정한 걸까, 클레어? 그 할머니라는 사람이 말이야…….

그리고 네 (친)부모님은? 두 분은 살아 있을까? 연락처를 알아볼 거야?

이건 떠올리고 싶지 않은 질문이다. 뭐라고 답을 하면 좋을지도 모르겠다.

컴퓨터 화면에 애써 집중해 본다. 메인주가 배출한 윈슬로 호머를 소개하는 사이트를 훑어본다. 하지만 불쑥불쑥 떠오르는 생각들 때문에 전혀 집중이 되지 않는다…….

하루 이틀 뒤면 맞닥뜨리게 될 거야. 어떤 일이 너를 기다리고 있을지 모르겠지만.

클레어는 아버지와 어머니를 떠올리지 않으려고 애를 써 왔다. 어렸을 때부터 그랬다. 아버지도 어머니도 죽었을 거라고 생각했다. 그렇지 않으면 두 돌 9개월 된 아이를 생판 모르는 사람들에게 넘길 이유가 없지 않은가.

세상 어느 누구도 그런 짓을 자발적으로 저지를 리 없다. 미혼모가 어쩔 수 없는 상황에서 갓난아이를 포기하는 것도 아니고 세 돌이 다 된 아이라면 얘기가 다르다.

그렇지. 하지만 넌 팔렸을 수도 있어. 너희 부모님은 널 원하지 않았을 뿐 아니라 널 팔아서 돈을 챙기려고 했을지도 몰라.

그럴 리 없다. 말도 안 되는 소리! 클레어는 절대 믿지 않을 것이다.

그런데 친할머니가 그녀에게 유산을 남겼다는 얘기를 듣고 나니, 도니걸 집안이 가난하지 않았다는 사실을 알고 나니…….

어렸을 때 클레어는 입양되었다는 아이를 본 적이 있었다. 중학교 때도 고등학교 때도. 그런 은밀한 사실을, 그런 수치스러운 사실을 공개할 수 있다니 충격적이었다. 대학교 때는 친어머니를 찾는 데 (짜증 날 정도로) 집착하는 룸메이트도 있었다. (클레어는 그녀의 탐색을 응원하지 않았고, 베일에 싸여 있던 친어머니가 실망스러운 인물로 밝혀졌을 때도 그녀를 위로하지 않았다.) 그녀는 그런 애들에게조차 자신의 정체를 밝히지 않았다. 어떻게 하면 친부모를 찾을 수 있는지 법적인 절차를 알아보려는 시도도 하지 않았다.

입양아 입장에선 이것저것 궁금해해 보아야 별 도움이 안 돼.

입양되었다는 사실 자체가 입양을 둘러싼 모든 궁금증의 해답이지.

전화다! 클레어는 이번에는 아무 생각 없이 그냥 받지 않고 발신자 번호를 확인한다.

친구—(아직은) 그냥 그런 사이지만 애인으로 발전할 가능성이 있(어 보이)는 (남자) 친구다—번호인 걸 보고 실망했다가 그날 그와 필라델피아에서 저녁을 같이 먹기로 했다는 사실을 뒤늦게 떠올린다. 그도 같은 연구소에서 박사 후 과정을 밟고 있는데, 자료 조사차 필라델피아 공립 도서관을 왔다 갔다 한다. 어제까지만 해도 그녀는 이 약속을 기대하고 있었고 친구가 만나지 못

할 것 같다고 했다면 무척 실망했을 것이다. 그런데 이제는 약속
의 존재 자체를 까맣게 잊어버린 데다 약속을 취소할 그럴듯한 핑
계를 만들어 내야 하게 생겼다.

　정말 미안해, 조슈아! 미리 연락했어야 하는데 그럴 겨를이 없
었어. 집안에 급한 일이 생겨서 며칠 다녀와야 할 것 같아.

3

그동안 그녀의 정체성은 아주 간단했다 — 입양아.

그것 말고는 빈 서판이었다. 깨끗했다. 아무 기억이 없었다.

그녀는 세 돌도 되지 않은 어린 나이에 세인트폴에 사는 사이들 부부(아이가 없고 나이가 많았다)에게 입양되었다.

그 시절에 대해 그녀가 알아야 하는 사실은 그게 전부였다. 어린 나이에 입양이 되었다는 것. 그녀가 알고 싶은 것 또한 그게 전부였다.

그건 타불라 라사('빈 서판'이라는 뜻의 라틴어로, 17세기 영국의 철학자 존 로크가 인간은 태어났을 때 백지 상태와 같다는 빈 서판 이론을 제시했다 – 옮긴이)다. 입양이라는 것은.

(그녀를 입양한) 부모님은 그녀의 원래 이름이 클레어였다고 했다. 그녀가 그들의 삶 속으로 들어왔을 때 그녀의 이름이 클레어 엘런이었는데, 그들의 딸이 되어 (공식적으로) 성은 바꾸었지

만 클레어라는 '아주 예쁜' 이름까지 바꿀 필요성은 느끼지 못했다고 했다.

이건 재산의 문제, 소유의 문제다. 어린아이는 단수 혹은 복수의 어른에게 전달되는 존재다―출산을 통해, 가끔은 기관을 통해.

어쩌면 그녀는 도니걸이라는 이름을 출생증명서에서 보았을지 모른다. 너무 오래전이라 아무 느낌이 없었고 그래서 (사실상) 잊어버렸을지 모른다.

모든 입양은 수수께끼다. 이유가 뭘까?

친부모가 나를 포기하고 남에게 준 이유가 뭘까? 날 원하지 않은 이유가 뭘까?

누가 날 원하지 않았을까?

하지만 클레어 사이들은 예나 지금이나 완벽한 (수양)딸이다. 클레어는 예나 지금이나 그런 걸 묻지 않는다.

감사할 줄 아는 아이는 이유를 묻지 않는 법이다.

사이들 부부는 나이가 많았다. 입양한 아이의 조부모라고 해도 믿길 만한 나이였다. 직업은 양쪽 모두 사명감이 있는 교사였다―교육자였다. 그들은 17년의 결혼 생활 동안 부단히 노력했지만 (클레어가 짐작하기로는 그렇다) 아이가 생기지 않았다. 클레어가 입양되기 직전에 그들 부부가 애지중지 키우던 반려견이 죽었다. 클레어는 자기라면 죽고 못 사는 바깥주인과 안주인을 양옆에 거느린, 앙증맞고 털에서 윤기가 흐르는 에어데일테리어를 상상할 수 있었고, 가슴을 찌르는 질투와 공포를 느꼈다. (그 에어데일이 열두 살의 나이로 죽지 않았다면 클레어 사이들이라는 인물이 존재할 수 있었을까?) 사이들 부부는 삶에 배신당했다고 생각하길 거부했다. 그들에게는 두 사람이 버는 수입과 두 대의 자동차와 웬만큼의 대출을 끼고 산 집이 있었다. 해마다 8월이면 2주씩 슈피리어 호숫가의 오두막집에서 휴가를 즐겼다. 그들은 클레어라는 고아가 있었다는 데 감사했고 클레어도 그들의 존재에 감사하게 되었다.

아빠 서운하게 하지 마! 아빠한테 진짜 아빠가 아니라는 생각이 들게 하지 마. 진짜 아빠 맞으니까.

너한테 다른 아빠, 다른 엄마는 없어. 그냥—우리뿐이야.

클레어는 본능적으로 알았다. 본능적으로 이해했다. 그녀는 절대 아무것도 묻지 않는 그들의 (수양)딸이었다.

예컨대 (입양된) 아이는 절대 이런 질문을 하지 않는 법이다. 왜 절 데려오셨어요?

두 분 사이에 아이가 안 생겼어요? 그래서 절 입양하셨어요?

두말하면 잔소리. 절대 물어보면 안 된다! 상상조차 할 수 없는 일이다.

(입양된) 아이는 이런 질문도 하지 않는다. 근데 전 원래 어느 집 아이예요? 제가 두 분께 오기 전에 누구랑 살았나요?

나중에 학교에 입학했을 때 선생님이 웃는 얼굴로 그녀를 지칭하는 아주 특별한 이름을 부르자 클레어는 충만한 자부심을 느꼈다. 사이, 들.

마침내 글자를 쓸 수 있게 되었을 때는 공책에 그 이름을 쓰며 얼마나 기뻐했는지 모른다.

클레어 사이들.

클레어 사이들.

클레어 사이들.

하지만 그 모든 것이, 그 시절이, 그 어린 시절이 더는 그녀의 것처럼 느껴지지 않는다.

4

다음 날 루셔스 피셔가 보낸 UPS가 배달된다. 이제 보니 클레어는 메인주 애시퍼드 카운티 포스트 로드 2558번지의 땅 1만5천 평, 집, 별채 몇 개를 물려받았다.

부동산이라니! 부동산이 돈보다 낫다. 돈은 역사적인 가치가 없지만 부동산은 클레어가 소유할 수 있다.

그녀는 동봉된 변호사의 편지를 여러 번 훑어보지만 새롭게 추가된 정보는 없다. *축하합니다, 사이들 씨!* 같은 따뜻한 친필 메시지도 없다.

맨 위에 에이브럼스, 피셔, 미틀먼 & 트로터라고 찍혀 있는 빳빳한 편지지에 적힌, 사실상 형식적인 편지다…….

피셔의 사인은 좀처럼 알아보기 힘들다. 어제만 해도 그녀는 그에게 희한한 친근감을 느꼈었는데…….

우린 처음에 그렇게 만났어요. 전화상으로.

제 할머니의 유언장 문제로 통화를 하다가요.

미래에 이런 식으로 설명하는 상상을 하자 미소가 지어진다. 이 사람, 저 사람의 인생과 이렇게 (마구잡이로) 엮여 영영 달라질 거라니.

……100프로 우연이었어요! 전화가 왔길래 받았더니 루셔스가 여보세요? 클레어 사이들 씨 되십니까? 그러지 뭐예요.

그 뒤로 제 인생이 180도 달라졌죠. 그이의 인생도 마찬가지였고.

클레어는 대서양 연안의 여름 별장을 그려 본다. 바다가 보이는 유리창. 키가 큰 솔송나무, 구불구불한 시골길. 바위가 드문드문 박힌 바닷가. 회색빛이 도는 파란색으로 부서지는 파도. 한여름에도 수영을 할 수 없을 만큼 차가운 대서양의 바닷물. 끊임없이 불어오는 바람.

몽환미가 있는 윈슬로 호머의 수채화 속 인물처럼 하얀 옷을 입고 있는 그녀. 해변으로 내려가는 돌계단. 그녀의 뒤편으로 보이는 정체 모를 인물…….

클레어의 눈에 그 남자의 얼굴이 거의 다 보인다. 하지만 그녀가 응시하는 동안 얼굴이 해체되기 시작한다. 눈물이 시야를 가리듯 흐릿해진다.

아니다. 그녀는 부동산을 팔 것이다. 사겠다는 사람이 있으면.

메인주 애시퍼드 카운티라는 시골에서 살 일은 없다. 그녀는 직업상 연구소 주변의 대도시에서 살아야 한다.

피셔가 알려 준 바에 따르면 클레어는 30일 안으로 애시퍼드 카운티의 유언 검인 법원에 검인을 신청하면 된다. 그녀는 궁금해진다—그 땅과 집의 가치가 얼마나 될까? 거기까지 다녀올 만한 가치가 있는 액수일까?

그 돈은 클레어에게 요긴하게 쓰일지도 모른다. 그녀는 서른 살이 된 지금까지 임시직 말고는 정식으로 학계에서 직책이란 걸 가져 본 적이 없다. 모아 놓은 돈도 없다시피 하다. 물질로부터 자유로운 사람이 되고픈 마음은 있다. 예쁜 걸 보면 사족을 못 쓰긴 하지만 반드시 소유해야 직성이 풀리는 건 아니다.

풍경, 미술, 음악. 이런 건 소유하지 않아도 얼마든지 즐길 수 있다.

타인과 애인에게 소유되지 않아도—얼마든지 즐거운 시간을 보낼 수 있는 것처럼.

그녀는 결혼하고 싶은 생각이 전혀 없고 아이를 낳고 싶은 생각은 더더욱 없다. 우는 아이를 보면 당황스럽다. 빽빽거리는 아이를 보면 공포가 엄습한다. (헤어진) 애인은 같이 있을 때 클레어가 자꾸 '딴 데 정신을 판다'고 불만스러워했다. 그녀가 무슨 생각을 하는지는 절대 알 수 없어도 딴생각을 하고 있다는 것만큼은 감지할 수 있었던 것이다.

클레어는 그 기억을 떠올리며 움찔한다. 또 누군가에게 상처를 주었다니 후회가 된다.

네 거미줄. 네 고치. 그 안에 누굴 들일지 잘 생각해.

클레어는 부모님의 집에서 독립한 이후로 가는 곳마다 몇 안 되나마 친구를 사귀었지만 서로 아는 친구는 없다. 클레어에게는 친구들끼리 모르는 사이인 것이 중요하다. 그리고 그녀는 다른 도시로 이사하면 예전 친구들과 열심히 연락을 주고받지 않는다.

그럼에도 친구들 중 어느 하나라도 연락을 끊으면 상처받고 불안해한다.

타인에 대해 그녀가 느끼는 감정은 일시적이지만 강렬하다. 꼭 화르륵 타올랐다가 금세 식어 버리는 불길 같다.

다른 사람들도 그럴까? 지금까지 클레어에게 호감을 보인 남자들이 있었지만―여자도 있었다―그녀는 번번이 서둘러 뒷걸음질을 쳤다.

성인이 된 이후로 클레어의 곁에는 애인이 끊이지 않았다. 친구도 마찬가지였다. 애인보다는 친구가 더 많았지만 친척보다는 애인이 더 많았다. 지금까지는.

"에이씨, 뭐야. 그러거나 말거나 무슨 상관이야?"

그녀는 충동적으로 와인을 한 병 따기로 한다. 몇 주 전에 친구들을 초대해 식사를 같이할까 생각했을 때 샤도네이를 사 두었는데 다른 일이 생겨서 그냥 남았다. 그걸로 자축하자, 클레어는 생각한다.

그걸로 기운을 북돋워 보자. 이번 한 번만이라도.

지금까지 클레어는 혼자 술을 마신 적이 없다. 혼술은 남의 시선을 상당히 의식하게 되는 행위다. 왠지 모르게 서글픈 분위기를 풍긴다. 그녀는 시비조로 잔을 비운다.

세인트폴의 집으로 전화를 걸어야 할 시점이다. 아버지는 집에 없고 어머니는 있을 만한 시각에 전화하는 것이 그녀의 전략이다.

클레어가 월터를 사랑하지 않는 건 아니다. 하지만 가끔 (양)아버지와의 통화가 어색하게 느껴질 때가 있다. 전부터 월터보다는 해나와 좀 더 솔직하게, 좀 더 따뜻하게 대화를 나눌 수 있었지만

(그녀가 생각하기에) 해나와 얘기할 때도—불안하지 않은 적은 없었다고 해야 할까……?

운이 좋다. 월터가 집에 없다. 신호가 한 번 떨어지자마자 해나가 절절하고 외롭게 느껴지는 목소리로 전화를 받는다.

그런데 인사를 건네는 해나의 말투에서 미묘하게 나무라는 기미가 느껴진다. 클레어는 열심히 기억을 더듬는다—전화를 했어야 했는데 까먹은 날이 있나? 해나가 메시지를 남겼는데 씹었나? 클레어는 해나가 남긴 음성 메시지를 실수로 지워 버릴 때가 많다.

클레어가 전화한 이유는 그녀에게 찾아온 기쁜 소식을 전하기 위해서인데, 어째 그럴 짬이 나지 않는다. *있잖아요, 엄마, 기쁜 소식이 있어요!* 이런 명랑한 목소리가 나오지 않는다.

오히려 클레어는 (사적인) 근황을 설명하지 않고 건너뛴다. 고맙게도 해나가 원수지간인 동료 문제로 다시금 하소연을 늘어놓기 시작한다. 클레어의 느낌상으로는 수십 년째 해나 사이들을 괴롭히고 있는 사람이다. 해나는 같은 얘기를 반복하고 있다는 걸 모르는 눈치지만 상관없다. 가끔 상관이 있기도 하지만 지금은 아니다. *가족끼리는 무소식이 희소식이지* 하며 그녀는 농을 쳐 본다.

그러다 클레어는 자기도 모르게 기이한 질문을 한다. 해나에게 그녀의 생부모가 살아 있는지 어떤지 아느냐고 물은 것이다. 이 질문으로 두 사람의 대화가 갑작스럽게 중단된다.

생물학적 부모. 임상적이고 고상하지 못한 단어지만 낳아 주신 부모님보다는 낫다(클레어는 이런 생각을 하며 죄책감을 느긴다).

"하지만—그걸 왜 묻니, 클레어—이제 와서?"

오르막길을 전속력으로 달리는 것 같던 해나의 목소리가 저단 기어로 바뀐다. 머나먼 미네소타주의 세인트폴에서 해나의 눈이 가늘어지고 입이 성난 상처처럼 조그맣게 변하는 것이 눈앞에 보이는 듯하다.

클레어는 전부터 묻고 싶었다고 한다. 오래전부터 그랬다고…….

"그러니까 왜?"

왜, 너한테는 우리가 있잖아. 근데 왜 그 사람들에 대해 궁금해해!

"왜냐고요? 당연한 질문인 것 같은데……. 저도 이제 서른이잖아요."

"서른! 그게 이거랑 무슨 상관인데?" 해나는 진심으로 어리둥절하고 짜증이 난 목소리다.

"아니—저도 이제 어린애가 아니라……."

"전부 설명해 줬잖아, 클레어. 오래전에. 기억 안 나니?"

"기, 기, 기억이 안 나는데……."

클레어는 기억을 더듬지만—정확히 무슨 기억을 떠올려야 하는지 모르겠다.

"우리는 제공받은 정보가 거의 없었어, 클레어. 그리고 지금은 시간도 많이 지났고. 네가 어딘지 모를 곳에서 우리 곁으로 온 지 25년도 더 됐잖니." 해나는 그게 클레어의 잘못이라도 되는 양 나무라는 투다.

어딘지 모를 곳. 그 단어가 비수처럼 가슴에 꽂힌다.

"네 아버지랑 난 너에 대해서 들은 게 거의 없었고 이후에도 마찬가지였어. 우리가 아는 건 오래전에 너한테 전부 알려 줬고."

클레어는 이골이 난 사람답게 가만히 듣는다. 차마 이렇게 대꾸할 수는 없다. 근데 기억이 안 나요. 다시 얘기해 주세요. 네?

"그냥 궁금했어요. 그분들이 살아 있는지─혹시⋯⋯."

아까보다 허스키해진 해나의 목소리가 수화기 스피커를 쩌렁쩌렁 울린다. "우리는 너에게 양친이 다 있었는지 아니면 엄마하고만 같이 살았는지 그것도 듣지 못했어. 사고가 있었다는 얘기만 들었을 뿐 자세한 정황도 듣지 못했고. 그 당시 네 생부모의 나이도 몰라. 클레어, 너도 이해해야 하는 게 이건 오래전 일이고 그땐 지금이랑 달랐어. 아이를 입양 보내는 쪽에서는 수치심을 느꼈고, 아이를 입양하는 쪽은 정확히 수치심은 아니지만 수치스러운 일의 공범이 된 듯한 감정을 느꼈으니까. 남의 불행을 이용하는 것만 같은. 우리는 미니애폴리스에 있는 가족 계획 연맹 소속 단체를 통해서 가톨릭 단체와 일을 진행해야 했어. 그 단체에서는 어느 쪽에서든 익명을 원하면 익명을 보장한다고 주장했고. 입양을 하는 쪽이든─아니면⋯⋯."

클레어는 해나의 갑작스러운 감정 분출에 어안이 벙벙해진다. 그녀는 어머니가 이런 식으로 속내를 드러내는 것을 본 적이 없다. 듣고 보니 기억이 나기 시작한다. 익명. 기록 봉인.

묻지 마. 헛수고야.

"우리로서는 더 이상 아무것도 할 수 없었어, 클레어. 법적으로 아무 권한이 없는데 정보를 달라고 요구할 수도 없었고. 사실 우리는 뭐가 뭔지 몰랐지—어린애를 입양한다는 건 우리도 겪어 보지 못한 일이었으니까. 만감이 교차하던 때였지. 우리는 신생아를 입양하는 줄 알았지만—당연히—널 입양하게 된 것에 대해 아주 감사하게 생각했고…….”

해나는 자기가 무슨 말을 하고 있는지 이제야 깨달은 듯 말끝을 흐린다.

“클레어? 우리는 널 생각해서 가장 좋은 길을 선택하고 싶었을 뿐이야.”

듣고 보니 이상한 말이다. 가장 좋은 길이라니—누구 입장에서?

인간이라면 누구나 한 번도 본 적 없는 고아 입장에서 가장 좋은 길을 선택하고 싶어 하지.

클레어는 이만 통화를 끝내야 한다는 걸 안다. 그녀가 해나를 자극하고 있다. 하지만 끝낼 수가 없다. 병적인 갈증과도 같은 호기심 때문에 입안이 바싹 마르고 있다. “어느 지역에 살았는지 아세요? 제 부모님이요.”

제 부모님. 이건 실수다. 클레어는 말실수를 했다.

해나는 퉁명스럽게 모르겠다고 한다. 들은 적 있다 한들 기억나지 않는다고 한다.

그러다 화가 좀 풀렸는지 이렇게 말한다. “음. 글쎄다—뉴잉글랜드에 살았다고 들은 것 같기도 하고.”

“중서부가 아니라요?”

“그 사람들이 어디 살았었는지 그게 무슨 상관인데? 누가 너한테 연락이라도 했니?”

“아뇨!” 클레어는 얼른 대답한다. “하지만 제 출생증명서 좀 복사해서 보내 주실 수 있을까요, 엄마? 그래 주시면 좋겠는데."

클레어의 나이에 엄마라는 호칭은 애정을 표현하는 용도로 쓰기에 어색한 단어다. 클레어는 어렸을 때도 엄마라고 제대로 부르지 못했다.

그녀는 아빠라는 말은 덜 어색하게 할 수 있다.

클레어는 어렸을 때부터 (웃고 있는) (양)부모로부터 떠밀리듯 배운 애정 담긴 호칭이 편하지 않았다.

그녀는 지금까지 사귄 애인도 애칭으로 부른 적이 없다. 달링도, 허니도. 자기도.

"너한테 복사본 없니? 이상하네."

사이들 가족의 모든 서류는 꼼꼼하게 표기한 파일에 담겨서 클레어의 아버지의 홈 오피스에 있는 파일 캐비닛에 보관되어 있다. 클레어는 깔끔하고 명확하며 선을 지키는 것에 대한 광적인 집착을 (양)아버지에게서 물려받았다. 미심쩍으면 파일로 정리할 것. 정리해서 보관할 것.

클레어는 부끄러워진다. 그녀는 부모님의 집에서 완벽하게 독립하지 않았고 개인적인 서류를 들고 나오지 않았다. 자기 집을 장만한 적 없이 이리저리 떠돌며 살고 있다.

영혼의 방랑자의 삶. 일부분만 현상된 폴라로이드 사진처럼 막연한 삶.

"고마워요, 엄마! 의료 보험 때문에 필요해서요……."

이 정도면 빤한 거짓말은 아니야, 클레어는 생각한다. 해나는 절대 의심하지 않을 것이다. 클레어가 메인주 카디프의 유언 검인 법원에 증명서를 제출하려는 것인 줄은.

그녀는 유리창 바로 바깥쪽에 생긴 거대한 거미줄을 관찰하고 있다. 길이가 각기 다른 실로 복잡하게 엮인 걸작이 촉촉한 수분을 머금고 흔들흔들 먹잇감을 기다리고 있다. 시커먼 배불뚝이 거미는 배 속에서 자아낸 실로 멋진 작품을 만드느라 지쳤는지 미동도 없이 정중앙을 지키고 있다.

마침내 통화가 끝난다. 해나는 자, 그럼! 사랑……해, 하고 한숨과 함께 불쑥 작별 인사를 내뱉을 테고, 클레어는 집게손가락으로 가슴을 찔리기라도 한 것처럼 사랑……해요, 하고 대답할 것이다.

그들 모녀는 중간에 머뭇거림 없이 절대 사랑한다고 말하지 못한다.

클레어는 기진맥진하며 전화를 끊는다. 술을 한 잔 더 하고 싶은 마음이 간절하다.

입양아의 문제는 항상 잠정적인 상태라는 것이다. 몇 살이 되었건 파양의 위험에서 자유롭지 못하다.

이제 클레어는 좀 더 힘든 과제에 착수할 준비를 한다. 피셔가 연락처를 알려 준 카디프의 '친척들'에게 전화하는 것이다.

엘스페스와 모랙—허깨비 같은 모드 도니걸 할머니의 자매. 피셔 말로는 '동생들'이라지만 나이가 못해도 80대는 될 것이다.

준비 삼아 와인 반 잔을 다시 마셔야 한다.

어제까지만 해도 클레어는 자기 혈육을 모르고 지냈다. 그런데 이제는 이모할머니가 생겼다.

첫 번째 신호가 떨어지자마자 누군가가 전화를 받는다.

이모할머니가 정신을 바짝 차리고 숨죽여 가며 전화를 기다리고 있기라도 했던 것처럼. 클레어는 생각한다. *새로운 인생이 펼쳐지는구나!*

전화를 받은 사람(여자다)의 이름이—엘스페스인가? 처음에 클레어는 그녀의 말을 거의 알아듣지 못한다. 메인 사투리가 심한 데다 간간이—엄, 에? 같은 희한한 감탄사를 넣기 때문이다. 그녀는 깍듯하게 예의를 차린다. (듣자 하니) 청력에 문제가 있는 것 같지만, 클레어가 생각하기에 메인 토박이치고 놀라우리만치 친절하다. 클레어에 대해 궁금해하지만 클레어가 하는 말이 들리지 않는지 언제 카디프에 오느냐고 여러 번 묻더니, 누가 그녀를 부르기라도 한 것처럼 갑자기 대화를 중단한다. "그래. 그럼! 그러기로 한 거다. 우리랑 같이 지내기로. 클레, 어. 네가 있고 싶을 때까지."

"보면 알겠지만—네 할머니 도니걸의 예쁘고 오래된 집에는 방이 아주 많아."

5

사흘 뒤 클레어는 메인주 카디프에 도착한다.

액턴 애비뉴 59번지의 허름하지만 있어 보이는, 오래된 호박돌이 깔린 집의 초인종을 누르는데, 안에서 불빛이 거의 보이지 않는다.

마치 이야기책에 나오는 집 같다. 도로와 어느 정도 거리를 두고 키 큰 솔송나무와 웃자란 쥐똥나무 산울타리 사이로 물러나 있는, 비슷비슷하게 큼지막하고 투박하고 멋없는 주택가에 있는 빅토리아 시대의 유물 같은 집.

도니걸 집안은 잘사는 모양이네, 클레어는 생각한다. 적어도 예전에는 잘살았나 봐.

메인주 카디프는 내리막길로 접어든 19세기의 공장 도시로, 이지역의 다른 동네들과 다르게 관광지로 완전히 탈바꿈하지 않았다. 쇠퇴한 도시들이 그렇듯 여전히 그림 같은 해안가를 따라 오래전에 문을 닫은 제분소와 공장이 이어지고, 대형 할인점과 '앤티크' 전문점, 그림과 공예품을 파는 조그만 가게가 드문드문 보인다.

액턴 애비뉴는 누가 보아도 카디프의 현재 또는 과거의 중심지인데, 도니걸 저택처럼 도심에서 가까운 주택들은 상업용으로 용도가 변경되었다. 아파트와 전문 사무실로 쪼개진 것이다. 회분홍색 벽돌로 지은 위풍당당한 대저택은 애시퍼드 카운티 역사박물관으로 개조되었다. 또 다른 빅토리아 시대의 널찍한 저택에는 카디프 카운티 가족 계획소라는, 보는 사람을 주눅 들게 만드는 간판이 걸려 있다.

클레어는 다시 초인종을 누른다. 어렸을 때 세인트폴에서 핼러윈 저녁때 가면을 쓰고 코스튬을 입은 다른 아이들과 함께 흥분과 긴장을 달래며 이렇게 생긴 주택의 초인종을 누르고 다녔던 기억이 난다. 응답이 없으면 길가에 차를 세워 놓고 기다리던 부모님들이 얼마나 안도했던가. 집 안에서 불빛이 보이긴 하지만 아무도 없나 싶다. 상록수 가지가 집 양쪽을 빽빽이 덮어 1층 창문이 보이지 않는다. 슬레이트 지붕에는 이끼가 듬성듬성 꼈고, 막힌 낙수받이에는 조그만 나무들이 뿌리를 내렸다. 클레어가 서 있는 베란다 아래에서 부엽토, 축축하고 시커먼 흙, 생명체 썩은 내가 희미하게 난다. 하지만 애정 어린 손길처럼 잔잔하게 이런 생각이 문득 떠오른다. *여기가 내 집일까? 이제야 나에게 맞는 자리를 찾은 걸까?*

고아가 된다는 것은 맞는 자리를 절대 찾지 못하는 것을 뜻한다. 인정하고 싶지 않을지라도 그렇다.

기대감에 클레어의 심장이 빠르게 두근거린다. 바보같이 굴지 말자고 자신을 달랜다. 그녀는 더 이상 순진한 어린애가 아니다. 애정 표현이 지나친 개를 잡아서 진정시키듯 희망을 누르는 데 이골이 난 어른이다.

아니! 여기가 네 집일 리 없지.

펜실베이니아주 브린모어에서 메인주 카디프까지는 680킬로미터이고 주간 고속 도로로 약 6시간이 걸린다. 하루 만에 오기에는 길고 이틀 동안 나누어서 운전하기에는 짧은 거리다. 동행이 있다면 얘기가 달라지겠지만…….

클레어는 동행이 없다. 그녀처럼 이틀에 나누어서 조심스럽게 운전하는 것이 가장 현명한 선택이다. 난생처음 유산이라는 축복이 찾아왔으니 클레어는 다른 차량들이 끝없이 추월해도 꿋꿋하게 맨 오른쪽 차선을 고수하는, 짜증 나는 운전자 대열에 합류했다.

그녀는 루셔스 피셔의 전화를 받은 뒤로 할머니, 유언장, 유산, 이 세 단어만 강박증 환자처럼 계속 떠올렸다. 그런 끝에 이제 이렇게 여기에 도착했다.

호박돌 집 안에서 사람들 목소리가 들린다. 안에서 누가 전등 스위치를 올린 모양이지만 투박한 오크 대문에 동그란 퇴창이 있음에도 침침한 불이 반짝하고 켜지는 것 말고는 아무것도 보이지 않는다. 묵직한 오크 문이 요란하게 열리고 특이한 옷차림의 할머니 둘이 흥분한 앵무새처럼 호들갑스럽게 클레어를 맞는다.

"왔구나! 얼굴이 어쩜—"

"—그 애를 빼닮았네. 네 아빠 말이야—"

"—우리 코너—"

"어머—진짜!"

살짝 떨리는 목소리. 눈물이 맺혀 반짝거리는 눈. 둘 중 키가 큰 쪽이 납작한 가슴에 손을 얹고 숨을 헐떡인다.

"아유—하느님 감사합니다!—네가 이렇게 오다니—"

"—무사히—이렇게—"

"환영한다, 클레어—"

"들어오렴. 먼 길 오느라—"

"—피곤하겠다!"

"—배고프겠다!—얘, 내가 말하려고 그랬는데 이 예의 없는 인간이 말허리를 잘라서—"

"자꾸 말허리를 자르는 사람이 누군데? 클레어—저이야말로 예의가 없어도 너무 없지."

"—그 먼 길을 왔으니 배고프겠다—"

"—그리고 피곤하고—"

"—들어와—"

"—이름이 클레어 맞지?—"

"—기다리고 있었어—"

"—너를. 아주—"

"—오랫동안."

부산스러운 인사에 클레어는 현기증이 난다. 두 여자가 그녀를 열심히 잡아당긴다. 그녀를 끌어안고 또 끌어안는다. 놀라우리만치 튼튼하고 얇은 팔로 연거푸 끌어안자 그녀의 갈비뼈에서 숨이 훅 빠져나간다.

"—그 애를 닮았어! 네 아빠를—"

"—가엾고 딱한 네 아빠—"

그들이 눈을 훔친다. 눈물로 반짝거리는 뺨을 훔친다. 키가 큰 쪽은 달짝지근하고 퀴퀴한 탤컴 파우더 향을 풍기고, 키가 작은 쪽은 노화한 피부에서 생강 비슷한 약내를 풍긴다.

"아가, 내가 엘스페스—"

"나는 모랙—"

"—모드 언니 여동생—"

"—모드 언니 작은 여동생—"

"너랑 통화했잖아, 아가—"

"저 언니가 날름 전화를 받더니—"

"트렁크 내가 옮겨 줄까—"

"—나한테는 인사할 틈도 주지 않지 뭐니." 둘 중에 키가 작은 쪽인 모랙이 유난히 격한 비난조로 말한다. "하여간 번번이 그래."

클레어는 엘스페스와 모랙 이모할머니를 따라 얼룩덜룩한 대리석이 깔린 현관으로 들어간다. 부엽토와 축축한 흙냄새가 그보다 독한 두 여자의 체취와 환기가 되지 않은 옛집 냄새와 섞인다. 두 여자—이모할머니—는 푹신한 깃털이 달린 새처럼 바짝 붙어 클레어의 곁을 지킨다. 그녀는 어느 쪽이 엘스페스이고 어느 쪽이 모랙인지 잘 모르겠다. (이 얼마나 인상적인 스코틀랜드식 이름인가!) 둘 중 한 명이 클레어가 들고 있던 트렁크를 건네받으려다 곧바로 바닥에 떨어뜨려 클레어의 발을 찧는다. 할머니가 들기에는 트렁크가 너무 무겁다.

"아우—야! 뭐 하는 거야!"

"뭐가! 나는 그냥—"

"시도 때도 없이 끼어들고 망치고. 여기 온 지 5분 만에 저 딱한 애 발 위에 트렁크를 떨어뜨릴 건 뭐야? 클레어—나는 떨어뜨리지 않을게. 절대로."

"뭐라고? 나도 충분히 쟤 트렁크 들 수—"

"아니! 못 든다는 거 방금 전에 보여 줬—"

클레어는 2층까지 자기가 들고 갈 수 있다고 더듬더듬 말한다. 무겁지 않으니까 전혀 신경 쓸 것 없다고…….

"어머, 그럴 순 없지, 클레어—"

"먼 길 온 손님인데—"

"모드 언니가 살아 있었다면—"

"—하지만 모드 언니가 살아 있었다면—유언장은 없었을 테고……. 그럼 클레어도 여기 올 일이 없었겠지."

"아이고! 손님 앞에서 퍽이나 듣기 좋은 소리한다. 정신 좀 차려."

"너나 정신 차려! 그런 생각을 왜 해?"

클레어는 어색하게 미소를 짓는다. (사실상) 처음 보는 사이인데 처음 보는 사이답게 조심하지 않는 '친척들'의 야단법석은 경험한 적이 없다.

이모할머니네 집에서 신세를 지기로 한 것이 판단 착오였을지 모른다는 생각은 애써 하지 않으려 한다.

아니, 애초에 왜 그러겠다고 했을까? 근처 호텔에 묵었으면 훨씬 간단했을 텐데.

가족이라는 단어에 넘어가서 그랬다. 클레어가 입양된 이후에 만난 혈육은 이 할머니들뿐이고 그녀는 자신의 입양 과정을 기억하지 못한다.

둘 중에서 키가 더 크고 활달하며 지금 클레어에게 따뜻하게 말을 건네고 있는 사람이 엘스페스인가? 아니면 모랙인가?

양쪽 이모할머니 모두 그녀를 열띤 눈빛으로 쳐다보고 있다. 굶주린 눈빛으로.

할머니들은 둘 다 170센티미터 정도의 평균 키인 클레어보다 작다. 키가 더 작은 분은 척추가 기형인지 상당히 아담하다. 아마도 동생인가 싶은 키가 큰 분은 안색이 핏기 없는 아이보리색이고 그 위에 뭘 '화려하게' 바르고 그리고 칠했다. 갈매기 눈썹에 두 볼은 발그스레하며 입술은 보랏빛이 도는 붉은색으로 칠했다. 둥그스름하게 부풀린 머리는 인공적인 오렌지색이고 솜사탕처럼 폭신해 보인다. 아마도 언니인가 싶고 척추 기형으로 키가 작은 쪽은 퍼그처럼 눌린 얼굴에 이마는 납작하고 안색은 밀가루 반죽처럼 창백하며 눈썹은 듬성듬성하고 속눈썹이 없다. 입술은 얇지만 입은 크다.

키가 큰 엘스페스는 집안 행사라도 치르는 듯 새파란 새틴 원피스를 입고 야윈 어깨에 검은색 레이스 숄을 둘렀다. 소화전처럼 땅딸막한 모랙은 남자 옷처럼 보이는 것을 입었다. 후줄근한 바지는 저지 비슷한 부드러운 질감인데 별로 깨끗하지 않고 꽈배기무늬 스웨터는 목이 늘어나 있다. 머리카락은 동생처럼 염색하지 않아서 진회색과 하얀색이 섞여 있고, 굵지만 숱이 없어서 핏기 없고 야들야들한 두피가 들여다보인다. 키가 크고 좀 더 스타일리시한 엘스페스는 은테 안경을 쓰고 있다. 모랙이 쓴 안경은 검은색의 두툼한 플라스틱이다.

클레어는 뒤편에, 아니면 그녀의 시야가 닿을 듯 말 듯한 곳에 누군가가 서서 지켜보고 있는 듯한 희미하고 불길한 예감을 느낀다. 이모할머니가 한 분 더 계신가?

하지만 고개를 돌려 보니 아무도 없다. 현관에서부터 어두침침한 집 내부로 이어지는 어둑어둑한 복도뿐이다.

이모할머니들은 클레어를 지키기라도 하려는 듯 바짝 붙어 서 있다. 그들이 같이 차를 마시자고 한다. "그럼 혈색이 돌아올 거야. 귀신처럼 얼굴에 핏기가 하나도 없네."

"쟤가 귀신을 본 적이나 있겠어?" 다른 이모할머니가 가소롭다는 듯이 웃는다.

"말이 그렇다는 거지. 잘 알지도 못하면서."

"다른 건 몰라도 이거 하나는 알아. 귀신을 봤다고 자랑하고 다니는 한심한 인간은 이 세상에 너밖에 없다는 거."

"나는—자랑한 적 없어!"

"아무튼 클레어가 귀신을 보면 네 탓인 줄 알아—애 머릿속에 그런 생각을 심어 놨으니."

"언니가 뭘 안다고 그래?"

클레어는 이들 자매가 티격태격하는 말을 들으며 웃어야 할지 못 들은 척해야 할지 갈피를 잡을 수가 없다. 두 사람이 그녀에게 잘해 주려고 퉁명스럽게 옥신각신하고 있다는 걸 알기에 한쪽 이모할머니의 말을 듣고 웃음을 터뜨려 다른 쪽 이모할머니에게 상처를 주는 실수는 저지르고 싶지 않다.

엘스페스가 더 재치 있고 모질다. 모랙은 머리가 잘 돌아가지는 않아도 화가 나면 불도그처럼 발끈하는 성격이다. 언뜻 보면 엘스페스가 육체적으로도 더 우월하고 강해 보이지만 실상은 모랙이 더 다부지고 끈질기다.

그래도 두 사람 모두 손님에게는 아주 친절하고 진심으로 그녀를 걱정하는 눈치다.

"클레어, 여기 들어와서 앉으려무나—힘들었을 텐데. 차 마시려고 아까부터 준비해 놨어⋯⋯."

"손님 앞에서 별소릴 다하네! '아까부터 준비해 놨다니'—예의가 없잖아."

"난 그냥—"

"—그냥 그러려니 해, 클레어. 저분은 손님을 치른 적이 거의 없어서 매너를 다 잊어버렸어."

"—차가 식겠다는 뜻에서 한 말이었어."

"그럼—다시 데우면 되지⋯⋯."

두 이모할머니가 애정에 목마른 어린애 아니면 강아지처럼 그녀의 관심을 독차지하려고 아옹다옹하는 것을 보고 클레어는 당황스러워진다. 제삼자가, 어쩌면 또 다른 이모할머니가, 유령 같은 존재가 옆에서 차를 대접할 준비를 하고 있는 듯한 어렴풋한 느낌이 든다.

응접실은 묵직한 고가구와 카펫과 태피스트리로 빼곡하다. 클레어가 그들이 권하는 대로 벨벳 소파에 자리를 잡고 앉자 소파에서 은근하게 삐걱거리는 소리가 난다. 여기서는 곰팡내가 더 강하게 나고 쥐똥 냄새인가 싶은 퀴퀴하고 깔깔한 악취도 느껴진다. 그녀는 예전에 별로 깨끗하지 못한 곳에서 그런 냄새를 맡은 적이 있다.

"클레어, 피곤해서 혼자 방에서 좀 쉬고 싶겠지만—먼저 해야 할 애기가 너무 많아서!"

"얘가 방에서 쉬고 싶은지 어쩐지 네가 어떻게 아니? 얘는 지금 배가 고플 거야. 얼굴 좀 봐! 차 마시고 싶어 하는 얼굴이잖아."

"—푸짐한 간식과 함께—"

"—문제가 있다면 이 집에는 페퍼리지 팜 쿠키밖에 없다는 거지. 버터 바른 스콘과 클로티드 크림, 온갖 잼과 젤리를 내주는 리츠 호텔이 아니라—"

"홍, 그놈의 리츠! 네가 '어느 리츠 호텔이요?' 하고 물어보면 '피카딜리에 있는 리츠 말이지'라고 대답하려고 저 애기를 꺼내는 거야. 알지?—런던에 있는 거."

엘스페스가 비웃는 투로 말한다. 모랙이 반발하자 엘스페스는 핵심을 빼먹었다는 듯 말한다. "코네티컷주 런던은 아니고."

"거기는 뉴런던—"

"아, 그만 좀 해! 지겹지도 않아? 어렸을 때 아버지가 딱 한 번 리츠에 데려가서 애프터눈 티를 사 주셨는데 언니는 그 애기를 하고 또 하고—"

"—그 애기를 하고 또 하는 사람은 너잖아—"

"—그거 아니, 클레어? 차는 잉글리시 브렉퍼스트였고 주전자에 찻잎을 넣고 우린 게 아니라 티백이었다는 거?"

클레어는 이 애기가 왜 웃긴지, 웃으라고 한 애기인지 잘 모르겠지만 아무튼 웃음을 터뜨린다. 키도 더 크고 더 매력적이며 더 젊어 보이는 엘스페스가 그토록 열변을 토하는 땅꼬마 같은 언니를 깔아뭉개려고 깔보는 투로 말을 하다니 잔인하다는 생각이 든다. 그뿐 아니라 모럭은 사지가 멀쩡하지 않아서―한쪽 팔 끝이 반질반질하니 뭉툭하게 잘려 있는 것을 클레어는 분명히 보았다고 장담할 수 있다……. 그런데 작정하고 좀 더 자세히 들여다보니 다른 여자들보다 커서 남자 같고 일용직 노동자나 정원사처럼 손톱이 부러졌을 뿐 양쪽 손이 멀쩡해 보인다.

"―할 얘기가 얼마나 많은지 몰라!―널 얼마나 기다리고 또 기다렸다고. 지난주에 가엾은 우리 언니가 세상을 떠나고 충격적인 유언장 얘기를 들었을 때―"

"―뭐 그리 심하게 충격을 받지는 않았지. 그건 아니고―"

"―맞아. 전혀 심하게 충격받지는 않았지. 이미 알고 있었거든―"

"―사랑하는 우리 모드 언니에게 '이해 당사자'가 많다는 걸―"

"―자선 단체―"

"―성 쿠트베르토―"

"―뉴잉글랜드 곳곳에 뿔뿔이 흩어져 있는 친척들―"

"―제법 충격적이었지만 기분 나쁜 충격은 아니었어―"

"―사랑하는 모드 언니가 우리에게는 이 집을 남겨 줬고―"

"―우리하고 언니의 아들 공동 소유로―제러드라고―"

"―아, 그렇지. 제러드라고―노총각인 네 삼촌이 있어―"

"―언니가 우리하고―우리 집안의 다른 몇 명을 보살펴 줬지―"

"―사랑하는 우리 조카 제러드는 나중에 만날 수 있을 텐데―"

"―우리하고 다르게 모드 언니는 결혼을 했어. 용감하게도―"

"─언니는 네 아버지 일로 너무 상심해서─"

"─차마─"

"─감히─"

"─한참 동안 너를 생각조차 하지 못했단다."

"하지만 너를 잊은 건 아니야─"

"당연하지! 우리 모두 마찬가지였어─다만─"

"─세월이 흐르고─"

"─또 흘러서……."

둘이서 진이 빠지도록 주거니 받거니 하는 와중에 누군가가 변색된 고급 은쟁반을 들고 와 격식을 차려 가며 클레어 앞쪽의 나지막한 테이블에 내려놓는다. 잔과 숟가락 들이 달가닥거린다. 이가 빠지기는 했지만 예쁘고 깨지기 쉬운 웨지우드 사기잔이고, 화려한 무늬가 새겨진 은 숟가락은 아주 살짝만 변색이 되었다. 클레어는 찻주전자에서 피어오르는 수증기에 가려서 쟁반을 들고 온 사람의 얼굴을 보지 못했다.

"─내가 따를게. 자, 클레어─"

"─이게 네 잔이야, 클레어─"

"─우리가 심혈을 기울여서 고른 네 잔─"

"─사랑하는 모드 언니가 제일 좋아했던 보랏빛이 도는 붉은색─"

"─그리고 이 숟가락!─사실은 아기용인데─"

"─네 거야─"

클레어가 장거리 운전으로 피곤한 눈을 비비고 보니 차를 젓고 있는 이모할머니가 엘스페스 아니면 모랙인데……. 이 방 안에 있는 또 다른 사람은 누구일까? 클레어는 눈에 힘을 주고 신경질적으로 좌우를 흘끗거리지만 아무도 보이지 않는다.

이후로 막간을 이용해 인정사정없는 수다가 이어진다. 마치 뾰족한 부리가 달린 새들이 그녀를 콕콕콕 쪼는 느낌이다. 물론 클레어도 이 나이 많은 이모할머니들에게 무슨 악의가 있어서 그런 건 아닐 거라고 생각한다. 그들은 좋은 뜻에서 이러고 있을 거라고. 말벗이 없어서 외로웠을 수도 있다고. 그녀가 그들을 만나서 흥분한 것처럼 그들 역시 그녀를 만나서 흥분했을 거라고.

클레어는 입맛이 까다로워서 만성 저체중이건만 시큼한 크림을 넣은 미지근한 잉글리시 브렉퍼스트가 생각지도 못하게 입맛을 돋운다. 오래되어서 집으면 바스라지고 먹으면 목이 메는 페퍼리지 팜 생강 쿠키도 이렇게 맛있을 수가 없다…….

“—(애가 너무 말랐어. 안 그러우?)”

“—(우리가 손을 좀 봐야겠다!)”

희한하게도 이모할머니들은 그 자리에 없는 사람 얘기하듯 클레어 얘기를 한다.

그녀의 눈꺼풀이 감기기 시작한다. 갑자기 엄청난 피로가 몰려든다. 이모할머니들은 반질반질하게 닦은 이중 초점 안경 너머로 눈을 반짝이며 그녀를 빤히 관찰한다.

“—이제 그만 자러 들어갈까, 아가? 방 준비해 놨는데—”

“—환기도 하고 너를 위해서 침구도 새로 깔았지—”

“—(아이고! 떨어뜨리기 전에 쟤 손에 든 잔 좀 치워 봐)—”

“—(네가 치워. 네가 더 가깝잖아!)”

아직 밤 9시도 되지 않았으니 평소 클레어가 잠드는 시각까지는 한참 남았다. 하지만 훨씬 더 된 느낌이다. 자정은 된 것 같다.

클레어는 너무 피곤해서 눈이 자꾸 감긴다. 이모할머니들 앞에서 잠이 들면 예의가 아닌데…… 간신히 벨벳 소파에서 몸을 일으킨다. 간신히 미안하다고 사과를 건넨다.

(이게 다 무슨 일일까? 클레어는 생각한다. 할머니들이 약을 탔구나!―이런 생각은 짧은 실이 바늘구멍을 통과하듯 클레어의 머릿속에 떠오르자마자 사라진다.)

(브린모어에서 전화벨이 울렸을 때 클레어가 받지 않는 쪽을 선택할 수 있었던 것처럼) 클레어가 이모할머니들에게서 도망칠 수 있는 순간이, 찰나의 틈이 있다. 응접실에서 빠져나와 희미하게 불을 밝힌 현관을 비틀비틀 지나 베란다로 나가서 움찔할 정도로 시원한 공기를 마시고, 거기서 길가에 세워 놓은 차까지 갈 수 있는 순간이. 하지만 그녀는 그러지 않는다. 그럴 수 있다는 생각조차 하지 못한다. 그러기엔 너무 졸리다. 잠기운에는, 잠기운의 수동성에는 어린애 같은 위안이 있다. 게다가 이모할머니들이 워낙 잘해 주고 있으니.

무슨 일인지 잘 모르겠지만 그녀는 따라갈 것이다. 2층으로! 며칠 전부터(몇 년 전부터인가?) 준비해 놓았다는 방으로.

클레어는 2층으로 들고 올라가려고 힘없이 트렁크를 집는다. 그런데 (이전에는 무겁지 않았던) 트렁크가 이제는 너무 무겁다. (넣은 게 옷 몇 벌, 책 몇 권, 혹시 몰라 챙긴 구두 한 켤레, 플라스틱 케이스에 담은 세면도구뿐이라 무거울 이유가 없는데도 그렇다.) 키가 작고 땅딸막하며 기형인 모랙이 클레어를 보며 다정하게 웃는다. 그게 아니라 비웃음인가? "내가 옮길게."―하며 끝이 뭉툭하게 잘린 한쪽 팔로 트렁크를 들어서 허벅지로 받쳐 가며 의기양양하게 계단을 올라간다.

클레어는 눈을 비비고 빤히 쳐다본다. 모략의 한쪽 팔이 잘린 게 맞나? 잘 모르겠다.

"―들어와, 클레어! 이쪽으로―"

"―널 위해 준비해 놨지."

머리가 옅은 불꽃색인 엘스페스 이모할머니가 휙 하니 손님방으로 앞장선다. 클레어가 느끼기에는 화려한 차림새의 이모할머니가 횃불을 높이 들고 이리저리 휘두르는 것 같지만 당연히 횃불은 없다.

놀랍게도 처음 보는 이 집의 손님방이 낯설지 않다. 벽, 천장, 바닥의 카펫과 같은 세부적인 부분들이 아직 정해지지 않아서 대략적이고 애매한 곳이다. 내가 너무 일찍 와서 꿈이 준비가 덜 됐네. 숨 쉴 산소는 있을까? 그런데도 그녀는 겁이 나지 않는다. 오히려 익숙한 공간, 그녀를 위해 준비되어 있던 공간에 온 느낌이다.

"벗으렴!―구두―"

"벗으렴!―양말―"

"이걸 풀고―"

"이걸 풀고―"

"그리고 이것도―"

기둥 네 개짜리 침대를 덮고 있는 뻣뻣하고 햇빛에 바랜 새틴 이불에서 에테르처럼 무기력이 스멀스멀 올라와 클레어를 감싼다. 매트리스는 아주 딱딱하다. 말총 매트리스다. (클레어가 무슨 수로 그걸 아는지 모르겠지만 아무튼 안다.) 몸에 묶여 있다가 풀리기라도 한 것처럼 거위털 베개 위에서 머리통이 데굴데굴 구른다. 팔다리가 아무 저항 없이 축 늘어진다. 단편적이고 들쭉날쭉한 생각들이 떠오른다. 그러다 구름처럼 사라진다. 대서양에서 불어온 바람에 실려 저 높은 하늘을 획획 지나가는 구름처럼.

이모할머니들은 부산하게, 신나게 그녀의 옷을 벗기고, 그녀가 아무것도 할 줄 모르는 덩치 큰 어린애라도 되는 것처럼 위에서 내려다보며 우쭈쭈 한다. 멀리서 (당황스럽게도) "뭐 그리 볼 건 없지만." 하는 말소리와 "그래도 엄마가 아니라 아빠를 닮았잖아. 개는 정말 평범했지." 하는 말소리가 들린다.

6

    나지막이 속삭이는 흥분한 말소리가 1층에서 둥실둥실 올라
온다.

    재는 기억 못해.

    분명 기억할 거야!

    아냐. 내가 보기에는……

    기억 못하는 척하는 거야.

    아냐. 내가 보기에는 진짜로 기억 못하는 것 같아.

    잠깐 정적이 흐른다. 그녀는 얇고 너덜너덜한 시트가 깔린 딱딱
한 침대에 누워서 곰팡내 나는 이불을 덮고 있는 이 꿈, 마치 발목
을 잡아채며 끌어내릴 듯이 덤벼드는 진흙탕 물을 헤치며 끊임없
이 걷는 듯한 이 꿈에 계속 붙들려 있는지 아니면 완전히 깨었는
지 잘 알 수 없으니, 그 뒤로 무슨 말이 이어질지 두려워하며 어린
애처럼 눈을 질끈 감고 있다.

심지어 우리도 기억 못하잖아―우리가 걔를 찾았는데.

갑자스런 폭소. 조그만 유리그릇이 박살 나는 소리처럼 명랑하다.

7

"클레어, 아가?—아침 먹을 시간이야."

"—일어나서 아침 먹자, 클레어!"

계단 발치에서 부르는 소리가 그녀를 깨운다.

언성을 높여서 살짝 나무라는 투다. 클레어는 늦잠을 잤다. 벌써 9시가 지났다.

그녀는 믿기지 않아 하며 손목시계를 빤히 쳐다본다. 오전 9시 15분이라니! 원래 클레어는 해가 뜨기 전에 일어나 7시면 침대 밖으로 나온다. 놀랍게도 이모할머니네 집 손님방에 있는 기둥 네 개짜리 침대에서 인사불성으로 12시간을 잔 것이다. 그런데도 단잠을 잔 게 아니라 밤새 눈앞에 책을 대고 읽으려 했던 것처럼 머리가 무겁고 눈이 침침하다.

문 앞에서 과감하게 애정을 드러내며 좋아서 어쩔 줄 몰라 하는 목소리가 들린다.

"아가, 배고프니?"

"우리가 너를 위해서 특별한 아침상을 준비했지……."

문고리가 감질나게 살짝 돌아간다. 하지만—적어도!—문이 열리지는 않는다.

클레어는 돌아가는 문고리를 계속 쳐다보고 있다. 말도 안 되는 공포로 등골이 오싹해진다.

그녀는 최대한 빨리 내려가겠다고 이모할머니들에게 황급히 외친다. 늦잠을 자서 죄송하다고 한다…….

"천천히 해! 천천히—"

"—귀여운 잠꾸러기 같으니."

유리그릇이 깨지는 것 같은 웃음소리. 클레어는 몸서리를 친다.

잠의 여파로 몸을 제대로 가누지 못하는 상태로 그녀는 손님방에 딸린 욕실에서 샤워부터 하기로 마음먹는다. 욕실의 모든 게 너무 환하다. 새하얀 타일 벽, 바닥. 머리 위에서 떨어지는 눈부시게 새하얀 빛. 천장 한구석에 휘저어져 끊긴 거미줄이 눈에 띈다…….

클레어는 몸서리를 친다. 나중에 저 거미줄부터 없애 버릴 것이다.

구식 세면대 위에 달린 케케묵은 거울을 들여다보니 창백한 얼굴과 떡 된 머리가 그녀를 맞이한다. 맨어깨, 민망해하는 듯해 보이는 무방비 상태의 젖가슴, 조그만 씨처럼 단단히 고개를 들고 경계 태세를 갖춘 젖꼭지.

겨드랑이! 클레어는 목욕 수건으로 겨드랑이를 거세게 문지른다.

거대한 하얀색 욕조에 달린 구닥다리 샤워기를 쓰려면 어떻게 해야 하는지 모르겠다. 수도꼭지가 마지못한 듯 돌아가자 케케묵은 파이프에서 신음 소리가 난다. 샤워기가 나병에 걸린 해바라기 같다.

어떻게 하면 이 빌어먹을 샤워기를 쓸 수 있는지 이모할머니들에게 물어보아야겠다. 지금은 목욕을 할 시간이 없다―뜨거운 물로 욕조를 가득 채우고 로마의 석관에 들어가듯 그 안에 몸을 담그고 싶지만.

(게다가 욕조가 별로 깨끗하지 않다. 머리카락이 거미줄처럼 묻어 있다.)

밤새 꿈을 꾸느라 얼마나 피곤했던지! 그녀는 간밤의 꿈을 떨쳐 버리려고 고개를 젓는다.

그녀가 애초에 여길 찾은 이유가 뭘까? 이곳의 정체는 정확히 뭘까?

그녀는 다시 방으로 돌아가 말도 안 되는 이유로 급하게 옷을 입는다. 옷을 제대로 입지 않았을 때 기습 공격을 당할까 봐 겁이 난 것이다. 맨발이라니! 맨발로는 도망칠 수 없잖아…….

클레어의 손가락이 아무 느낌 없이 움직인다. 머리와 손가락, 팔다리가 이상하게 연결이 끊긴 느낌이다. 예전에 가끔 잠이 오지 않아서 약을 먹었을 때―독한 바르비투르가 아니라 그냥 베나드릴이었다―다음 날 아침에 기분이 나빴던 것과 비슷했다. 물론―너도 알잖아. 저들이 너한테 약을 먹인 거. 어제 말이야.

그녀는 입으로 숨을 쉬며 지레 겁을 먹지 않으려 한다. 트렁크 (누가 흔들기라도 한 것처럼 안이 뒤죽박죽이다)에서 어찌어찌

갈아입을 속옷과 옷을 꺼낸다. 이모할머니들이야! 유언 겸인 법원에 서류를 제출하기 전에 나를 자기 언니 유언장에서 빼고 싶은 거야. 내 유산을 자기들이 차지하고 싶은 거야. 전날 카디프에 왔을 때 클레어는 스웨터와 청바지를 입고 평소처럼 운동화를 신었다. 그리고 오늘 아침에 루셔스 피셔와 만날 때 입을 단정한 옷도 몇 벌 더 들고 왔다.

"루셔스. 그 사람은 내 편이겠지."

클레어는 손가락에 감각이 전혀 없어서 제대로 옷을 입느라 시간이 한참 걸린다. 그런가 하면 머리를 만진다는 걸 깜빡해—서랍장 거울을 들여다보니—멍한 표정의 메두사가 그녀를 맞이한다.

이런 망신이 있나! 다른 때 같으면 그녀는 샤워를 하거나 머리를 감거나 완전히 물에 적신 다음 빗질을 했을 것이다. 지금은 그럴 겨를이 없다.

괴발개발 갈긴 낙서 같은 머리. 당혹스러운 눈빛을 짓고 있는 휘둥그런 눈.

계단을 내려가는 것 말고 다른 탈출구는 없다. 다정하게 들리는 목소리가 그녀를 부른다. 클레어는 유리창으로 덮인 벽에서 쏟아져 들어오는 햇빛을 가리느라 손차양을 하고 식당으로 들어간다. 입안이 바싹 말라 있다. 눈은 크게 확대되어 돌출된 것 같다. 이모할머니들이 열띤 미소를 지으며 그녀를 돌아본다. 엘스페스는 얼토당토않은 불꽃색 머리를 새하얗게 분칠한 얼굴 위로 틀어 올렸다. 모랙은 울뚝불뚝한 소화전 같은 몸으로 바닥을 단단히 디디고 있다. 그들이 누군가와 클레어 얘기를 하고 있었던 듯한 분위기인데, 식탁 저쪽 끝에 있는 제삼자가 누군지 잘 모르겠다. 환하게 반짝이는 두 할머니의 눈을 보고 클레어는 불편해진다.

"아침은 포리지야—"

"—오트밀을 넣고 정통 스코틀랜드식으로 끓였지."

"—우유도 살짝 넣고—"

"—황설탕—"

"—건포도. 얼른 앉아!"

클레어는 겨자색 비닐 식탁보가 깔린 길쭉한 식탁의 이쪽 끝에 서둘러 앉는다.

포리지라니! 그녀로서는 얼마 만에 먹는 건지 모르겠다. 어렸을 때는 포리지를 좋아했던 기억이 있지만 요즘은 그냥 그렇다. 이모할머니들이 풀처럼 아주 되직하게 끓여 놓아서 클레어의 접시에 담긴 포리지의 가장자리가 벌써 엉기기 시작했다. 그녀는 숟가락을 집어 든다. 전날에도 썼던 변색된 은색 '아기용 숟가락'이다.

클레어는 그들의 호의와 친절에 감사하는 마음을 증명하기 위해서라도 이모할머니들이 만들어 준 아침을 먹을 작정이다. 그녀는 그들을 싫어하지 않고 무서워하지도 않는다—무서워하다니 무슨 그런 말도 안 되는 소리를.

하지만 그릇을 들여다보니 건포도가 회색 풀 같은 포리지 안에서 움직이는 것 같다.

"쟤는 우리가 끓인 포리지가 싫은가 봐, 모랙!" 머리가 주황색인 이모할머니가 외친다.

"네가 끓인 포리지가 싫은 거지!" 척추가 휜 이모할머니가 외친다.

클레어는 당황해하며 아기용 숟가락을 쥔 손에 힘을 준다. 두말하면 잔소리지만 건포도가 움직일 리 없다. 오트밀에 뜨거운 우유를 살짝 넣어서 끓인 포리지야말로 그녀가 가장 좋아하는 아침이다.

"너 때문에 사랑하는 우리 조카 손녀가 당황스러워하잖아—꼭 먹어야 하게 생겼으니."

"먹어야지. 한창인데—한창인 나이에는 잘 챙겨 먹어야지."

클레어가 변색된 아기용 숟가락을 입으로 가져가 건포도를 피해 가며 풀처럼 끈적끈적한 포리지를 씹어서 삼키려고 애쓰는 동안 이모할머니들은 주변을 맴돌며 호들갑을 떨고 파닥거린다. 그들에게서 불길한 분위기가 느껴지는 게 진짜일까? 아니면 친척—유산 상속자랍시고 처음 보는 사람이 등장하면 (아마) 누구나 그렇듯 그녀에게 홀려서, 그녀가 걱정되어서 그러는 것일 뿐일까?

클레어는 이모할머니들에게 물어보려던 결정적인 질문이 하나 있다. 보아하니 도니걸 집안이 이렇게 잘사는데 그녀를 입양 보낸 이유가 뭐였는지. 가족 중에 그녀를 키우겠다는 사람이 아무도 없었는지.

하지만—어떻게 감히 그런 걸 물을 수 있을까. 그녀가 말을 꺼내려 하자 목소리가 갈라진다. 목이 막힌다.

빌어먹을 포리지가 엿처럼 걸쭉하다! 뜨거운 우유를 부어도 별 소용이 없다.

"너무 뜨겁니, 아가? 아니면—"

"너무 미지근하니?"

두 자매는 진심으로 걱정하는 눈치다. 클레어는 전에도 이 집에서 신세를 진 손님이 있었는지 궁금해진다.

엘스페스는 넓은 허리띠가 달린 회갈색 실크 가운을 입고 있다. 아주 오래된 야회복이나 축제에 어울리는 코스튬일 수도 있겠다 싶은데, 희한하게도 그녀가 생각 없이 움직이면 꼭대기가 벌어져 뼈만 앙상한 윗 가슴이 드러난다. 뿐만 아니라 엘스페스는 분을 과하게 칠해서 꼭 피에로 유령 같다. 어젯밤에는 멋지게 보였던 갈매기 눈썹이 오늘은 비뚤배뚤하게 그려졌고, 주홍색 립스틱 역시 마찬가지였다. 얼굴은 퍼그를 닮았고 몸은 땅딸막한 모랙은 산발한 머리를 빗지 않았고, 데님 비슷한 거친 소재로 만든 가운 아래에 그야말로 면 잠옷만 입고 있는 듯하다. 그녀의 희희낙락하는 시선은 클레어에게서 떠날 줄을 모른다.

"우리도 우리가 끓인 포리지 싫어해." 모랙이 능청스럽게 말한다. "리츠에서 주는 포리지하고 수준이 다르거든."

"뜨겁기라도 했으면 좀 더 입맛에 맞았을 텐데. 누가 그걸 식히는 바람에 엉겨 붙어서……."

"누가 스토브에 올려놓은 버너를 꺼 버렸지 뭐니."

"누구라도 정신 바짝 차리고 있어야지. 안 그러면 소방차가 출동하지 않겠어?—지난번처럼."

클레어는 머뭇거리며 미소를 짓는다. 오트밀은 포기했지만 두 할머니가 자기들이 만든 음식을 싫어하나 보다 하고 의심하지 않도록 앙증맞은 숟가락을 계속 들고 있다.

여유가 좀 생기니 방 안에 있는 네 번째 인물이 눈에 들어온다—남자고—나이는 알 수 없다—늙지도 젊지도 않고, 웃지도 인상을 쓰고 있지도 않으며, 조잘거리는 이모할머니들뿐 아니라 클레어에게도 관심이 없는지 식탁 위에 팔꿈치를 얹고 몸을 숙여서 왼손으로는 숟가락을 휘두르고 새 발톱처럼 뻣뻣한 오른 손가락은 식탁 위에 올려놓았다.

놀랍다. 처음 보는 남자인데 어째 낯이 익다—이목구비가 그녀와 모호하게 닮았다. 눈매하며 코가 어딘지 모르게…….

그는 뚜렷한 엠자 헤어라인에 군데군데 흰머리가 보이는 검은 머리, 각진 얼굴을 하고 있다. 별로 상냥한 성격은 아니다. 그럼에도 반쯤 감은 눈으로 클레어를 은밀히 관찰하고 있다. 그의 포리지 그릇 옆에 신문이 세로로 접혀 있다.

당황스럽게도 이 남자는 친척이라는 걸 한눈에 알 수 있을 만큼 그녀와 닮았지만, 보면 볼수록 친척이 맞는지 자신이 없어진다.

그는 피부가 거칠다 못해 곰보 자국까지 있고 회색이다. 그녀는 피부가 하얗고 매끈하다.

그는 입술을 부루퉁하니 옹졸하게 내밀고 있다. 그녀는 잘 웃고 듣기 좋은 말을 잘한다.

그에게는 뭘 먹는 행위가 힘든 일인지 왼 손가락으로 숟가락을 어설프게 쥐고 있지만, 클레어도 알아차렸다시피 이모할머니들은 돕겠다고 나서는 식으로 그의 부아를 돋우지 않는다.

신경이 손상되었나 보다, 클레어는 생각하며 찌릿한 연민을 느낀다. 어쩌면 뇌도 손상되었을지 모른다. 눈빛이 냉랭하고 무감정하다.

"제러드! 이쪽은 네 조카—클레어—"

"—너는 처음 보는 조카지? 우리도 처음 봤어—놀랍지…….”

제러드는 인상을 쓰고 클레어를 쳐다보지만 알은체하지 않는다. 그녀가 방해꾼처럼 느껴지는 모양이다. 아침을 먹으며 신문을 읽지 못하게 하는 방해꾼. 그는 마지못한 듯 고개를 끄덕이고 안녕인가 싶은 말을 중얼거린다.

엉 하는 수수께끼 같은 중얼거림이 아니라면 말이다.

"클레어—우리 조카 제러드는 이 집에서 우리랑 같이 살고 있어—이 아이 엄마가 세상을 떠난 뒤로—"

"네 아버지의 동생이란다, 클레어—"

"아냐. 제러드 나이가 더 많잖아—"

"아냐. 동생이야—"

"그 당시에는 코너보다 어렸지—하지만 지금은 제러드 나이가 더 많아."

"아, 그야 나이를 먹었기 때문이지. 해마다 한 살씩."

"내가 하려던 말이 그거였어! 해마다 한 살씩 나이가 많아진다고."

제러드는 군살 없는 사냥개 같은 스타일이다. 뺨이 푹 꺼졌고 의심이 많으며 그 자리에 없는 사람처럼 입에 오르내리는 데 불편해한다. 카솔라니가 17세기에 그린 유화 속에서 순교당하는 성 바르톨로메오의 괴로운 심정을 대변하는 듯한 표정을 짓고 있다. 클레어가 보기에는 나이 많은 이모할머니들이 애정과 관심이라는 미명 아래 조카의 인내심을 일부러 시험하는 것 같다.

"그런데 있잖니—제러드는 나이가 많지 않아. 제러드는—"

"—우리 눈에는 아직 애지."

지금 보니 제러드에게 흉이 있다. 눈은 클레어와 당황스러울 정도로 닮았지만 안으로 움푹 들어가 가장자리에 그늘이 졌다. 턱에는 듬성듬성 수염이 났고, 면도를 너무 급하게 아니면 너무 무심하게 했는지 뺨에 조그맣게 베인 상처에 핏방울이 맺혀 어슴 푸레하게 반짝거린다. 왼쪽 귀는 미묘하게 짓이겨진 듯하고 양쪽 귀가 모두 벌겋다. 서로 어울리지 않는 헐렁한 갈색 트위드 재킷, 검은색 티셔츠, 코듀로이 바지를 입고 있다. 트위드 재킷은 낡았고 팔꿈치가 나달나달하지만 소재가 고급 모직인 것 같다. 검은색 티셔츠는 후줄근하고 사제 같은 분위기를 풍긴다.

"안녕하세요! 만나서 반가워요─제러드."

제러드라고 이름만 불렀더니 너무 친근하게 느껴진다. 클레어는 제러드 삼촌이라고 불러야 했나 고민한다.

클레어는 마음이 불편하지만 애써 긍정적이고 열띤 표정을 짓는다. 미심쩍은 상황일 때 젊은 편에 속하는 매력적인 여자는 순진한 처자 행세를 하는 것이 상책이다. 그녀는 사랑받고 싶다!─그것도 간절히. 클레어는 고아로 잘못 입양 보내져서 오랫동안 만나지 못했던 제러드의 피붙이 아닌가? 그럼 제러드는 경이로워하는 표정으로 그녀를 보며 환영의 미소를 짓고 있어야 하는 거 아닌가?

의자에서 벌떡 일어나 그녀에게 달려와서 끌어안아야 하는 거 아닌가? 그 힘센 팔로 클레어의 갈비뼈에 금이 가지 않을까 싶을 만큼 세게?

그녀의 뺨에 입을 맞추고 그녀를 보며 그녀와 함께 웃어야 하는 거 아닌가?

하지만 제러드는 그녀를 노려보며 트위드 재킷을 입은 어깨를 움직일 뿐이다. 그가 음 아니면 어라고 중얼거리는 소리가 클레어의 귀에 들린다. 포리지 그릇 옆에 접어 놓은 신문에 집중하지 못하게 된 데 짜증이 난 것이다.

"저는 클레어예요. 아마도—삼촌 조카요. 어, 작은아버지라고 해야 하나요……?"

이런 헛소리를 늘어놓다니! 클레어는 당황해서 얼굴이 화끈거리는 게 느껴진다. 어린애들은 제러드 같은 인간에게 취약하다. 이해할 수 없고 적대적인가 싶은 태도를 보이는, 자기보다 살짝 나이가 많은 사람. 그들이 자신을 업신여기거나 싫어하는 건 알겠지만 그들에게 반감을 살 만한 행동을 한 적이 없으니 이유는 알 수 없다. 이유를 알 수 없으니 얼굴이 아플 때까지 계속 웃으며, 부질없는 희망이라는 걸 알면서도 상대방이 서늘한 미소를 지어 주기 바란다.

하지만 클레어는 어린애가 아니다. 클레어 사이들은 서른이다. 사실 낯빛이 칙칙한 회색인 제러드 도니걸보다 그녀가 훨씬 매력적이다. 다른 상황이었으면 그를 곁눈질로도 쳐다보지 않았을 것이다. 그녀는 괴롭히는 아이들이 동급생이고 선의로 무장한 어른들의 음모에 의해 한 반으로 묶여 지옥 중에서도 가장 끈적끈적한 층처럼 벗어날 도리가 없는, 간악한 어린 시절을 졸업한 지 오래다.

이모할머니들은 가볍게 꾸짖으며 그를 도발한다. "클레어는 네 조카야, 제러드. 어제 우리가 얘기했잖니. 기억 안 나? 저 아이 아빠가—"

"—너도 기억하지? 코너."

제러드는 심하게 인상을 쓴다. 아니라고 고개를 젓는다.

클레어는 이걸 어떻게 해석해야 할지 의아해진다. 제러드는 죽은 자기 형 코너를 기억하지 못하는 걸까 아니면 기억하고 싶지 않은 걸까? 아니면 방금 전에 소개된 젊은 여자가, 자기를 보며 계속 희망 어린 미소를 짓고 있는 젊은 여자가 진짜 자기 조카라는 걸 믿지 못하는 것일 수도 있다.

"클레어는 코너의 막내야, 제러드—"

"너도 기억하지—분명 기억할걸."

클레어는 코너라는 이름이 이렇게 자주, 이렇게 아무렇지도 않은 듯이 거론되는 걸 듣고 심란해진다.

그녀는 누군가가 '코너'라는 이름을 입 밖으로 내뱉은 것이 처음이라는 생각을 한다. 그게 아니라 루셔스 피셔가 전화상으로 얘기를 했었나—기억이 나지 않는다.

그 신비로운 단어에 울고 싶어지는 한편으로 행복한 미소가 지어진다. 내 아버지.

캐서린이라는 여자가 그녀의 어머니였듯이. 내 어머니.

푸는 방법을 알 수 없는 수수께끼같이 이 방 안에, 그녀의 곁에 있는 세 명의 낯선 사람은 그녀와 혈연관계일 뿐 아니라 예전에는 그녀의 아버지를 알았고 원하면 아무렇지 않게 그의 이름을 부를 수 있는 사람들이라는 깨달음이 클레어를 압도한다—코너.

그녀는 기억이 닿는 먼 옛날부터 자신의 상황을 받아들이며 살아왔다—피붙이 하나 없는 고아. 그런데 이제 이렇게…….

클레어는 어머니 해나가 속달로 보내 준 출생증명서를 들여다보고 있다. 과거에도 분명 본 적이 있었겠지만 관심이 없었다 보니 까맣게 잊었다.

내가 누구였는지 알면 뭐 해? 그들은 나를 버렸고 관심이라고는 눈곱만큼도 없었는데.

　머나먼 공간은 이름을 들어도 전혀 실감나지 않듯 (친)부모님의 이름이 클레어에게는 진짜 사람처럼 느껴지지 않았다. 그녀는 이 낯선 사람들이 그녀가 태어난 이후에 죽었다고, 그녀의 탄생이 그들의 죽음을 초래하기라도 한 듯 생각하는 데 익숙해졌다. 하지만 그런 희한한 생각을 할 이유가 없었다. 그녀도 알다시피 그녀는 두 살, 그러니까 세 살이 거의 다 되었을 때 버림받고 입양되었다. 신생아 때가 아니라.

　"클레어는 우리 손님이야, 제러드! 네 손님이기도 하고."

　"클레어는 피셔 씨를 만나러 왔어, 제러드―우리 변호사 말이야."

　"네 변호사이기도 하지!"

　"필라델피아에서 여기까지 차를 몰고 왔대. 대단하지 않니? 혼자 차를 끌고 오다니."

　"유언장 때문에―돌아가신 네 어머니 유언장. 너도 기억하겠지만―"

　"저 아이도 상속을 받았거든. 네 조카 클레어도 말이야."

　"포스트 로드에 있는 그 옛날 농장 말이야. 난 좀―그래……."

　"저기, 네가 조만간 클레어 태우고 나가서 저 아이가 물려받은 농장을 구경시켜 주지―"

　"―이참에 너랑 클레어랑 친분도 쌓고―"

　"―물론―"

　"―그렇지. 물론―"

　"―네가 싫다면 어쩔 수 없지만."

이모할머니의 말이 도발적으로 허공에 머문다. 네가 싫다면.

그 소리에 제러드가 자리에서 벌떡 일어난다. 단단한 나무 바닥에 의자 끌리는 소리가 난다.

그는 조롱 또는 경멸조로 들리는 투덜거리는 소리를 낸다. 누런 이를 드러내며 얼굴을 무섭게 찡그린다. 눈동자가 구멍 안에서 홱 하니 방향을 틀지만—클레어를 쳐다보지는 않는다. 그는 지금까지 클레어 쪽으로 눈길 한번 주지 않았다. 그는 성한 왼손으로 모자와 접은 신문을 낚아채고 뒷문으로 요란하게 나간다.

씻지 않은 남자의 몸과 머리에서 나는 재 비슷한 냄새가 남는다. 그는 뒤로 곁눈질 한번 하는 법이 없다.

이모할머니들은 놀라서 흥분한 타조처럼 경보를 울리며 눈을 휘둥그레 뜬다. 쯧쯧 하는 소리를 낸다. 클레어는 그들이 수다를 빙자한 심문으로 인상을 쓰고 앉아 있던 조카를 내쫓았다고 흐뭇해하는 건 아닌지 궁금해진다.

"어머나! 정말, 정말 미안하다, 클레어—"

"우리 조카 제러드가 원래는 저 정도로—"

"—예의 없지 않은데—"

"—낯을 가려서. 처음 보는 사람들을 편히 대하지 못해—"

"—아무리 친척이라도—"

"—퇴화되고 사회성이 떨어지고—"

"—고집 세고 융통성 없고—"

"—끔찍한 충격—트라우마 때문에—"

"—예전에는 똑똑했는데—"

"—코너만큼 똑똑했지—"

"一아냐!一그 정도는 아니었어一"

"一맞거든. 신학 대학에 입학했을 때一"

"一코너만큼 똑똑하지는 않았어一그건 아니야一"

"一확실히 코너보다 성실하긴 했지. 그 애보다 더一"

"一독실하고. 말도 잘 듣고."

"뭐, 이제는 하느님께서 보살펴 주시니까一"

"一당연히 그래야지! 그런 짓을 저질러 놓고一"

"一쉬이잇! 하느님이 듣고 있으면 어쩌려고?"

이모할머니들은 클레어에게 '노총각 삼촌' 제러드 도니걸이 예전에는 예수회 신부 지망생이었다고 알려 준다. 메인주 포틀랜드의 성 요셉 신학 대학에 다니다 '개인적인 가정사'로 자퇴하고 카디프의 집으로 돌아와 부모님과 함께 사는 수밖에 없었다고 한다.

아버지가 세상을 떠난 뒤로는 홀로 남은 어머니를 어디든 모셔다 드리는 기사 노릇을 했고 최근에는 행선지가 주로 병원과 성쿠트베르토 교회였다. 모두가 입을 모아 말하길一제러드는 헌신적인 아들이었다. 이 집과 부지 관리를 거들었고 동네에서 맡아 하는 이런저런 일이 수입원이었다.

그렇지만 아직까지도 혼자서 종교적인 순례를 계속 이어 나가고 있다.

과연! 클레어는 의문이 들었다. 고통스럽게 찡그린 얼굴, 누런이, 피하는 시선이 그녀에게는 소위 말하는 종교적인 성향을 드러내는 증거처럼 보이지 않았다.

"아, 참말이란다一그렇고말고. 너도 봤다시피一제러드가 사회성이 뛰어난 인물은 못 되지만 일은 아주 믿음직하게 잘하거든.

잔디를 깎고, 나무를 다듬고, 끔찍한 낙엽 청소기가 아니라 진짜 갈퀴로 갈퀴질을 해—요즘은 살 수도 없는 엄청, 엄청 커다란 갈퀴로. 어디든 부르기만 하면 가서 땅도 파고, 파고, 또 파 주지. 집 앞 진입로에 쌓인 눈도 치워 주고. 비가 와도 일을 하고—눈이 와도 일을 해. 덤불도 치워 줘. 지붕과 굴뚝도 고쳐 주고. 깨진 유리창도 바꿔 줘. 페인트칠도 해—전문가만큼 훌륭하게는 아니지만 훨씬 저렴하게. 두말하면 잔소리지만 제러드는 총도 쏠 줄 알아—소총, 엽총. 돈을 주고 마멋이나 라쿤을 쏴 달라고 해도 돼—정원을 망쳐 놓는 성가신 녀석들을. (제러드가 사슴을 쏘지는 않을 거야—카디프에 흰꼬리사슴들이 들끓긴 해도. 시 경계선 안에서 사슴 사냥은 불법이거든. 하지만 부탁하면 제러드가 겁줘서 쫓아 주긴 할 거야.) 사실 액턴 애비뉴 이쪽저쪽에 개를 의지하는 여자들이 많아—'제러드 도니걸이 없으면 우리가 뭘 어쩔 수 있을까!' 다들 이래. 그 아이는 열아홉 살에 신학 대학에 입학해 사제가 되는 것으로 하느님을 섬기고 싶어 했고 한동안은 거기서 행복하게 지냈어. 걔 엄마가 걔를 얼마나 자랑스럽게 여겼는지 몰라—우리 모두 얼마나 자랑스럽게 여겼는지 몰라—하지만……."

"뭐, 알다시피—열아홉이면 어린 나이였지—"

"열아홉이면 어린 나이는 아니야. 신학 대학교 신입생으로서는."

"열아홉이면 어린 나이야. 제러드가 어렸으니까—어떤 사람들 말마따나 순진했지. 너무 독실했고."

"열심히 일하고, 라틴어를 배우고, 사제에 걸맞은 인물이 되려고 너무 애쓰느라 그 스트레스 때문에—"

"—너무 잘하려고 하느라—"

"—하느님으로 충만한 그릇—"

"—예수님으로 충만한—"

"—딱한 제러드가 감당하기에는 너무 부담스러워서—우리가 생각하기에는…….'

"그러고 나서—우리 가족의 비극이…….'

"딱한 제러드! 모든 게 너무—갑작스럽게 끝나서…….'

"아니, 너 지금 무슨 소리를 하는 거니? 딱한 코너 말이야?"

"코너, 제러드—사랑하는 우리 조카들!—주님 저희에게 자비를 베풀어 주소서."

클레어는 열심히 듣고 있다. 옆에서 못된 어른들이 암호 비슷한 말을 속사포처럼 쏟아 내는 것을 듣고 있는 어린애가 된 심정이다. 무슨 소린지 전혀 알아들을 수 없다. 온몸의 세포를 동원해서 귀를 기울여야 한다. 이모할머니들이 무슨 얘기를 하고 있는 걸까?

클레어의 귀에 힘없이 더듬거리는 자신의 목소리가 들린다. "그럼—두 분이—지금—살아 계시지—않는다는 말씀이죠? 저희 부모님 말이에요."

놀람이 깃든 정적이 이어진다. 엘스페스와 모랙은 아주 찰나의 순간 동안 서로를 흘끗거린다. 어리고 순진한 조카가 터무니없는 발언이라도 한 것처럼 아무 대꾸도 하지 않는다.

당연히 너희 부모님은 죽었지. 앞으로 어느 누구도 그 둘을 입에 담지 않을 거야.

어떻게 생각했니—그 둘이 여태껏 살아 있고 너를 기다리고 있

을 거라 생각했니?

클레어는 이모할머니들을 보고 싶지 않다. 그들이 어떤 감정이 담긴 얼굴로 그녀를 바라보고 있는지 확인하고 싶지 않다. 연민일까? 동정일까? 분노일까?

그녀는 아침을 잘 먹었다고 인사하고 겨자색 비닐이 덮인 길쭉한 식탁 치우는 일을 돕겠다고 하지만, 엘스페스가 괜찮다며 나지막이 쏘아붙인다.

"무슨 소리! 그건 안 된다, 클레어. 넌 모드 도니걸의 집을 찾아온 손님이야."

모랙도 격하게 맞장구친다. "그럼. 그렇고말고. 식탁은 내가 치울게. 내 차례인 것 같으니까." 그녀는 짧은 다리를 딛고 몸을 일으키며 황당한 유머라도 들은 양 코웃음을 친다.

이모할머니들은 돌아가며 집안일을 하는 모양이다. 그들은 유언 검인이 끝나고 언니의 유산을 정리할 때까지 집안일 돕는 사람을 줄여야 한다고 클레어에게 설명한다.

"'돌아가며'라니—말도 안 돼! 집안일은 내가 거의 다 하는데." 모랙이 명랑하게 웃음을 터뜨린다.

"아니야! 무슨 그런 모함을."

"모함이라고?"

"금전적인 업무랑 정신노동은 내가 다 하잖아. 그게 훨씬 힘든데……."

두 자매가 티격태격하는 동안 클레어는 창가로 다가가 밖을 흘끗 내다본다. 제러드는 어디 갔을까? 금이 간 판석 길을 가로질러 길게 이어지며 빗물을 뚝뚝 흘리고 있는 지저분한 쥐똥나무 산울

타리 말고는 아무것도 없다. 제러드가 그쪽으로 간 것 같았는데 흔적조차 보이지 않는다.

"제러드도 이 집에서 두 분이랑 같이 살아요?" 클레어가 묻는다.

"제러드도 우리처럼 자기 엄마 집에서 살지." 엘스페스가 대답한다. "우리는 도니걸 집안 사람이 아니야—모랙이랑 나는. 우리는 성이 레이시란다."

엘스페스는 레이시라는 성에 클레어가 감탄이라도 해야 하는 듯 자랑스러워하며 말한다. 모랙이 바로잡는다. "우리 처녀 때 성이 레이시라고 해야지."

"무슨 소리야! 레이시는 우리 처녀 때 성이 아니라 그냥 우리 성이지—우리는 결혼한 적이 없는데."

"당연히 결혼한 적이 없지! 나는 확실히 없어." 모랙이 다시 껄껄대며 웃는다.

"그러니까 결혼한 적이 없으면 '처녀 때' 성이 없어. 그냥 성만 있는 거지. 가끔 나는 엄청 간단한 것도 이해하지 못하는 고집 센 바보를 상대하는 기분이 들 때가 있더라." 엘스페스는 클레어를 향해 눈을 부라리며 짜증 섞인 웃음을 터뜨린다.

하지만 모랙은 클레어의 관심을 빼앗길 생각이 없다. "모드 언니는 우리 레이시 집안의 자매 중에서 유일하게 용감하게 결혼을 감행한 사람이었어. 남들에게는 없는 용기를 갖춘. '종족 번식'이라는 것이—어떤 사람들에게는 너무 버거운 과제거든."

"그리고 결혼 상대도 아주 잘 골랐지. 나이 많은 신사로—"

"—릴, 런드라고—"

"하지만 결코 우리에게 등을 돌리지 않았어—잠깐이라면 모를까."

"그게 무슨 소리야—잠깐이라면 모를까라니? 모드 언니는 가족들을 잘 챙겼어. 매번—"

"—아주 매번은 아니야—"

"—그리고 비극이 닥치자 동생들을 자기 옆으로 불러야 했지."

비극이라고?—교통사고를 말하나 보다, 클레어는 생각한다. 하지만 이런 예민한 문제에 대해 이모할머니들에게 물어볼 용기가 나지 않는다.

이모할머니들은 제러드가 서품되기 고작 몇 달 전에 신학 대학을 자퇴하는 수밖에 없었다고 말한다. 5, 6년 동안 아주 열심히 노력한 청년으로서는 끔찍한 일이었다. "예수회 사제가 되려면 정말이지 오랜 시간을 들여야 하는데. 제러드는 영적으로 엄청 독실했어. 지금하고는 다르게. 하지만 그걸 발견한 사람이 제러드였지—사고 현장을 발견한 사람이."

클레어는 꼼짝 않고 서서 듣고만 있다. 사고?

"그런 광경을 목격한 제러드는 엄청난 충격을 받았고 그 충격을 끝내 극복하지 못했어. 이른바 신경 쇠약증에 걸려서—그것 역시 끝까지 극복하지 못했고."

"그렇게 독실한 사제를 잃다니 교회로서도 얼마나 비극이니! 제러드를 알았던 사람들은 입을 모아서 사제가 그 아이의 운명이라고 했는데—어린 나이에도 표정에서 얼마나 경건함이 느껴졌는지 네가 봤어야 하는데."

"성가대 활동을 했을 때도—보이 소프라노 중에서 목소리가 가장 깨끗했고……."

"코너하고는 달랐지―걔는 세상을 포기하고 하느님을 선택할 타입이 아니었거든. 제러드라면 모를까……."

"아, 코너! 그 아이도 끔찍한 대가를 치렀지―세상을 너무 사랑한 죗값을."

"그 여자를 너무 사랑한 죗값을."

"아! 주여, 그 아이의 영혼을 축복해 주소서."

"그 아이들 모두의 영혼을 축복해 주소서."

클레어는 고마워하며 열심히 듣는다. 그 여자? 그녀의 어머니 캐서린을 말하는 걸까? 그녀가 생각하기에 이모할머니들은 지금 미치도록 애매모호하게 결정적인 정보를 제공하고 있다. "사고라니―저희 부모님이 돌아가신 사고 말씀이세요? 교통사고요?"

엘스페스가 경고하듯 모랙과 눈을 맞춘다―아무 말도 하지 마.

하지만 너무 대놓고 시선을 주고받는다. 아무래도 클래어가 눈치껏 알아채서 캐묻길 바라는 것 같다.

"제러드가 사고 현장을 '발견'했다고 하셨죠? 그러니까―길에서요? 고속 도로에서? 제러드가 제 부모님이 어디 계신지 알아보려고 차를 몰고 나갔나요? 그랬단 말씀이세요?" 클래어는 물에 빠져 죽어 가는 사람처럼 허우적대는 느낌이다. 하지만 이모할머니들은 바닷가의 구경꾼처럼 호기심 어린, 그다지 다정하지 않은 눈빛으로 그녀를 물끄러미 응시하고만 있다.

엘스페스가 다시 짜증 섞인 한숨을 내뱉는다. 모랙은 웃음을 참느라 실금 같은 입술을 오므리고 있다.

"제러드가 고속 도로에서 사람을 발견했다고 누가 그러디? 전혀 아니야. 제러드가 발견한 건―(자세한 정황은 우리도 몰라, 공개되지 않았거든)—그—"

"—시신들…….."

"—난 잔해라고 하려 그랬는데. 나는 잔해가 더 알맞은 단어라
고 생각해."

"잔해라니 너무 끔찍하잖아! 그만 좀 해."

"너나 그만 좀 해. 어쭙잖게 굴지 말고."

클레어는 머리가 어지럽고 집중이 되지 않는 느낌이다. 자기
들이 겨냥한 청중은 클레어가 아닌 듯 서로를 노려보고 있는 두
할머니 앞에서 계속 다정하게 미소를 짓고 있는 것도 힘이 든다.

그들이 조그만 화살을 그녀의 심장에 한 다발 꽂았다. 상처가
얼마나 심각한지는 아직 잘 모르겠다.

"됐어요! 그만 들을게요." 그녀는 말하고 2층 손님방으로 물러
난다. 구닥다리 화장실로 들어가 골동품 변기 앞에 쪼그리고 앉
아 진땀을 흘리고 구역질을 하며 비참한 심정을 달랜다. 묽고 시
큼한 냄새가 나는 액체만 나온다. 그녀의 속을 뒤집어 놓은 게 뭔
지 몰라도 배 속에서 작고 끈적끈적한 공처럼 뭉쳐져 쉽게 토해
낼 수 없다.

저들은 내가 자기 언니의 재산을 물려받게 되어서 꼴 보기 싫
은 걸까?

나는 자기들 가족이 아니라서 여기 있을 권리가 없으니까?

저들이 내게 약을 먹였을까—또?

8

그녀는 평생 단호하게 그들을 떠올리지 않았다―(친)부모님을 말이다.

이제는 강박증 환자처럼 그들 생각만 한다. 생각들이 살갗 깊숙이 파고든 진드기 같다.

조그맣고 징그럽게 생겼지만 족집게로 뽑으려 했다가는 갈가리 찢겨서 돌이킬 수 없을까 봐 감히 건드릴 수 없는 벌레들.

부모님이 살아 있는지 죽었는지 궁금해서 죽을 것 같다. 죽었다면 어떻게? 무슨 이유로? 그리고 도니걸 집안이 잘살았음에도 그녀를 입양 보낸 이유는 뭐였는지?

클레어는 부모님이 어디에 묻혔는지 물어볼 것이다. (그들이 어디에든 묻혔다면.) 이곳 카디프의 묘지를 찾아갈 것이다. 그날은 줄리아 마거릿 캐머런이 찍은 몽환적인 사진처럼 우중충하고 음산하고 흐리고 비가 퍼부을 것이다.

어린애처럼 끈질기게 반항하며 이런 생각은 하지 않는다. 어쩌면 둘 중 한 분이라도 살아 계실지 몰라. 아예 불가능한 얘기는 아니야.

클레어가 액턴 애비뉴의 기분 나쁜 호박돌 집을 나선다. 어찌나 마음이 날아갈 듯 가벼워지는지!

밖에 나오니 공기가 훨씬 상쾌하다. 좀 더 깊게 심호흡을 할 수 있다. 잔뜩 찌푸린 하늘 사이로 반투명한 구름층이 서서히 고개를 내밀고 있는 듯하다. 그녀는 좌우를 두리번거린다―누굴 찾느라 그러는 걸까? 절뚝거리며 걷는 사람…….

하지만 없다. 아무도 없다.

카디프 시내에 있는 루셔스 피셔의 사무실로 차를 몬다. 오전 11시에 만나기로 했는데 늦을까 봐 불안하다. 머릿속이 뒤죽박죽 어지럽다. 이모할머니들을 어떻게 받아들이면 좋을지―그들을 믿어도 좋을지 잘 모르겠다.

그녀는 말도 안 되는 생각하지 말자고 속으로 중얼거린다. 할머니들은 당연히 그녀를 선의로 대하고 있을 것이다. 짜증 나고 부아를 돋우기는 하지만―기본적으로 그녀의 편이다.

그럼에도―그 둘이 가끔 클레어를 깔보는 것처럼 느껴질 때가 있다. 못되게 놀려 먹는 것처럼 느껴질 때가 있다.

그들이 그녀의 부모님에 대해 뭐라고 했는지 기억을 더듬어 보지만 생각이 나지 않는다. 얼굴 바로 앞에 무명 커튼 비슷한 게 있어서―그 너머는 보이지도 들리지도 않는다.

두 분이 살아 계신가요―아닌가요? 제발 알려 주세요.

한바탕 토악질을 하고 난 터라 아직까지 기운이 없다. 메슥거림은 거의 가라앉았지만 끈적끈적한 오트밀 덩어리는 아직 배 속에 남아 있다.

그녀는 그날 오후에 도니걸의 집에서 나오기로 한다. 피셔를 만난 뒤에. 거기서 다시 식사를 하는 위험 부담을 감수할 수는 없다. 그들이 약을 먹이려는 건 아닐지 몰라도 음식이 상했을 수 있다.

루셔스 피셔에게 어떤 얘기를 듣느냐에 따라 내일 아침에 브린모어로 돌아가는 것으로 결정을 내릴 수도 있겠다.

유산을 몰수당할 수도 있겠지만. 그래도.

갑작스러운 결정이다. 칼을 빼 들어 자기 목을 긋는 것처럼.

예전에 한번 만나던 사람에게—갑자기—말했던 것처럼. 됐어. 이만 끝내자. 우리는 여기까지인 것 같아.

그녀의 유일한 유산. 피붙이들과의 유일한 연결 고리. (세상을 떠난) 부모님과의 연결 고리.

그건 포기할 수 있다. 그녀는 도니걸 집안 사람들이 없어도 사는 데 아무 지장이 없다. 평생을 그들 없이 살았는데 이제 와서 그들에게 휘둘릴 이유가 없지 않은가.

제러드 도니걸이 의자를 밀며 일어나 그녀에게서 등을 돌리고 걸어 나갔던 것을 보라. 아버지의 남동생. 나와는 아무 관계없는 사람. 무슨 관계가 있어야 하겠어? 전혀 없지.

클레어는 3킬로미터밖에 되지 않는 거리를 이동하고도 남을 만큼 충분히 여유 있게 액턴 애비뉴의 집에서 나섰지만 그래도 늦는다. 카디프의 중심가인 스테이트 스트리트를 찾고 보니 놀랍게도 11시가 다 되었다. 이후에는 도심으로 향하는 좁고 미로 같은 일방통행로에 갇힌다. 길게 꼬리를 문 차량들이 끝없이 이어지는 공사 현장을 장의 행렬처럼 느릿느릿 엄숙하게 편도 1차로로 지나고 있다. 또 이후에는 차를 주차하고, 무너진 건물투성이라 잡석으로 둘러싸인 동네를 필사적으로 뛰어다니며 받은 주소지의 건물이 어딘지 찾아다닌다…….

늦겠다! 이러다 결국 늦겠다.

망할. 왜 그랬어? 왜 발신자가 누군지 모르는 전화를 받은 거야?

그게 일차적인 판단 착오였다.

9

"사이들 씨! 앉으세요."

루셔스 피셔는 클레어와 힘차게 악수하고는 손을 잡음과 동시에 놓는다. 골똘한 눈빛으로 바라보며 너무나 사무적으로 대하는 그를 보고, 클레어는 그녀와 이 중년 변호사와의 사이에서 특별한 유대 관계가 형성될 일은 없겠다는 사실을 단박에 알아차린다. 그녀의 가슴속에서 단단히 뭉쳐져 있던 뭔가가 무너져 모래처럼 주르륵 흘러내린다.

바보 같으니! 루셔스 피셔는 통화를 했을 때 낮은 바리톤의 음성으로 그녀에게 주문 비슷한 걸 걸었다. 그녀는 카디프라는 머나먼 곳, 최근까지 들어 본 적도 없는 그곳에서 (있을 법하지도 않은) 로맨스, 성적 끌림 비슷한 무언가를 기대라도 했던 걸까.

적어도 친구는 될 수 있지 않을까. 그녀에게 관심을 기울여 줄 수도 있는 사람으로서.

통화할 때 피셔는 그녀에게 비밀을 털어놓는 분위기였다. 그게 그녀만의 착각이었을까—과연?

그는 그녀에게 약속을 하는 것 같았다—내가 잘 이끌어 줄게요, 클레어. 나는 믿어도 돼요.

피셔는 자신이 모드 도니걸의 유언장을 작성한 변호사이자 유언 집행인이라고 신중하게 설명한다. 이번 유언장은 20년 동안 여러 번 수정이 되었다 보니 몹시 복잡하다고 한다.

"유언장의 원안은 저희 회사의 다른 변호사가 작성했습니다." 피셔는 어떤 이름을 언급하지만 클레어에게는 아무 의미도 느낌도 없다. "하지만 그 원안은 당연히 바뀌었죠. 릴런드 도니걸의 사망 후에 또다시 바뀌었고요."

클레어는 그가 이런 설명을 늘어놓는 이유가 궁금해진다. 할머니의 유언장을 둘러싼 수수께끼 비슷한 게 있는 걸까? 불법적인 부분이라도? 피셔가 "그 무시무시한 이모할머님, 고릿적 노처녀 자매."라며 레이시 집안의 엘스페스와 모랙 자매 얘기를 꺼내자 그녀는 흥미로워진다. 엘스페스와 모랙은 둘 다 1960년대에 메인대학교에서 교육학을 전공했다. 둘 다 공립 학교에서 근무했다. 엘스페스는 중학교 교장으로 많은 이에게 존경(그리고 공포)의 대상이었다. 모랙은 수학을 가르쳤고 학교 양궁팀 지도 교사였다. 둘 다 성 쿠트베르토 교회 활동을 열심히 했다. 조카 제러드—모드 도니걸의 작은 아들—는 20대 초반에 포틀랜드에서 예수회 신학 대학에 다녔다.

"젊었을 때 제러드는 기대를 많이 모았다고 해요. 물론 난 그때는 제러드를 몰랐고—나중에서야 알게 됐지만요."

나중에? 클레어는 이 말에 주목한다.

피셔는 원래 이 회사에서 파트너 변호사로 근무하다 은퇴한 릴런드 도니걸을 의뢰인으로 만나면서 그를 통해 도니걸 집안을 알게 되었다고 한다. 릴런드는 도니걸 집안의 목재 사업을 물려받았고—"메인주에서 숲 벌목 작업으로 돈을 번, 이 동네에서 뼈대 있는 집안 중 하나예요."—카디프 기준으로 아주 잘사는 편이었다.

그런데 알고 보니 릴런드는 사업에 관심이 없었다. 그는 카네기나 록펠러 집안처럼 유명한 자선 사업가가 되고 싶어 했다. 그가 이 지역 고등학교, 박물관과 대학교, 병원, 교회에 전달한 기부금이 도합 수백 만 달러에 달하면서 자산이 바닥을 드러내기 시작했다.

"결국에는 '민망한' 사태가 벌어졌죠. 제러드가 다니던 예수회 신학 대학에 릴런드 씨가 백만 달러를 지원하기로 했는데—가족들로서는 창피한 일이었지만 그 약속을 지키지 못했거든요. 다른 약속들도 마찬가지였고요."

클레어는 제러드의 젊은 시절에 대해 좀 더 알고 싶어진다. 그 당시에도 사회성이 떨어졌고 장애와 기형이 있었는지. 아니면 이후에 무슨 일이 생긴 건지. 하지만 루셔스 피셔의 눈에 꼬치꼬치 캐묻기 좋아하는 사람처럼 비치고 싶지 않다.

"그리고—제 부모님은요? 두 분은……."

클레어는 말을 하다 말고 머뭇거린다. 틀림없이 답을 알고 있다.

피셔는 클레어의 질문을 듣고 놀랐을지언정 신사답게, 그리고 전문가답게 티를 내지 않는다.

"부모님이요, 사이들 씨? 당연히 알고 계시리라 믿지만—유감스럽게도 생존해 계시지 않습니다."

생존해 계시지 않다. 이 얼마나 특이한 단어 선택인가.

"두 분은 1989년 1월 6일에 돌아가셨어요—그날로 고인이 되셨죠."

"아. 그렇군요." 클레어는 공허한 미소를 짓는다. 눈을 훔친다. 그런데도 그녀가 제대로 들은 게 맞는지 아직 잘 모르겠다. "그러니까—두 분 다요? 두 분 다…… 돌아가셨나요?"

"유감스럽지만, 네. 두 분 다요."

"그날에요? 두 분이—동시에요?"

"아무 얘기도 못 들으셨나요, 사이들 씨?"

"아—아마—들었겠죠. 하지만……."

당연히 클레어는 알고 있다. 이미 알고 있었다. 분명 알고 있었다. 사이들 부부에게 들었다. (그렇지 않았을까?) 하지만 오래전 일이다. 분명 아주 오래전 일이다.

부모님이 한 분 아니면 두 분 다 살아 있을지 모른다고 생각했다니, 메인주 카디프에서 그들과 '재회'할 수 있을 거라고 생각했다니 이 얼마나 한심한 발상이었던가. 그녀는 문득 깔깔대고 웃고 싶어진다.

제발 나 좀 도와주세요. 너무 외로워요. 제발 도와주세요.

클레어는 생각을 떨쳐 버리려고 고개를 젓는다. 도대체 무슨 생각을 하고 있는 거야! 얼굴로 피가 쏠리고 (당황하고 불안해진) 변호사에게 그녀의 생각을 들키는 건 아닌지 걱정이 된다.

피셔가 미안해하는 투로 뻣뻣하게 말한다. "심란한 소식을 전해서 죄송합니다, 사이들 씨. 혹시 제가 도울 일이라도……."

"있어요. 듣고 싶어요. 제 부모님이 어떻게 돌아가셨는지."

"사이들 씨 부모님이 어떻게 돌아가셨느냐고요? 아, 제가 알기로는—확실히 밝혀진 바가 없었어요. 저도 그 당시 카디프가 아닌 다른 데서 살고 있었기 때문에 자세한 정황은 모릅니다만……." 피셔는 내키지 않아 하며 조심스럽게 말한다. "제가 드릴 수 있는 최선의 조언은 부고를 읽어 보시라는 겁니다, 사이들 씨. 그리고 다른 공식 기록도요. 인터넷에서는 부고가 검색되지 않을지 모르지만 중앙 도서관에 〈카디프 저널〉이 마이크로필름으로 보관돼 있어요. 그게 가장 현실성 있는 접근일 겁니다."

"두 분은 사고로 돌아가셨나요? 교통사고로?"

"일종의 사고였을지 모르죠. 그랬을 수도 있어요. 하지만 직접 읽어 보세요. 저는 그편을 권하겠습니다."

"어떤 사고였는데요?"

클레어는 불길이 활활 타오르는 고속 도로의 대참사 현장을 상상한다. 대형 트레일러, 완전히 박살 난 자동차. 그녀는 부모님과 함께 차를 타고 있지 않았던 이유가 궁금해진다. 그때 그녀는 어디 있었을까?

"사이들 씨, 아까도 말씀드렸다시피—저는 그 당시 카디프에 살지 않았고 당신의 할아버님인 릴런드 도니걸 씨와 직업적으로 아무 관련이 없었어요."

잠시 정적이 흐른다. 너무 많은 이야기가 너무 갑작스럽게 쏟아져 흡수가 되지 않는다. 클레어는 구불구불한 비탈길을 빠른 속도로 질주하는 차에 붙들려 있는데 핸들을 돌릴 수도 브레이크를 밟을 수도 없는 포로가 된 심정이다.

피셔는 화제를 돌리려고 커피 한잔하겠느냐고 묻는다. "드시겠다고 하면 안내 데스크 직원에게 한잔 가져다 달라고 할게요."

클레어는 고맙지만 괜찮다고 한다. 이렇게 예민할 때는 소소한 친절도 더 고맙게 느껴진다.

피셔는 계속 클레어 부모님의 죽음이라는 화제에서 벗어나는 데 집중한다. 그녀에게 과하게 예의를 갖추어 가며 카디프의 첫인상이 어땠느냐고 묻는다. 이모할머니들은 어땠는지. 브린모어에서 여기까지 해안가를 따라온 길은 어땠는지.

클레어는 더듬더듬 대답한다. 뇌의 일부분을 동원해 잡담이라는 행위에 참여한다.

"카디프의 이름이 원래는 카디프 바이 더 시였던 거 아세요? 하지만 이제는 아무도 그렇게 부르지 않고 대부분의 주민들은 그 이름을 잊어버렸죠."

선의를 바탕으로 사적인 질문이 이어진다. 클레어는 피셔가 그녀에게 마음의 준비를 시키려고 그러나 보다 하고 생각한다. 그는 자신의 사무실이라는 이 좁은 공간에서 그녀의 심기를 건드릴까 봐 몸을 사리고 있다.

클레어는 미네소타대학교에서 학부를 졸업하고 시카고대학교에서 미술사로 박사 학위를 받았지만 미술사를 가르친 적은 없다고 말한다. 연구 보조금을 신청해 단독으로 프로젝트를 진행 중이라고 덧붙인다. 구겐하임에서 맨 처음으로 보조금을 받았을 때는 거트루드 케세비어의 생애와 작품을 주제로 논문을 완성해 유명한 미술사 전문 출판사에서 출간했고 조그만 전문 잡지에서 호평을 받았다. 두 번째로 보조금을 받은 곳이 브린모어 인문학 연구소다. 이렇게 설명하고 보니 클레어의 인생이—그녀에게는 빈약하고 미니멀하며 심지어 수도승처럼 느껴지는 인생이—어째 전보다 의미 있게 느껴진다. 피셔는 인상 깊게 듣고 미소를 짓는다. 사실 이렇게 우회적으로 묘사된 인생에는 낭만 비슷한 게 있다.

"아! 부럽네요, 사이들 씨. 법이 아니라 멋진 것들과 더불어 지내시니 말이죠."

클레어는 말없이 고개만 끄덕인다. 맞아요.

"예술의 세계에서는 추한 것도 왠지 모르게 아름답지 않습니까?"

클레어는 그렇다고 대답한다. 그녀도 종종 같은 생각을 한다. 반항적이고 신비롭게 추할수록 더 아름다워진다고 말이다. 맞아요.

"하지만 오늘은 유언의 조항에 대해 알아보러 오셨잖습니까?"

클레어는 모드 도니걸의 유언장에 언급된 여러 유산 수령인 가운데 한 명에 불과한 듯하다. 루셔스 피셔도 인정했다시피 도니걸 부인이 복수의 유언장을 보관하고 있었고, 그중 두 개는 카디프가 아니라 포틀랜드의 변호사 사무실에서 작성된 거라 상황이 더 복잡하다. 엘스페스와 모랙을 비롯해 수령인들이 도니걸 부인의 눈에 들었다 눈 밖에 났다 하는 과정을 반복하는 동안, 그들의 이름 역시 그녀의 작고 가느다란 친필에 따라 삭제되었다 추가되었다 하기 일쑤였다. 대개의 경우 제대로 된 증인은 없었다. 물론 가장 최근인 2017년 11월에 피셔 본인이 작성하고 유언 집행인으로 지명된 유언장이 최우선시되지만, 기존의 유언장에 상속인으로 거명되었던 사람들이 이의를 제기하면 그들의 주장이 타당할 경우 합의금을 받을 수 있다.

피셔가 클레어에게 밝힌 바에 따르면 2015년 이전에 작성된 유언장에는 그녀의 이름이 등장한 적이 없었기 때문에 상황이 한층 더 복잡하다. 상속은 '코너 도니걸의 생존한 딸'에게 이루어졌다. 모드 도니걸은 가장 최근에 작성한 유언장에서야 클레어 엘런 사이들이라는 이름을 밝혔다.

정말 이상하네, 클레어는 생각한다. 코너 도니걸의 생존한 딸이라—클레어에게 어머니는 없다는 식이지 않은가…….

그리고 생존한 딸이라니 생존하지 못한 딸이 있을 수도 있다는 뉘앙스를 풍긴다.

하지만 피셔는 유산에 관한 한 전혀 애매할 게 없으니 안심하라고 한다. 열다섯 평 남짓한 농지와 숲, 애시퍼드 카운티 북부의 포스트 로드라는 길에 있는 농가와 별채다.

그렇다. 부동산이다. 생각만으로도 행복감이 클레어의 온몸으로 번진다.

"안타깝게도 어떤 곳인지 사진으로 보여 드릴 수는 없습니다. 저도 본 적이 없어요. 애시퍼드 카운티 북부는 인구가 많지 않을 겁니다. 바닷가를 따라 아름다운 풍경이 이어지고 언덕이 많아요. 이 부동산은 그냥 방치돼 있었다고 들었는데……. 체납된 세금이 있어서 사이들 씨가 납부해야 할 겁니다. 법적으로 그렇거든요!"

루셔스 피셔는 흥분한 목소리로 법적으로 그렇거든요! 하고 외친다.

뿐만 아니라 클레어는 최소 3개월은 기다려야 그 부동산을 소유할 수 있다고 한다. 유언 검인 절차가 얼마나 복잡한지 아는지 모르겠지만…….

클레어는 고개를 젓는다. 그녀는 유언 검인 절차에 대해 아는 게 거의 없다. 유언장에 대해서도 마찬가지다. 멍하고 집중이 잘 되지 않는다.

생존해 계시지 않다. 생존한 딸.

피셔는 원하면 유언장을 담보로 대출도 받을 수 있다고 한다.

"사람들이 유산을 담보로 돈을 빌리나요?" 클레어는 놀라워한다.

"네. 많이들 그렇게 합니다."

"그래요? 음, 저는 사양할게요."

나를 사랑한 사람이 있었다. 그토록 오랜 시간 동안.

그건 사실이다. 클레어의 할머니는 애써 그녀의 이름과 사는 곳을 파악했고, 오랜 세월이 흐른 뒤에 클레어의 이름을 유언장에 올렸다.

"사람들은 뜻밖의 행동을 하곤 합니다." 피셔가 클레어의 생각을 읽기라도 한 듯 말한다. "생의 마지막을 앞두고 있을 때. 양심의 감화인 경우도 있어요—반쯤 묻혀 있던 신이 깨어난 거죠."

이 무슨 희한한 발언이람! 클레어는 생각한다. 이제 보니 루셔스 피셔는 보기와 다르게 전혀 평범하지 않다.

"제가 아는 한 도니걸 부인은 별로 엉뚱한 분이 아니었는데, 유언장을 공개해 보니 그런 면이 좀 있네요."

피셔는 클레어가 들고 갈 수 있게 유언장에서 그녀와 관계가 있는 부분을 복사해서 준비해 두었다. 유언장 전체는 서른 장이 넘는 빽빽한 법률 용어로 이루어져 있지만 대부분 그녀와 무관하다.

"감사합니다! 이건 정말이지—음, 놀라운 일이네요……."

클레어는 너무 기뻐서 이 소식을 공유할 사람이 있으면 좋겠다는 생각이 든다.

이 나이에. 뜬금없지만. 어쨌든 날 생각해 주는 사람이 있었어.

피셔가 자리에서 일어난다. 이제 그만 자리를 정리할 시간이다. 그녀가 더 궁금한 게 없다면…….

그녀는 깜빡한 게 있다는 사실을 깨닫는다……. 그런데 뭘 깜빡했을까?

루셔스 피셔의 책상 뒷벽에 반짝이는 마호가니 액자에 담긴 졸업장이 걸려 있다. 루셔스 M. 피셔, 메인대학교 법학 대학원.

클레어는 순간 졸업장이 진짜일까 하는 생각이 들자 당황스러워진다. 이 모든 일 중에 뭐라도 진짜인 게 있을까?

그녀라는 인물이 증발하고 있는 듯한 느낌이다. 아침 태양이 강렬하게 내리쬐인 이슬처럼.

어린애처럼 애처로운 목소리로 묻고 싶어진다—제 부모님은 살아 계신가요, 아니면 돌아가셨나요?

또 묻고 싶다. 두 분이 어떻게 돌아가셨을까? 그녀가 버림받고 입양된 이유는? 도니걸 집안에서 그녀를 키우겠다고 나선 사람이 아무도 없었나?

부모님이 어디 묻혔는지 물어볼 수도 있다. 어디 묻힌 게 맞는다면.

클레어는 일을 할 때 생각을 아주 분명하게 표현하는 성격이라 꿀 먹은 벙어리가 되거나 쑥스러워하는 경우가 거의 없다. 그런데 루셔스 피셔 앞에서는 결정적인 질문을 했다가 듣게 될 대답이 두려워서 전전긍긍한다.

어쩔 수 없지 뭐, 클레어는 생각한다. 그녀에게 기회가 주어졌지만 날리고 말았다.

헤어질 때 변호사는 처음보다 덜 무뚝뚝하게 악수를 한다. 클레어에게 어느 정도 마음의 문이 열려서 너그러워졌다.

그는 도서관에 보관된 카디프 신문을 검색해 부모님의 죽음에 대해 좀 더 알아보라고 짚어 준다—"이 길을 따라서 조금만 가면 돼요." 그가 친구인 사서에게 연락해 클레어가 볼 수 있게 마이크로필름을 준비해 달라고 할 수도 있단다.

"어떤 경우든 사람들에게 듣는 얘기보다 공식 기록이 더 낫죠, 사이들 씨. 객관성을 전적으로 믿으세요."

10

돌아가셨다. 생존해 계시지 않는다. 고인이 되셨다. 1989년 1월 6일 이후로.

클레어는 카디프 공립 도서관에서 맞닥뜨릴 진실에 대비해 독하게 마음을 먹는다.

그래도 사서가 깍듯하게 맞아 주니 기운이 난다. "사이들 씨죠? 방금 전에 피셔 씨에게 연락받았습니다."

"맞아요! 감사합니다."

클레어는 건물 뒤편의 조그만 방으로 안내된다. 돌돌 말린 마이크로필름과 핸드 크랭크가 달린 프로젝트를 제공받는다. 친절한 사서가 핸드 크랭크 돌리는 법을 조심스럽게 알려 준다. "마이크로필름이 오래됐다는 걸 잊지 말아 주세요." 클레어 사이들은 이보다 훨씬 오래된 마이크로필름을 다루는 데 이골이 난 미술사학자이지만 이런 식의 공손한 태도가 고맙게 느껴진다.

1989년에 발행된 〈카디프 저널〉이 몇 상자의 마이크로필름에 담겨 있다. 그녀는 원본이 여전히 존재하는지 아니면 썩어서 바스러지도록 방치되었는지 궁금해진다.

클레어는 부고란을 뒤져야 하는 줄 알고 있다가 1898년 1월 8일 자 〈카디프 저널〉 1면에서 곧바로 이런 헤드라인을 발견하고 깜짝 놀란다.

살인 후 자살 추정 사건으로 4인 사망
성인 2명, 아동 2명 등
애시퍼드 카운티에서 온 가족 사살

클레어는 충격으로 그 자리에 얼어붙는다. 아버지가 가족을 살해하고 스스로 목숨을 끊은 건가?

그녀의 눈에 눈물이 고인다. 머릿속에서 격한 함성이 들린다.

믿기지 않는다. 신문이 눈앞에서 흔들린다. 도니걸이라는 성을 쓰는 남자가, 그녀의 아버지로 추정되는 남자가 아내와 딸과 아들을 총으로 쏘아서 죽였다. 애시퍼드 카운티라는 시골 지역의 포스트 로드에 위치한 자택에서.

클레어는 기사를 읽고 또 읽기까지 시간이 필요할 것 같다. 이해하기까지 시간이 필요할 것 같다. 손가락에서 감각이 사라져 흐릿한 신문지상의 여러 면을 거쳐 관련 기사가 시작되는 곳까지 크랭크를 돌리는 게 버겁다. 전국 뉴스, 세계 뉴스, 메인주 뉴스, 지방 뉴스…… 충격적인 사연이 조금씩 펼쳐지지만 핵심은 간단하다. 1989년 1월 6일 오후에 코너 도니걸이라는 34세 남자가 31

세 아내 캐서린, 9세 아들 레어드, 6세 딸 에마를 포스트 로드의 자택에서 쏘아 죽이고 그 권총으로 자신을 겨누었다는 단순하고 끔찍한 사실이다.

클레어는 억지로 좀 더 주의 깊게 읽고 또 읽는다. 앞이 잘 보이도록 눈물을 닦는다. 뭐가 빠진 걸까? 누가 빠진 걸까?

뒤늦게 깨달음이 그녀를 강타한다. 우리 아버지가 자기 가족을 죽이고 자기도 자살했어—맞지? 그런데 나만 빼놓은 거야?

클레어가 살아 있다는 건 그녀가 그런 운명을 면했다는 증거다. 끔찍한 살육의 현장에서 아내, 두 아이, 살인범 남편이 쓰러졌지만 두 살하고 9개월이었던 막내딸은 (기적적으로) 목숨을 부지했다.

나만 목숨을 부지했어. 하지만 왜?

마침내 클레어는 도니걸 집안의 막내 클레어 엘런 도니걸이 집안을 수색한 경찰이 아니라 시신이 옮겨진 뒤에 사라진 아이를 찾기 위해 그 집을 찾은 고인의 친척에 의해 무탈하게 발견되었다는 기사를 접한다.

('무탈'했지만—탈수가 심각했고 엄청난 쇼크 상태였다. 아이는 충격을 피하느라 부엌 개수대 아래 좁은 공간에 숨은 것으로 추정되었다.)

클레어는 〈카디프 저널〉에서 도니걸 집안의 살인 후 자살 사건 관련 기사를 좀 더 찾아본다. 빠르게 스크롤을 내려 엄청나게 많은 헤드라인과 뉴스와 사진을 휙휙 넘긴다—국제 위기, 중동 전쟁의 참상, 대서양 연안에 내린 폭설, 의회 교착 상태……. 거대한 세상에서 벌어진 일들이 어쩜 이렇게 사소하게 느껴지는지!

자기가 아프고 자기에게 공격이 가해지는데 세상 어떤 일이 자기 자신보다 중요할까? 마침내 클레어는 1989년 1월 6일의 타임라인을 완성한다.

총격이 벌어진 것으로 추정되는 오후 늦은 시각 도니걸 가족이 살던 포스트 로드의 동네 사람들은 그 집에서 나는 총성을 들었지만, 애시퍼드 카운티라는 시골에서는 사냥이 일상이었기에 사냥꾼이 쏜 총소리인 줄 알았다. 한편 카디프에 사는 도니걸의 부모 집에서는 가족끼리 만나기로 한 날 이들이 오지 않고 집으로 전화해도 받지 않자 코너의 동생인 제러드 도니걸이 알아보러 갔다가 시신을 발견했다. 제러드의 신고를 받고 즉시 경찰이 출동했다. 경찰은 1층의 여러 방을 피로 물들인 현장을 보고 당황한 나머지, 살해당한 어머니와 언니의 시신과의 거리가 2미터가 채 되지 않는 부엌 개수대 아래로 기어 들어가 살인을 모면한 두 살배기를 찾지 못했다.

시신을 안치실로 옮긴 다음에서야 친척들이 집 안으로 들어가 사라진 클레어 엘런을 찾을 수 있었다. 겁에 질린 아이는 기운이 없거나 충격이 너무 심해서 친척들이 부르는 소리에 대답하지 못한 채 계속 숨어 있었고, 그들이 포기하려던 찰나 '다친 짐승처럼' 끼잉끼잉거리는 소리를 듣고 개수대 아래를 들여다보니 아이가 '고양이나 들어갈 수 있을까 싶을 정도로 작은' 쓰레기통 뒤편 공간에 웅크리고 있었다.

클레어 엘런은 그때 숨어 있은 지 약 18시간째였다.

심한 탈수증으로 의식이 혼미했던 아이는 충격과 극도의 피로 속에서 구급차에 실려 카디프 병원으로 옮겨졌고, 당시 신문 기사에 따르면 중환자로 분류되었다고 하는데…….

하지만 이 아이가—나라고? 어떻게 나일 수 있지? 나는 전혀 기억에 없는데.

오싹하기도 하고 흥미진진하기도 해서 클레어는 검색을 멈출 수가 없다. 신문 기사를 계속 뒤진다. 유서가 있었을까? (그런 것 같지만 경찰이 일단 비공개 처리했다.) 살인의 이유가 밝혀졌을까? (그런 것 같지만 이 또한 언론에는 공개되지 않았다.) 불길한 롤러코스터처럼 중요한 사실을 계속 반복하고 부수적인 사실로 살을 붙이며 충격적인 이야기가 꼬리에 꼬리를 물고 이어지는 동안, 클레어는 좌절의 음습한 기운 안에서 붕괴되는 기분을 느낀다. 이럴 수가! 왜 아무도 그녀에게 사전에 경고하지 않았을까? 루셔스 피셔는 그녀의 아버지가 가족을 살해한 사실을 분명 알고 있었음에도 비겁하게 입을 다물었다.

그녀는 충격으로 넋을 잃은 채 〈카디프 저널〉에 여러 차례 실린 부모님의 사진을 유심히 들여다본다.

코너 도니걸. 캐서린 도니걸. 너무 젊다! 사실상 클레어의 지금 나이다.

둘 다 선남선녀이고 카메라를 보며 웃고 있다. 실눈을 뜨고 웃는 코너의 왼쪽 뺨에 윙크 비슷하게 보조개가 파여 있다. 그는 소년미가 있고 당당해 보이며 장난꾸러기같이 눈을 반짝이고 있다. 검고 숱 많은 고수머리를 뒤로 넘겼는데 헤어라인이 브이자다. (클레어는 놀라워하며 물끄러미 바라본다. 이마 정중앙은 아니고 코너 도니걸처럼 선명하지도 않지만 그녀도 헤어라인이 브이자다.) 캐서린은 여리여리하게 예쁘고 조심스럽게 미소를 짓고 있다. 고등학교에서 인기가 많았을 법하다. 클레어가 먼발치에서 바라보며 그 침착하고 자립적인 분위기에 매력을 느꼈음 직한 스타일이다.

(클레어는 어머니를 대신해 분노를 느낀다. 이모할머니들은 도대체 왜 캐서린을 평범하다고 했을까?)

적어도 클레어는 이제 그들의 생김새를 알 수 있다. 내 아버지. 내 어머니.

다행스럽게도 목숨을 잃은 언니와 오빠의 사진은 신문에 실리지 않았다. 에마와 레어드는 그녀에게 그저 이름일 뿐이다. 애달픈 이름이다. 클레어에게는 그들에 대한 기억이 전혀 없으니.

사실 모두에 대한 기억이 전혀 없다. 잃어버린 가족에 대한 기억이.

그런데 1989년 1월 10일 자 〈카디프 저널〉에서는 사라졌던 클레어 엘런 도니걸을 '구조한 사람'이 사망한 코너의 이모로 밝혀진 엘스페스와 모랙 레이시였다고 다소 무심하게 공개하고 있다.

클레어는 그 짤막한 단락을 여러 번 읽어 본다.

그러니까 두 사람이 내 생명의 은인인가?—그 이모할머니들이?

그녀는 몸서리를 치며 눈물을 닦는다.

그날 아침 말총 침대에 누워 있을 때 그들 자매가 계단 발치에서 꿈속에 등장한 유령처럼 한 말이 떠오른다. 그들은 놀라워하고 흐뭇해하며 말했다—쟤는 기억 못해! 심지어 우리까지도—우리가 걔를 찾았는데.

II

11

눈부신 햇빛 때문에 그녀는 길을 잃는다. 몸의 중심을 잃는다. 잠시 후에 정신을 차려 보니 그녀가 땅바닥에 쓰러져 있는 것 같다. 팔다리가 무겁고 옆통수가 쿡쿡 쑤신다.

누군가가 위에서 허리를 숙이고 내려다보며 걱정하는 목소리로 묻는다. "*아가씨? 괜찮아요? 내가……*"

시원한 공기에 그녀의 숨통이 트인다. 화끈거리는 그녀의 얼굴에 필요한 건 시원한 공기뿐이다.

"*……부축해 줄까요? 구급차를 부를까요?*"

대답을 할 수가 없다. 머릿속을 울리는 부르짖음이 되살아나 귀가 먹먹하다.

클레어가 도서관에 온 지 1시간 반이 지났다. 그녀가 최악의 사태를 예견하며 석조 계단을 급히 올라간 지 1시간 반이 지났다(그랬던 기억이 떠오르자 놀라워진다).

기운이 하나도 없다. 핸드 크랭크를 돌리며 마이크로필름을 들여다보아서인지 목과 어깨가 뻣뻣하다. 누군가가 그녀의 머리채를 잡고 돌밭 위로 끌고 간 느낌이다.

발아래에서 콘크리트 보도가 스르르 멀어진다. 인도 옆 길가에서 풀이 자라고 있다. 축축한 흙냄새가 난다. 모르는 사람이 그녀의 위로 허리를 숙이고서 손을 대도 되는지, 일으켜도 되는지 머뭇거리고 있다.

몸이 천근만근이다! 클레어는 체중이 50킬로도 되지 않건만 무릎과 다리가 몸을 지탱하지 못한다.

그러다 그녀는 야트막하고 딱딱한 판석 비슷한 데 앉아서 숨을 헐떡인다. 쇠고리가 가슴을 조인다.

모르는 사람이 그녀에게 말을 건다. 걱정하며 자기가 아무한테라도 연락해 주겠다고 하지만 클레어는 괜찮다고—연락할 만한 사람이 없다고 극구 사양한다.

"아니에요! 저 진짜 괜찮아요. 정말이에요."

"구급차 안 불러도 되겠어요? 얼굴이 엄청 창백한데…….”

"감사하지만 괜찮아요! 괜찮아요.”

클레어는 누군지 모를 그 사람을 마주 보지 않는다. 모르는 사람과는 눈을 맞추지 않는 게 상책이다. 그녀가 예민하고 정신 집중이 되지 않는 상태일 땐. 자칫 잘못했다가는 실은 그녀가 얼마나 도움이 필요한 상황인지 들킬 수 있다.

안 돼. 안 돼! 클레어는 아는 사람 하나 없는 이 도시에서 응급실로 실려 가는 사태만큼은 피하고 싶다. 강제 입원은—악몽이다. 정신이 없어서 메인주 카디프라는 이름을 댈 수 없을지 모른다. 어디에서 왔고 어디로 가던 길인지 설명할 수 없을지 모른다.

이제는 실신의 충격이 많이 가라앉았다. 정신을 차리자고 스스로 다그친 덕분이다. 그녀는 모르는 사람이 더는 고집을 부릴 수 없도록 침착하게 걸음을 옮긴다.

그렇지만 왜 걸음을 옮기는데? 여기가 다른 곳과 만나는 교차로 아니야? 네가 그 거미줄 속으로 들어간 다른 생애와 만나는?

하지만 아니다. 시간이 없다. 계속 걸어야 한다.

마침내 클레어는 자기 차를 찾는다. 메탈 그레이색 콤팩트 세단인데, 그녀의 기억보다 더 낡아 보인다. 그녀는 난생처음 보는 물건 대하듯 번호판을 빤히 쳐다본다. 누가 숫자를 바꾸었나? 그게 아니라—그녀의 차가 아닌가?

(그녀의 차가 맞는다. 안을 보니 뒷자리에 그녀가 놓아둔 옷가지가 있다. 이건 분명 그녀의 차다.)

아직도 무릎이 후들거리고 머리가 어지러워서 운전을 해도 되는지 잘 모르겠다. 하지만 그녀는 자신을 계속 나무란다—왜 이래. 그들은 오래전에 죽었잖아. 너는 오랫동안 그들 없이 잘 살아왔잖아. 그들을 전혀 기억하지도 못하고.

주문이 풀린다. 클레어의 머릿속에 피가 통하면서 산소가 공급되고 맑아진 걸 보면 주문이 풀린 게 분명하다.

잠시 후 차 문을 열고 주차장에서 빠져나올 수 있을 만큼 기운이 난다.

다시 돌아갈 수 있을 만큼 기운이 난다. 하지만—어디로 다시 돌아가야 할까?

이제는 도망치고 싶다. 술을 마시고 술에 취하고 싶다. 몸을 동그랗게 웅크리고 싶다. 사라지고 싶다.

너무 외롭다! 처참하다.

액턴 애비뉴 59번지 집으로 돌아가 얼른 짐을 싸서 나오자. 놀란 이모할머니들이 너를 부르며 쫓아 나와 기분 상한 투로 나무라면 따뜻하게 맞아 주셔서 감사했어요. 하지만—안녕히 계세요! 라고 하자. 걸음을 멈추지도, 상처받은 어린애처럼 계단 발치에서 머뭇거리지도 말자. 이모할머니들이 무슨 일이냐고 따져 묻더라도 울음을 터뜨리지 말자. 현관문 앞에서 할머니들에게 깍듯하게 얘기하자—저는 여기서 원하는 게 아무것도 없어요. 여길 찾아온 것부터가 잘못된 선택이었어요. '유산'은 가지세요—할머니들께 드릴게요.

그러고 나서 남쪽으로 출발하면 얼마나 속이 후련할까! 희미한 안개가 유령처럼 길 위를 떠다니는 바위투성이 메인에서 벗어나면.

너는 포스트 로드의 부동산을 갖고 싶잖아. 그 집 말이야.

너는 카디프를 향해 북쪽으로 달려오면서 신나 했잖아. 파도처럼 밀려오는 행복한 생각에 집중하고 싶어서 오디오 북이나 음악도 듣지 않았을 만큼. 유산을—뭐가 되었든—받을 수 있다는 생각에 마음을 빼앗겼잖아. 친척이—살아 있는 친척이—있다는 생각에 마음을 빼앗겼잖아. 그게 무슨 뜻인지는 단 한순간도 고민한 적 없이.

액턴 애비뉴에 도착하자 (쉽지 않았다. 도로명도 낯설고, 집들도 낯설고, 머릿속은 여러 번 하얘져서 여기가 도대체 어디이며 뭐가 급해서 이러고 있는지 생각이 전혀 나지 않았다.) 클레어는 호박돌 집 앞에 차를 세운다. 쌀쌀한 4월의 어느 하루, 집과 주변이 희미해진 사진처럼 색이 바랜 듯이 느껴진다. 클레어의 눈에 사진에 생긴 주름과 위쪽 구석에 찍힌 손자국이 보이는 듯하다.

이모할머니들이 2층 창가에서 그녀를 훔쳐보고 있는지 궁금해진다. 거미줄 안에 숨어서 얇은 다리가 달린 먹잇감을 기다리는 살찐 오목 무늬 거미.

차에서 내려 진입로를 (조심스럽게) 걸어 올라가 (떨리는) 발을 베란다 첫 계단에 얹기까지 긴 시간이 걸린다. 그녀는 반항심이 들다가도 바로 다음 순간 공포에 사로잡힌다. 내가 왜 여기 있을까? 돌아온 이유가 뭘까? 클레어는 자기 자신인 동시에 한 발짝 멀리서 구경꾼처럼 쳐다보며 재미있어하는 꿈을 꾸는 느낌이다.

첫 번째 계단과 두 번째 계단 중간 어디쯤에서 그녀는 쓰러진다.

첫 번째 숨과 두 번째 숨 중간 어디쯤에서 그녀는 자신이 소등되는 것을 느낀다.

……하지만 잠시 후에 공포로 울렁거리는 속을 달래며 멍하니 눈을 떠 보니 2층의 단단한 매트리스 침대 위에 누워 있다. 길거리에서 어떤 남자가 그녀를 안아 올린 기억이 아주 어렴풋하게 난다. 얼굴색이 시커먼 핏빛 같았고 눈을 피하던 남자였다.

그가 끙끙대며 그녀를 옮겼다. 발로 문을 차서 열었다.

바로 옆에서 이모할머니들이 서성이며 웅얼거리고, 놀란 새처럼 구구댔다. 클레어를 2층까지 옮긴 사람이 누구였는지 몰라도 그녀를 침대에 눕히고 나갔다. 남은 건 재 냄새와 그가 손가락으로 그녀를 움켜쥐었던 무지근한 통증뿐이다.

12

"왜 아무도 알려 주지 않으셨어요?" 클레어는 쏘아붙이려고 했던 생각과 다르게 상처받은 애처로운 말투로 묻는다.

몇 시간이 지났다. 벌써 날이 저물기 시작했다.

이모할머니들의 1층 응접실. 스탠드 불빛에 닳은 짙은 와인색 벨벳 벽지. 먼지, 거미줄, 가구 광택제 냄새. 클레어가 멍하니 앉아 있는 빅토리아 시대풍 소파 앞에 놓인, 상판이 대리석인 커피 테이블에 누군가가 이 빠진 웨지우드 접시가 올려진 변색된 은 쟁반을 가져다 놓았다. 접시에는 가장자리를 잘라 낸 식빵에 오이와 크림치즈를 얹은 오픈샌드위치와 페퍼리지 팜 오트밀 쿠키, 소눈만큼 커다랗고 시뻘건 순무가 담겨 있다. 베이지색 레이스로 덮인 팔, 손톱에 '반짝이'를 바른 길고 가는 손가락. 엘스페스 레이시가 격식을 차려 가며 세 개의 섬세한 잔에 차를 따르자 수증기가 올라와 그녀의 이목구비가 살짝 일그러진다.

클레어는 조그만 샌드위치를 빤히 쳐다본다. 몸서리가 쳐지려는 것을 참는다. 이모할머니들이 약을 넣은 음식을 또 먹을까 보냐!

"근데 사랑하는 클레어─우리는 얘기했어."

"당연하지, 클레어─너는 그 얘기를 들었어."

클레어는 아니라고 반박한다. 아무도 알려 주지 않아서 도서관에서 직접 알아내야 했다고. 마이크로필름을 보면서.

"그럴 리가 있니, 아가. 모랙이 얘기했어. 내가 분명히─"

"─음, 힌트를 줬지. 너한테 충격을 주고 싶지 않았거든."

"─네가 여기 오자마자 도망칠까 봐."

"직설적이지 않게. 무례하지 않게. 당연히 내가 그럴 리 있겠니─"

"요전 날에 네가 전화했을 때─"

"뜻밖의 전화를 받았을 때─"

"반가운 전화였지. 그때 네가 누군지 밝혔을 때, 모드 도니걸의 손녀라고 했을 때─"

"손녀가 한 명밖에 없다는 걸 알기라도 하는 듯이─모드 도니걸의 그 손녀라고 했을 때─"

"내가 분명 너에게 마음의 준비를 시켰다고 보는데─"

"최악의 사태에 대비해서! 엘스페스가 그런 걸 워낙 잘해."

"최악의 사태라니 그게 무슨 말이야. 언니, 그만 좀 해 줄래? 부끄럽지도 않아? 언니 때문에 사랑스러운 우리 조카가 혼란스러워하고 있잖아. 안 그래도 엄청 충격을 받았는데……."

"─그런데 엘스페스는 제일 날카로운 도구를 고르는 사형 집행

인처럼 단어를 엄청 신중하게 선택하거든―그래서―사전 정보
가 없는 상태에서 들으면―"

"―언니, 그만하라니까! 재미없어."

"―오해할 수 있어."

"나 그런 사람 아니야. 절대로. 그리고 어쨌거나 루크 피셔가 있
었잖아. 그이가 이 딱한 아이에게 상황을 설명했겠지."

"그러지 않았다면 부끄러워해야 할 일이고! 모드의 유언 집행
인으로 돈을 받고 있으면 좀 더 책임감 있게 행동해야지."

"내가 보기에는 돈을 너무 많이 받아!" 엘스페스가 깔끔을 떨며
분노의 콧방귀를 뀌었다.

클레어는 두 이모할머니의 속사포에 망연자실해진다. 새들이
그녀의 머리를 콕콕콕 쪼는 느낌이다.

그녀는 가까스로 항변한다. 아무도 그녀에게 마음의 준비를 시
키지 않았다고. 아무도 경고하지 않았다고. 심지어 그날 아침에
루셔스 피셔도 그녀의 부모님이 돌아가신 정황을 설명하지 않고
비겁하게 바로 옆 도서관에 가서 그녀의 가족이 살해당했고 아버
지가 살인범이었다는 걸 스스로 찾아보게 했다고…….

"어머나, 아가, 정말 그랬겠다."

"그러게. 무려―25년이나 지난 뒤에…….

"세상에는 굳이 들먹일 필요가 없는 일도 있는데."

엘스페스는 움찔하며 진절머리가 난다는 듯 뼈만 남은 손가락
을 흔든다. 모랙은 씩 웃으며 한쪽이 미묘하게 정상이 아닌 듯해
보이는 어깨를 으쓱한다. 그녀가 몸을 앞으로 숙여 찻잔을 건네
자 클레어는 망설이다가 받아 든다.

"설탕 줄까? 아니면 우유?" 모랙이 클레어 쪽으로 불편하리만치 바짝 몸을 숙이고 어찌나 억지로 미소를 짓고 있는지 뺨에 삼엽충 모양으로 자잘하게 잡힌 주름살이 보일 정도다.

"감사하지만—괜찮아요."

"그 가엾은 애 주눅 좀 들게 하지 마. 언니는 너무 달려드는 버릇이 있어."

"너는 음—음—너무 끼어드는 버릇이 있고."

엘스페스는 깔깔대며 비웃는다. 말싸움에서 자기가 이겼다는 의미다.

클레어는 어디 잘 안 보이는 데에다 찻잔을 내려놓고 싶다. 머리가 어지럽고 불안정하다. 몇 시간째 먹은 게 없고, 아침을 먹고 나서 속이 좋지 않았던 것이 어렴풋이 생각난다.

"저는 그냥—미리 경고를 받지 못한 게 아쉬워서 드린 말씀이에요. 그걸—신문 기사로 접하기 전에 알았더라면……."

"아유, 그렇지! 그 일이 얼마나 충격적이었겠니."

"—막을 수도 있었을 텐데 하는 생각이 들 수도 있고." 모랙은 불도그처럼 고개를 세차게 젓는다.

이상하다. 클레어는 이 나이 많은 이모할머니들 앞에 있으면 자아를 잃는 느낌이다. 마치 그녀의 신경계를 구성하는 분자들이 흔들리고 떨려서 해체될 지경에 이르는 것 같다.

이게 난가? 나한테 무슨 일이 벌어진 거지? 정신을 집중해야 하는데…….

응접실 한쪽 구석에 우뚝 서 있는, 글자판이 반짝이는 유리로 된 괘종시계가 엄숙하게 시간을 알리기 시작한다—한 번, 두 번,

세 번, 네 번, 다섯 번……. 클레어는 왠지 모르지만 시간이 중요하다는 생각이 든다. 이 시간쯤 이 집에서 나가기로 마음먹지 않았나? 그녀는 종소리에 정신을 집중하지만 금세 숫자를 놓쳐버려서 지금 몇 시인지 전혀 알 수가 없다.

"아가, 차 마시렴! 식기 전에."

"쏟기 전에! 손을 떨고 있네."

클레어는 두 손으로 이 빠진 얇은 잔을 들어 입에 가져다 댄다. 향긋한 김이 그녀를 어루만지는 느낌이다.

차가 쓰다! 클레어는 어렵사리 차를 삼킨다.

"다르질링이야. 좀 진할 수도 있어. 모랙 언니가 너무 오랫동안 우렸을 가능성도 있고."

이모할머니들도 차를 마시고 있다는 게 그나마 위안이려나? 클레어는 그렇게 생각하고 싶다.

늘 그렇지만 상대방의 비위를 맞추는 일이 가장 쉽다. 클레어는 자신이 어린 고아 시절에 모든 사람의 비위를 맞추려고 얼마나 유난히 애를 썼는지 기억을 떠올린다.

이모할머니들은 기뻐한다. 엘스페스는 어린아이에게 박수를 쳐 주는 흉내라도 내듯 반지 긴 손가락을 가볍게 맞잡는다.

"뭐! 곱씹어 봐야 좋을 거 하나 없다는 걸 너도 알면 좋겠다. 25년 전에 도니걸 집안 사람들은 그―비극적인 사건―을 곱씹느라 너무 많은 시간을 낭비했어. 그중 몇 명은 원래대로 돌아가지 못했고."

"하지만 그들은 잘 버텼고―"

"아유, 그랬지! 그들은 잘 버텼지."

"그들이 아니라 우리 말이지?"

"뭐, 걔는 우리 아들이 아니었잖아. 모드 언니의 아들이었지."

"걔는 우리 조카였지. 그리고 걔 아이들은—"

"됐어! 뭐 하러 그렇게 누누이 강조해? 부탁할게, 언니. *제발 그만해.*"

"나는 다만—"

"그만하라니까! 해묵은 상처 헤집지 말고 상식적인 예의나 좀 갖춰 줄래? 언니, 그 정도로 둔감한 거야? 아니면 일부러 모르는 척하는 거야? 우리 집에 손님으로 와 있는 클레어가 그 아이들 중 한 명이었다는—한 명이라는 사실을 전혀 의식하지 않는 거야?"

모랙은 경악하며 클레어를 빤히 쳐다본다. 그녀는 진짜로 잊어버렸던 모양이다. 클레어가 거기서 살아남은 아이였다는 것을.

어머니와 두 아이, 아버지로 이루어진 일가족의 대참사. 그리고 거미줄을 뒤집어쓰고 부엌 개수대 아래에 숨어 있었던 셋째.

클레어는 거기 없었지만 기억한다.

아니다. 클레어는 기억하지 못하지만 거기 있었다.

모랙이 흥분한 목소리로 외친다. "너나 그만해! 넌 깡패야. 평생 날 괴롭힌 깡패. 내가 눈물겹도록 내용이 생략되고 삭제된 인생을 살았을지 몰라도 말까지 검열당하고 재갈 물리는 건 거부하겠어. 나는 다만—"

"나도 말했지만, 도니걸 집안의 비극은 이제 *과거지사야*. 아주 먼 *과거지사.*"

엘스페스는 비정상적으로 젊고 팽팽한 얼굴에 평소보다 을씨년스럽게 분칠을 했다. 그녀는 심란해하며 갈색으로 그린 눈썹을

추어올리는데 (클레어가 보기에) 연기라고 하기에는 너무나 진심 같다. 보랏빛이 도는 붉은색으로 칠한 그녀의 입술이 잔뜩 오므려진다. 넓고 얇은 입술을 일그러뜨리며 바닥을 내려다보고 있는 모랙 역시 진심으로 가슴 아파하는 것 같은 얼굴이다.

엘스페스는 아침 식사 이후에 검은색 실크 바지와 베이지색 레이스 튜닉으로 갈아입고, 검은색 인조 가죽 하이힐을 신었다. 하얗게 분칠한 좁은 콧잔등 위에 은테 안경이 걸쳐져 있다. 모랙은 아무거나 집히는 대로 입었나 싶다. 고무줄이 튀어나온 후줄근한 회색 저지 바지에 팔꿈치가 나달나달한 브이넥 아가일 스웨터를 입고, 하이 톱을 신었다. 퍼그처럼 생긴 콧잔등에 검은색의 두툼한 플라스틱 안경을 아무렇게나 걸쳤는데, 렌즈에 묻은 손자국이 훤히 보인다.

벙벙하게 부풀린 엘스페스의 머리칼이 밝은 주황색으로 이글거린다. 클레어는 그녀가 중학교 교장이었던 시절에도 이런 모습이었을지 궁금해진다. 모랙이 완강하고 격하게 고개를 흔들자 뭉툭하게 잘린 그녀의 메탈 그레이색 머리가 턱 언저리에서 찰랑거린다.

"나는―(제발 중간에 끼어들지 말아 줘, 엘스페스!)―과거는 절대 지나간 게 아니라고 생각해. 우리 눈에 보이지 않을 따름이지."

"아, 좀 그만해. 언니 때문에 우리 조카가 심란해지잖아. 재미없다니까?"

"너나 그만해. 클레어는 내 얘기에 관심 있어. 내가 알아."

"아니. 아가, 오이 샌드위치 먹을래?" 엘스페스가 접시를 내밀자 클레어의 몸에 힘이 들어간다.

그녀는 무뚝뚝하게 고개를 젓는다. 아뇨. 괜찮아요.

왼쪽 관자놀이가 무지근하게 아프다. 콘크리트 보도에 그쪽을 부딪친 모양이다.

"기운 차려야지! 얼굴에 핏기가 하나도 없어. 그렇지 않아, 언니?"

"애 괴롭히지 마, 엘스페스."

"괴롭히는 거 아니야. 챙기는 거지. 언니는 그─아주 짤따란─ 코앞 말고는 아무것도 못 보지?"

엘스페스는 거침없이 웃는다. 모랙은 그녀를 노려본다.

클레어는 웃음을 터뜨려 놓고 놀란다. 이 얼마나 가족다운 광경인가! 가깝기에 잔인한 사이.

그녀가 카디프에서 자랐다면 엘스페스와 모랙 이모할머니가 가족이었을 것이다. 그녀의 할머니인 모드 도니걸과도 알고 지냈을 것이다. 이 집에 자주 놀러 왔을 것이다.

그리고 다른 사람들과도 알고 지냈을 것이다─그보다 가까운 가족도……. 웅웅거리는 벌집 근처로 너무 가까이 다가가기라도 한 듯 그녀의 머릿속이 하얘진다.

엘스페스가 다시 샌드위치 접시를 내밀고, 클레어는 이번에는 "고맙습니다."라고 우물거리며 샌드위치를 집는다.

예의상. 인사 삼아. 버릇없이 보이고 싶지 않아서. 이모할머니들이 애써 준비한 음식이지 않은가.

클레어는 머뭇거리며 조그맣게 한 입 먹어 본다. 오이는 너무 익어서 축 늘어졌고 크림치즈에서는 후추처럼 톡 쏘는 맛이 난다. 식빵은 너무 오래되어 식감이 꼭 크래커 같다.

클레어는 어떤 사실을 깨닫고 놀라워한다—그러고 보니 이들이 그녀를 발견했다. 개수대 아래에 숨어 있던 꼬마를.

그리고—이들이 없었다면 그 꼬마는 죽었을 것이다.

하지만 그 꼬마는 누구였을까? 그리고 그건 언제 벌어진 일일까?

심오한 깨달음이다. 클레어는 귀한 보석이라도 되는 양 이 깨달음을 손가락에 끼우고 빙글빙글 돌릴 수도 있을 것 같다.

그녀는 그날 오후에 이 자매가 없어진 아이를 찾으러 포스트 로드의 집으로 갔다는 걸 알게 되었다. 하느님이 우리를 인도하셨지요—이들은 이렇게 말했단다.

고마움이 파도처럼 클레어를 덮친다. 어찌나 힘찬지 그 안에 빠져 죽을 수도 있겠다.

"엘스페스 할머니, 모랙 할머니—두 분이 제 목숨을 구해 주셨다는 걸 오늘 알았어요. 두 분께서……."

클레어는 충동적으로 더듬더듬 외친다. "감사합니다!" 훨씬 더 많은 말을 하고 싶지만 머릿속이 백지가 된 느낌이다.

이모할머니들은 놀란다. 아주 화들짝 놀란다. 엘스페스는 반지 낀 손을 레이스로 덮인 가슴에 대고 누른다. 모랙은 그녀를 빤히 쳐다보며 눈을 깜빡인다. 두 사람은 흔들리는 은박처럼 기쁨으로 은은하게 빛난다. 클레어가 내뱉은 뜻밖의 말에 기분이 좋아진 것이다. 엘스페스가 손을 내밀어 클레어의 손목을 살짝 건드린다.

"어머! 그렇게 생각해 주다니 마음씨도 곱지. 하지만—"

"—분명 누구라도—"

"—누구라도 그럴 생각을 했을 거야—"

"—나중에는—"

"—하지만 맞아. 우리가 찾아가지 않았다면—"

"하지만 우리가 찾아갔지! 그렇고말고! 그게 하느님의 뜻이었으니까."

"—우리가 가지 않았다면 다른 사람이 찾아갔겠지만 하지만—"

"하지만 하지만 하지만!"

"—그러면 너무 늦었겠지."

클레어는 몸서리친다. 그게 무슨 뜻일까—그러면 너무 늦었을 거라니?

클레어 엘런이 죽음과 얼마나 가까이 있었는지 궁금해진다. 탈진, 탈수, 공포. 살아남은 아이의 목숨이 얼마나 위태로웠을까. 흡사 바람이 불면 꺼지는 촛불 같았을 것이다.

하지만 하느님의 뜻이 그걸 허락하지 않았다. 이모할머니인 이들, 며칠 전까지도 있는 줄 몰랐던 이들 덕분에 그녀는 존재할 수 있었다.

이런 생각이 클레어의 머릿속에 떠오른다—어쩌면 이들은 나한테 약을 먹이려는 게 아닐지 몰라. 나를 사랑할지 몰라.

이때쯤 이 집에서 나가려고 했던 게 어렴풋이 생각난다. 사실 지금쯤 그녀는 고속 도로를 타고 남쪽으로 달리고 있어야 했다.

이유는 기억나지 않는다. 그렇게 과감한 결단을 내리다니. 오후가 순식간에 저물어 조만간 해가 질 것이다. 4월이긴 하지만 날씨가 꼭 겨울 같다. 카디프에서 그늘진 곳은 오래되어 더러워진 눈이 건물 아래쪽을 따라 길게 쌓여 있다. 고드름의 잔재가 남아 있다. 천천히 녹는 고드름의 잔재가.

오늘은 출발하기에 너무 늦었다. 내일 떠날까?

하지만 왜 내일? 이모할머니들은 클레어에게 이 집에 있고 싶을 때까지 있어도 된다고 했다. 변호사의 말에 따르면 그녀는 유언 검인 법원에 신청서를 접수해야 한다. 피셔와 다시 약속을 잡아야 할 것이다.

그녀는 가족들이 묻힌 묘지도 찾아가 보고 싶을 것이다. 분명 묘지에 찾아가서 사진을 찍고 싶을 것이다.

조사도 해 보고 싶을 것이다. 어머니(캐서린), 아버지(코너), 언니(에마), 오빠(레어드). 잃어버린 가족의 사진도 보고 싶을 것이다. 그 사진을 복사도 하고 싶을 것이다. (아직) 이렇게 묻고 싶지는 않을 것이다. 우리 아버지가 그렇게 끔찍한 짓을 저지른 이유가 뭐였을까요? 그건 태양을 똑바로 쳐다보는 것처럼 너무 환하고 눈부신 질문이다.

눈물이 클레어의 앞을 가렸다. 그녀는 따뜻하면서도 위로가 되는 어떤 감정의 물결—고마움을 느낀다.

그녀는 집 앞 보도에서 쓰러졌다. 갑작스럽게 찾아온 무력감, 공포—그리고 무너짐. 갑자기 무릎이 꺾이고 다리가 몸을 지탱하지 못하면 쓰러지는 나무처럼 땅바닥에 부딪히게 되어 있다.

클레어는 1시간 동안 두 번 기절했다. 카디프에 오기 전까지 클레어 사이들은 한 번도 기절한 적이 없었다.

잠시 후에 이모할머니들이 외쳤다. 어머 어머 어머 와서 얘 좀 도와줘! 얘 좀 도와줘! 그러자 누군가가 그녀의 위로 허리를 숙였고, 그녀를 안아서 베란다 계단을 지나 집 안으로 옮겼다. 그녀는 아무 반항 없이, 감탄하며 철저하게 몸을 맡긴 어린애처럼 옮겨졌다.

남자의 튼튼한 팔, 재 냄새. 하지만 클레어가 아무리 애를 써도 남자의 얼굴은 보이지 않는다.

"아까―제러드였어요?" 클레어가 머뭇거리며 삼촌의 이름을 언급하는 것은 이번이 처음일 것이다.

엘스페스는 웃음을 터뜨렸다가 놀란다. 베이지색 레이스가 덮인 가슴 위로 차를 쏟고는 짜증을 내며 냅킨으로 닦는다. 모랙은 멍하니 클레어를 쳐다본다.

"아까 제러드였냐니―뭐가?" 엘스페스는 의아한 눈빛으로 클레어를 똑바로 쳐다본다.

클레어가 그의 이름을 잘못 발음했나? 아니면 헷갈려서 엉뚱한 이름을 말했나?

"―저를 2층까지 안고 올라가서 침대에 눕힌 사람이요."

엘스페스가 얼른 그렇다고 한다. 당연히 제러드라고.

"우리가 제러드한테 시켰어. 네가 쓰러진 걸 보고―"

"―납작하게 쓰러져 있더라―엄청 높은 데서 떨어진 것처럼―"

"―꼼짝도 않고―"

"―가엾은 것! 얼마나 스트레스가 심했으면―"

"―우리 집 바로 앞에서―보고 얼마나 놀랐는지―"

"―다행히 내가 봤기에 망정이지―"

"―그러게! 언니가 올빼미처럼 눈이 밝아―"

"―그래서 내가 그걸 보고 엘스페스를 불렀고―"

"―3층의 자기 방에 있는 제러드를 불러서―"

"―우리가 3층에 올라가는 건 안 되지만 계단에서 제러드를 부를 수는 있으니까—"

"—비상사태일 때는 말이야."

"우리 조카가 비상사태일 때 얼마나 믿음직한지 몰라. 언뜻 보기엔 안 그럴 거 같을지 몰라도—"

"아, 그럼! 믿음직하고말고."

"원래 위기의 시기에는 사제들이 앞장서서 도움을 베풀잖니. 예수님처럼 자기 자신이 아니라 남들을 먼저 생각하도록 훈련을 받아서. 제러드는 비상사태일 때 굉장히 놀라운 능력을 발휘하거든—"

"하지만 보통은—일상적인 상황에서는—"

"—일상적인 상황에서는 그다지 노련하지 않지. 아니, 별로 관심이 없다고 할까. 그 딱한 아이는 가끔 끼니를 깜빡할 때도 있고 세상과 너무—분리돼서…….”

"—너무 상심이 커서—"

"그래서 제러드가 도와주면 그렇게 고마울 수가 없단다. 그 아이는 필요할 때 우리를 여러 번 도와줬지. 자기 엄마도 오랫동안 도와줬고. 그리고 오늘도—"

"제러드가 티를 내진 않지만 공감은 하거든."

"그렇고말고! 대부분의 남자들하고는 다르게…….”

"그러니 안타까울 따름이지. 제러드가 그렇게—낯을 가리고—"

"—반사회적이고—"

"—사실 반사회적인 건 아니야. 그보다는 사회성이 떨어진다고 봐야지—그 아이 엄마 말마따나."

"뭐, 제러드는 대화를 나누는 데 어려움이 있지. 꼭 입에 비해 혀가 너무 커서 그러는 것처럼 애를 써도 말을 잘 뱉질 못해. 그러다 불안해하지. 흥분하고. 우리까지 피한단다. 제일 가까운 피붙이인데도!"

"세상에나, 상상이 되니?—조카가 우리를 피하다니."

"오늘도 차를 같이 마시자고 했지만 도망쳤어—당연하게도. 그아이는 특히 클레어, 너를 껄끄러워한단다."

"—여자들을 편히 대하질 못하거든. 전부터 그랬어."

"—그러게. 생각해 보면 사제로서 이보다 더 완벽할 수 없었을 텐데—가난하고 순결하게 순종하며 살겠다는 맹세가 그 아이에게는 당연한 것이니까."

"아유, 걔가 욕심이 없었지—지금도 그렇고. 아버지에게 그런 잔인한 대접을 받을 이유가 없었는데—신학 대학에 기부하겠다고 해 놓고 돈을 다 써 버려서 사실상 유산을 빼앗은 셈이잖아. 제러드는 아무 소리 하지 않았지만—상심했다는 걸 알 수 있었어."

"맞아. 릴런드는 책임질 일이 많을 거야—지옥에서 말이지."

이모할머니들은 느닷없이 폭소를 터뜨린다. 자기들이 못되게 굴고 있다는 것을 아는 어린애처럼.

클레어는 모랙이 허겁지겁 오이 샌드위치를 먹고 있다는 것을 알아차린다. 엘스페스는 우아하게 차를 마시고 쥐처럼 얼른, 조심스럽게 오트밀 쿠키를 조금씩 먹고 있다.

클레어의 두통이 살짝 가라앉았다. 씁쓸한 홍차가 진통제 역할을 한 모양이다. 오이 샌드위치를 몇 개 먹었더니 허기가 달래졌고 불안도 덜하다. 그날 당장 도니걸의 집에서 나와야겠다고 고집했던 이유를 도무지 모르겠다……

"널 태우고 포스트 로드의 집을 보러 다녀올 수 있겠는지 제러드한테 물어볼게." 엘스페스가 말한다. "네가 그럴 준비가 되면. 애시퍼드 카운티 북부를 잘 모르는 사람은 그 집을 찾기가 쉽지 않거든."

"쉽지 않다고?—불가능하지!" 모랙이 콧방귀를 뀐다.

"미로 같거든—비포장도로가 겨울마다 유실되는데 아무도 우회로를 만들 생각을 하지 않아. 다리도 끊기고. 맞다. 외지인은 가이드가 필요할 거야."

"맞아! '외지인은 가이드가 필요할 거야.'" 모랙이 불길하게 강조하며 같은 말을 반복한다.

"그런데 제러드보다 훌륭한 가이드가 어디 있겠니? 걔가 우리보다 길을 훨씬 더 잘 아는데."

"뭐—우리는 이제 운전을 하지도 않고. 알다시피 나는 이제 운전을 안 해."

"모랙 언니가 운전을 참 잘했는데. 그런데도 면허증을 박탈하다니 부당하고 성차별적이지 뭐니. 심지어 그때 언니는 일흔다섯도 안 됐잖아. 젊었는데."

"뭐. 이미 지나간 일이야."

"지난번에 우리가—거기—갔을 때는 언니가 운전을 전담했다는 뜻에서 하는 말이야. 하지만—지금은 아니지."

모랙은 거죽에 잔물결을 일으켜 가며 몸을 떠는 개처럼 몸서리를 친다.

"맞아. 지금은 아니지. 절대."

이모할머니들은 하던 얘기를 멈추고 생각에 잠긴다. 잠시 후에 모랙이 도발적으로 말한다. "클레어는 거길 보고 싶지 않을 수도 있겠다. 물려받은 집 말이야. 그럴 수도 있지."

"하지만 보고 싶다고 하면—"

"그 집을 안 보고 그냥 팔아도 돼, 클레어. 그러고 싶으면."

"—내 말은 만약에 쟤가 거길 보고 싶다고 하면 제러드가 데려다줄 수도 있다는 뜻이야."

"—그리고 내 말은 만약에 쟤가 그걸 마다하고 싶어 하면……."

여러 음성이 클레어의 머릿속에서 소용돌이친다. 웅웅거리는 벌집 같다. 눈을 감고 입을 다물어. 그럼 아무도 보지 못할 거야.

에마, 레어드. 어째 그 이름들을 들어 본 것 같기도 하다. 귓가를 간질이는 희미한 메아리다.

엄마! 엄마! 엄마!—여자아이의 비명 소리는 분명 에마가 내는 소리일 것이다.

다른 비명 소리도 들린다. 그녀는 듣지 못했던 자신의 비명 소리다. 힘이 풀린 다리로 휘청휘청 걸어가다 넘어진다. 끈적끈적한 리놀륨 바닥을 엉금엉금 기어간다. 개수대 아래 문이 살짝 열려 있다. 더듬더듬 그 문을 여는 동안 뒤에서는 귀청이 터질 듯한 천둥소리가 들린다.

하지만 개수대 아래의 어두컴컴한 공간은 고요하다. 지저분한 배관 뒤편에 거미줄이 있다.

아까보다 커진 목소리, 묵직한 발소리. 다시 들리는 비명 소리. 급하지 않고 조심스럽게 간격을 둔 총소리.

그럼에도 클레어는 안전하게 잠이 든다. 이모할머니들의 응접실, 그녀의 무게에 눌려 삐걱거리는 벨벳 소파 위에서. 이제 더는 머리가 어지럽지도, 배가 고파서 불안하지도 않다. 이제 더는 무섭지도 않다.

소파 위에서 잠이 든 클레어를 보고 엘스페스가 손가락을 입술에 가져다 댄다—쉿! 모랙은 클레어에게 가만히 모헤어 숄을 덮어 준다.

13

듣고 싶어요—그들에 대해 아시는 게 있으면 뭐든.

기억하시는 게 있으면 뭐든…….

그 주가 끝날 무렵 클레어는 그녀의 부모님과 알고 지냈던 카디프의 주민 이름을 입수한다. 성인 시절에, 청소년 시절에, 심지어 어렸을 때 알고 지냈던 사람들이다. 코너 도니걸과 캐서린 스러시의 친척, 이웃, 친구, 동창생 명단도 확보한다. 선생님들 이름도, 총격 현장으로 출동했던 카디프 경찰들의 이름도 알아낸다. 그녀는 카디프 공립 도서관 자료실을 여러 번 다시 찾아가 1989년 1월 6일 오후에 포스트 로드의 그 집에서 어떤 일이 벌어졌다고들 하는지 정보를 좀 더 파악한다. 린다 필이라는 친절한 사서와—거의!—친구처럼 가까워진다. (다른 일로 만났다면 클레어와 린다는 가까운 친구로 지낼 수 있었겠지만 이번 생에서 그럴 일은 없을 것이다. 클레어에게는 누군가와 우정을 쌓을 만한 시간은커녕 그럴 만한 마음의 여유도 없다.) 그녀는 열정과 주도면 밀함을 무기 삼아 젊은 미술사학자로서 경쟁력을 갖춘 사람답게 코너 도니걸, 캐서린 도니걸(결혼 전 성은 스러시), 레어드 도니걸, 에마 도니걸에 대해 최대한 많은 것을 알아내기로 결심한다.

내 아버지. 내 어머니. 내 오빠. 내 언니.

그럴 때면 클레어는 흥분과 희열 비슷한 짜릿한 감정을 느낀다. 비록 지금은 생존해 있지 않지만 예전에는 생존했던 사람들이기 때문일 것이다.

소리 없이 입술만 달싹이며 같은 단어를 반복한다. 내라는 단어에 떨며 방점을 찍어 본다.

내 아버지. 내 어머니. 내 오빠. 내 언니.

이 가족 안에서 클레어 엘런은 아기였다. 언니보다는 세 살 가까이, 오빠보다는 여섯 살 어렸다.

그녀의 언니보다! 그녀의 오빠보다!

입을 우물거리며 이름들을 발음해 본다. "에마." "레어드."

클레어가 생각하기에 둘 다 예쁜 이름이다. 그리고 코너와 캐서린도. 예쁘다.

하지만 그녀는 잃어버린 가족에 대해 기억하는 바가 전혀 없다. 커튼이 뇌의 그 부분을 덮고 있다. 뚫기 힘든 얇은 커튼이.

하지만 (짐작건대) 그녀는 언니와 같이 놀았을 것이다. 두 살하고도 9개월이었던 그 당시에 아홉 살의 '큰'오빠에게는 경외감을 느꼈을 것이다.

클레어 엘런보다 여섯 살 많았던 레어드는 (어쩌면) 그녀를 귀찮아했을 것이다. 하지만 (아마도) 그녀를 사랑했을 테고…… 에마도 그녀를 사랑해서 종종 안아 주었을 것이다. 에마는 여동생에게 자기 인형을 가지고 놀고 봉제 인형을 끌어안아도 된다고 허락했을 것이다.

그렇다. 그랬을 것이다. 분명히.

어머니와 아버지에 대한 기억을 떠올리는 일은 이보다 더 힘들다.

눈물처럼 희미하게 어른거린다. 그 눈물 속에 엄마와 아빠가 있을 것이다.

하지만 안겼던 것만큼은 기억이 난다.

그 얇은 커튼을 끙끙대며 젖히면 뭔가가—거의—보이는 것도 같은데…….

어쩌면 그녀는 엄마가 두근거리는 심장에 대고 그녀를 꼭 끌어안았던 걸 기억할 수 있을지 모른다. 엄마의 말랑말랑하고 따뜻했던 몸도. 그 몸속에 얼굴을 파묻었던 것도. 말랑말랑하고 따뜻한 젖가슴 속으로 파고들었던 것도.

젖을 먹었던 것. 젖을 흘렸던 것. 달콤한 젖, 그 특유의 냄새.

침대에 누워서 동그랗게 뜬 눈을 깜빡이는 그녀를 위에서 내려다보는 키가 큰 두 사람. 그들의 얼굴은 흐릿하고 불분명하다.

그러다 갑자기 그 얼굴들이 선명해진다. 커튼이 사라진다.

그녀만을 위한 엄마의 미소. 뺨에 살짝 주름이 가게 짓는 아빠의 미소.

이렇게 해서 클레어는 어떤 사실을 깨닫고 경이로워한다 —기억나. 나는 사랑받았어. 버림받지 않았어.

"제가 누구냐고요?—도니걸 집안의 친척이에요."

클레어는 이 동네에서 벌어진 악명 높은 참사에서 살아남은 아이라고, 본인의 신원을 적극적으로 밝히고 싶지 않다. 코너 도니걸을 만난 적이 없는, 그의 사촌의 딸이라고 살짝 거리를 두는 편이 낫다—(두말하면 잔소리지만 25년 전에 죽은 사람을 만난 적이 있다고 하기에는 클레어가 너무 젊어 보인다)—중서부에서 태어나 현재는 필라델피아에서 살고 있고 메인은 처음이라고 말이다.

"네. 예뻐요. 해안가를 따라 달리는데—눈이 부시더라고요."

실제로 클레어가 생각하기에 메인의 풍광은 압도적이다. 해안 고속 도로에서 보이는 대서양의 풍경은 수시로 달라지고 혼을 빼놓기에 충분하다. 세상의 절반이 물인 곳에 하늘이 아주 널찍하게 드리워져 있다.

클레어의 머릿속에 가장 인상 깊게 새겨진 것은 윈슬로 호머가 그린 동틀 무렵의 메인이다. 안개 장막과 구름에 덮인 어렴풋한 이미지. 수채화의 붓 터치가 그렇듯 경계가 흐린 해안과 바다, 바다와 수평선, 수평선과 하늘.

클레어는 모르는 사람들과 대화를 나누며 한껏 기대에 부푼다. 그녀는 좋은 인상을 남기기로 굳게 다짐한다. 의혹을 불러일으키지 않기로 한다. 만난 사람들 가운데 몇 명이 기자냐고 대놓고 묻지만 그녀는 얼른 아니라고, 절대 아니라고 그들을 안심시킨다. "가족에 대해 궁금해진 도니걸 집안의 먼 친척이에요. 원래는 19세기 메인의 화가들에 대해 연구 중인 미술사학자고요……."

미술은 중립적인 화제로서 훌륭하다. 상대방이 그 젊고 보기 좋왔던 가족을 떠올리다가 감정이 격해지면 클레어는 얼른 윈슬로 호머, 조지 벨로스, 로크웰 켄트, 앤드류 와이어스로 화제를 돌린 다. (그녀는 앤드류 와이어스를 폄하하는, 보아줄 수 없는 속물 이 아니다.)

클레어는 카디프에서 수면 부족에 시달린다. 눈 밑에 생긴 몰랑 몰랑한 다크서클은 화장으로 교묘하게 감춘다. 숱이 많은 검은색 머리는 발레리나처럼 반듯하게 하나로 묶어서 틀어 올린다. 입에 는 밝은 빨간색 립스틱을 바른다. 누구에게든 장단을 잘 맞추어 주는 미국 아가씨 이미지다.

"아! 어머나, 아가씨는—그 아이를 닮았네요."

자기 아들이 고등학교 때 코너 도니걸과 '친한 친구' 사이였다 는 한 여자가 놀란 얼굴로 클레어를 빤히 쳐다보며 손으로 입을 막는다.

"아니—이마의 머리카락. 예뻐요—그 브이자 모양 헤어라인."

여자는 어색하게 말을 끊었다가 다시 잇는다. "눈도 그렇 고……."

클레어는 온몸이 오싹해지고, 여자가 유심히 살펴보지 못하게 얼굴을 감추고 싶어진다. 하지만 어색하게 웃음을 터뜨리고 만다.

그녀는 코너 도니걸의 사진을 보았지만 자기와 닮지 않은 것 같 다고 딱 잘라 말한다.

"주변에서는 저더러 세인트폴 출신인 엄마를 닮았다고들 하거 든요."

하지만 여자는 못 미더워한다. 표정을 보면 알 수 있다.

프리먼 부인은 떨리는 목소리로 말한다. "사람들 말로는 그 아이가 어렸을 때 욱하는 성격이었다고 해요. 내가 직접 본 적은 없지만. 나한테 버릇없게 군 적이 없어서. 하지만 빌리는 항상 그랬어요. 코너가 다혈질이고 싸우면 물러서는 법이 없다고……. 그아이하고 우리 빌리하고 다른 친구 몇 명이 케니콧 브리지에서 술을 마시면서 놀다가, 다들 미성년자였는데, 지나가던 루이스버그의 바이크족 하나와 코너가 시비가 붙은 적이 있어요. 패싸움이 벌어지고 결국에는 경찰이 출동했는데……. 애들이 체포되거나 하진 않았지만 누가 다쳐서 꿰맸던 걸로 기억해요. 빌리는 코너와 오랫동안 단짝으로 지냈지만 조심해야 된다고 했어요. 코너가 술을 급하게 마시면 꼭 싸우고 싶어 한다면서. 아일랜드 사람처럼 한 잔이 두 잔이 되고 두 잔이 석 잔이 돼서 꼭지가 돌 때까지 폭주한다고……. 사람들은 대부분 코너가 '일시적인 정신 이상' 때문에 그런 짓을 저질렀다고 했어요. 술에 취하지 않았으면 그런 짓을 저질렀을 리 없다고."

클레어는 생각한다. 일시적인 정신 이상이라. 그거였군.

다른 사람들도 의견이 비슷하다. 코너 도니걸의 동기를 추측한다. 물론 온전한 정신으로 그런 잔인한 짓을 저질렀을 리는 없겠지만.

코너 도니걸의 초상화가 서서히 완성된다. 클레어의 아버지는 '기본적으로 좋은 사람'이었고—'믿을 수 있는 훌륭한 친구'였고—'술을 많이 마셨고'—'다혈질'이었고 (또 이 소리!)—'싸우면 물러서는 법이 없었다'. 예전에 그를 가르쳤던 선생님들은 그가 '머리가 좋지만 주의가 산만했고'—'기본적으로 호기심이 많았고'—'읽기는 별로였지만 수학은 잘했다'고 한다. 그는 '실력이 좋지만 아주 뛰어나지는 않은' 운동선수였고―'타고난 팀플레이어'였다. 아일랜드 포크 록을 비롯해 음악을 좋아했다. 릭 제임스, 라이오넬 리치, 제임스 브라운을 좋아했다. 뱅고어에 있는 메인 대학교에서 이런저런 수업을 들었지만 졸업장은 따지 못했다. 그는 아버지 릴런드 도니걸 밑에서 일하다 나중에 자기 사업을 시작했지만―'잘 되지 않았다'.

빌린 돈으로 회사를 굴리다 결국 도산했다.

뭐―처음에는 출발이 좋아서 몇 년 동안은 수익이 계속 늘어났지만 이내 사양길로 접어들었다.

클레어는 (잘생기고 카리스마 넘쳤던) 그녀의 아버지가 폭력적인 남편이자 아버지였다는 세간의 평가에 대비해 마음의 준비를 하지만, 다들 입을 모아 말하길 그가 '가족이라면 사족을 못 썼고'―'부인과 아이들을 끔찍이 사랑했고'―'그들을 위해서라면 못할 일이 없었다'고 했다.

그런데 그런 코너 도니걸이 어쩌다 (추정에 따르면) 아내와 첫째, 둘째를 죽이고 그 총구를 자기 자신에게 겨누었는지―'알 수 없다. 그때나 지금이나.'

자신이 캐서린 스러시와 '가장 오래되고 가장 가까웠던 친구'라고 밝힌 중년 여성은 코너 도니걸이 20대 초반부터 '술버릇이 나빴다'고 클레어에게 털어놓는다. 캐서린이 끝까지 그의 곁을 지킨 이유는 자기가 그를 바꾸어 놓을 수 있다고 생각했기 때문이었다. 그는 알코올 중독자 지원 모임에 참석한다고 떠벌리고 다녔지만 계속 원래대로 '되돌아갔다'. 술을 끊으려고 대여섯 번 시도했지만 번번이 실패했다.

"캐서린이 남편을 사랑하는 마음에 계속 싸고도니까 코너는 그 친구의 너그러운 마음씨를 이용했어요. 남자들은 여지가 생기면 그래요. 어떤 남자라도 여지가 생기면 그럴 거예요." 그 여자는 클레어가 그녀의 말에 반박이라도 한 것처럼 상처받은 눈빛으로 열변을 토한다. 하지만 클레어는 타인의 과거 해석에 딴죽을 걸 만큼 어리석지 않다.

클레어는 생각한다. 어쩌면 코너가 부인에게 손을 댔을 수도 있죠. 그녀도 그것만큼은 용서하지 못했을지 모르죠.

코너와 캐서린이 카디프의 모트 스트리트에서 살았을 때 한동네 주민이었다는 또 다른 중년 여자는 코너가 알코올 중독자 지원 모임에 열심히 참석했다는 주장은 '헛소리'라고 매몰차게 폭로한다. 코너는 그 모임에 참석하는 척만 했거나 실제로 참석했더라도 캐서린과, 아내 못지않게 아들을 과신했던 도니걸 부부를 회유하기 위해서였다는 것이다. 코너가 '남의 마음을 얼마나 교묘하게 조종하는지'—그녀는 알았다.

이분도 상처받은 눈빛이네! 클레어는 생각한다. 우리 아버지는 여심 저격수였나 봐.

애 둘 딸린 젊은 부부였던 그녀의 부모님은 도산 후에 애시퍼드 카운티 북쪽의 (압류된) 농장을 매입하기로 했다. 이들 부부는 '고집이 세고'—'무모하고'—'모험을 두려워하지 않았다'. 그들은 시골 생활을 '낭만적으로' 여겼고 농사를 지어서—가능하면 과수원으로—먹고살려 했다. 육우나 젖소 등 가축을 키우는 건 사절이었다. 캐서린은 몸서리를 치며 외치곤 했다. "가축은 싫어! 가축은 죽잖아."

거참 희한한 발언이네, 클레어는 생각한다. 그녀의 어머니가 무슨 뜻에서 그런 말을 했을지 궁금해진다. (육우 같은) 가축은 죽일 목적으로 키운다는 뜻이었을까, 아니면 가축은 병에 걸려서 너무 일찍 죽을 수도 있다는 뜻이었을까?

어머니에 얽힌 기억이 소환되면 클레어는 미동도 않고 열심히 귀를 기울인다. 고개를 숙이고 눈을 반쯤 감는다. 그럴 때는 숨 쉴 엄두조차 잘 나지 않는다. 그녀로서는 금단의 지식처럼 느껴진다.

"아, 캐서린 스러시! 예뻤죠. 하지만—"

하지만이라니—뭐지?

예뻤지만 사랑 앞에서는 무모했다?

클레어는 상대방을 자극하거나 성가시게 할 수 있는 질문은 자제한다. 지나치게 캐묻는 것처럼 보이고 싶지 않다. 모르는 사람들이 반가워하며 그녀를 일시적으로 집 안에 들이기는 하지만 언제 바뀔지 모른다는 걸 안다. 하지만 그녀가 망설이는 데에는 다른 이유도 있다. 물어보고 싶은 걸 떠올리기만 해도 심장이 고통스럽게 쿵쾅거린다. 그런데 코너 도니걸이 캐서린을—자기 아내를 사랑했나요? 자기 아이들을 사랑했나요?

그녀가 만난 사람들은 하나같이 힘주어 말한다. 그렇다고. 사랑했다고.

분명히 사랑했다고! 그래서 그들에게 왜 그랬는지, 자기 자신에게 왜 그랬는지 아무도 이해할 수 없었다고.

그가 그날 이전에 누굴 해친 적이 있었나요? 누굴 협박한 적이 있었나요?

사전에 조짐이 있었나요? 아무도 도울 수 없었나요?

안 된다. 클레어는 이런 걸 묻지 못한다. 차마 입 밖으로 꺼낼 수 없다.

며칠이 지나 일주일이 된다. 그녀는 고도의 집중력을 발휘해 신들린 듯이 명단에 이름이 적힌 사람들을 한 명씩 지워 나간다. (처음에는 비협조적이었던 루셔스 피셔가 생각을 바꾸었는지 사람들에게 그녀를 소개해 주었다.) 전화를 돌리고, 모르는 사람들의 집으로 찾아가 때로는 다소곳하게, 때로는 대담하게 문을 두드린다. 대부분의 집에 들어서면 외로움이 그야말로 피부로 느껴진다—"아, 그래요! 들어와요! 이름이—클레어라고 했나? 다락방을 뒤지다가 연감(年鑑)을 찾았는데……."

그녀보다 몇 살 많은 유부녀들이, (대부분 자식들이 다 큰) 엄마들이 얼마나 말벗에 목말라 있는지 목전에서 관찰하는 것이 클레어처럼 젊은 미혼녀에게는 유익한 경험이다. (끈끈한 정? 잠깐이라면 모를까, 클레어가 그런 친구가 되어 줄 수는 없다.) 그녀는 카디프의 여러 집들의 소파나 부엌 식탁에서 연감을 들여다본다. 여자들은 열심히 자신의 학창 시절을 추억하며, 잘생긴 코너 도니걸과 엄청 예쁜 캐서린 스러시의 사진과 함께 본인들의 사진도 꼭 보여 준다.

이렇게 젊은 부모님의 사진이라니! 그들이 아이를 낳기 한참 전이었다.

클레어가 태어나기 전, 그 암흑의 세계. 그녀가 살고 있는 지금 이 세상과 맞닿아 있지만 전혀 알 수 없는 세계.

코너 도니걸의 3학년 연감 사진 아래에는 이런 문구가 적혀 있다. "나는 용감한 강철 심장이로세."

캐서린 스러시의 3학년 연감 사진 아래에는 이런 문구가 적혀 있다. "그녀의 걷는 모습, 밤처럼 아리따워라."

클레어는 어머니의 사진 아래에 적힌 문구의 출처는 간파하지만—바이런의 낭만시다—아버지의 사진 아래에 적힌 문구는 잘 모르겠다. 연감에 이런 문구를 적어 놓다니 희한한 전통이다. 인간을 그렇게 한마디로 정의할 수 있다는 건가.

코너가 한 활동은 주로 스포츠 쪽이다. 야구, 미식축구, 수영팀. 캐서린이 한 활동은 치어리더, 여학생 합창단, 드라마 클럽, 하이와이.

클레어는 여러 번 같은 연감 속의 같은 사진을 들여다본다. 심지어 아는 얼굴, 아는 이름들이 생긴다. 그녀는 감사하며 모든 이야기를 귀담아듣는다. 소중하지만 잘 알지 못하는 과거의 세상에서 거부당하지 않고 환대를 경험하는 시간 여행자와 같은 심정이라 고마울 수밖에 없다.

그녀는 허락을 구하고 휴대 전화로 대화를 녹음한다. 거부하는 사람은 한 명도 없다. 그리고 그녀는 상대방이 하는 이야기에 착각이나 과장이 섞여 있지는 않은지 절대 의문이나 의혹을 제기하지 않는다.

클레어를 집 안으로 들인 과거의 증인들은 절대 자신의 기억을 의심하지 않는다. 그들은 단호하게 확신한다. 코너 도니걸과 캐서린 스러시에 얽힌 이야기를 재생하는 것이 그들에게는 의례적인 일이다. 클레어의 관심에 그들은 기분 좋아한다. 그녀의 관심이 그들의 기억을 소생시키고 활활 타오르게 한다. 이런 식의 밀착 심문은 25년 만에 처음이다.

클레어는 함께 경험한 과거를 다른 사람들은 어떻게 추억하는지 들을 수 있다면 그들이 어떤 반응을 보일지 궁금해진다—고등학교 때 캐서린 스러시와 가장 친했던 친구는 실제로 누구였을까? 고등학교 때 코너 도니걸이 처음으로 사귄 여자 친구는 실제로 누구였을까?

누가 보면 코너와 캐서린은 카디프고등학교 동창인 것 같다. 하지만 그건 아니다. 코너가 캐서린보다 몇 학년 위였고 (짐작건대) 당시에는 그녀를 알지도 못했을 것이다.

클레어가 연락한 사람들은 대부분 아주 적극적으로 조사에 응하지만 대화 자체를 거부하는 사람들도 있다. 캐서린 스러시의 친척들이 그렇다. 그녀의 언니 어마, 여기저기 흩어져서 사는 사촌들, 요양 시설에서 지내는 병든 어머니—이들은 클레어를 만나기는커녕 통화조차 거부한다.

그녀를 코너 도니걸의 '먼 친척'이라고 소개한 것이 근시안적인 선택이었던 듯싶다. 양쪽 집안 사이에는 여전히 앙금이 남아 있을 것이다. 스러시 집안 쪽에서는 캐서린과 두 아이가 살해당한 데 원한을 품고 있을 것이다.

누구요? 아뇨! 할 말 없어요.

27년이나 되었네! 바로 어제 일 같은데.

그녀를 비난하다니 클레어는 억울하다. 범죄 행위가 원죄처럼 대물림이라도 된다는 건가.

그럼 도니걸 집안의 아이들, 레어드와 에마는요? 클레어는 억지로 물어본다.

증인들 중에 아이들을 기억하거나 선뜻 얘기를 꺼내는 사람은 거의 없다. 살해당한 아이들은 너무 고통스러운 주제다―사춘기 시절의 로맨스가 들어설 여지가 없지 않은가. 클레어와 얼추 나이가 비슷한 여자는 눈물을 삼키며 자신이 '유치원 때 에마의 절친'이었다고 한다. 40대 초반의 어떤 남자는 7학년 때 레어드 도니걸과 소프트볼을 같이했던 기억이 난다고 한다. (클레어는 걸고넘어지지 않는다―7학년이요? 우리 오빠는 그 나이까지 살지도 못했어요.)

"에마?―에마는 엄청 사랑스러웠어요. 말이 없었고. 엄마가 머리를 예쁘게 땋아 줬었는데. 그 소식을 듣고…… 우리 학교 아이들이 얼마나 충격을 받고―겁에 질렸는지―몰라요."

"레어드 도니걸. 20년 만에 듣는 이름이네요. 맙소사! 친하게 지낸 적은 없지만―기억나는 게……."

애매하게 말끝을 흐리는 사람들. 당황스러움과 불편함을 감추려는 표정. 클레어는 그녀의 언니와 오빠가 시간 속으로 사라져 잊히기 직전이었음을 알아차린다.

그녀가 그들을 구해 낼 것이다. 할 수만 있다면.

개수대 아래에 숨어서 미쳐 날뛰는 아버지의 공격을 피한 막내에 대해서는 다들 자신 없어 한다. "그 아이는 어떻게 됐는지 잘 모르겠네. 스러시 집안에서 자기들이 키우겠다고 양육권을 청구했는데―나중에―다른 데로 입양 보냈다고 들었어요."

그리고. "스러시 부인이 병에 걸렸거든요. 캐서린의 엄마요. 그래서 어린애를 키울 수 없었어요. 자기 딸과 다른 손자, 손녀가 그렇게 됐으니 좀―낙담하긴 했겠죠. 희망도 없고."

그리고. "일종의 신경 쇠약증이었어요. 비비언은 아직도 그 병으로 고생 중이에요."

그리고. "스러시 부인이 절대 원치 않았던 게 도니걸 집안에서 아이를 데려가는 거였어요. 그 집안 사람들을 증오했고 코너가 그런 짓을 저지른 게 그들 탓이라면서. 다들 그건 너무하다고 생각했지만—여기 사람들이 그래요—절대 잊지 않고 절대 용서하지 않아요."

그래서 그렇게 된 거였군, 클레어는 생각한다. 이렇게 간단하다니. 그녀는 자신이 어쩌다 입양아가 되었는지 오래전부터 궁금했는데, 이거였다.

절대 잊지 않고 절대 용서하지 않는다. 씁쓸한 한마디다.

도니걸 집안이, 잘살았던 친척들이 그녀를 입양 기관으로 보낸 게 아니었다. 그들은 애초에 양육권이 없었다. 어머니의 죽음을 애통해하던 할머니가 앙심을 품고 그녀를 모르는 사람들 손에 넘겼다. 비열하게. 오로지 증오한다는 이유로.

이렇게 해서 클레어 엘런의 인생이 결정되었다. 그녀의 배경을 전혀 모르는 사람들에게 입양되어 그녀가 도니걸 집안 출신인지 모르는 이 나라의 다른 지방에서 자랐으니 누가 보아도 구제받은 인생이었다.

그는 다혈질이었다. 그는 좋은 사람이었다. 그는 좋은 친구였다. 친구를 위해서라면 뭐든 마다하지 않았다—그는 절대 잊지 않았고 절대 용서하지 않았다. 물론 그에게도 적이 있었다. 하지만 친구도 있었다. 그에게는 운이 따라 주지 않았다. 아버지는 그를 헌신짝 취급했다—그와 남동생, 두 사람 모두를. 그는 금방 잊히는 그런 사람이 아니었다—그는 특별했다.

　이유는 모르겠지만 아무튼 그랬어요. 누구라도 보면 알겠지만.

　코너에게 그런 일이 생기다니 몇몇 사람들은 절대 믿지 못했죠.
자기 가족을 죽여? 부인이랑 애들을? 말도 안 돼요. 다른 사람
이 범행을 저질러 놓고 자살로 위장한 거예요.

　그럼. 얼마든지 그럴 수 있었죠. 계획만 잘 세우면. 카디프 경찰
서는 핫바지였거든요. 인원도 너댓 명이었고. 포틀랜드에서 '선
임 형사'인가 뭔가가 왔지만 여기서 벌어지는 일에는 눈곱만큼
도 관심이 없었어요.

　텔레비전 드라마에 나오는 경찰들하고는 달라요. '과학 수사'—
지나가던 개가 웃을 일이지. 그 자식들이 온 집 안을 누비며 피를
묻히고 곳곳에 지문을 남겼을 거요.

　경찰에서 총을 쏜 범인을 알아내지 않았느냐고? 누가 보아도
코너가 범인이었다고? 말도 안 돼요.

　현장에서 코너의 손 옆 바닥에 떨어져 있었던 총은—그 친구
가 산 것도, 그 친구가 소지 허가를 받은 것도 아니었어요. 어디
선가 뜬금없이 나타난 출처를 알 수 없는 총이었지—그의 총이었
을 리 없다고요. 젠장!

　이런 시골에서 경찰이 하는 일은 대부분 딱지를 끊는 거예요.
주말에는 취객을 잡아가고. 난동을 부리는 취객—만인의 골칫
거리—편의점과 주유소를 습격한 아이들—고등학교에서 벌어지
는 패싸움.

　요즘은 애시퍼드 카운티에서 약물—필로폰—문제가 심각하
지만 그 당시에는 필로폰이라는 게 존재하지도 않았어요. 이 동

네에는.

검시관—'법의학자'라는 개자식은 현장을 한번 쓱 둘러보고는 살인 후 자살로 결론 내렸을 거요. 그보다 더 쉬운 판정이 어디 있겠어요.

유서가 있었다고 하지만—그들 말로는. 그것도 조작일 수 있어요.

아니, 내가 학창 시절부터 코너랑 알고 지낸 사이였거든요. 어렸을 때부터 같이 자란 사이는 형제나 다름없잖아요—댁도 알겠지만. 그들이 뭐라고 헛소리를 지껄이건 집어치우라고 해요.

한번은, 중학교 때로 기억하는데, 어떤 재수 없는 놈이 유기견을 다리에서 던진 적이 있었어요. 개가 다쳤는지 헤엄을 잘 못 치더라고요. 그 딱한 녀석이 낑낑거리면서 허우적대는 걸 보고 코너가 물살을 헤치면서 구하러 나섰죠. 물속이 빌어먹을 콘크리트 블록이랑 녹슨 철사투성이라 자칫 잘못하다가는 베여서—그 뭐냐—파상풍에 걸릴 수도 있었는데.

그래요. 코너 도니걸은 그런 친구였어요. 그런 친구가 잘도 자기 가족을 죽이겠어요. 사는 게 너무 힘들면 자살은 할 수 있을지 몰라도—나는 이조차 의심스럽지만—자기 가족이나 아이들은 절대 건드릴 친구가 아니에요.

이 얘기를 듣는 동안 갑작스러운 확신과 기쁨이 클레어를 강타한다.

그녀는 생각한다. 사랑해. 그런 분이 우리 아버지고 나는 그분을 사랑해.

14

마지막 인터뷰. 클레어는 피곤하고 신이 난다! 머릿속에서 목소리들이 이구동성으로 외친다. 재판장의 배심원단처럼.

클레어가 마지막으로 만난 사람은 지금은 은퇴한 카디프 경찰서 부서장이다. 하이크 드루이트는 70대 중반이고, 물렁물렁하게 흐물거리는 육중한 몸으로 휠체어에 앉아서 쇳빛의 조그만 눈으로 의심스러워하며 클레어를 똑바로 쳐다본다.

"누구라고 했지요? 도니걸 집안 사람이라고요?" 그가 미간을 찌푸리며 실눈을 뜨고 쳐다보자 클레어는 깍듯하게 목례를 한다.

"네, 선생님. 코너 도니걸의 먼 친척이에요."

"코너 도니걸! 맙소사."

하지만 클레어는 선생님이라는 호칭에 드루이트가 기뻐하고 있다는 것을 알 수 있다.

이 나이 많은 퇴직 경찰은 이제는 자기 아래로 간주하는 사람들을 괴롭히고 못살게 굴고 협박할 권리가 없는데도 그런 자리에 있는 사람으로 대접해 주길 바란다. 클레어는 그를 경관님이라고까지 부를 생각은 없지만 그의 나이를 감안할 때 선생님 정도면 그럴싸하고 적당하지 않을까 싶다.

"현장은 말 그대로 피바다였지. 그렇게 처참한 사건 현장은 처음이었소. 아직까지도 기억이 날 정도니. 맙소사! 그 어린 것들을 생각하면……."

하이크 드루이트 쪽에서는 클레어를 선뜻 만나 주지 않았다. 그를 돌보고 있는 며느리가 그의 폐와 심장이 안 좋고 혈압이 높고 관절염, 천식, 기타 등등이 있으니 지나치게 자극하지 말아 달라고 신신당부했다. 그는 이 도시의 끝에 위치한 베이지색 단층 벽돌집에서 아들네 가족과 산다. 그의 방은 너무 후덥지근하고 방 안에서는 약품 냄새가 코를 찌른다.

드루이트는 클레어와, 아니면 클레어를 대리인으로 보낸 사람과 언쟁을 벌이기라도 하듯 열변을 토한다. "아니, 생각해 봐요. 한 남자가 완전히 무너졌어요. 처자식을 먹여 살릴 수 없는 남자는 남자라고 볼 수 없거든. 사람들은 일시적인 정신 이상 운운하는데—정신이 멀쩡했다면 그런 짓을 저지를 수 없지. 코너 도니걸을 알았던 사람이라면 누구라도 이 말에 동의할 거요."

클레어는 열심히 귀를 기울인다. 골똘하게 눈을 내리깐다. 하지만 머릿속은 어지럽게 돌아가고 있다. 왜 그런 말씀을 하세요? 뭘 알고 계신 건가요?

드루이트는 분개한 목소리로 장황하게 '도니걸 살인 사건'의 개요를 설명하지만 워낙 여러 번 들은 이야기라 클레어는 더 이상 아무 느낌이 없다.

물론 그 끔찍했던 집 안에 들어간 드루이트의 관점은 남들과 다르긴 하다. 네 구의 시신과 세 개의 방을 보았으니 그럴 수밖에.

눈을 감으면 그림이 그려진다. 부엌 바닥에는 살해당한 아내이자 아이들 엄마, 캐서린의 시신. 그 옆에는 살해당한 여섯 살짜리 에마의 시신.

피가 연상될 수밖에 없다. 부엌 바닥에. (리놀륨이었을까?)

거실에는 남편이자 아이들 아빠, 코너의 시신. 뒷방에는 살인마를 피해 벌벌 떨며 방문 맞은편 벽에 웅크리고 있었는지, 거기에 기대어 있는 아홉 살 레어드의 시신.

(클레어는 드루이트가 개수대 아래의 거미줄 둥지 속에 숨어 있었던 셋째 얘기를 꺼내는지 기다려 보지만, 그가 막내 클레어 엘런을 기억하지 못할 거라는 것을 안다. 아무도 기억하지 못하니까.)

(왜 그럴까? 클레어는 궁금해진다. 막내 클레어 엘런은 그날 죽지 않고 살았기 때문에? 그리고 카디프에서 영영 자취를 감추었기 때문에?)

네 명의 목숨을 앗아간 총이 아버지의 시신 옆에 놓여 있었다. 숨이 끊긴 아버지의 손 옆에.

그리고 여기에도 피. 피가 고여서 번들거리는 웅덩이. 방으로 들어가면 바닥과 아이가 비명을 지르며 죽었을 방문 맞은편 벽에 튄 피.

총격 사건을 소개한 신문 기사마다 이와 같은 세부 사항을 별개의 단락으로 간략하게 전한다. 쓰러진 순간 손에서 떨어졌는지 살인에 쓰인 45구경 리볼버가 코너 도니걸의 손 옆에 있었다고.

총알은 1.5에서 2미터 이내의 (가까운) 거리에서 발사되었다—
가슴, 목, 머리에. 아내이자 아이들 엄마는 두 발. 아이들도 각각
두 발씩. 남편이자 아이들 아빠는 15센티미터도 안 되는 거리에
서 머리에 한 발. 관자놀이가 아니라 옆통수, 총알이 뇌를 박살
내며 즉사.

클레어는 지난 며칠 동안 읽은 수많은 기사를 토대로 이런 그림
을 완성했다. 마치 서서히 채워지는 폴라로이드 사진처럼.

드루이트는 이런 사실들을 열거하지 않는다. 사실이 맞는지 모
르겠지만. 남의 이야기에는 무신경하고 무관심한 모양이다. 대신
그는 포스트 로드의 집으로 출동한 순간의 기억을 말한다. 조심
스럽게 그 집으로 접근하는 그와 다른 두 경관. 주위를 한 바퀴 돈
다. 창문으로 안을 들여다본다.

"그러다 언제든 머리가 날아갈 수 있어요. 엽총을 맞고. 우리가
운이 좋았지."

마침내 손을 벌벌 떨며 총을 꺼내 든다. 집 뒤편에 모여 발로 문
을 박차고 들어갈 준비를 하지만 문이 열려 있다.

(하이크 드루이트는 30년을 경찰로 재직하는 동안 한 번도 총
을 쏜 적이 없다. 놀랍지 않은가.)

마침내 숨을 한번 크게 들이마신다. '지옥의 현장'으로 들어간다.

신고 접수원이 911에 연락한 사람에게 들은 이야기를 그들에
게 전해 주었기에 어떤 광경이 기다리고 있을지는 알고 있었다.
그럼에도 '섬뜩한 충격'이었고—'네 구의 시신'이라니—'그렇게
처참한 사건 현장은 처음'이었다.

드루이트가 가쁜 숨을 몰아쉰다. 계단을 올라가는 거한(巨漢)처럼 헐떡거린다.

911에 신고한 사람이라. 제러드 도니걸이겠지. 클레어는 생각한다.

그래도 클레어는 묻는다. 예의 바르고 꼼꼼하게. 일을 제대로 처리하는 데 관심이 있는 사람처럼. 총격 현장을 신고한 사람이 누구였는지 기억하시나요?

"친척이었나 누구 말로는 신부님이었다고 했는데…… . 정확하게는 기억이 안 나요. 옆집 사람이었겠죠."

드루이트는 미간을 찌푸리며 실눈을 뜨고 클레어 쪽을 쳐다본다. 갑자기 의심스러워한다. "당신, 기자 아니요―맞지?"

클레어는 아니라고 한다. 기자가 아니라고 한다.

아무래도 드루이트가 귀가 잘 들리지 않는 것 같길래 그녀는 자신이 코너 도니걸의 '먼 친척'이라고 조심스럽게 다시 한번 설명한다. 도니걸은 만난 적이 없다고. 카디프에 사는 친척은 누구든 만난 적이 없다고. 서른 살인 지금까지 카디프를 한 번도 와 본 적이 없다고. 사학자라 역사적인 사실에 관심이 많은데, 모드 도니걸에게 유산을 물려받게 되어 액턴 애비뉴에 있는 도니걸의 집에 신세를 지고 있다고.

(클레어가 드루이트에게 이 얘기를 하는 이유가 뭘까? 자랑하고 싶어서? 그런 생각이 들자 창피해서 몸 둘 바를 모르겠다.)

하지만 드루이트는 귀담아듣지 않는다. 그는 모드 도니걸이 누군지 모르고 그녀의 유산에도 관심이 없다. 자기보다 운전을 못하는 사람의 손에서 운전대를 빼앗으려는 사람처럼 다시금 열변을 토할 따름이다.

클레어는 그가 자기 가족에게도 이 섬뜩한 이야기를 하고 또 했는지 궁금해진다. 아무나 붙잡고 그랬는지 궁금해진다. 예전에 한 번이라도 귀를 기울인 사람이라면 아무나 붙잡고 그랬는지. 카디프 경찰서에서 은퇴해 그 충격적인 일을 함께 겪은 사람들과 더는 연락이 닿지 않는 지금, 그는 혼자서 그 끔찍한 사건의 기억을 소환하며 여전히 이해를 못해 당혹스러워하고 분개한다.

"……우리 지서의 막내, 신참은 그 광경을 보자마자—아니, 장황하게 설명할 필요는 없겠지—아름답지 못한 광경이었으니까—그런데 그 한복판에 발을 들였으니—토악질을 하기 시작했다오. 허허!" 드루이트는 씩씩대고 고개를 저으며 씩 웃는다.

클레어는 드루이트가 하는 말을 휴대 전화에 녹음하고 있다. 퇴직 경찰을 존경하는 뜻에서 받아 적기까지 하고 있다. 하지만 녹음 파일을 듣거나 메모를 읽을 일은 없을 것이다. 그럴 필요가 없다. 모두 외웠으니.

시시콜콜 듣고 있을 필요 없어. 내가 그 자리에 있었잖아. 기억나. 나는 개수대 아래에 숨어서 보지 못했던 것까지 알고 있었어. 전부 알고 있었어.

클레어가 자신의 정체를 폭로하면 드루이트가 얼마나 충격을 받을까. 상황 파악을 못한 채 어떤 식으로 입을 헤벌릴까.

당신은 내가 거기 있는 줄도 몰랐지! 찾아볼 생각조차 하지 않았고. 나를 죽도록 방치했어. 나는 죽었고 죽어 있었지만 살아서 여기 이렇게 서 있지. 그리고 나는 마음만 먹으면 얼마든지 당신을 비웃을 수 있어, 이 한심한 노인네야.

클레어가 갑작스럽게 분노를 분출하는 이유가 뭘까? 사실 그녀는 이 늙고 병든 남자가 가엾게 느껴진다. 고개를 모로 꼬고 흐릿한 쇳빛 눈을 깜빡이며 그녀를 응시하는 것을 보면 앞이 잘 보이지 않는 건가 싶기도 하다. 그를 향한 연민과 서글픔이 물밀듯 밀려든다. 그는 늙었고 병들었고 살 날이 얼마 남지 않았을 것이다. 게다가 지난 27년간 떨쳐 버릴 수 없는 끔찍한 기억에 시달려 오지 않았는가.

코너가 살아 있다면 예순 살 아니면 예순한 살밖에 안 되었을 것이다. 창창한 나이다.

캐서린이 살아 있다면 50대 후반일 것이다. 여전히 젊다고 할 수도 있을 나이다. 클레어의 주변에는 특히 아이를 낳지 않은 경우 60대를 훌쩍 넘어서까지 빛나는 젊음을 유지하는 교수와 학계 전문직 여성이 수없이 많다. 그녀의 어머니도 그런 여성이 될 수 있었을지 모른다. 희끗희끗한 갈색으로 변한 금발, 환한 미소.

"그분들과 혹시 아는 사이셨나요, 선생님? 그러니까—살해당한 가족과……."

"아는 사이였냐고? 아니. 모르는 사이였소."

"코너 도니걸과 모르는 사이였다고요?" 클레어는 그 이름을 조심스럽게 밝힌다. 그녀에게 소중한 이름이 되었기 때문이다.

"내가 그자를 어찌 알았겠소? 그 가족도 마찬가지고. 나는 도니걸 집안에 대해 아는 게 없어요. 거의." 드루이트는 음울하게 웃음을 터뜨린다. 클레어는 자신이 뜻하지 않게 그의 심기를 건드렸는지 궁금해진다.

"선생님, 그 집을 찾기 어려우셨나요? 시골인 데다 날이 어두워서?"

"그래요. 좀 헤맸지." 드루이트는 말을 멈추고 허공을 응시한다. 기억을 더듬는 것이다. "하지만—날이 어둡지는 않았던 것 같은데. 맞아요."

"어둡지 않았다고요?"

"으, 음…… 내가 기억하기로는 그런데."

순간 클레어는 어리둥절해진다. 그녀가 잘못 기억하고 있는 것이겠지.

"도착하고 보니 집 안에 불이 켜져 있던가요?"

"아니었던 걸로 기억하는데."

"집 앞에 차가 주차돼 있었나요?"

드루이트는 짜증을 내며 어깨를 으쓱한다. 집 안에 불이 켜져 있었거나 말거나, 집 앞에 차가 주차되어 있었거나 말거나—쓸데없는 이야기다. 그게 그와, 그의 이야기와 무슨 상관이란 말인가.

클레어는 물러나지 않는다. "그 집에 도착하고 보니 누가 있던가요? 누가 선생님을 기다리고 있던가요?"

"누가 있었냐고? 어, 없었는데……."

"911에 신고한 사람은요?"

"없었어요. 잘 모르겠소만……." 드루이트는 정신을 못 차리는 개처럼 턱살을 흔들어 가며 고개를 젓는다. 그는 점점 심란해하며 반감을 드러낸다. "아가씨—기자요?"

"아까도 물어보셨잖아요. 아뇨. 저 기자 아니에요."

"기자도 아닌데 질문이 많기도 하구먼."

제가 여길 찾아온 이유가 그거 때문인데요, 선생님. 질문을 하기 위해서요.

카디프 경찰서에서는 현재 근무 중인 경관 중에 1989년 1월 현장에 출동했던 사람은 없다고 통명스럽게 말했다. 다들 퇴직하거나 전근했거나 사망했단다. 클레어가 궁금해하는 내용은 전부 '공개된 문서' 안에 있으니 인터넷이나 도서관에서 직접 찾아보라고 했다. 서장의 설명에 따르면 경찰서에는 그 옛날의 기록까지 보관되어 있지 않은 데다 그렇다 한들 일반인은 열람이 금지되어 있다고 했다. 법원에서 영장을 발부받는 방법도 있으나—그렇게까지 해 가면서 볼 만한 내용은 아니라고, 자기가 장담한다고 했다.

클레어는 충격을 받았다. 서장은 그녀를 조롱하는 눈치였다. 하지만 그녀에게 그러는 이유가 뭘까? 그녀는 아담한 카디프 경찰서로 찾아가 (지자체 건물 안에서 세무서와 한 공간을 쓰고 있었다) 다른 주에서 온 도니걸의 친척이라고 나긋나긋하고 단정하고 우아하게 자기소개를 했다. 요청 사항도 조용히, 겸손하게 전했다. 그렇다. 이 남자의 무례한 태도에서는 성차별적인 기미가, 으스대는 수컷 행세가 느껴졌다. 좀 더 세련된 도회지에서는 도가 지나치고 우스꽝스러운 마초들의 클리셰로 간주될 만한 태도였다. 그녀는 이자의 심기를 건드리는 실수를 저지르지 않았다고 장담할 수 있었다. 그런데도…….

클레어가 경찰서에서 나서려는 찰나 서장의 마음이 약해졌는지 하이크 드루이트에게 연락해 보라고 알려 주었다. "그가 사건 담당이었으니까 얘기를 들려줄 수 있을 거예요. 아직 정신이 온전하다면."

클레어는 주민들이 카디프 경찰을 하찮게 여긴다는 사실을 알게 된다. 메인주에서도 총기 난사는커녕 범죄 자체가 거의 벌어지지 않는 지방의 소도시 경찰서라 그렇다. 1989년에도 다섯 명으로 이루어진 이들 팀은 도니걸 사건과 같은 '유혈 참사'에 대처할 태세가 전혀 갖추어지지 않았다. 그들은 피해자 중 한 명을 놓쳤다—엄청난 충격을 받고서, 성인 남자는 납작 엎드려야 안을 들여다볼 수 있기 때문에 찾아볼 생각도 하지 않을 만큼 좁은 개수대 아래에 숨어 있었던 아이를. 그들은 증거를 흘렸거나 잃어버렸다. 유서가 등장했다가 없어졌다가 나중에 다시 등장했다가 (아마도) 다시 없어졌다. 감식반은 며칠이 지난 다음에서야 그 집을 찾았다. 코너 도니걸의 시신 옆에 떨어져 있던 리볼버의 주인도 밝히지 못했다. 1986년에 소지 허가증을 보유하고 있던 메인주 뱅고어의 어떤 주민이 도난당한 것이라는 소문만 돌았다. (심지어 그게 코너 도니걸의 총이었을까? 코너가 그 총이나 다른 총을 들고 있는 것을 본 사람이 있었을까? 하다못해 소총이라도? 아무도 없었다.)

"일시적인 정신 이상—그거밖에 없었지. 그 친구는 질투에 눈이 멀었을 거요. 부인 때문에. 다들 그러더군. 부인이 엄청 예뻤다고—다들 그랬지. 그 친구가 술을 마시던 중에 뭔가가 툭 끊겼고 그래서—그런 일이 벌어졌다고, 누가 봐도 뻔한 사건이라고—다들 그랬지."

"선생님도 그렇게 생각하셨어요? 누가 봐도 뻔한 사건이라고— 선생님도 그렇게 생각하셨나요?"

"뭐. 그랬던 것 같소만. 이성을 잃은 남자가 아내와 아이들과 자기 자신을 쏜다—가끔 있는 일이거든요. 이 일대에서는. 특히 겨울에. 늦겨울에."

드루이트는 말을 멈추고 기억을 더듬는다. "그리고 그 친구는 돈 문제로 골치가 아팠어요."

그리고. "그뿐 아니라 쪽지도 남겼고."

"유서 말씀이시죠?"

"깔끔하게 접은 쪽지를 노란색 유리로 된 병아리 소금 통과 후추 통으로 눌러서 식탁 위에 올려놨소. 나중에 그 쪽지가 없어졌는데—내 탓은 아니오만, 뭐라고 쓰여 있었는지는 기억한다오."

"뭐라고—뭐라고 쓰여 있었나요?"

"어린애들이 쓸 직한 큼지막한 인쇄체 대문자로 이렇게 써 놨더군. '주여 저를 용서하소서. 저는 저를 용서하지 못하겠나이다.'"

클레어는 소름이 돈다. 아버지가 남긴 절망의 부르짖음이었을까?

"그 쪽지에 서명이 있었나요?"

"서명? 없었지. C라는 글자만 있었을 뿐."

"그런데—그 쪽지가 없어졌다고요?"

"그 쪽지는 없어졌지만 찍어 놓은 사진이 있을 거요. 아마도—맞아요. 분명 있을 거예요. 사진이. 다음 날 1층 곳곳을 사진으로 남겼거든."

"다음 날이요? 당일이 아니라요?"

"음—맞아요. 카디프에는 사진을 찍을 사람이 없어서 포틀랜드에서 경찰을 불러야 했어요. 형사를." 드루이트는 비웃는 투로 형사라는 단어를 내뱉는다.

클레어는 메모지 위로 허리를 숙인다. 그녀의 눈에 눈물이 가득 고인다. 슬픔이 아니라 분노의 눈물이다. "선생님, 집 안 다른 곳을 찾아보셨나요? 구석구석 모두 다?"

"무슨 질문이 그렇소? 당연하지! 당연히 다 찾아봤지. 지하실까지. 차고도."

"벽장 안도 들여다보셨나요? 침대 아래도?"

드루이트는 툴툴대며 못마땅해하는 티를 낸다. 클레어는 그가 모욕을 느끼고 인터뷰를 갑작스럽게 끝내지 않도록 주의를 기울인다.

"선생님, 하나만 더 여쭤볼게요. 검시관은 뭐라고 하던가요?"

"검시관? 부검의 말인가?

"군청 소속 법의학자요."

드루이트는 곰곰이 생각한다. 그는 천식 환자처럼 가쁜 숨을 몰아쉬고 있다. 하이크 드루이트 부서장이 등장하지 않는 부분은 그의 관심사가 아니다. 클레어는 기우뚱한 그의 머릿속 선반에서 시커먼 물건들이 떨어지기 직전임을 알 것 같다.

그런데 잠시 후 드루이트가 별안간 웃음을 터뜨려 클레어를 놀라게 한다.

"그 재수 없는 놈! '누가 봐도 빤한 사건'이라니―웃기고 자빠졌네."

클레어는 그 자리에 얼어붙은 채 가만히 듣는다. 감히 끼어들 수가 없다.

"……아니, 누구든 유서를 남길 수 있지. 누구든 손 옆에 총을 떨어뜨려 놓을 수 있고. 그런 식으로 얼마든지 범죄 현장을 연출할 수 있어. 텔레비전 드라마를 보면 나오잖아. 하지만 실제 현실에서는, 카디프 같은 곳에서는 과학 수사 요원이 없어. 자원이 없다고. 그리고 자살 사건은 가해자를 찾을 필요가 없지. 가해자를 이미 찾았고, 그 가해자는 죽었으니까."

드루이트는 말을 멈추고 인상을 쓴다. 납빛을 띠는 눈이 일순간 분노가 섞인 흥겨움으로 번뜩인다.

"그 재수 없는 부검의는 사실 약쟁이었다오. 모르핀. 그 당시에 그걸 아는 사람도 있었고 모르는 사람도 있었지. 나는 몰랐어요—당시에는. 하지만 나중에 들통이 났지요."

"부검의가 약쟁이었다고요? 모르핀 중독자요?"

"그런데도 윗선에서는 그놈을 자르지 않았어요. 사임하게 하고는 연금을 받을 수 있게 고용 상태를 계속 유지했지."

"부검의의 진단에 이의가 제기되지 않았다는 말씀이세요? 그 사실이—그 사실이 들통난 뒤에도요?"

"절대 들통나지 않았어. 언론에 공개된 적이 없으니까. 이렇게 우라지게 조그만 마을에서는 대개들 입을 다물고 있지요. 서장은 몸을 사리고. 뭐든 뚜껑을 덮고 쉬쉬하는 거요. 카디프 시장은 아무것도 묻지 않았어요—요즘 말로 '관리 감독'이 없었지. 일선의 우리는 언제든 잘릴 수 있었어요. 노조가 딱 버티고 있는 대도시하고는 다르니까. 그래도 여기서 나고 자란 사람들은, 여기서 살고 싶은 사람들은 그냥 그러려니 한다오. 여기서는 서로 부딪치지 않는 법을 일찌감치 배우지요."

"도니걸 집안에서도 판결을 문제 삼지 않았나요?"

"판결이라—글쎄. 문제 삼았을 수도 있고. 아니었을 수도 있고. 나는 말이오, 나는 병가를 내야 했어요. 내장이 다 물로 변해서. 멕시코에 갔다가 이질에 걸린 환자처럼. 두통도 심했고. 그런 광경을 목격하고 그런 피바다에 발을 들였으니. 젠장! 나는 더 이상 관련 기사도 읽지 않았어요. 텔레비전에서 보도가 나오면 밖으로 나가 버렸지. 내가 일찌감치 은퇴한 이유도 그 때문이요.”

드루이트는 숨을 헐떡이며 열변을 토한다. 점점 동요하고 있다. 그러다 지나치게 흥분하는 건 아닌가 싶어서 클레어는 겁이 난다.

그녀는 그의 눈빛에서 괴로워하는 심정을 읽는다. 늘어질 대로 늘어진 노인의 턱과 목에 짧고 까칠한 수염이 박혀 있다. 코털과 눈썹은 뻣뻣하고 희끗희끗하다. 민둥머리는 물론 손에도 검버섯과 멍이 생겼다. 손톱은 변색되었다. 지금은 이렇게 피폐한 잔해만 남았지만 한때는 하이크 드루이트도 매력적인 남자였을 것이다—그를 사랑한 여자가 적어도 한 명은 있었을 것이다.

클레어는 연민에 휩싸인다. 다 무너져 무방비 상태가 된 그의 남성성이 딱하게 느껴진다.

그녀는 그의 앞에 다가서서 과감하게 그의 손을 잡으며 두 사람 모두에게 놀랄 만한 일을 감행한다. 그의 손이 축축하고 물컹하게 느껴진다. “드루이트 부서장님, 고맙습니다! 저를 만나 주셔서 감사했어요.” 그녀는 놀란 남자의 휠체어 위로 허리를 숙이고, 검버섯이 생긴 두툼한 손을 딸이라도 되는 양 따뜻하게 쥔다.

드루이트는 너무 놀라서 마음과 다르게 클레어의 손을 마주 잡지 못하고, 바로 다음 순간 그에게서 천천히 뒤로 물러서는 그녀를 막지 못한다.

그가 애원하는 투로 간청한다. “가는 거요? 가는 거 아니지요— 그렇죠? 이름이 뭐라고 했더라? 맥주 한잔하겠소? 맙소사, 맥주 한잔하고 싶구먼…….”

드루이트의 흥분한 목소리를 듣고 바짝 경계하고 있던 며느리가 들어온다. 처음부터 밖에서 엿듣고 있었던 모양이다. 그녀는 개인적으로 배신이라도 당한 듯한 눈빛으로 클레어를 노려본다. "저기요! 이제 그만하세요. 아버님 흥분시키지 말라고 했잖아요—건강이 안 좋으시다고. 당장 나가 주세요. 제가 밖으로 안내할게요."

드루이트는 씩씩대는 며느리 앞에서 나약하게 몸을 사리지 않고 노여워하는 눈빛으로 그녀를 올려다본다. 그러지 말라고 한다. 젠장, 그에게는 아무 문제가 없고 이 손님은 아직 가면 안 된다. '할 얘기'가 남았다.

"아버님, 이분 가실 거예요. 그만하세요!"

"너나 그만해라. 빌어먹을 네 일이나 신경 쓰고!"

얼굴이 벌게진 며느리는 드루이트의 말을 무시하고, 클레어를 방 밖으로 떠민다. 좁은 복도를 지나 문 앞으로 나가자 칙칙하게 화창한 공기에 눈이 부시다. "안녕히 가세요! 아버님이 천식 발작을 일으키거나 숨 막혀 하시면 당신 책임이에요……."

클레어는 사과한다. 진심으로 미안하고 부끄럽다. 노인을 이용하지 말아 달라고 했는데 그러고 말았다. 그래도 아찔한 성취감이 느껴진다.

한편으로는 너무 피곤해서 현기증이 난다. 유리 조각처럼 골수에 박히는 4월의 찬 공기 때문에 무릎이 후들거린다. 뒤에서 며느리가 분통을 터트리며 그녀를 욕하고 저주하기에, 클레어가 다시 한번 사과하려고 돌아보니 문이 쾅 하고 닫힌 뒤다.

그 자리에는 아무도 없다. 베이지색 단층 벽돌집의 휑뎅그렁한 유리창만 햇빛을 받아 눈부시게 반짝인다.

15

누구지? 뭘까?

그날 밤 그녀는 도니걸 집의 손님방에 놓인 딱딱한 매트리스 위에서 이리저리 뒤척인다. 정신이 오락가락할 정도로 피곤한데 잠을 잘 수가 없다. 심해 잠수부처럼 시커먼 잠 속으로 가라앉으려고 할 때마다 화들짝 놀라서 깨어난다.

어디 있어요? 여보세요…….

결국 클레어는 휠체어에 구부정하니 앉아 있는 사람에게로 다가간다. 썩어서 부패했는지 얼굴이 흐릿하다. 그럼에도 그녀는 마음을 빼앗긴다. 더듬더듬 그의 손을 찾는다. 그의 손을 덥석 잡으려 한다.

그가 고개를 들어 유린당한 얼굴을 내보인다. 클레어는 그 얼굴을 본다―*아버지. 제 아버지세요?*

섬뜩함에 움찔하며 깨어난다. 진정이 되지 않아서 동이 트기 직전까지 다시 잠을 이루지 못한다. 말총 매트리스에 반듯하게 누워 멀리서 조종(弔鐘)처럼 울리는 교회 종소리(성 쿠트베르토 교회인가?)를 듣는데, 잠이—아예—오지 않을 것 같다.

일어나 앉는다. 침대에 그녀 혼자다. (휠체어의 그 남자는 어디 갔을까? 싸늘한 손을 그녀가 부여잡았는데. 입에서 무덤의 썩은 내 같은 악취가 풍겼는데. 그럼에도 클레어는 그가 좋았다.)

이렇게 밝혀졌군, 클레어는 생각한다. 그녀의 아버지 코너 도니걸은 살인범이 아니었다. 범인은 따로 있었다.

범인은 따로 있다. 그자는 지금 확실하게 살아 있으니까.

어떻게 지금까지 아무도 알아차리지 못했지?

16

"하지만 아버지가 저지른 짓이 아니에요. 아버지는 아니에요. 앞뒤가 안 맞아요……. 아버지가 그랬을 리 없어요."

클레어는 루셔스 피셔에게 만나 달라고 한다. 하지만 그는 뜨뜻미지근한 반응을 보인다.

그녀가 의논하고 싶어 하는 문제가 유언장이나 유산과 아무 상관없다는 사실이 밝혀지자 루셔스 피셔는 뻣뻣하게 입을 다물고 무표정으로 일관한다. 신사라 무례하게 대하지는 않지만 그녀가 얘기하는 동안 어떤 의견도 밝히지 않고 질문도 하지 않는다.

"확실해요―아버지는 누명을 썼어요. 자기 가족을 살해했다고 손가락질당한 수준을 넘어서, 아버지도 희생자인데, 진범은 체포되지도 않았고요."

피셔는 지난번과 다르게 완전히 몰입한 클레어와 눈을 맞추지는 않지만 듣고 있다고 신호를 줄 정도의 예의는 갖춘다.

"경찰에서는 진범을 찾아보지도 않았어요. '범죄 현장'이 연출된 건 아닌지 여부에도 관심이 없었던 것 같고요. 제가 당시 현장에 있었던 경찰 한 분과 얘기를 나눴거든요—드루이트 부서장님. 그분이 한 말이에요. 그분이 한 *생각*이고요."

루셔스는 고개를 끄덕이지만 동의하는 뜻에서 그러는 건 아니다. 그냥—듣고 있다는 표시다.

클레어는 목소리를 떨지 않으려고 애쓰며 상당히 자세하게 설명한다. 드루이트에게 얘기를 들어 보니 당시 부검의가 모르핀 중독이라—판단을 믿을 수 없었다고. 카디프 경찰서는 그런 범죄에 대처할 만한 경험이 없었다고. 관계 당국의 '관리 감독'도 없었다고.

누가 보아도 빤하게—코너 도니걸이 자기 가족을 살해하고 자살한 사건이라고—판결을 내리는 것이 가장 간단했다고.

이쯤 되자 피바다가 된 포스트 로드의 집이 너무나 생생하게 느껴져서 클레어는 그 집을 직접 본 것 같다는 생각이 들기 시작한다. 그러다 문득 깨닫는다. 무슨 소리야. 당연히 보았지.

적어도 범죄 현장이 되기 전 그 집의 내부는 보았다. 어린아이, 아주 어린 꼬맹이, 보고도 '보지 못하는' 아이의 눈으로—아이의 뇌에는 노출된 광경을 이해하는 데 필요한 언어가 결여되어 있었으니 보고도 보지 못할 수밖에.

그녀는 이 모든 걸 루셔스 피셔에게 설명하려 한다. 부아가 치밀고 미칠 것 같지만 피셔가 그녀의 예상과 다르게 그녀가 밝히는 이 놀라운 사실에 대해 아무 반응도 하지 않는 걸 견뎌야 한다. 그는 심각한 표정으로 미간을 찌푸린 채 그녀의 눈을 피하고 있다.

그녀는 괴로워하며 스러시 집안 사람들과는 접촉할 수 없었다고 말한다. 그녀가 '도니걸' 집안 사람인 줄 알고 그쪽에서 대화를 거부했다고 말이다. 자신을 캐서린 스러시의 딸이라고 소개했어야 했다는 걸 뒤늦게 깨달았다.

"피셔 씨께서 저를 도와주실 수 있을까요? 피셔 씨가 그 집안의 아무에게라도 연락해서…… 상황을 설명해 주시면……."

클레어는 말끝을 흐린다. 이 변호사가 그녀를 도와줄 리 없다는 현실을 받아들인다. 그는 환자를 대하듯 그녀를 측은하게 여기는 눈치지만, 마음씨가 고와서 아니면 소심해서 병이라는 단어를 입 밖에 내지는 않는다.

클레어는 사무치도록 외롭다는 생각이 든다.

죽었을 당시 그녀의 사진을 본 적이 없다는 사실을 깨닫는다—두 살하고 9개월 때의 사진을.

그러고 보니 그 이전에 찍은 그녀의 사진을 본 적이 없다. 세인트폴에서 (양)부모님과 함께 살게 되었을 때 그들이 찍어서 소중히 간직한 스냅 사진을 본 적은 있지만 클레어 엘런 도니걸의 사진은 본 적 없다. 궁금해진다—남은 사진이 있을까?

젖먹이 시절에 엄마 품에 안긴 사진. 단 한 장이라도!

젖먹이 시절에 아빠 품에 안긴 사진.

"사이들 씨? 제 말 들리세요? 괜찮으신가요?" 이제 루셔스는 걱정스러운 눈빛으로 그녀를 쳐다보고 있다.

클레어는 눈을 비비고 있었다. 처음에는 손끝으로, 그러다 주먹으로 좀 더 힘차게. 우느라 그런 게 아니라—눈가가 촉촉할 수는 있겠지만—눈앞을 밝히고 싶다는, 그러면 보지 못하는 것 또는 기억하지 못하는 것이 보일지 모른다는 강한 충동 때문이다.

그녀는 괜찮다고 얼른 피셔를 안심시킨다. 그녀는 항상 상대방이 놀라거나 불편해지지 않게 괜찮다고 안심시켜야 한다는 생각을 맨 먼저 한다. 특히 상대가 남자일 경우 동정하거나 못마땅하게 여기거나 넌더리 내는 반응은 사양하고 싶다.

"혼란스러운 마음은 알겠습니다, 사이들 씨—아니, 클레어. 하지만 이곳 카디프에서 너무 진을 빼고 계시는 거 아닐까요. 사람들이 뭐라고 하면서 27년 전의 소문과 가십을 전하는지 몰라도 오랜 세월이 지난 지금에 와서 사건이 재수사 대상이 될 일은 없겠죠—놓쳤던 실질적인 증거가 발견되지 않는 한. 제가 드릴 수 있는 말씀은 가망이 없다는 것뿐입니다."

"아뇨. 전 그렇게 생각하지 않아요. 어떻게 가망이 없을 수 있어요?—진실이 가망 없을 수 있나요? 코너 도니걸의 누명을 벗기자는데 어떻게 너무 늦을 수 있나요? 정의를 구현하는 데 너무 늦은 때가 있나요?" 클레어는 용감하게 말하지만 목소리가 떨리기 시작한다.

그래서 어쩔 건데? 무덤을 파헤칠 거야? 시신을 부활시킬 거야? 클레어의 바로 옆에서 누군가가 비웃는 소리가 들리는 것만 같다.

루셔스 피셔는 비웃고 있지 않다. 하지만 그녀에게 동조하지도 않는다.

사실 피셔는 조심스럽게 경계하는 표정을 짓고 있다. 제정신이 아닌 손님이 당장이라도 법적인 도움을 청할까 봐 걱정하는 듯한 얼굴이다.

"아! 피셔 씨는 저쪽 편이로군요. 심지어 듣고 있지도 않네요."

"당연히 듣고 있죠, 클레어. 하지만—'저쪽 편'이라니요? 누구 편이라는 말입니까?"

"살인범이요! 무고한 사람이 죄를 뒤집어쓰거나 말거나 관심 없는 사람들 편이요."

루셔스 피셔는 신사답게 너무 대놓고 움찔하지는 않는다. 하지만 클레어가 한 말에 담긴 진실을 부인하지도 않는다.

클레어는 그 남자에게, 카디프에 있는 단 하나뿐인 친구에게 화가 난다. 그가 그녀를 만나 주었다는 것만으로도 고마워해야 한다는 것을 알고는 있다. 여태껏 그는 그녀에게 친절과 인내를 베풀었다. 안내 데스크 직원도 분명하게 짚고 넘어갔다시피 그날만 해도 빽빽한 스케줄 중간에 그녀를 끼워 넣으라고 그 직원에게 지시를 내리지 않았던가. 이제 오후 3시 55분이고 4시에 예약한 (유료) 고객이 바깥 대기실에서 기다리고 있다.

"음. 그렇게 느껴졌다니 유감스럽네요, 클레어. 마음이 너무 아픕니다."

피셔가 대기실과 복도를 지나 엘리베이터 앞까지 클레어를 따라 나와 내려가는 버튼을 눌러 준다. 클레어는 그녀가 그의 사무실 앞 복도를 배회하지 않고 정말로 가는지 확인하기 위해서 그러는지, 아니면 정말로 걱정이 되어서 그러는지 궁금해진다.

분명 양쪽 다일 것이다. 클레어는 눈물 때문에 앞이 침침하지만 피셔가 뭐라고 첨언하려다 머뭇거리는 것을 본다.

바로 그 순간 그녀는 그를 증오한다. 그녀를 배신한 자로서 증오한다.

마치 다른 생에서는 루셔스 피셔가 클레어의 가까운 친구―어린 시절이라는 잃어버린 세상으로 안내하는 가이드여야 했다는 듯이. 그가 그녀를 딸처럼 사랑해야 했다는 듯이.

엘리베이터가 온다. 구세주다.

피셔는 어색하게 클레어와 악수하려 한다.

"자! 조심히 가세요, 클레어―사이들 씨. 내가 도울 일이 있으면……." 그는 진심인 척 형식적으로 건네는 인사말을 꺼내려다 자기가 무슨 말을 하고 있는지 깨닫고 말끝을 흐린다. 어색한 침묵이 흐른다.

클레어는 예의 바르게 말한다. "감사합니다, 피셔 씨. 하지만 그럴 일은 없을 것 같네요."

17

이모할머니들은 놀라고 경악하며 클레어를 빤히 쳐다본다. 그녀의 얘기를 듣고 너무 흥분해서 말을 거의 더듬는다.

"아니, 클레어―왜 그런 소리를―"

"―왜 그런 생각을―"

"―그 사람이 부추겼니―"

"―루크 피셔가?―어디서 감히!"

클레어가 아니라는 뜻에서 단호하게 고개를 젓자 이모할머니들은 서로를 흘끗 본다.

"그럼―누가?"

"―잔인한 짓이 될 수 있어―"

"―그 오래전 일을 들추면―"

"―끔찍하고 비극적인 과거를―"

"우리는 받아들이는 법을 배웠어―"

"견디는 법을—"

"이제는 끝났어. 모두 다. 27년이 지났는데—"

"—이제 와서 그걸 끄집어낼 필요가—"

"—끔찍하고 비극적인 과거를—"

이모할머니들은 앵무새처럼 날카로운 목소리로 더듬더듬 같은 말을 반복한다. 겁에 질린 어린애처럼 서로 손을 맞잡는다. 클레어는 자신이 제기한 의문에 그들이 그런 반응을 보인다는 데 놀라워한다. 그녀가 생각하기에는 타당한 질문이다. 왜 다들 그녀의 아버지가 가족을 죽이고 자살했다고 생각했을까? 왜 아무도 총격 사건을 좀 더 자세히 파헤치지 않았을까? 누가 보아도 빤한 사건이라고 왜 그렇게 금세 결론을 내려 버렸을까?

클레어는 흥분해서 쏟아 낸 말을 주워담는다. 엘스페스와 모랙의 안색이 좋지 않다.

"죄송해요, 엘스페스 할머니—모랙 할머니. 지난 며칠 동안 저희 부모님과 알고 지냈던 분들과 얘기를 나눠 봤는데, 아버지가 그런 끔찍한 짓을 저질렀다는 걸—예나 지금이나—믿지 못하는 분들이 많더라고요."

엘스페스는 해골처럼 앙상한 손을 자기 가슴에 대고 반신반의하는 표정으로 클레어를 빤히 쳐다본다. 모랙은 엄숙하게 고개를 젓는다.

"안 돼. 안 돼! 사건을 재수사하다니—"

"—27년이나 지난 일을……."

"언론에서 물고 늘어질 거야—그때처럼—"

"짐승처럼 잔인하게—"

"망신이지! 망신이야! 그걸 어찌 감당하라고—"

"우리 딱한 모드 언니는—끝까지 회복하지 못하고……."

"딱한 릴런드 형부도—끝까지 회복하지 못하고……."

"걔는 쪽지를 남겼어—알지……. 네 아버지 말이야."

"—그러니까—쪽지가 남겨져 있었지……."

"그게 도대체 무슨 말이야—쪽지가 남겨져 있었다니—"

"말 그대로야—쪽지가 남겨져 있었다."

"아니, 언니도 정신이 이상해진 거야?—언니는—"

"너나 입 다물어. 넌 모드 언니도 아니잖아."

"아니, 언니도 모드 언니는 아니지……."

"끔찍하고 끔찍한 생각이야—"

"—언론에서 우리를 뼈째 씹어 먹을 거야—"

"—이제 와서 그걸 *끄집어낼* 필요가—"

"—그 끔찍하고 비극적인 과거를."

클레어는 두 할머니가 흥분한 새처럼 조잘거리도록 내버려 두지만, 그들의 말을 듣고 고집을 꺾을 생각은 없다. 운전대를 부여잡은 운전자처럼 주도권을 내주지 않을 작정이다.

그녀는 그들에게 드루이트에 대해 얘기한다. 포스트 로드의 집으로 출동해 범죄 현장을 발견한 경관 중 한 명이었다고 말이다. "드루이트 씨는 코너 도니걸이 범인이라는 사실이 입증된 바 없다고 했어요. 당시 지방 부검의는 믿을 수 없는 사람이었고……."

엘스페스는 가장자리에 레이스가 달린 하얀색 리넨 손수건으로 눈을 훔치고 있다. 약삭빠르게 생긴 이쪽 눈과 저쪽 눈에 맺힌 눈물을 차례대로 조심스럽게 닦는다. 그녀는 충격에서 벗어나 무심하고 권위적인 분위기를 회복하려고 결연하게 노력 중이지만, 모랙은 계속 경악하며 고개를 젓는다.

"아무것도 들쑤시지 마! 우리는 괴로움을 겪을 대로 겪었어."

"우리 모두─"

"그 아이도─"

"그 아이가 제일 심했지─"

"형이 그렇게 된 걸 봤으니─인생이 달라질 수밖에⋯⋯."

"⋯⋯그 딱한 아이가 2층에서 죽으려는 걸 말렸어⋯⋯."

"고속 도로에서 그 끔찍한 사고를 당한 뒤에─"

"'신경 손상'이라고─못 고친다고."

"얼마나 심란해하고 얼마나 슬퍼했는지 몰라. 꼭 영혼을 잃은 사람처럼."

"당연히 영혼을 잃은 거나 다름없지!─너라면 안 그렇겠어?"

"목을 매서 죽으려는 걸 우리가 발견해서 줄을 잘랐어."

"우리? '우리'라니 그게 무슨 소리야, 엘스페스? 이 손이 한 일인데."

모랙은 씩 웃으며 승리를 거둔 권투 선수처럼 당당하게 손을 휘두른다.

이렇게 해서 클레어는 아버지의 남동생 제러드가 포스트 로드의 집에서 시신을 발견한 직후에─'정신적'으로는 물론이고 '육체적으로도'─쇠약증을 겪었다는 사실을 알게 된다. 그는 신학대학을 중퇴하고 고속 도로에서 사고를 당해─"빙판길에 차가 미끄러져서 옹벽을 들이받았지."─몇 달 동안 병원에서 꼼짝 못하다가 퇴원하자 자살을 시도했다. "하지만 딱한 제러드는 기운이 달렸어. 살이 빠져서 꼭 해골 같았거든. 그래서 손에 힘이 없어서 매듭을 단단히 묶지 못했지. 그, 교수형 밧줄 매듭 말이야. 그게 복잡하거든. 그걸 제대로 해낼 수가 없었지."

18

"그가 범인이야. 제러드가. 다른 가족들은 알면서 자기들끼리 쉬쉬하고 있어."

지금까지 클레어는 상심해서 정신을 차릴 수 없었는데 이제는 분노로 정신을 차릴 수 없다는 사실이 찌릿하게 느껴진다.

그녀가 보기에는 이쪽이 좀 더 앞뒤가 맞는다. 이모할머니들은 당연히 그걸 알 리 없지만, 당시에는 그들도 분명 의심했을 것이다. 다른 사람들도 분명 의심했을 것이다.

그런데…….

"아무도 관심을 기울이지 않았어. '누가 봐도 뻔한 사건'이라며. 이런 끔찍한 짓은 두 번 다시 반복될 리 없다. 그리고 제러드는 망가진 인간이라 아마 스스로 목숨을 끊을 거다―그러니까 걱정할 것 없다. 그렇게 생각하면서."

클레어는 계단 꼭대기에 있는 자기 방에서 감정과 확신에 넘쳐

무아지경으로 왔다 갔다 한다. 머릿속이 이글거린다!―그녀는 주먹으로 허벅지를 가볍게 때리지만 (나중에 보니)`멍이 들지 않을 정도로 가볍게는 아니다.

사건을 재수사해. 코너 도니걸의 누명을 벗겨 줘.

시신을 부활시켜.

클레어는 그녀가 메인주 카디프로 소환된 것이 우연이 아니라 이유가 있었음을 깨닫는다. 아버지의 명예를 회복하는 것이 그녀에게 주어진 유일한 숙제다.

그러다 깨닫는다. *나를 부른 사람이 모드 도니걸 할머니잖아. 나를 챙겨서 유언장에 넣고……*.

코너 도니걸의 어머니라면 분명 그가 자기 가족을 살해한 범인이 아닐지 모른다고 간파했을―아마도 의심했을―것이다.

하지만 모드가 둘째 아들 제러드를 의심했더라도 필사적으로 그를 보호하고 싶었을 것이다―그런 상황에서 가족이라면 그렇지 않겠는가.

아이를 하나 잃는 것은 재앙이다. 아이를 둘 잃는 것은 참담함이다.

아마도 이것이 이모할머니들의 논리일 것이다. (짐작건대) 제러드를 범인으로서 변호하려는 것이 아니라 코너가 아닌 다른 사람이 범인일 가능성에 대해 생각할 마음이 없는 것이다. 그리고 모드 도니걸도 같은 마음이었을 것이다. 상실감에 완전히 무너져서. 슬퍼하느라 경황이 없어서. 모드 도니걸은 1989년에 제정신이 아니었을 것이다―그런 비극이 벌어졌으니 가족 모두가 제정신이 아니었을 것이다.

이 얼마나 그럴듯한 설명인가. 클레어는 이글거리는 머릿속을 달래고 흥분으로 온몸을 떨며 혼자 방 안을 왔다 갔다 한다.

19

클레어는 지난주에 제러드 도니걸을 소개받은 이후에 집 안에서 그를 얼핏이나마 본 적이 없다.

아버지의 남동생. 그녀의 삼촌.

이건 정말이지 이상하고 묘한 일이다!—지금까지 있는 줄도 몰랐던 피붙이를, 아버지의 남동생을 만나다니.

제러드는 3층에서 지낸다고 했다. 그녀는 여러 번 3층 계단 발치에 서서 고개를 기울이고 열심히 귀를 쫑긋거린다. 무슨 소리를 기대하는 걸까? 여럿이 웅얼거리는 말소리? 누군가가 애원하는 소리? 숨죽인 웃음소리와 발소리? 천장 너머에서 희미한 음악 소리가 들린 건 분명하다. 하프시코드 연주처럼 빠르고 불꽃 튀기는 곡이었다. 좀 더 근엄하고 리드미컬한 소리도 들렸다. 그레고리오 성가인가? 클레어는 계단 발치에 서서 위를 올려다보며 계단을 빠르게 내려오는 삼촌과 맞닥뜨리는 광경을 상상한다.

안녕하세요, 제러드!—저예요, 클레어…….

제러드, 안녕하세요! 저 기억하시죠. 지난주에 만났는데…….

제러드가 그녀의 이름은 물론이고 얼굴조차 기억하지 못할 거라니 어처구니없는 상상이다. 이모할머니들이 그녀와의 만남을 앞두고 그를 준비시키는 동시에 고문하는 차원에서 얼마나 조잘 조잘 얘기를 했을까.

제러드!—이쪽은 네 조카야. 코너 딸.

너도 기억하지?—코너 말이야…….

클레어는 절뚝거리며 뒷문으로 나가는 제러드를 간발의 차로 여러 번 놓친다. 그가 그녀를 피하고 있는 건지 궁금해진다…….
살인 사건에서 그의 역할을 간파하기 전부터 찾아다닌 그녀를.

그녀는 그를 피해 부엌 개수대 아래에 숨었다. 병이나 정신적 충격으로 잠깐 눈이 멀었던 사람에게 시력이 돌아오듯 그녀의 기억이 서서히 복원되기 시작했다. 조만간 그녀는 27년 동안 보지 못했던 것을 다시 보게 될 것이다.

안녕하세요, 제러드 삼촌! 저 기억하시죠?—클레어 엘런이요.

하지만 그는 그녀를 똑바로 쳐다보지 않을 것이다. 똑바로 쳐다보지 못할 것이다. 맨 처음 만났을 때 그녀가 웃으며 인사를 건넸지만 그는 뻣뻣하게 군은 표정으로 고개를 돌렸던 이유를 이제는 알 것 같다.

당연히 기억하시겠죠, 제러드 삼촌. 죽이려다 실패했던 아이인데.

그가 스스로 목숨을 끊으려 했던 모양이다. 실패했다니 유감이네, 클레어는 생각한다.

클레어는 카디프에 온 뒤로 엘스페스와 모랙에게 가족 앨범이 있으면 보여 달라고 여러 번 말했다. 젊었을 때 부모님과 오빠, 언니 그리고 그녀의 사진을 보고 싶은 마음이 굴뚝같다.

이모할머니들은 확답을 피하며 집 안 어딘가에 있을 거라는 식으로 말한다. 모드 언니가 아이들과 손자들 앨범을 분명 버리지 않았을 텐데, 그런 끔찍한 사건 이후에 다락방에 숨겨 놓았을 수 있다고. 하지만 두 사람 모두 앨범을 찾으러 나서지 않고, 직접 찾아보겠다는 클레어의 말에도 호응하지 않는다.

"어머!—아우 얘야, 안 돼—"

"—다락방은 안 돼!— 왜냐하면 길을 잃을 수 있어."

"엄청 넓거든. 거의 태평양이야. 거긴—"

"—말리고 싶다, 아가. 진심으로!"

"우리가 찾아 줄게—"

"—약속!"

조만간—"내일!"—앨범을 찾아보겠다며 안달복달하는 조카 손녀를 달래는 할머니들이 서로 음흉한 눈빛을 주고받는다.

클레어는 스러시 집안에도 사진이 있을 거라고 미루어 짐작한다. 총격 사건 이후에 그들이 클레어 엘렌의 양육권을 가져갔으니 아이들 사진이 전부 그 집에 있을 수도 있다. 하지만 그쪽에서는 그녀가 도니걸 집안의 친척인 줄 알고 적대시하고 있으니 접촉할 방법이 없다.

아직은 기회가 있어, 클레어는 생각한다. 그녀는 조만간 다시 스러시 집안 사람들에게 연락해 볼 것이다.

그녀는 3층으로 올라가는 계단 발치에 서서 머뭇거린다. 다락방은 아마 3층과 연결되어 있을 것이다. 그녀가 직접 다락방으로 들어가 사라진 앨범을 찾아보아도 된다. 그것이 3층을 알짱거리는 아주 그럴듯한 이유가 될 수도 있다.

정체를 알 수 없는 소리는 잦아든 것 같다. 클레어는 제러드가 집 밖으로 나갔다는 사실을 기억해 낸다. 그날 아침에 픽업트럭을 몰고 어디론가 가는 것을 보았다. 제러드 도니걸은 겨울의 잔해를 청소하고 이웃집 앞마당의 봄맞이 뿌리 덮개를 준비하는 육체노동을 하고 있다. 한때는 신을 섬기는 신학도였지만 형과 그 가족이 죽은 뒤로 자신을 낮추어 흙 속에서 구르는 다른 종복(從僕)이 되었다.

클레어는 충동적으로 계단을 올라간다. 카디프에 온 이후로 그녀는 항상 방심하지 않고 몸을 사리며 신중하고 계획적이었던 클레어 사이들답지 않게 행동하고 있다. 이곳에서의 클레어는 충동적으로 움직이고, 생각나는 대로 말하며, 어떨 때는 루셔스 피셔를 만나 열변을 토했을 때 그랬던 것처럼 감정에 북받쳐 말을 더듬는다. 입술에 침을 튀기기도 하고, 뜻밖의 웃음을 터뜨리기도 한다. 이모할머니들을 빤히 쳐다보며 그들의 터럭 하나 없는 해골을, 유령을 찍은 엑스레이 같은 골격을 상상한 적도 여러 번이다. '노총각' 제러드 삼촌을 언뜻 지나가면서 보았을 때는 밧줄처럼 생긴, 목의 파란색 핏줄을 눈에 담았다―저게 경동맥인가?

클레어는 계단을 올라가며 널찍한 구옥(舊屋)의 다른 계단과 다르게 여기에는 카펫이 깔려 있지 않다는 걸 알아차린다. 3층은 복도 천장도 다른 데보다 낮고 벽에 달린 조명도 더 어두침침하고 오래되었다. 희미한 썩은 내와 곰팡내가 난다.

하인들이 살던 곳이로구나, 클레어는 생각한다. 제러드는 여길 더 좋아하는군.

그런데 왜 칼을 들고 오지 않았어?

칼이라. 1층 부엌에서 칼 하나쯤은 쉽게 찾을 수 있었을 텐데.

도니걸 가족이 사는 집 3층을 어슬렁거릴 거면 마땅히 무기를 들고 있어야 하지 않은가. 제러드 삼촌이 사이코 살인범이라면 마땅히 무기를 들고 있어야 하지 않은가.

하지만 여기까지 올라왔으니 계단을 두 개나 내려가야 한다. 예리한 엘스페스나 심사가 배배 꼬인 모랙에게 들키면 손님이 부엌을 얼씬거리는 이유에 대해 의심스러워할 것이다.

다음번에는 그래야겠다, 클레어는 생각한다. 다음번에는 무기를 챙길 것이다.

짐작건대 여기서 사실상 그녀가 위험에 맞닥뜨릴 일은 없다. 아직은.

제러드는 클레어가 어디까지 아는지 모른다. 클레어가 알고 있다는 것도 모른다.

그녀는 조심스럽게 복도를 따라 걷는다. 문고리를 돌려 본다.

첫 번째 문은 잠겨 있지 않고 열어 보니 빈방이다. 좁고 갑갑하며, 네모반듯한 창문이 하나 달렸고 맨바닥이다. 두 번째 문도 잠겨 있지 않고—또다시 가구도 없고 먼지와 거미줄 냄새가 나는 조그만 방이다.

세 번째와 네 번째도—계속 먼지와 거미줄이다.

지난 세기에 하인들이 살던 곳. 클레어는 독방만 한 크기의 방에서 평생을 지낸 여자를 상상해 본다.

그녀는 뭘 찾고 있는지 하마터면 잊어버릴 뻔한다. 다락방으로 올라가는 계단? 천장에 달린 문을 열면 내려오는 사다리?

그녀의 손이 다른 문고리를 돌린다. 이 방은 잠겨 있다.

제러드의 방이다! 좀 더 정확하게 말하면 그의 공간이다. 클레어는 엘스페스가 전에 자기와 모략은 조카가 지내는 구역에서 불청객이라고 아무 감정 없이 얘기했던 것을 떠올린다.

그녀는 일부러 덜커덕거리며 문고리를 잡고 돌린다.

"안녕하세요? 안녕, 하세요?" 그녀는 무모한 어린애처럼 과감하게 언성을 높인다.

당연히 응답은 없다. 그녀는 제러드가 근처에 없다고 장담할 수 있다.

그럼에도 그녀는 다시 문고리를 돌려 본다. 힘을 주어서 덜거덕거린다.

"저예요, 제러드 삼촌. 저 기다리고 있지 않아요?" 클레어는 과감하게 웃음을 터뜨린다.

방문에 귀를 가져다 댄다. 제러드의 한쪽 귀가 짓이겨져 있던 게 생각이 난다─분명 교통사고 때문에 그렇게 되었을 것이다. 이마에는 거의 보이지 않을 정도로 미세한 흉터들이 쏟아진 유리 조각처럼 새겨져 있다.

그렇다. 안에서 무슨 소리가 들린다. 들릴락 말락 하지만 빠르게 쿵쾅거리는 소리다.

둥 둥 둥─이게 뭘까?

20

"어머, 하지만 클레어—혼자 가면 안 돼! 길을 잃을 거야—"

"—무덤이며 으리으리한 봉분이 얼마나 많은지 아니? 가려면—"

"—가이드랑 같이 가야 해!—우리랑."

하지만 클레어는 아주 일찍 일어날 거라고, 아침 6시면 눈이 번쩍 뜨인다고, 성 쿠트베르토 공동묘지까지 혼자 운전해서 갈 테니 신경 쓰지 말라는 말로 간신히 두 이모할머니를 따돌린다.

공동묘지에 가 보니 그녀의 집안은 두 부분으로 확실하게 분리되어 있다. 도니걸 집안 사람들이 묻힌 곳은 묘비에 적힌 사망 연도가 최고 1779년까지 거슬러 올라가며 아주 오래된 느릅나무들이 우뚝하니 서 있는, 교회 바로 뒤편의 가장 오래된 구역이다. 스러시 집안 사람들이 묻힌 곳은 좀 더 최근에 묘지를 조성한 언덕이고 나무들이 훨씬 작고 듬성듬성하다.

도니걸 집안 사람들의 무덤이 스러시 집안보다 훨씬 많다. 좀 더 큼지막한 묘비, 천사 석상, 켈트 십자가. 반원형 막사처럼 생긴 사암 봉분에 이 집안의 시조, 앨버트 제임스 도니걸(1801-1886)과 아내 캐서린과 대부분 아주 어린 나이에 죽은 아홉 명의 자녀들의 유골이 묻혀 있다.

클레어는 릴런드 엘리스 도니걸과 모드 메리 도니걸이 함께 쓰고 있는 커다란 대리석 묘비를 찾는다. 그 좌우의 좀 더 작은 묘비들 중에 1955년 8월 2일-1989년 1월 6일이라고 적힌 코너 매튜 도니걸의 묘비도 있다.

클레어는 (이렇게 작은) 묘비를 보고 충격을 받는다. 코너 도니걸의 묘비는 좀 더 커다랗고 문구도 좀 더 많이 새겨져 있어야 하는 거 아닌가? 그녀의 상상 속에서는 토템처럼 우뚝한데? 그녀는 현기증과 절망을 느낀다.

당연하지. 너희 아빠는 줄곧 저세상 사람이었어. 바보 같으니라고.

그녀의 부모님이 생존해 계시지 않다는 사실을 깨달을 때마다 이렇게 번번이 놀라고 심지어 충격을 받는다니 신기할 따름이다. 어렸을 때부터 그들과 다시 만날 수 있을지 모른다는 환상을 품고 있었는데…….

브린모어에서 루셔스 피셔의 전화를 받은 뒤부터 클레어의 확신은 전보다 더 강해졌다. 하지만 비논리적이고 황당한 발상이다. 클레어도 알다시피.

마치 고집스럽고 반항적인 내면의 어린이가 침착한 성인이라는 가면을 뚫고 나오려는 듯한 느낌이다.

이상한 변화가 하나 더 있다. 카디프에 온 뒤로 클레어는 양부모님 생각을 사실상 전혀 하지 않는다. 그들이 머나먼 미네소타주 세인트폴에 있어 더는 존재하지 않는 것처럼, 다른 생애에서 만난 사람들인 것처럼. 클레어 사이들로서 그녀의 삶이 끝난 것처럼.

그녀는 브린모어에서 진행 중이던 연구에 대해서도 사실상 아무 생각을 하지 않는다. 몇 년 동안 깨어 있는 시간의 거의 대부분을 차지했던 박물관 기록 보관소도. 거기서 알게 된 몇 명의 친구도. 거기서 거의 사귀기 직전이었던—이름이 조슈아 매시어스였나? 같은 브린모어 연구소 소속 사학자도.

너는 조슈아를 사랑하게 되었을 수도 있어. 그가 너를 사랑하게 되었을 수도 있고. 대체 무슨 짓을 저지른 거야. 메인주의 유산 때문에 네 인생을 내동댕이치다니!

잃어버린 삶이 찢어진 거미줄처럼 돌이킬 수 없는 상태로 그녀에게서 사방으로 흩어지지만, 클레어가 느끼는 것은 가벼운 후회뿐이다.

그녀는 휴대 전화로 사진을 찍고 있다. 아주 가까이서, 조금 가까이서, 조금 멀리서. 전후 맥락을 파악할 수 있게 도니걸 집안의 묘소 사진. 하늘 사진. (그 동굴 같은 구름 속으로 몸을 던지고 또 던질 수도 있겠다.) 아버지의 무덤은 그녀가 기대했던 것과 다르게 이제 막 생긴 곳이 아니라 비바람에 상했고, 겨울을 맞아 칙칙해지고 납작하게 누운 잔디로 덮여 있어서 영 아니다. 다른 무덤과 구분이 되지 않는다. 획일화된 묘소다. 악명 높은 그 이름—코너 도니걸. 하지만 새들이 우는 소리와 나무 사이로 부는 축축한 바람 소리 말고는 정적과 고요로 덮인 이곳에서 코너 도니걸이라는 이름은 주변의 묘비에 새겨진 다른 이름들과 마찬가지로 엄청난 분노를 유발하지 않는다.

죽음은 위대한 수평자.

죽음은 가장 잔인한 농담.

클레어는 한참 동안 아버지의 무덤 앞에 머문다. 종교가 있었다면 엉겨 붙은 잔디밭에 무릎을 꿇고 얼굴을 묻고 기도했겠지만…… 그 참사는 머나먼 과거, 27년 전의 일이다.

이제 너를 위해 기도해. 살아남은 사람이 너잖아.

클레어는 축축한 공동묘지를 터벅터벅 지나 스러시 집안의 묘소를 찾아 나선다. 이모할머니들과 왔다면 훨씬 수월했겠지만 그들이 명랑하고 송곳 같은 수다로 성 쿠트베르토 공동묘지의 정적을 깨뜨리는 상상만 해도 소름이 돋는다.

할머니들이 무슨 악의가 있는 건 아니야, 클레어는 생각한다. 그래도—가끔—무섭게 느껴질 때가 있다.

제러드만 해도 그렇다. '노총각 삼촌'.

어머니 캐서린과 오빠 레어드, 언니 에마의 무덤을 발견하자 클레어의 심장이 철렁 내려앉는다. 그들의 성은 도니걸이지만 멋진 사암 묘비와 함께 스러시 집안의 묘소에 묻혔다.

스러시 집안에서 캐서린과 아이들을 도니걸 집안의 묘소에 묻지 않겠다고 한 게 분명하다. 그쪽에서는 코너가 그들을 살해했다고 믿었으니 그들을 자기 집안 사람으로 간주하고 싶었을 것이다. 클레어도 이해할 수 있다. 하지만 코너가 무죄라면…….

살아생전에 그랬듯 죽어서도 부당한 대접을 받고 있다.

가장 오래전에 묻힌 사람은 1900년대고, 가장 최근은 몇 년 전이다. 클레어는 그녀의 가족이 묻힌 무덤이 오래되어서 비바람에 씻긴 것을 보고 또다시 놀라워한다.

캐서린 스러시 도니걸, 1958년 2월 8일-1989년 1월 6일

레어드 조셉 도니걸, 1980년 9월 12일-1989년 1월 6일

에마 메리 도니걸, 1985년 7월 11일-1989년 1월 6일

와, 오빠와 언니가 살아 있었다면 지금은 성인이다! 클레어보다 나이가 많은.

더는 어린이가 아니다. 사진 속에서는 젊고 예뻤던 그녀의 어머니도 더는 젊지 않았을 테고. 그래도 클레어는 캐서린이 여전히 예뻤을 거라고 생각하고 싶다.

그녀는 자기가 무덤 앞에 얼마나 오랫동안 서 있었는지 나중에 기억하지 못할 것이다. 온몸이 부들부들 떨리고 상실감으로 아득해진다. 마치 지금까지—뭐랄까, 확신이 없었던 것처럼.

내 어머니. 내 오빠.

내 언니…….

머리 위 하늘이 으슬으슬하고 어지럽다. 습하고 냉한 흙냄새 때문에 초봄이 아니라 늦겨울 같다. 하지만 축축한 땅 곳곳에서 조그맣고 파릇파릇한 새싹이 보인다. 갈란투스라고 불리는 조그맣고 하얀 꽃. 온 사방의 나무에서 새들이 신나게 지저귄다. 세상에는 죽음도 없고 상심도 없고, 오직 희망만이 존재하는 것처럼.

자 자 우리가 (다시) 왔어.

절대 의심 말고 우리를 믿어. 우리는 네 곁을 지킬 거야.

클레어는 넋을 잃고 서서 새들의 울음소리에 귀를 기울인다. 그 울음소리 너머의 정적에 귀를 기울인다. 이 신비로운 공간, 이름

도 애를 써야 떠올릴 수 있는 메인주 카디프에서는 영원히 현재 시제다. 그런 곳에서는 앞을 내다볼 수 없다. 오직 뒤만 돌아볼 수 있을 뿐이다. 무슨 일인가가 벌어지려 하고 있지만—언제, 어디서일까? 그리고 어떤 식일까? 클레어는 기대하며 마음의 준비를 한다. 한 발 또 한 발 내디딜 준비, 몸을 돌릴 준비, 돌아가서 (다시) 찾을 준비를 한다—그런데 뭘?

운동화가 축축한 흙 때문에 젖은 게 보인다.

누군가가 아니면 무언가가 언뜻 지나가는 것이 시야의 맨 끝에서 보이는데…….

하지만 아니다. 몸을 돌려 보니 아무것도 없다. 아무도 없다.

다만—아니다…….

아침 이 시각의 공동묘지는 인적이 드문 곳이다. 다른 참배객이 있다 한들 클레어는 그 사람을 알은체하고 싶지 않고 그 사람 역시 그녀를 못 본 척해 주길 바란다. 그녀는 얼른 축축한 공동묘지 사이로 왔던 길을 되짚어간다.

쳐다보지 말아 주세요. 말을 걸지 말아 주세요. 나는 당신이 모르는 사람이에요.

21

"네 유산이잖니, 클레어! 한번 보고 싶을 것 같아서." 엘스페스가 클레어의 손을 살짝 찌릿하게 쥐며 말한다.

"하지만 저 혼자 가도 돼요. 내비게이션을 켜고 가면……."

안 돼. 안 돼! 애시퍼드 카운티 토박이가 아닌 이상 혼자서는 안 될 말씀이다.

이모할머니들은 고집을 꺾지 않는다. 마뜩찮아하는 제러드까지 대화에 끌어들여 클레어의 차에 장착된 내비게이션은 애시퍼드 카운티 북부에서 쓸모가 없다는 확인을 받아 낸다. "시골길이 이리저리 복잡하게 꼬이고 오래전에 유실된 다리도 있어서 길을 잃기 십상이야."

제러드는 자신의 이익과 정면으로 대치되더라도 진실을 밝힐 의무가 있는 사람처럼 단념한 투로 엄숙하게 말한다. 무심해 보여도 클레어에게 일말의 연민을 느끼는 걸까.

"네. 데리고 다녀올게요. 그걸 원하시는 거면."

제러드는 턱에 힘을 주고 묘하게 어색한 분위기를 풍기며 말한다.

클레어 쪽을 쳐다보지는 않는다. 누가 보면 그녀가 서 있는 자리가 너무 환해서 눈이라도 나빠질까 봐 몸을 사리는 줄 알겠다.

어쩌면 저렇게 못생길 수가 있을까! 제러드 도니걸은 자기 형 코너가 얼마나 미웠을까? 그의 일상적인 매력이 나를 추하게 만들도다(셰익스피어의 희곡 《오셀로》에 나오는 구절이다 - 옮긴이).

클레어가 노총각 삼촌을 이렇게 가까이서 보는 건 오랜만이다. 그는 이 집에서 그림자 같은 존재이고, 유령인가 사람인가 싶게 클레어의 곁눈을 스치고 지나간다. 이모할머니들을 최대한 피하듯 그녀 역시 재주도 좋게 피해 다닌다.

"그래 주면 정말 고맙겠다, 제러드!"

"정말 고맙지."

클레어는 두 할머니에게 동의한다는 뜻에서 억지로 웃어 보인다. 제러드는 그들을 노려보고 어깨를 어색하게 움직이며 인상을 쓴다.

제러드는 사제복처럼 헐렁한 검은색 티셔츠에 밑단이 지저분한 짙은 색 바지를 입고 있어서 마치 추한 사제 같다. 그의 얼굴은 길고 말랐고 수척하며 금욕적이다. 피부는 듬성듬성 얽었고 칙칙하다. 턱은 거울을 보지 않고 수염을 깎은 사람처럼 대충 면도가 되어 있다. 한쪽 귀에는 흉터 조직이 있다. 한쪽 어깨는 굽었다.

클레어는 혐오감을 달래며 넋 놓고 노총각 삼촌을 바라본다. 이제 보니 그는 까맣고 축축한 미꾸라지 같은 눈으로 어쩌다 한 번씩 그녀를 흘끗 쳐다보았다가 얼른 시선을 돌린다.

내가 자기의 비밀을 알고 있다는 걸 아는 거야.

하지만 아니야—무슨 수로 알겠어?

누가 보아도 그러고 싶지 않은 눈치인데, 제러드가 클레어를 데리고 애시퍼드 카운티 북쪽에 다녀오겠다고 하는 이유가 뭘까? 누가 보아도 이모할머니들을 싫어하는 눈치인데, 도니걸의 집에서 그들과 계속 함께 사는 이유가 뭘까? 마치 자기 인격을, 자기 영혼을 포기한 사람처럼. 마치 이것이 자기 수양, 자체 처벌, 참회라도 되는 것처럼.

짐작건대 제러드의 삶은 그런 참회의 연속일 것이다. 그는 나이 많은 이모들을 싫어하지만 그들이 하자는 대로 따를 것이다. 자기 인생이 싫지만 그럴 수밖에 없다면 계속 감내할 것이다.

당연히 그럴 수밖에 없지!

사는 게 지옥인걸.

안 돼. 그럴 수는 없어.

클레어는 자기가 이모할머니들의 의견에 순순히 따르기로 했다니 믿기지 않는다. 노총각 삼촌과 단둘이 길을 나서기로 했다니 믿기지 않는다. 27년이 지난 지금.

그럴 수는 없어. 안 돼!

클레어는 웃음을 터뜨린다. 너무 어처구니없는 일이다.

그날 밤 클레어는 몰래 부엌으로 내려가 칼을 고른다. 너무 길지도 않고 너무 예리하지도 않고 가장 쓰기 좋고 튼튼한 것으로, 15센티미터짜리 날에 짧은 손잡이가 달린 칼을 선택한다. 이걸

천으로 싸서 재킷 주머니에 넣어야겠다. 정말 제러드 도니걸과 단
둘이 길을 나서게 된다면…….

22

"얘기해 주세요. 아는 대로 전부."

클레어는 애원하지는 않지만 정에 굶주린 아이처럼 갈급한 목소리로 말한다. 무릎 위에 올린 두 손을 으스러져라 맞잡고 있다.

"뭐든 기억하는 대로요."

제러드는 말없이 운전석에 앉아 있다. 옆에서 본 얼굴이 우울하고 딱딱하다.

결국 클레어가 노총각 삼촌과 나란히 차에 앉게 되다니 이 얼마나 신기한 일인가. 자신도 믿기지 않지만—진짜다.

이게 현실이라면 분명 운명일 거야.

제러드가 돌아가신 부모님에게 물려받은 투박한 진회색 벤츠. 그걸 타고 이른 오전 카디프를 관통하고 다리를 지나 그 너머의 구릉 지대로 진입한다. 가는 길이 꿈처럼 펼쳐지지만 클레어가 꾸는 꿈은 아니다. 페블 그레이, 메탈 그레이, 파우더 그레이로 이루어진 여러 빛깔의 뭉게구름이 동쪽으로 몇 킬로미터 떨어져 있는 대서양에서 부는 바람에 너덜너덜하게 찢긴 채로 실려 온다.

"왜냐하면 저는 아무것도 기억나지 않거든요. 거의 아무것도……"

클레어의 재킷 주머니 안에는 천으로 둘둘 만 주방용 칼이 들어 있다. 쿵쾅거리는 심장 아래쪽 갈비뼈와 포근하게 맞닿아 있다.

●

그가 클레어를 태우고 가는 이유는 이것이 그의 의무이기 때문이다. 그런가 하면 속죄이기도 하다.

뭐—그도 그녀를 안쓰럽게 여기긴 한다. 고아가 된 조카. 그녀를 알은체하기는커녕 그쪽을 차마 흘끗 쳐다볼 수도 없는 이유는 그 때문이다.

클레어는 그를 보았을 때 외모가 기형적이라고 생각했다. 이제 보니 그는 영혼도 기형적이다.

제러드 도니걸은 클레어를 처음 만난 순간부터 감정을 드러내지 않았다. 여느 삼촌과 다르게 그녀를 끌어안지 않았다.

그때 그녀는 그에게 상처를 받았다. 지금은 그를 적으로서 증오한다.

하지만 지금 그는 그녀를 점잖게 대하고 있다. 정신 사납게 만담을 늘어놓는 두 이모할머니와 떨어져 이렇게 단둘이 차에 있고 보니 제러드가 낯을 가리느라 말이 없어서 그렇지 친절하다는 생각이 들 정도다.

그러니까 그녀에게 으르렁대지 않는다는 말이다. 그녀를 무시하지 않는다는 말이다.

제러드는 교통사고를 겪고 목숨을 건진 사람답게 어쩌면 지나치다 싶을 정도로 안전하게 운전한다. 규정 속도를 절대 넘기지 않는다. 걸을 때 성급하게 발을 헛디딘 순간 갑작스럽게 찾아오는 고통을 예방하기 위해 보일락 말락 하게 절뚝거리는 것과 마찬가지다.

클레어는 포틀랜드의 예수회 신학 대학에 대해 묻는다. 엘스페스와 모랙에게 그가 예전에 신학 대학의 학생이었다고 들었다며 이것저것 물어본다. 학교에서 어떤 수업을 들었는지. 예수회 수사가 되려면 몇 년이 걸리는지. 예수회 수사들은 전원 박사 학위를 따고 거의 대부분 학생을 가르친다는데 사실인지. 왜 중퇴했는지.

클레어는 제러드에 대해 잘 모르고 좀 더 알고 싶어 하는 젊은 여자 친척이 물어봄 직한 질문을 하기로 한다. 순진한 질문, 순진해서 공격적이고 충동적인 것처럼 느껴지는 질문.

딱딱한 삼촌의 태도에 주눅이 들긴 하지만, 습관적으로 미간을 찌푸리고서 아무 말도 하지 않는 삼촌에게 낙심하지 않으려는 악의 없는 젊은 여자.

하지만 제러드는 어깨만 으쓱할 뿐 오붓한 대화 속으로 끌려들어 오지 않는다.

클레어는 퇴짜를 맞은 기분이지만 티를 내고 싶지 않아서 자기도 어렸을 때 교회를 좋아했다고 말한다(진짜는 아니다). 물론 수녀원에 들어갈 생각은 한 적이 없지만.

그러고 나서 수녀가 된다는 걸 그런 식으로 어이없게 표현한다는 데 미소를 짓는다. 수녀원에 들어가다.

또는—출가하다.

그녀는 종교에 진심인 적이 없었다. 스스로 생각하기에는 그렇다. 그녀에게는 믿음이라는 순진한 발상을 받아들일 만한 능력이 결여되어 있다.

버림받고 남의 집에 입양되었을 때 그렇게 되었을까. 아니면 그보다 더 전에, 개수대 아래 거미줄 사이에 숨어서 목숨을 구했을 때 그렇게 되었을까.

제러드는 동요하지 않고, 카디프에서 빠져나오는 2차로짜리 주간 고속 도로를 계속 조심스럽게 달린다.

잠시 후에 클레어는 이모할머니들에게 여러 번 들었던 교통사고에 대해 과감하게 물어본다. 제러드만 사고를 당했는지 아니면 다른 차도 연루되었는지. 그의 차에 다른 사람도 타고 있었는지. 다른 사람들도 다쳤는지. 그리고 언제 그런 사고가 벌어졌는지.

그 뻔뻔함에 살짝 충격을 받았는지 드디어 제러드가 그녀 쪽을 흘끗 쳐다본다.

"죄송해요. 삼촌이 사고에 대해 별로 얘기하고 싶어 하지 않을 수도 있다는 건 이해해요……. 저도 하마터면 사고를 당할 뻔했거든요. 운이 좋아서 잘 피한 것 같지만."

클레어는 둘이서 평범한 대화를 나누고 있기라도 한 것처럼, 아무 반응 없는 제러드를 상대로 시카고에서 친구 차를 얻어 타고 가다가 레이크 쇼어 드라이브에서 빙판에 미끄러진 적이 있다고 얘기한다. 클레어는 그때의 기억을 떠올리며 몸서리를 친다.

오랫동안 잊고 있었던 그 당시의 진짜 기억이 스멀스멀 고개를 드는 동안, 반짝이는 진회색 벤츠가 사나운 강물 위의 높은 다리를 건너 도시에서 벗어난다. 이 얼마나 급격한 변화인가—강을 건너자마자 도시가 말 그대로 사라져 버린다.

미끄러지던 순간과 위험했던 빙판이 떠오르자 지나간 시간에 대한 향수로 클레어의 가슴이 아려 온다. 당시 그녀는 20대 중반이었다. 어쩌면 사랑할 수도 있을 것 같은 젊은 남자(시카고에 사는 물리학자였다)를 만나고 있었고, 그도 그녀를 사랑하는 눈치였다. 적어도 그녀에게 좋은 감정을 느끼고 있었다. 그러다 빙판길에 미끄러져 가드레일을 세게 들이받았는데, 기적적으로 가드레일이 부서지지 않았고 둘이 같이 죽을 수도 있겠다는 공포만 머릿속을 번쩍 갈랐다. 클레어 사이들과 몇 년 뒤 이름조차 잘 기억나지 않게 된 젊은 남자.

그런데 지금 뻣뻣하게 앉아 있는 제럴드 도니걸을 옆에 두고 클레어가 떠올리는 기억은 공포가 아니라 모면했다는 승리감이다. 그녀는 죽지 않았다는 것.

그때도. 그리고 다른 때도.

클레어는 현기증이 난다. 간밤에 잠을 설쳤다.

제럴드 도니걸과의 드라이브를 고대하느라. 제럴드와 단둘이 차를 타고. 애시퍼드 카운티 북쪽 시골까지 몇 킬로미터 거리를.

흥분과 불안으로 비몽사몽인 가운데 날 길이가 15센티미터이고 짧은 손잡이가 달린 칼을 집는 그녀의 손가락이 다시 보인다. 주머니에 손을 넣었을 때 날에 베이지 않게 천으로 조심스럽게 칼을 감싸는 그녀의 손가락이 보인다.

두말하면 잔소리지만 클레어가 그 칼을 쓸 일은 없을 것이다.

말도 안 된다!

그녀는 지금까지 (아마도) 벌레 말고는 생명체를 죽인 적이 없다. 파리, 개미, 딱정벌레. 어쩌다 한 번씩 거미.

한번은 스탠드 갓에 대고 나방을 쳐서 죽인 적이 있었다. 알고 보니 날개에 정교한 무늬가 있는 예쁜 나방이었다. 짜증이 난다고 아무 생각 없이 그런 짓을 저질렀다는 데 어쩌나 속이 울렁거리던지…….

당연히 너는 못하지. 어떻게 할 수 있겠어.

클레어는 주머니 안에 넣은 칼은 보험이라는 생각을 한다. 숨어 있던 곳에서 튀어나와 복수의 기회를 노리는 무기가 아니다.

몇 분이 지난다. 제러드는 차량이 거의 없다시피 한 북쪽 방향 고속 도로를 조심스럽게 달리고 있다. 주변에 가파른 언덕과 바위가 점점이 박힌 도랑과 이제 막 싹을 틔우기 시작한 낙엽수(물푸레나무, 자작나무, 밤나무)들이 있다. 머리 위에서 뭉게구름이 깨진 얼음처럼 부서지기 시작한다.

아름답고 삭막한 풍경이다. 하지만 지진이라도 난 것처럼 쓰러진 나무가 땅바닥에 쌓여 있는 황량한 공간도 여기저기 보인다.

클레어가 제러드에게 여기는 왜 이러느냐고 묻는다. 무심코 나온 말인 것처럼 그를 제러드라고 부른다.

제러드. 클레어가 감히 그 이름을 내뱉었다.

"겨울이라. 폭풍." 그가 간단하게 대답한다.

클레어는 개인적인 질문만 하지 않으면 제러드의 대답을 들을 수 있겠구나 하는 생각을 한다.

"카디프의 이런 바닷가에서 살면 내 안의 또 다른 내가 모습을 드러낼 것 같아요. 내 영혼이."

클레어는 자기가 지금까지 그런 맥락에서 영혼이라는 단어를 내뱉어 본 적이 있는지 곰곰이 생각해 본다. 그녀는 그런 주제에 대해 감정적으로 접근하는 타입이 절대 아니다.

그녀는 제러드의 어깨에 힘이 들어가는 것을 알아차린다. 그가 듣고 있다는 뜻이다.

"영혼이 있다는 걸 믿으시죠—그렇죠?" 그녀가 묻는다. "사제가 되고 싶어 하셨으니……." 그녀는 말끝을 흐린다. 무슨 말을 하고 싶은 건지 잘 모르겠다.

삼촌을 도발하고 싶은 걸까? 아니면 그의 호기심을 자극하고 싶은 걸까? 양쪽 모두를 노리고 있나?

"우리가 영을 '믿든 말든' 상관없어." 그가 말한다. "하느님을 믿으면. 하느님 안에 영이 있으니 영이 있는 거지. 바다처럼. 어떤 바보가 그걸 믿든 말든 무슨 상관이야."

클레어는 제러드의 직설적인 발언에 깜짝 놀란다. 그가 이렇게 길게 얘기하는 걸 처음 본다. 조롱하고 경멸하는 말투다. 하지만 그녀를 향한 조롱과 경멸은 아닌 것 같다.

그녀는 머뭇거리며 그런 것들에 대해서는 별로 생각해 본 적이 없다고 말한다. 그녀는 미술사학자라 볼 수 있는 것을 믿는다고 말이다.

"제 부모님—저를 입양한 부모님이요—은 독실하지 않아요. 제가 잘 아는 사람들 중에는 독실한 신자가 없어요. 하지만 생각해 보면 시간이 지나도 우리 안에 남는 건 영혼이라 부를 수 있는 것뿐일 수도 있겠어요. 인체의 세포는 7년마다 새로운 세포로 교체

된다고 하잖아요. 하지만 영혼은 그 자리를 지키니까요."

영혼은 그 자리를 지키니까요. 자신이 이런 선언을 하다니 그 생경함이 클레어에게도 충격으로 다가온다.

그녀가 제러드 도니걸에게 좋은 인상을 남기고 싶어서 그러는 거라고 생각하고 싶지는 않다. 살인자!

하지만 이 남자를 이렇게 가까이서 보니 확신이 서지 않는다. 사실 제러드가 살인을 저질렀을지, 살인을 저지를 수 있을 만한 사람인지 전혀 모르겠다……

그녀는 포스트 로드의 집—"제 유산 말이에요."—을 팔라는 사람이 있다고 털어놓는다.

제러드는 그녀의 폭로를 듣고 곰곰이 생각하는 눈치다. 하지만 뭐라고 말을 하지는 않는다.

"변호사 말로는 가서 볼 필요도 없대요. 그냥 시내 부동산 중 개업체에 매물로 내놓기만 하면 수고를 아낄 수 있대요. 유언 검 인 법원에서 상속 승인을 받자마자." 클레어는 자기도 모르게 웃 음을 터뜨린다. "근데 제가 수고를 아끼겠다고 여기까지 온 건 아 니거든요."

보아하니 제러드는 이 얘기를 건성으로 흘려듣는 눈치다.

40분 뒤에 그는 주간 고속 도로에서 빠져나가 1차로짜리 아스 팔트 도로로 갈아탄다. 1.5에서 3킬로미터 정도 달리자 움푹 파 인 곳이 곳곳에 등장하고 대서양 쪽으로 180도짜리 커브가 연달 아 이어진다.

클레어는 표지판을 주시하고 있다. 애시퍼드 카운티 로드, 하이 럼 로드, 포스트 로드.

그녀의 심장이 두근거린다―포스트 로드다.

이 일대는 목초지와 경작지다. 풀을 뜯는 소. 말. 농가 하나와 별채들. 메인주 시골의 농가들은 대부분 하얀색, 그것도 새하얀색이다. 클레어는 이유가 궁금해진다. 가장 예민한 색이지 않은가. 반항의 표현인가? 아니면 허세.

그녀는 불안해진다. 유산으로 상속받을 집이 점점 가까워지고 있기 때문이다.

제러드가 둘이서 방금 전까지 그 얘기를 하고 있기라도 했던 것처럼, 클레어가 아까 충동적으로 했던 질문을 듣지 못한 것처럼 교통사고로 심하게 다친 이후에 신학 대학을 중퇴했다는 말을 불쑥 꺼낸다. 한참을 병원에 입원했고, 포틀랜드의 재활 센터에서 걷고, 근육을 쓰고, 생각하는 법을 다시 배웠다고 말이다.

클레어는 생각한다. 그래. 나도 알아.

나는 당신에 대해서 많은 걸 알고 있어.

그는 아무렇지 않은 듯이 무릎뼈가 으스러지고, 갈비뼈가 부러지고, 얼굴에 흉터가 생겼다고 말한다. 뇌 손상이라고 불리는 신경성 결손이 생겼다고. 그러면서 클레어에게 고유 감각이 뭔지 아느냐고 묻는다.

클레어가 어렴풋이 알기로는 자기 몸으로 살아가고 자기 몸을 인식하는 데 관여하는 뇌의 기능이 고유 감각이다. "균형 유지, 그런 거 아니에요? 넘어지지 않고……."

"비슷해. 맞아. 네가 너라는 걸 아는 거야. 뇌를 다치면 이 감각이 상실될 때가 있어. 고유 감각―몸 안에서 영혼의 위치를 파악하는 기능이."

제러드는 응분의 대가지라고 생각하는 듯 묘하게 흡족해하는
말투로 대꾸한다.

벤츠가 울퉁불퉁한 길을 덜커덩덜커덩 달리는 동안 클레어는
점점 더 두려워진다. 그녀의 가족이 1989년 1월 6일에 유명을
달리한 집이 점점 가까워지고 있다. 중력처럼 불가항력적인 힘이
그녀를 끌어당기는 것이 느껴진다.

제러드가 말한다. "그 집에 거의 다 왔어. 정말 보고 싶니?"

"그, 그럼요. 여기까지 왔는데. 그냥 돌아갈 순 없죠."

"왜 안 돼. 지금 당장이라도 차 돌리면 돼, 클레어."

"싫어요."

잡초가 무성한 벌판, 일부분이 무너진 건초 헛간, 시멘트 블록
으로 만든 사료 창고가 보인다. 2층짜리 농가의 앞 베란다는 한쪽
으로 기울었고 빛바랜 회색 물막이 판자와 덧문이 달렸다. 우둘
투둘한 덩굴이 해골 손가락처럼 집의 일부분을 덮었고 집 앞 흙
길은 심하게 무너져 지나다닐 수가 없다.

제러드가 집 앞에서 브레이크 페달을 밟는다. 클레어는 여기가
어디이고, 왜 그렇게 오고 싶어 했는지 잊어버린 사람처럼 물끄
러미 응시하며 잠깐 가만히 앉아 있는다.

*피바다. 아직까지도 기억이 날 정도니, 맙소사! 그 어린것들을
생각하면……*

제러드는 말없이 시동을 끈다. 클레어를 부축이라도 하려는 듯
조수석 쪽으로 돌아오지만, 그녀는 그의 도움을 받지 않고 얼른
차에서 내린다.

그와의 접촉이라니 혐오스럽다. 상상만으로도.

제러드는 문이 잠겨 있다고 말한다. 물론 그는 열쇠를 가지고 있다.

열쇠를 손에 얹고 클레어에게 보여 준다.

소매에 숨긴 게 아무것도 없다고 보여 주는 마술사처럼.

클레어는 그를 따라 앞문으로 걸어간다. 젖어서 무른 땅에 발이 빠진다. 베란다 바닥 널이 썩었으니 조심하라고 제러드가 알려 준다.

바깥쪽 문에는 찢기고 녹이 슨 스크린 도어가 달려 있다. 제러드가 안쪽 문을 연다.

"아무도 살지 않았어요? 그때—이후로?"

"응. 그때—이후로."

클레어는 공허한 미소를 짓는다. 빛바랜 흰색의 물막이 판자와 한쪽 덧문 뒤편에서 썩어 버린 새 둥지를 눈에 담는다. 제러드가 어찌어찌 문을 따고 밀어서 연다. 그는 클레어보다 키가 몇 센티미터 더 크지만 어깨가 구부정하다. 때문에 왠지 모르게 오싹해져서 몸을 움츠린 분위기를 풍긴다.

피바다. 그냥 돌아갈 순 없지.

이 말이 클레어의 귀에 어찌나 생생하게 들리는지 제러드나 그녀가 실제로 그렇게 얘기한 것처럼 느껴질 정도다.

"여기 오셨었죠. 그렇죠? 그날. 삼촌이 시신을 발견하고—도움을 요청했잖아요."

이건 비난일까? 클레어는 살짝 말을 더듬는다. 단순히 사실을 분명히 하고 싶을 뿐인데.

제러드가 응, 비슷한 단어를 어물쩍 중얼거린다.

"삼촌이 여기 들어와서 시, 시신을 발견했죠? 기사 읽었어요. 누가 봐도—끔찍한 광경이었겠어요…….."

끔찍한 광경이라니. 부끄러워해야 할 만큼 맥 빠지고 밋밋하며 부적절한 표현이다.

너무 공허한 단어라 제러드는 굳이 대답할 필요성도 느끼지 못한다.

집 안으로 들어가자 클레어는 그대로 기절할 것만 같다. 곰팡이, 습기, 썩은 내가 코를 찌른다. 비에 젖은 커튼, 가구, 카펫 특유의 냄새도 난다.

바닥에 이리저리 흩뿌려진 조그만 생명체의 잔해가 클레어의 발아래에서 부서진다.

모든 게 낯설다. 그런가 하면 또 모든 게 낯익다.

클레어는 앞을 보지 못하는 사람처럼 움직인다. 제러드가 그녀의 팔을 잡아 주려고 손을 내민다. 그들이 밟고 있는 마룻장이 무너지려 하고 있다.

그의 손이 닿자, 그의 손가락이 재킷 소매를 사이에 두고 그녀의 팔을 붙잡자 클레어는 움찔한다.

그녀의 온몸이 부들부들 떨린다. 말을 꺼내려는데 목소리가 떨린다. 이제 그녀는 금단의 땅으로 들어가려 하고 있다.

"그날—이 집을 찾은 이유가 뭐였어요?"

제러드가 앞장서서 안으로 들어가고 있으니 그의 등에 대고 묻는다.

"그날—여기까지 찾아온 이유가 뭐였어요? 여기 있었던 이유가?"

하지만 클레어는 안다. 아니, 모를 수가 없다. 그녀는 그날 도니걸의 집안에서 어떤 행사가 있었는지 여러 번 읽었다. 성 쿠트베르토 교회에서 세례를 받고 액턴 애비뉴의 집에서 한낮에 브런치를 먹었고, 코너와 캐서린은 어린 세 아이를 데리고 카디프로 오기로 했는데 오지 않았다.

그리고 포스트 로드의 집으로 여러 번 전화해도 아무도 받지 않았다.

"나 말고는 아무도 없었기 때문에 내가 차를 몰고 왔지. 무슨 일이 벌어졌을지 모른다는 걸 우리는 알았어. 아니, 짐작할 수 있었지. 코너가 그동안—힘들어했기 때문에……. 내가 자진해서 와 보겠다고 했어. 난 그런 사람이니까."

제러드는 밋밋하게, 단순하게 말한다. 클레어는 평온한 그의 대답에 한기를 느낀다.

거미줄, 종종걸음 치는 거미들. 두 번째 방에 들어가려는데 뭔가가 머리카락에 쓸리자 클레어가 미친 듯이 옆으로 치운다.

"하느님이 이 집에서 그런 일이 벌어지도록 방치한 이유가 뭘까요? 삼촌이 믿는 하나님은 사랑이 많은 분이라면서요."

삼촌이 믿는 하나님이라는 단어에는 비난이 담겨 있다. 제러드도 알아차릴 거라는 판단 아래 클레어가 의도한 것이다.

"하느님은 사랑이 많은 분이 아니야. 성경 속의 하느님은 사랑에는 전혀 관심이 없어. 순종, 맹목적인 복종—하느님이 요구하는 건 이거지. 사랑이 아니라. 예수 그리스도는 승부사이자 선동가야. 하느님이 예수에게 벌을 내린 이유는 그의 위치를 알려 주기 위해서였고."

클레어는 그런 말을 그렇게 확신을 담아서 말하는 사람이 있다는 데 놀라워한다. "그래서 그의 위치가 뭔데요?"

"육체적으로 고통을 받았다는 것, 일개 인간으로 낮아졌다는 것. 그게 예수가 받은 벌이었지."

그들은 다른 방문 앞에 서 있다. 클레어는 공포로 숨통이 조여오는 것을 느낀다. 부엌이다.

그곳은 낯선 동시에 낯익은 곳이다. 좌우를 두리번거려 보았자 아무것도 기억나지 않지만 그럼에도 눈을 감으면 떠오르는 곳이 여기다. 겁에 질린 채 바닥을 쪼르르 달려 개수대 아래로 기어 들어간 곳.

클레어는 아주 영리하다. 이가 딱딱 부딪치는 것을 막으려고 턱에 힘을 준다. 침착하게 호기심을 보이며 제러드에게 묻는다. "범인은 막내도 죽일 작정이었을까요? 아니면 마음이 약해져서 살려준 걸까요? 아니면 막내가 있다는 걸 잊어버렸을까요?"

제러드는 그 말을 듣고 움찔한다. 사냥의 흥분과 공포로 클레어의 심장이 쿵쾅거린다.

제러드는 클레어를 등지고 바닥에 쓰러져 있던 의자를 집어서 세운다. 아수라장을 정리하려고 작정한 사람처럼 쓸데없이 꼼꼼하게 그 의자를 식탁의 다른 세 의자와 마주 보는 자리에 놓는다. 의자의 쿠션은 찢기고 지저분해졌고, 상판이 플라스틱인 식탁은 때가 너무 두껍게 쌓여서 원래의 색을 알 길이 없다. 그 너머에는 금이 간 유리창과 벌레 껍데기가 점점이 묻은 변색된 싱크대가 있다.

"내가 개수대 아래에 숨어 있는 걸 알았어요? 아니면—내 존재를 잊어버렸어요?"

클레어가 가장 묻고 싶은 건 이거 하나다.

"그게 무슨 소리냐?" 제러드가 묻는다. "내가 이 집을 살피러 왔을 때—뭐가 이상했느냐고?"

"네. 삼촌이 이 집에 왔을 때요."

"마치 폭발한 용광로의 문을 여는 느낌이었지—문을 두드려도 아무 대답이 없길래 집 안으로 들어와서 '누구 없어요?' 하고 외쳤다가—그 광경을 보고는……."

그의 머릿속이 하얘졌던 모양이라고 클레어는 짐작한다. 잊어버린 게 아니었다. 아무 생각도 하지 못했던 것이다. 그때 개수대 아래에서 그녀도 생각을 멈추었다.

제러드는 전화기가 있는 곳으로 갔다고 말을 잇는다. 로봇처럼 911을 눌렀다고 한다.

그리고 그 이후 지금까지 로봇처럼 살았다.

무감각 상태로. 백지 상태로. 뇌가 깨끗하게 지워진 상태로. 그는 자기가 무슨 말을 했고 어떤 행동을 했는지 절대 기억하지 못할 것이다. 그는 그 어린 남자 조카 레어드도 어린 여자 조카 에마와 두 어른—코너와 캐서린—처럼 죽었다는 걸 알지 못했다. 깨닫지 못했다. 레어드를 찾아볼 생각을 하지 못하고 깜빡한 것이다. 클레어를 찾아볼 생각을 하지 못했던 것처럼.

그는 기억이 나지 않지만(그의 주장에 따르면 그렇다) 전화를 했다고, 전화를 한 게 분명하다고 한다. 그런 다음 비틀비틀 집 밖으로 나와 진입로에서 사이렌 소리가 들리길 기다렸다.

"기도하지 않았던 건 기억이 난다. 하느님을 붙잡고 얘기하지 않았던 건. 알 수 있었거든―그곳에 하느님은 없다는 걸. 문을 열었더니―문밖에 아무것도 없는 것과 같았지.”

제러드의 얼굴에서 십자가가 보인다. 클레어는 그의 안색을 살피지만 그는 차마 그녀를 쳐다보지 못한다.

클레어는 넋 놓고 그의 얘기를 듣는다. 삼촌이 진실을, 자신이 깨달은 진실을 얘기하고 있다는 것을 알겠다.

그 의학 용어가 뭐였더라?―일시적인 정신 이상.

“이제 그만 가자, 클레어. 더는 이 집을 볼 필요가 없잖니.”

클레어. 그가 언제부터 그녀의 이름을 부르기 시작했는지 궁금해진다.

“아뇨. 더 봐야겠어요.”

“그건 좀 아닌 것 같은데.”

“여기까지 왔는데 그냥 갈 순 없어요.”

“말도 안 되는 소리. 왜 안 되니. 그냥 가면 되지.”

그에게 소리를 지르고 싶어진다―하지만 당신이 범인이잖아! 우리 아버지가 아니라.

제러드는 클레어가 자기 말대로 이 집에서 나가길 기대하는 사람처럼 그 자리에 선 채로 머뭇거린다.

당신! 당신이 범인이야. 당신이 믿는 그 가증스러운 하느님이 공범이고.

클레어는 허리를 숙여서 개수대 아래에 달린 조그만 문을 연다. 금지된 공간이지만 한편으로는―전혀 금지된 공간이 아니다. 27년이 지나는 동안 오직 비바람만 (버려진) (저주받은) 이 집에 몹쓸 짓을 자행하고 있었다.

이렇게 작고 비좁을 수가! 이렇게 지저분할 수가! 엄청나게 얼룩덜룩해진 썩은 종이가 바닥을 덮고 있다. 오래된 철 수세미는 녹이 슬었다. 거즈만큼 두툼한 거미줄이 하수관의 숨통을 조이고 있다. 아무리 어린애라도 이 안에 들어갈 수 있을까 싶다.

어린애가 아무리 겁에 질려서 공포에 사로잡힌 생쥐처럼 본능적으로 움직였다 한들 이렇게 비좁은 공간에 들어갈 수 있을까 싶고, 성인 여자가 더러운 바닥에 무릎을 꿇고서 머리카락과 눈썹에 거미줄을 뒤집어쓰고 악취에 구역질을 해 가며 머리와 어깨를 저 안까지 집어넣을까 싶은데…….

"클레어! 뭐 하는 거니!" 제러드가 깜짝 놀라며 그녀의 어깨를 잡아당긴다.

하지만 클레어는 제러드에 맞서 반박할 작정이다. 제러드가 틀렸다는 걸 입증할 작정이다. 그녀가 여기까지 왔다는 것, 이것이 일생일대의 심오한 사실이다. 그녀는 오로지 옹고집 하나로 얼굴 위로 팔을 포개 얼굴을 가리고 진자처럼 흔들리는 심장을 달래며 개수대 아래로 몸을 반쯤 밀어 넣는다.

아직 태어나지 않은 태아처럼 그 지저분한 공간 안에 몸을 웅크리고 똬리를 튼다. 개수대 아래의 비좁은 공간이 아니라 별과 별 사이를 유영하는 것처럼.

하느님이 있다면 그녀를 딱하게 여길 것이다.

멀리서 그녀의 이름을 부르는 어떤 남자의 경악한 목소리가 들린다. "클레어! 클레어 엘런!"

●

개수대 아래 어두컴컴하고 냄새나는 공간. 배수관 뒤편. 그녀는 거기 숨을 수 있을 만큼 몸을 작게 웅크린다.

끊긴 거미줄 몇 가닥이 그녀의 살갗에 들러붙었다. 눈에 눈물이 맺힌다. 그녀는 새끼 원숭이처럼 등을 구부린다. 무릎을 접어 작고 납작한 가슴에 대고 두 팔로 단단히 감싸 안는다.

그녀는 목숨을 구할 수 있을 만큼 조그맣다. 거미줄 사이로 들어갈 수 있을 만큼 조그맣다. 울면 안 된다는 걸 알 만큼 영리하다.

숨도 참아야 한다. 아무도 숨소리를 듣지 못하게.

그가 숨소리를 듣지 못하게.

숨어 있는 공간에 달린 문이 열리고 남자의 발과 다리가 보인다. 남자가 그녀의 이름을 부르는 소리가 들린다—클레어! 그녀는 주머니에서 끝이 뭉툭한 잭나이프를 꺼내 남자의 목에서 겉으로 드러난 부분을 예리한 날로 잽싸게 긋는다. 오로지 자기 자신을 보호하기 위해서다—목숨을 건 일격이다. 세피아 사진의 컬러처럼 선명한 피가 기뻐 날뛰는 뱀같이 뿜어져 나오고 남자는 비명을 지르며 목을 움켜쥐고 휘청휘청 뒷걸음질을 친다.

훨씬 나중에 어느 정도 기운이 생기자 그녀는 죽음과도 같던 망연자실에서 깨어난다. 숨어 있던 곳에서 기어 나와 가까스로 똑바로 서 보니 핏자국이 지저분한 리놀륨 바닥에서 옆방과 그 너머로 술 취한 사람처럼 휘청휘청 이어져 있다. 그녀는 핏자국을 따라 집 밖으로 나선다. 넋을 잃고 공포로 멍한 상태로 핏자국을 따라 칼날처럼 날카로운 물웅덩이가 여기저기서 햇빛을 받고 반

짝이는 진흙땅을 지난다. 그 너머의 버려진 과수원에서 핏자국
이 끊긴다.

23

버려진 과수원을 걷는 남자.

그녀는 오래전부터 버려진 과수원을 걷는 남자의 꿈을 꾸었다. 남자는 그녀를 등지고 있어서 얼굴이 보이지 않는다.

그는 반대편으로 점점 멀어지고 있다. 그녀는 큰 소리로 외치며 그를 따라갈 것이다—잠깐만요! 잠깐 기다려 주세요.

배 밭은 27년 동안 방치되었지만 아직까지 살아 있는 나무가 있다—놀라운 일이다. 그리고 일부 죽은 것처럼 보이는 나무들도 부분적으로 꽃이 피었다. 흉하게 뒤틀린 가지에 축축한 눈송이처럼 조그맣고 하얀 꽃이 점점이 달렸다.

고집스럽고 암울하며 애처롭게 아름답다. 어쨌든 아름답긴 하다.

"숨을 쉬어. 최대한 크게."

그가 그녀를 집 밖으로 끌고 나왔다. 바람을 쏘이며 정신을 추

스르게 하려는 것이다.

그는 부엌에 무릎을 꿇고 앉아 개수대 아래 조그만 공간에서 그녀를 끌어냈다. 반항하는 그녀를 무시하고, 그녀의 주먹질과 욕을 피해 가며 반쯤 들다시피 해서 데리고 나왔다.

집 뒤편에서 클레어는 제대로 서 있지 못해 애를 먹는다. 얼음이 녹듯 다리에서 힘이 풀린다. 머리 위 하늘은 숨통을 조이듯 하얗게 노려보고 있다.

격한 감정 때문에 머리가, 정신이 오락가락해서 기절하지 않고 버티는 게 전부다. 그마저도 엄청난 노력을 기울여야 할 수 있다.

제러드는 그녀의 몸에 손을 대지 않고, 살짝 거리를 두고 서 있다.

"계속해. 좀 더 깊게. 뇌에 산소를 공급할 수 있게."

클레어는 그가 시키는 대로 한다. 그가 시키는 대로 해 보려고 한다. 그녀는 똑바로 서 있을 것이다. 제러드에게 부축을 받아야 한다면 얼마나 굴욕적일까.

가슴속 깊숙이 공기를 들이마신다. 상쾌하고 차갑고 짜릿하다.

여기저기서 진흙 웅덩이가 햇빛을 받아 얼룩덜룩하게 번쩍인다.

제러드가 친척이 칠 법한 야단을 친다. "내가 뭐랬니. 와서 꼭 볼 필요는 없댔지. 노인네들 부추김에 우리가 넘어간 거야. 살펴보지 않고 그냥 팔아도 되는데. 여긴 팔아 버리는 게 상책이야. 저주받은 곳이라는 걸 너도 알잖아."

저주받은 곳이라니. 무슨 이런 어이없는 발언이 있을까!

그녀는 그런 진부한 단어를 믿지 않는다.

그리고 하느님도. 그것이야말로 이 세상에서 가장 진부하고 황당한 단어다.

"당신! 그리고 당신이 믿는 그 가증스러운 하느님."

그녀의 입에서 불쑥 이 말이 튀어나온다. 하지만 제러드는 놀라지 않는 눈치다.

"클레어, 하느님은 사랑도 아니고 미움도 아니야. 사랑과 미움을 뛰어넘는 분이지."

"삼촌이 그들을 죽였죠—맞죠?"

제러드는 무뚝뚝하게 고개를 젓는다. 아니라는 뜻이다.

"그럼—누가 그랬어요?"

"누가 그랬는지 너도 알잖니."

"아뇨. 모르겠어요."

어린애의 비명 소리처럼 클레어의 목소리 톤이 올라간다. 아무 것도 할 수 없다는 데 분노가 치민다. 그녀가 남자에게 달려들어 15센티미터짜리 칼로 머리와 얼굴과 가슴을 찌르는 환영이 보이는데⋯⋯.

아까부터 그녀의 머리 근처에서 쌕쌕거리는 이상한 소리가 들린다. 처음에는 커다란 벌레가 있나 보다, 나방이 날개를 미친 듯이 파닥이고 있나 보다 하고 생각한다. 그러다 잠시 후에는 나무 사이로 바람이 부는 소리라고 확신한다. 과수원의 배나무들이 제대로 자라지 못해서 이렇게 이른 계절에는 사실상 이파리가 없다시피 하지만.

"너야. 네 숨소리. 네가 아주 심하게 숨을 헐떡이는 소리. 좀 진정해 봐."

클레어는 노력해 본다. 가슴속을 천천히 공기로 채운다. 신중히, 조심스럽게.

그녀는 낭떠러지 끝에 서 있다—아닌가? 제정신이 아니다.

(칼은 계속 주머니 안에 들어 있다. 천에 둘둘 말린 채. 그녀는 칼의 존재를 까맣게 또는 거의 잊어버렸다. 그래도 칼은 심장 아래 갈비뼈 근처를 여전히 지키고 있다.)

클레어는 천천히 기운을 되찾는다. 축축한 땅에서 솟은 다른 생명의 기운이 그녀의 몸을 타고 올라오는 게 느껴지는 것 같기도 하다. 두 발로 다시 단단히 땅을 딛고 설 수 있다는 것이 얼마나 놀랍고 경이로운 일인가.

두렵고 가증스러운 남자가 몸의 균형을 다시 바로잡을 수 있도록 그녀를 도와주었다.

고유 감각.

제러드가 밝은색 깃털과 사납고 예측 불가능한 부리가 달린 새를 대하듯 조심스러워하는 동시에 못마땅하게 여기는 눈빛으로 클레어를 바라본다. 그녀는 깔깔대며 비웃고 싶어진다. 그 집에서 그녀가 저지른 행동이 삼촌에게는 진심으로 충격적이었던 것이다. 그녀의 발언, 그녀의 비난에 신학 대학 중퇴생은 깊이 상처받았고 이해하지 못했다.

그가 나를 건드렸어. 그 손으로 내 몸을. 거기에 대해서는 잊어버리려고 해야겠어!

"클레어, 너 지금 흥분한 상태라 아무 말이나 막 하고 있어. 여기 온 게 실수였다. 애초부터 말리고 싶었는데. 유언 검인 법원에 신청서 접수하고, 카디프의 부동산 중개업체에 매물을 내놓고, 집으로 돌아가. 매매 계약은 내가 도와줄게. 그러니까 카디프에 계속 있지 않아도 된다. 여기는 네가 있을 곳이 아니야."

클레어는 성난 목소리로 반박하고 싶어진다. 여기가 내 고향이 잖아요. 나는 여기서 살고 싶어요.

"여기로 아예 이사 와서 살고 싶은 게 아닌 이상. 폐가를 고쳐 서. 그럴 생각이냐?"

"아, 아뇨. 당연히 그건 아니죠."

"이 집은 구제 불능이야. 사람들이 죽어 나간 집에서 누가 살 고 싶겠니? 나는 어머니에게 이 집에 집착하지 말라고 말씀드렸 어. 팔거나 다른 사람한테 넘기라고. 특히 너한테 유산으로 물려 주지 말라고."

그래야 내가 여기 없을 테니까. 그래야 내가 아무것도 모를 테 니까.

클레어의 표정을 보고 제러드는 마음이 약해진다.

"여기 경치가 좋긴 하지. 시골이라. 너희 부모님은 좋지 않은 시 점에 이곳에 발을 담그게 됐지. 그걸 네가 반복할 필요는 없잖니. 그리고 이모할머니들이 자기들이랑 같이 살자고 해도 넘어가지 마. 그랬다가는 산 채로 잡아먹힐 테니까."

"그럼 삼촌은 왜 그분들이랑 같이 살아요?"

"그분들 곁에 내가 있어야 하니까. 어머니 곁에 내가 있어야 했 던 것처럼."

"그게 삼촌 인생을 포기하기에 충분한 이유라고요? 그분들을 위한다는 게?"

"포기라고 할 것도 별로 없어. 솔직히."

평소에는 침울한 얼굴을 하고 다니던 삼촌과 이렇게 속을 터놓 고 대화를 나누고 있다니 클레어로서는 놀라울 따름이다. 그들은 주변을 의식하지 않은 채 집 뒤편을, 대충 버려진 과수원 방향을 향해 걷고 있다.

클레어가 듣기로는 배 밭이 6천 평이라고 했다. 처음부터 작황이 별로 좋지 않았고 지금은 심하게 방치되었다.

저주받은 곳. 하지만 여기가 클레어가 물려받은 유산이다.

그녀는 이 땅을 팔지 않을 것이다. 하지만 여기서 살지도 않을 것이다. 혼자서는. 여기서는.

이모할머니들과 살지도 않을 것이다. 하지만 카디프에 남아 있을지도 모르겠다. 당분간.

이제 보니 제러드가 절뚝거리고 있다. 다친 남자를 향한 연민이 거센 파도처럼 들이닥치자 그녀는 그를 증오하고 그가 죽길 바랐던 것이 후회스러워진다.

그녀는 생각한다. 저자가 범인이야. 저자는 자기가 믿는 그 가증스러운 하나님 안에서 위안을 얻겠지.

24

비처럼 쏟아지는 꿈을 꾸고 난 다음 날, 비가 쏟아지는 4월의 아침.

전화벨이 울린다. 누구일까?

휴대 전화가 아니라 유선 전화다. 클레어가 거의 쓰지 않고 텔레마케터와 스팸 전용으로 무시하게 된 집 전화.

휴대 전화였다면 당연히 받으려고 했을 것이다. 클레어에게 휴대 전화는 뇌에 삽입된 스텐트처럼 떼려야 뗄 수 없는 사이다.

하지만 이건 다른 전화다. 옛날 전화다. 브린모어 애빙턴 스트리트의 (임대용) 복층 아파트에 달려 있는 전화기. 궁금해서였을까, 외로워서였을까, 아니면 방심해서였을까. 클레어는 수화기를 들려던 찰나 모르는 번호라는 것을 알아차린다.

그날 저녁에 그녀는 필라델피아에서 친구를 만나기로 되어 있다. 잘 모르는 남자, 마음이 흔들릴 정도로 성적인 매력을 느끼지만 불안을 넘어 두려움까지 동반되는 남자다. 친구 관계를 포기하고 애인으로 둔갑시키는 모험을 감행해도 될지 잘 모르겠다. 예전에 이런 돌이킬 수 없는 조치를 취했다가 후회한 전적이 있다.

이제 보니 전화한 사람은 그 남자가 아니다. *L. 피셔*—모르는 사람이다.

그녀는 고민한다. 전화를 받아야 할까?

빗줄기가 어딘지 모를 이곳의 창문을 때린다. 클레어 사이들은 현재와, 쏜살같이 지나가는 시간 속에서 살고 있다. 광란의 빗방울이 거미줄처럼 유리창을 타고 미끄러진다.

전화를 받아야 할까?

클레어는 심장에 헤로인을 한 방 맞은 것처럼 갑작스러운 희열을 느낀다. (맞아 본 적이 없어서 추측이기는 하지만) 천국으로 날아가든지 바닥으로 쿵 쓰러져 죽든지 둘 중 하나다.

MIAO DAO

먀오
다오

1

마치 박쥐 한 마리가 그녀의 얼굴을 향해 미친 듯이 날아온 것과 같았다. 얼른 고개를 숙여서 피할 방법이 없었다.

엄마가 조심스럽게 말했다. "네 잘못이 아니야, 미아."

그러고 나서 잠깐 말을 멈춘다. 부르르 떨며 숨을 들이마신다. 엄마는 미아가 학교에 가 있는 동안 하루 종일 방 안에 틀어박혀 있었기 때문에, 비 내리는 그날 오후 내내 방 안에 갇혀서 검붉은 와인을 마셨기 때문에 이가 붉게 물들었고 입에서 달짝지근한 냄새가 났고 이제는 혀가 꼬였다. 미아는 무슨 말인지 알아들으려면 엄마의 입 냄새를 맡지 않으려고 애를 쓰며—무진장 애를쓰며—허리를 숙여야 했다.

똑같은 말을 반복한다. "전혀 네 잘못이 아니야."

그래서 미아는 이렇게 생각했다—전혀 아니야. 내 잘못이.

그 소식은 곤혹스러웠다. 마치 스르르 움직이기 시작한 바닥을 걷는 것과 같았다.

(출장을 가느라 12일 동안 집을 비운다던) 아빠가 영원히 이 집에서 나가게 되었다고, 영원히 가족 곁을 떠나게 되었다고 했다. 이유가 뭘까?

엄마는 애매하게 말했다. "지금 너희 아빠에게는 혼자만의 시간이 필요하거든. 아빠가 너희한테 직접 설명해 줄 거야……."

하지만 설명해 줄 아빠는 여기 없었다. 미아는 2주 가까이 아빠를 보지 못했고, 그전 마지막 날에도 아빠가 늦게 퇴근해서 저녁을 같이 먹지 못했고, 미아가 사회 시간에 앨리게니 밸리에 살았던 '원주민 부족'을 주제로 진행 중인 프로젝트를 설명하려고 했을 때도 아빠는 딴생각을 하는 눈치였다. 이제 그만 자야 하는 거 아니니, 딸? 지금 도대체 몇 시야?

누가 보아도 미안함과 짜증이 섞인 눈빛이었다. 여기 아닌 다른 데 있고 싶은 마음이 간절한 남자의 눈빛이었다.

너무 늦게까지 안 자네. 내일 학교 가는 날 아니야? 학교 가는 날 맞잖아!

미아는 자기가 아무것도 모르는 어린애인 줄 아느냐고 반박하고 싶었다. 그녀는 열두 살이었고 (모두가 입을 모아 말하길) 나이에 비해 어른스러웠다.

그런가 하면 똑똑하기도 해서—7학년을 통틀어 가장 똑똑하고 눈치가 빠른 학생 중 한 명이었지만 (이상하게도) 미아는 아빠가 2층 큰방에서 밖으로 나가는 문이 따로 달려 있는 집 뒤편의 '손님방'으로 짐을 옮긴 줄은 몰랐다. 일부러 알은체하지 않은 거라면 몰라도.

아빠가 언제 손님방으로 짐을 옮겼지?—미아는 진심으로 알지 못했다.

그녀가 눈치채지 못하는 사이 아빠의 외투와 재킷이 앞쪽 벽장에서 하나둘씩 사라졌다. 뭐, 어쩌면 미아는 벽장에 빈자리가 점점 늘어나고 있다는 걸 눈으로는 인식했을지 몰라도 머리로는 아니었다. 절대 아니었다.

"결혼을 너무 일찍 했어. 그게 실수였어."

엄마는 그런 말이 정신 나간 박쥐처럼 자기 입에서 뛰쳐나오는 걸 어쩌지 못했다. 심지어 미아를 보호하려는 듯이, 와락 붙잡으려는 듯이 두 손을 파닥이면서도.

그 침착하고 차분하며 냉랭한 목소리가 미아의 귀에 대고 종종 속삭였다. 두 분이 결혼을 너무 일찍 한 이유는 너 때문이야. 네가 실수야.

아빠가 집을 나간 건 너 때문이야.

●

"아빠 생각은 하지 마. 우리 생각만 하자."

미아의 엄마는 명랑한 목소리로 단호하게 말했다. 달래야 하는 어린아이들—미아의 남동생들이 있었기 때문이다.

랜디도 케빈도 아빠가 떠났다는 걸 이해하지 못하는 것 같았다. 이미 얘기를 들었고 아빠가 직접 설명까지 시도했었는데도 아빠가 돌아오지 않는다는 데 짜증을 부렸다.

아무 말도 못하고 눈만 천천히 깜빡거렸다. 칭얼거리고 코를 훌쩍였다. 그러다가 울부짖으며 떼를 썼다. 소파를 발로 찼다. 계단을 쿵쾅거리며 올라갔다.

아, 미아도 동생들이 안쓰러웠다!―하지만 상대하고 싶지는 않았다.

그녀는 열두 살이었으니 어른이나 다름없었다. (스스로 생각하기에는 그랬다.) 코나 찔찔거리는 여섯 살과 네 살짜리 꼬맹이들은 관심 밖이었다.

적어도 미아는 자기 방이 있어서 방문을 닫을 수 있었다(잠그지는 못하더라도). 랜디와 케빈은 한 방을 썼다. 그 둘이 조그만 생쥐처럼 쉴 새 없이 조잘대고 투닥거리는 소리가 벽을 타고 들렸다.

"동생들한테 잘해 줘, 미아. 아빠가 떠난 게 걔네들한테는 얼마나 힘들겠니."

미아는 상처를 받아서 몸이 뻣뻣해졌다. 하지만 반발하지는 않았다. 걔네들한테는 얼마나 힘들겠느냐고요? 저는요?

다시는 엄마를 믿지 않기로 다짐했다. 엄마는 그녀에게 관심이 없었다.

그래도 미아와 엄마는 식사 준비를 같이했다. 부엌은 환하게 불을 밝힌 공간이었다. 호박색 조리대와 적갈색 멕시칸 타일을 깐 바닥에서 온기가 발산되었다. 벽에는 반짝이는 구리 프라이팬과 아빠가 비싸게 주고 산 일식도가 걸려 있었다. 찬장 유리문 너머로는 이탈리아에서 만들었다는 알록달록한 접시와 반짝이는 유리잔이 보였다.

"결혼을 너무 일찍 했어. 네가 너무 일찍 태어났어."

엄마는 멍하니 입버릇처럼 중얼거렸다. 딸이 바로 옆에 있는 게 아니라 자기 혼자 있는 것처럼.

그런 다음 충격과 상처를 받은 딸의 눈빛을 보고는 얼른 고쳐 말했다. "물론 그게 네 잘못은 아니지."

"내 칼 만진 사람?" 이 질문은 아이들에게 공포심을 유발했다.

하지만 아빠가 비싸게 주고 산 일식도를 건드린 아이는 없었다. (엄마가 건드렸을까? 그랬더라도 엄마는 자석판에 다시 붙여 놓았을 것이다.)

지난 1년 동안 미아는 아빠가 딴 데 정신을 팔고 안절부절못할 때가 많다는 것을 알아차렸다. 아빠는 퇴근하자마자 '급하게' 통화할 데가 있다며 바로 앉아서 저녁을 먹을 수 없다고 했다. 집 안이 '지저분하다'고 투덜거리면서도 자기가 아무 데나 던져 놓은 물건은 미아의 엄마가 '건드리지' 못하게 했다. 아빠는 특히 주방용품이 제자리에 없는 걸 질색했다. 자기 일식도가 조금이라도 비뚤어져 있으면 단박에 알아차렸다. 칼을 제대로 쓸 줄 모르는 사람이 함부로 써서 아주 잘 드는 날을 망가뜨렸을 수 있다는 뜻이었기 때문이다.

미아는 그 눈부신 칼을 쳐다보는 걸 좋아하지 않았다. 너무 잘 들게 생겨서 눈이 아픈 것 같았다. 하지만 예쁜 무늬가 새겨진 상아 손잡이에서는 안도감을 느꼈다.

미아는 보는 사람이 아무도 없을 때 칼이 자석판에 붙어 있는 상태로 손잡이를 감싸 쥔 적이 있었다. 그게 전부였지만 기분이 이상했다!—방금 전까지 누가 잡고 있기라도 했던 것처럼 무늬가 새겨진 상아가 따뜻하게 느껴졌다.

미아의 아빠는 남은 자기 물건을 가지러 왔을 때 비싼 칼 하나가 없어진 걸 보고 노발대발했다. 아빠는 쓰고 제자리에 두지 않았다며 엄마를 나무랐고 엄마는 발끈하며 아빠더러 엉뚱한 데 놓은 거 아니냐고 했다. 아빠는 마지막까지 이렇게 분개하고 증오하며 떠났다.

그날 학교에 다녀왔을 때 제일 먼저 미아의 눈에 띈 것은 반짝이던 일식도가 부엌에서 없어진 것이었다. 칼이 있던 자리에 이제는 끔찍한 빈 공간만이 남았다.

미아가 집 뒤편 공터에 '길냥이들'이 산다는 것을 맨 처음 알게 된 때가 언제인지는 기억나지 않았다. 아마 누군가가 하는 얘기를 들었을 것이다—'집 없는 길냥이들'이라고 했던 것을.

나중에 미아는 좀 더 정확한 표현을 듣게 될 것이다—들고양이라고.

임자가 없어 보이는 골목 끝 공터의 빽빽한 덤불 속에서 들고양이 무리가 살고 있었다.

처음에는 골목 끝에 사는 들고양이가 많지 않았다. 그런데 숫자가 점점 늘어났다.

등굣길에 잠깐 들러서 들고양이들을 보고 가는 일은 미아만의 비밀이 되었다. 아빠가 그 아이들을 못마땅하게 여겼고 몇몇 동네 사람들이 꾸준히 사료를 챙겨 주기 시작하자 노발대발했기 때문이다. 아빠에게 그 아이들은 더럽고 병균이 득실거리는 길고양이일 뿐이었다. 공수병을 옮길 수도 있어. 동물 관리국에 연락해서 잡아다 안락사를 시켜야 하는데.

안락사는 소름 끼치는 단어였다. 맨 처음 그 단어를 들었을 때 미아는 뜻을 몰라서 엄마에게 물어보았다. 알락싸가 뭐냐고, 사람 이름이냐고.

"아, 미아야. 안, 락, 사 말이지?" 엄마는 미아의 말을 듣고 폭소를 터뜨렸다. 못되게 비웃은 건 아니었지만 그래도 그녀는 얼굴이 화끈거렸고 그 자리에서 뛰쳐나오고 싶어졌다. 그리고 그 뒤로 몇 년 동안 엄마와 아빠가 자기 친구들 앞에서 어렸을 때 미아가 안락사가 뭔지 몰라서 사람 이름이냐고 물어본 적이 있다고, 재밌지 않냐고 하는 걸 들으며 참아야 했다.

아뇨, 미아는 생각했다. 하나도 재미없어요.

아빠가 가족을 버리고 떠난 지금, 미아는 안락사가 무슨 뜻인지 알 만한 나이가 되었다.

죽인다는 걸 그럴듯하게 표현하는 거지. 두 분이 나에게 저지르고 싶은 짓이라고나 할까.

(미아가 보기에는) 고양이들이 아주 예뻤지만 아빠는 '길냥이들'이 자기 땅으로 들어오는 걸 질색했다. 반질반질하게 까맣거나 캐러멜색이거나 하얀 바탕에 반점이 있거나. 얼룩무늬 고양이, 철회색 고양이. 꼬리가 근사하게 구부러진, 주황색 털이 풍성한 살쾡이.

다만 가까이서 보면 대개는 별로 예쁘지 않았다―눈은 끈적끈적한 점액으로 덮였고 털은 떡이 져서 지저분하며 너무 말라서 털 사이로 갈비뼈가 드러났다. 미아의 방에서 창밖으로 보았을 때는 사나워 보이던 주황색 살쾡이도 가까이서 보면 귀가 뜯겼고 한쪽 눈이 멀어 있었다.

"아! 불쌍해라."

미아는 고양이들을 먹이려고 뒷문에 몰래 먹을 것을 가져다 놓았다. 하지만 다람쥐들이 금세 다 먹어 버렸다.

들고양이들은 단독으로 사냥을 했다. 가끔 집 뒤편에서 어스름 속에 숨어 있는 녀석이 언뜻 보일 때도 있었다. 당장이라도 튀어 오를 것처럼 몸에 힘을 준 상태로 웅크리고 얼마나 천천히 움직이던지. 미아는 숨을 죽인 채 그 모습을 지켜보곤 했다.

자신도 사냥을 한다면 그런 식으로 풀 사이를 움직일 거라고 생각했다.

하지만 들고양이는 바로 다음 순간 아무 이유 없이 쌩하니 사라져 버리곤 했다.

다정한 목소리로 야옹아, 야옹아, 야옹아! 하고 불러도 소용없었다. 들고양이들은 인간을 믿지 않았으니 미아 역시 믿지 않았다.

지난해 내내 아빠는 시청에 민원을 넣었다. 병에 걸린 주인 없는 동물들이 집에서 30미터 거리에서 새끼를 낳고 있는데, 집주인들이 왜 과도한 세금을 납부해야 하느냐고. 재산 보호 차원에서 들고양이들에게 엽총을 쏘는 게 왜 안 되느냐고.

토지 이용 제한법상 시 경계선 내에서 사냥은 불법이었다. 화기 발사는 범죄였다.

집 뒷마당이 공터와 맞닿아 있었기 때문에 들고양이들이 공터를 왔다 갔다 하느라 마당을 조심스럽게 통과할 때가 종종 있었다. 그러면 아빠가 고양이들에게 소리를 질렀다ㅡ이 더러운 쓰레기들아! 얼른 꺼져!

미아의 아빠가 원래 그 정도로 다혈질은 아니었다. 뭔가 끔찍한 변화가 시작되고 있었다.

어느 날 저녁 외출했다가 돌아오는 길에 집 앞 진입로로 들어섰을 때였다. 아빠는 운전 중이었고, 조수석에는 엄마가, 뒷자리에는 미아, 랜디, 케빈이 타고 있었다. 희끄무레한 흰색의 뭔가가 자동차 앞으로 슬금슬금 다가오자 아빠가 갑자기 가속 페달을 밟았다. 온 가족이—아빠만 빼고—소리를 질렀다. "안 돼요! 그러지 말아요!"

쿵 하는 투박한 소리에 이어 귀청을 찢는 고양이 울음소리가 들렸다. 미아와 엄마가 주변을 샅샅이 뒤졌지만 녀석을 찾지 못했다. 집 앞 진입로나 잔디밭에 핏자국도 없었다.

집 옆 관목 덤불 속에도, 뒷마당에도, 나무가 심어져 있는 마당 옆의 땅에도 없었다.

아빠는 그 빌어먹을 녀석에게 겁만 주려고 했다고, 차로 치지는 않았다고 주장했지만 미아는 믿지 않았고 울며 자리를 피했다.

멀리 기어가서 죽은 거야. 혼자서.

아빠는 한동네에 사는 '물러 터진 오지라퍼들'이 들고양이 먹으라며 사료와 물을 가져다 놓아서 고양이들이 훨씬 빠른 속도로 번식하고, 쥐처럼 인간에게 해로운 다른 동물들까지 꼬이고 있다며 분통을 터뜨렸다.

아빠는 수사에 착수했다. 고양이는 찾지 못했다. 하지만 은박 접시와 플라스틱 그릇이 보이자 발로 차서 덤불 속으로 날려 버렸다.

뭐, 어쩌면 고양이 한 마리가 언뜻 보였을 수도 있다. 나무토막들이 쌓여 천연 대피소 역할을 하는 곳에서.

핸슨 부인이라는 동네 아주머니가 접시에 부어 주려고 건식 사료 봉지를 들고 왔다가 미아의 아빠와 맞닥뜨리자 서로 대거리를 주고받았다.

남들, 특히 여자들이 맞서 싸우려 하고 자기 말에 수긍하지 않다니 미아의 아빠로서는 익숙하지 않은 상황이었다. 아빠가 공공연한 폐해를 '조장 및 방조하고' 있다고 핀잔을 주었지만 핸슨 부인은 물러서지 않았다. 아빠가 언성을 높이자 핸슨 부인도 언성을 높였다. 미아와 엄마는 집 안에서 두 사람의 목청 대결을 들으며 괴로워했다.

엄마가 신경질적으로 웃음을 터뜨리며 말했다. "너희 아빠가 엽총을 들고 나갔더라면 어쩔 뻔했니?"

아빠가 씩씩대고 뭐라고 중얼거리며 집으로 들어오자 미아는 자기 방에 숨었다. 아빠가 주인 없는 예쁜 고양이들을 두고 하는 협박조의 험한 말을 듣고 싶지 않았다. 아빠의 벌게진 얼굴도 보고 싶지 않았다. 무엇보다 엄마가 아빠를 달래며 설득하는 말을 듣고 싶지 않았다. 랜디와 케빈이 아빠가 사 준 BB총으로 아빠 대신 고양이들을 쫓아내면 된다고 신나게 떠들어 대는 것도.

"고맙다, 애들아. 나중에 너희들한테 맡겨야 할까 보다."

하지만 결국에는 아빠가 그 아이들을 실망시켰다. 들고양이는 안중에도 없이 집에서 나갔고, (2주에 한 번씩) 토요일에 그들을 데리러 왔을 때도 고양이라든가 본인이 두고 떠난 가정사에 대해서 물어보지 않았다.

미아가 들고양이 서식지를 드나드는 건 엄마에게도 비밀이었다. 엄마가 들으면 못마땅하게 여길 것이기 때문이었다.

최근 들어 엄마는 자주 짜증을 부렸다. 전화 통화를 하면서 울었다. 아니면 갑자기 버럭 화를 내며 수화기를 쾅 내려놓았다. 싸운다고, 장난감을 바닥에 어질러 놓는다고, 텔레비전을 너무 시끄럽게 본다고 미아의 남동생들을 혼냈다. 미아가 학교에서 이유 없이 늦게 온다고 노려보았다.

"도대체 어딜 싸돌아다니다 온 거야? 누구랑 놀다가?"

미아는 점점 은밀하고 약삭빨라졌다. 냉장고에서 없어져도 엄마가 아쉬워하지 않을 만한 것과 물을 고양이들에게 가져다주었다. 하루는 냉동실에서 과감하게 양갈비를 꺼내—원래 아빠 몫으로 산 거였는데 냉동실 아래 칸에 방치되었다—녹으라고 땅바닥에 두었다. 몇 시간 뒤 학교에 다녀와 보니 고기는 흔적도 없이 사라졌고 심지어 뼈조차 보이지 않았다.

고양이 몇 마리가 미심쩍어하는 눈빛으로 미아를 쳐다보았다. 자세히 들여다볼수록 눈에 들어오는 고양이들이 많았다. 미아가 갑자기 움직일 경우에 대비하기라도 하듯 하나같이 덤불 속으로 다시 달아날 태세를 갖추고 있었다. "얘들아, 무서워하지 마. 난 너희들 친구야……."

한쪽 눈에 막이 끼고 귀가 뜯긴 살쾡이가 바짝 마른 나뭇잎으로 위장하고, 바닥에 떨어진 커다란 나뭇가지 뒤편에 숨어 있었다. 모래색 털은 뭉텅이로 엉겨 붙어 있었다.

우리가 왜 너를 믿겠어? 우리는 너를 믿지 않아.

풀밭에 쭈그리고 앉아서 놀랍도록 예쁜 호박색 눈으로 그녀를 쳐다보는 비쩍 마른 검은색 고양이가 문득 미아의 시야에 들어왔다. 뭔가를 기대하는 눈빛을 하고 있었는데 (그런 것 같아 보였는데)—미아가 쓰다듬으려는 듯한 기색을 보이자 검은색 고양이는 몸을 움츠리며 으르렁거렸다.

"아, 미안! 널 해치려는 게 아니야……."

하지만 비쩍 마른 검은색 고양이는 사라져 버렸다. 나머지도 순식간에 사라져 버렸다.

골목 끝은 점점 사람들이 뭘 버리는 곳이 되어 가고 있었다. 덤불과 잡동사니 사이에 오래되어 썩은 신문지, 쓰레기가 가득 담긴 택배 상자, 부러진 스티로폼과 플라스틱 조각이 섞여 있었다. 들고양이들이 추운 날씨와, 비와 눈을 피할 길이 거의 없는 이런 데서 지내야 하다니 미아는 가슴이 아팠다.

"너희들을 집으로 데려갈 수 있으면 좋겠다. 너희들 모두 다……."

그나마 이제는 아빠가 없어졌으니 고양이들이 전보다는 안전했다. 이 사실에서 미아는 위안을 얻으려고 했다.

2

"안녕! 젖소."

그들은 하이에나처럼 낄낄거렸다. 그녀의 열세 번째 생일이 지나자마자 학교 복도에서, 계단에서, 식당에서 그녀를 치고 지나가면서 그랬다.

처음에 미아는 우연인 줄 알았다. 우연이 여러 번 반복되는 줄 알았다.

같은 학년(이제 미아는 8학년이었다)도 아니고 그보다 위 학년이었다. 키가 큰 남학생들이었다. 이름도 모르고 얼굴도 잘 모르는 남학생들이었다.

"안녕, 젖소. 잘 지내지?"

미아는 혼란스럽고 당황스러워서 그들이 뭐라고 하는지 알아듣지 못했다. 너무 놀라서 처음에는 그들이 일부러 그녀를 치고 지나간다는 것도 몰랐다. 그들이 하이에나처럼 숨을 헐떡이며 낄낄거리는 이유도.

"어, 젖소다! 야, 어딜 그렇게 급히 가냐?"

그녀가 놀란 얼굴로 돌아보면 괴롭히던 아이들은 재미있어했다. 그녀가 상처받았거나 무서워하거나 당황하거나 굴욕을 느낀 기미를 언뜻 비추기라도 하면 더 큰 소리로 낄낄거렸다. 그중에서 가장 나이가 많고 가장 키가 큰 아이는 미아의 가슴에서 가장 말랑말랑한 곳을 감히 팔꿈치로 찌르고는 그녀가 아프고 놀라서 비명을 지르자―"미안, 젖소!"라고 했다.

미아가 이름조차 모르는 9학년 남학생들이었다. 그들은 8학년 교실 복도를 뛰어다니며 이리저리 부딪치고 아이들이 도망치면 배를 잡고 웃었다.

미아는 얼 빠진 표정으로 사물함 앞에 구부정하니 서 있었다. 심장이 빠르게 쿵쾅거렸다. 무슨 일인지 곧바로 이해되지 않았다. 아까 부딪친 가슴이, 작고 말랑말랑한 젖가슴이 욱신거렸다.

남자애들이 왜 그녀를 지목한 걸까? 더는 아빠의 사랑을 받지 못하게 되었다는 게 얼굴에서 드러났을까?

그녀는 몸을 움츠린 채 눈을 내리깔고 자리를 피했다. 울지는 않았다―처음에는.

너무 당황스럽고 수치스러워서 그들을 일러바치지도 못했다. 미아는 논리를 댔다. 그랬다가는 걔네들이 나를 더 미워하게 될 거야.

그들은 그녀를 덮쳤을 때 분노한 듯한 얼굴이었다. 그들은 미아가 어디 있을지 알고 숨어서 기다리고 있었던 게 분명했다. 그들의 폭소와 조롱 이면에는 미아가 이해할 수 없는 다른 것도 있었다—적의, 분노. 하지만 이유가 뭘까? 왜 그녀에게 분노하는 걸까?

일은 늘 너무 순식간에 벌어졌다. 일주일 사이 한 번, 두 번, 세 번이나 아이들이 불쑥 등장해 낄낄대며 미아를 들이받고는 사라졌다.

그들이 잽싸게 도망치느라 다른 학생들과 부딪치면 그 학생들이 뒤에서 소리를 질렀다. 현장을 목격한 선생님이 여럿 있었지만 아무도 나서지 않았다.

미아는 매번 멍하니 자리를 피했다. 제일 시끄러운 아이의 이름—성—을 알아냈다. 템스터였다. 예전에 여자애들이 템스터 같은 남자애들에게 이런 식의 괴롭힘을 당했을 때 그녀가 어떤 방식으로 모르는 체하려고 했는지 기억났다. 남자애들 몇 명이 몰려다니며 놀리고 야유하고 비웃고, 뻔뻔하게 치고 지나가거나 거칠게 밀치면 여자애들은 부끄러워하며 슬금슬금 도망쳤다. 미아 같은 하급생 여자애들은 자신들은 그런 일을 겪지 않길 바라며 감히 그들을 쳐다보지도 못했다. 물론 하급생 여자애들은 그런 일을 겪지 않았다. 당시에는.

어떤 여자애들—남들보다 '성숙한' 여자애들—을 곁눈질하는 남자애들의 험상궂은 눈빛. 미아는 똑같은 일이 지금 자신에게 벌어지고 있다는 사실을 뒤늦게 알아차렸다.

이제는 다른 여자애들까지 그녀를 피했다. 친한 친구들은 그러지 않았지만 다른 애들은 그랬다. 심지어 친구 제니마저 미아 때문에 당황하는 눈치였다. 그래도 쉬는 시간과 점심시간이면 아무것도 모르는 어린애를 보호하듯 미아와 함께 걸어가 주긴 했다.

다만 제니는 남자애들에게 패거리로 괴롭힘을 당할 때 큰 도움이 되지는 않았다. 제니조차 거칠게 떠밀리고 조롱을 당했기 때문이다.

　어디에선가 느닷없이 등장한 남자애들이 또다시 미아를 들이받고 낄낄대고 젖소! 하고 외치며 도망치던 날, 미아는 제니를 붙잡고 울음을 터뜨렸다. "쟤네들 정말 싫어! 뭐라는 거니? 나더러 왜 젖소라는 거야……."

　제니가 머뭇거리며 미아의 귀에 대고 조그맣게 속삭였다. "가슴 크다고."

　당연하지. 너도 알았잖아. 당연히 알았어야지.

　젖소보다 창피한 단어가 있을까. 생각만 해도 부끄러워서 미아는 얼굴이 화끈거렸다.

　남자애들은 욕과 못된 말을 많이 했다. 주로 씨발 아니면 쌍이었다. 밥맛이라고도 많이 했다. 하지만 젖소는 다른 종류의 단어였다. 욕도 아니고 음란한 단어도 아니고 사람들의 웃음보를 터뜨리는 용도의 웃긴 말에 가까웠다.

　안녕―젖소! 그래―너.

　제니에게 문자를 보내고 싶었다. 너무 외로웠다!

　무슨 말을 하면 좋을지는―알 수 없었다.

　걔네들 미워. 다 죽어 버렸으면 좋겠어.

　수업 끝난 뒤에 어디 갔었어…….

　하지만 미아는 제니에게 보낸 문자나 이메일이 다른 친구들에게 공개될 수도 있다는 것을 6학년 때 알았다. 그리고 요즘 들어서 친구들이 그녀에 대해 어떤 식으로 얘기하고 불쌍하게 여기는지 알았지만, 그들도 (어쩌면) 뒤에서는 웃고 있을지 몰랐다.

젖소라며.

"미아? 엄마가 좀 보자. 가만히 서 있어 봐."

걱정이 깃든 미소. 평가하는 눈빛.

엄마가 감히 미아의 몸에 손을 대지는 않을 것이다—그렇지 않을까? 손바닥으로—가볍게—미아의 가슴을 누르거나 그럴 일은 없지 않을까?

맞다. 감히 그럴 리 없다. 미아는 마음을 단단히 먹는다. 내. 몸에. 손대지. 마세요.

미아의 엄마는 놀란 눈치였다. 지난 몇 달 동안, 사실상 지난 1년 동안 그녀는 미아에게 눈길을 주지 않았다. 이제는 (이혼한 싱글맘으로서) 신경을 써야 할 곳과 고민거리가 너무 많았다. (데이팅 사이트도 그중 하나일까? 진짜일까? 그럴지 모른다는 생각이 들자 미아는 당혹스러워졌다.) 엄마의 정신적인 에너지는 분노를 표출하는 데 집중되었다. 개자식. 나쁜 놈. 그렇게 믿었는데! 그 인간은 끝까지 거짓말, 거짓말뿐이었어—돈에 대해서도, 집에 대해서도, 계속 '만나고' 있었던 그 '여자'에 대해서도…….

그녀는 미아가 얼마나 뻣뻣하게, 얼마나 가만히 서 있는지 전혀 모른 채 사무적으로 말했다. "조만간 브래지어를 해야겠다. 그래. 그래야 할 것 같아. 이제 너도 열세 살이니까."

마치 욕처럼 들렸다. 열세 살.

"근데 왜 그런 눈으로 쳐다보는 거니? 뭐가—"

미아는 엄마의 손을 피해 몸을 비틀었다. 그 힘없는 손으로는 그녀를 보호할 수 없었다.

미아는 학교의 남학생들에 대해 엄마에게 이야기하려고 그날 하루 종일 마음의 준비를 하고 있었다. 그녀는 그게 뭔지 알았다—괴롭힘. 하지만 지금은 안 되겠다.

생각해 보면 그녀가 어렸을 때는—몸이 인형처럼 작고 반질반질하고 가슴에 '젖꼭지'가 있는 줄도 모를 만큼 작았을 때는—아빠가 그녀를 사랑했었다. 많이 사랑했었다. 그리고 엄마도 지금보다 훨씬 더 많이 그녀를 사랑했었다.

이제 아빠는 떠났다. 그리고 엄마의 인생은 달라졌다.

엄마가 전에 없이 소리를 지르고 저리 가, 너희들 때문에 머리 아파 죽겠다 하는 통에 남동생들은 겁에 질렸다. 미아는 화가 난 엄마와 거리를 두어야 한다는 것을 알았다.

엄마의 통화 내용을 엿들었다—그 자식이 한 거짓말 때문에 너무 심란하고 너무 진이 빠져서 수면제가 없으면 잠을 잘 수 없고 우울증 약을 안 먹으면 하루를 버틸 수가 없어. 어떨 때는 그냥—죽어 버리고—싶다는—생각이 들어…….

그렇다. 진작 알았어야 하는 거였다. 화장실 거울 앞에 알몸으로 서서(알몸은 그녀가 질색하는 단어였다) 자유 의지라도 있는 것처럼 그녀의 뜻과 상관없이 형태를 갖추어 가고 있는 젖가슴(이것도 그녀가 질색하는 단어였다, 젖소만큼은 아니었지만)을 눈을 가늘게 뜨고 쳐다보았다. 물렁물렁하고 보드랍고 창백한 것. 미아는 분홍빛의 조그만 젖꼭지에 유난히 혐오감을 느꼈다. 아이에게 젖을 물릴 때 쓰이는 곳이라는 것을 알기에 경악스럽고 구역질이 났다.

얼마 전까지만 해도 그녀의 가슴은 남자애처럼 얇고 납작했는데. 쇄골은 여전히 도드라졌고 피부는 하얀 촛농처럼 창백했지만 배와 엉덩이와 위 허벅지에 누가 보아도 살이 붙었고—키가 점점 커지고 있었다.

키가 커지는 건 상관없었다. 키가 커지면 남자애들로부터 자신을 보호할 수 있을 것이었다. 하지만 살이 찌는 건 끔찍했다.

여자아이에게 할 수 있는 최고의 악담이 뚱뚱하다는 거였다. 젖소보다 더 끔찍한 단어가 돼지라고 놀리는 말이었다.

여자애들은 살찌는 음식을 멀리하거나 멀리하려고 노력했다. 미아가 아는 여자애들은 다 살이 찌는 걸 무서워했다. 그래도 남들처럼 마르지 않은 아이들이 있었고 솔직히 과체중인 아이들도 있었다. 인터넷에서 찾아본 차트에 의하면 미아는 아직 살짝 저체중이었지만 예전처럼 마르지 않았고 그것에 대해 딱히 할 수 있는 게 없어 보였다.

겨드랑이와 다리와 가랑이에서 자라기 시작한 털에 대해 딱히 할 수 있는 게 없는 것처럼······.

살찌는 음식을 먹지 않으려고 해 보았다. 접시에 담긴 음식을 남기고 뭐든 한 접시 이상은 먹지 않으려고 해 보았다. 시리얼에 설탕은 이제 그만!—설탕 범벅인 시리얼도 이제 그만. 일반 우유도 이제 그만. 무지방 우유와 무지방 요거트만.

아빠가 떠나서, 그리고 엄마가 그렇게 심란해하며 딴 데 정신이 팔려서 좋은 점이 하나 있다면 미아가 끼니를 건너뛰어도 엄마가 알아차리지 못한다는 것이었다. 그녀는 학교에서도 하루 종일 아무것도 먹지 않고 다이어트 콜라만 마셨지만—그러면 집에 왔을 때 너무 배가 고파서 먹는 걸 멈출 수 없었다.

눈을 딱 떴을 때 예전의 몸으로 돌아가 있으면 얼마나 좋을까. 가슴도 납작하고 엉덩이도 납작하면. 인형 살결처럼 털 하나 없이 보드라우면.

아빠가 알게 되는 날이 두려웠다. 뭐 하나라도 알게 되는 날이.

특히 남자애들이 어떤 식으로 그녀를 놀리고 괴롭히는지 알게 되는 날이. 어니 뎀스터—그 아이 이름이었다. 게다가 다른 아이들도 있었다. 좀 더 착한 남자애들까지 가끔 특유의 눈빛으로 미아를 쳐다보았다! 어쩌면 그건 미아가 받아 마땅한 벌일지 몰랐다. 그녀가 무슨 짓을 저질렀는지는 잘 모르겠지만 뭔가가 있었다.

몸의 윤곽이 옷으로 가려지지 않을 만큼 선명하다는 걸 모를 정도로 순진했던 죄? 예전에는 생각조차 해 본 적이 없는 부분이었다.

미아는 억울했다. 그녀의 젖가슴은 아직 그렇게 크지도 않았다. (중간 크기) 사과만 했다. 어쩌면 남자애들은 그녀가 예쁘다고 생각하는 걸지도 몰랐다—'섹시'하다고.

그렇다 한들 미아가 노력한 결과는 아니었다. 그런 얼굴과 머리카락으로 태어난 걸 어쩔 수 없었을 뿐.

8학년치고 '성숙'해서 그런 걸까? 남자애들의 시선이 그녀에게서 일단 멈추는 이유가 그 때문일지 몰랐다.

젖가슴이 계속 커져서 엄마처럼 큼지막하고 무겁고 스펀지처럼 물컹물컹하게 될지도 모른다고 생각하면 끔찍했다. 안 돼! 그렇게 되느니 차라리 죽는 게 낫겠어.

"미아, 엄마 말 듣고 있니? 저기요?" 엄마가 씩씩대며 그녀의 얼굴에 대고 손가락을 퉁겼다.

엄마가 무슨 말을 하고 있었지? 미아는 알 수 없었다.

"엄마가 묻잖아—"

"아, 저 좀 내버려 두세요!"

달려가 그녀의 방에 숨었다. 갑자기 엄마가 옆에 있는 걸 견딜 수 없었다.

엄마가 따라와서 문을 두드리길 기다렸다. 딸, 엄마가 미안해. 엄마가 그러려고 한 게 아니라……

(요즘 들어 이런 광경이 자주 벌어지는 느낌이었다. 엄마가 뭐라고 쏘아붙이면 미아가 2층으로 도망치는 것. 그리고 그 뒤로 이어지는 사과 비슷한 말.)

하지만 지금은 전화벨이 울리고 있었다. 엄마가 전화를 받는 소리는 들리지 않았지만 벨소리가 끊겼고 미아는 홀로 남겨졌다.

엄마 미워. 절대 엄마처럼 되지 않을 거야.

울지는 않았다. 울어 보아야 무슨 소용일까?

거울을 피해 가며 옷을 갈아입었다. 포대처럼 헐렁한 잠옷으로. 그러고는 말랑하고 투실한 젖가슴을 보호할 수 있도록 두 팔을 접힌 날개처럼 포개어 오른쪽을 보고 침대 위에 모로 누웠다. 잃어버린 다른 시간의 꿈을 꿀 수 있길 바라며.

덤불 속의 시커멓고 털이 북슬북슬한 형체. 잘 보이지 않을 정도로 빠르게 움직이는 것.

미동도 않고 서서 한참 동안 들여다보면 들고양이들이 눈에 들어올 것이다.

반짝거리며 경계하고 주시하는 눈. 기민하게 곤두세운 귀.

변장술을 터득해. 위장술을.

뻔히 보이는 데 숨어.

곧 그녀는 자신만의 완벽한 전략을 세웠다. 뻔히 보이는 데 숨기!

학교에서는 어깨를 수그리고 다녔다. 가슴이 오목해지도록 어깨를 오므렸다. 팔로 가슴을 가렸다. 쉬는 시간에 교실을 이동할 때, 남자애들이 그녀를 치고 지나가거나 들이받을 수 있는 위험한 이때에는 가능한 한 이상해 보이지 않게 책으로 가슴을 덮었다. 책가방을 메지 않고 책을 가슴에 대고 들었다. 방패처럼.

스웨터는 금물이었다. 티셔츠도 마찬가지였다. 남자애들이 좋아하는 헐렁한 셔츠를 헐렁한 청바지 밖으로 꺼내 입었다. 헐렁한 티셔츠 위에 헐렁한 셔츠를 걸치면 더욱 완벽했다. 그 위에 헐렁한 재킷까지 걸치면 어떨까.

미아는 미소를 지었다. 레이어드 룩. 아주 기발했다!

그녀는 남자애들과의 눈싸움에서 이길 용기도 배짱도 없었다. 들고양이들이 싸우지 않고 도망치는 법을 가르쳐 주었다.

마침 8학년의 다른 여학생들도 '성숙'해지기 시작했다. 어느 날 흘끗 보니 친구들 절반이 젖소가 되었다.

몸만 성숙해진 게 아니라 행동거지도 달라졌다. (몇몇) 여자애들은 남들 눈에 띄고 감탄을 유도하도록 자신을 포장하는 데 일가견이 있었다.

립스틱, 눈 화장. 시선이 집중되는 옷차림.

미아는 시선이 집중되는 것에 전혀 관심이 없었다. 립스틱은 사양이었다. 그녀의 옷은 헐렁하기만 한 게 아니라 색깔까지 카키색, 갈색으로 칙칙했다. 신발도 요란한 끈이 달린 알록달록한 운동화가 아니라 아주 평범한 러닝화를 신었다.

다른 여자애들, 특히 나이가 더 많은 언니들이 왜 그렇게 남자들의 관심을 받지 못해 안달하는지 미아로서는 놀라울 따름이었다. 그 남자들 중에는 미아를 괴롭힌 애들도 있었다. 그런 인간들에게 왜 주목받고 싶은 걸까?

귀를 뚫고 눈썹, 코, 윗입술도 뚫고. 하룻밤 사이 문신도 엄청 늘었다. 머리에는 형광색 브리지. 손바닥만 한 치마! 브래지어나 다름없는 홀터 톱.

8학년에는 재키, 데이나, 탈리아가 있었다. 남자애들이 일부러 와서 부딪히면 꽥 하고 소리를 지르는 아이들. 식당이나 학교 뒤편 주차장에서 남자애들이 놀리면 씩씩대며 쫓아가 혼내고 책가방으로 두들기는 애들. 치고 때리며 남자애들과 실제로 싸우는 애들. 미아는 그런 바보 같은 짓의 목격자가 되고 싶지 않았기에 자리를 피했다.

그러던 어느 날 오후, 다른 누구도 아닌 제니가 로코라는 9학년 남학생과 유치하게 맞붙은 적이 있었다. 제니는 화가 나서 시뻘게진 얼굴로 눈을 번뜩이며 친구들에게로 달려왔다. "진짜 밥맛이야! 꼴 보기 싫어 죽겠네."

하지만 이후로 제니는 황홀해서 어쩔 줄 몰라 하며 로코 얘기만 늘어놓았다.

이렇게 한심할 수가, 미아는 생각했다.

그녀는 처절하게 외로웠다.

……물어보아 주어서 고맙지만 별로야. 사실 상당히 끔찍해. 그래도 자살 같은 미친 짓은 저지르지 않을 거야. 절대로 그 나쁜 놈한테 그런 만족감을 선사할 순 없지. 애들은 잘 지내. 애들이 자기들 아빠의 개소리를 간파해 주었으면 좋겠지만 적어도 내 딸이 술 파는 여자 같은 옷을 입고 학교에 가진 않으니까. 적어도!

3

"야옹아! 야옹아, 야옹아, 야옹아!"

미아는 이때가 하루 중 제일 행복했다. 집 옆 공터로 들고양이들을 만나러 가는 시간이. 미아에게는 들고양이들만큼 믿고 의지할 수 있는 게 없었다. 녀석들이 덤불 속에 숨어 있더라도 그녀는 그 아이들이 거기 있다는 걸 알았다.

그리고 그녀가 열심히 기다리면, 조용히 끈질기게 기다리면 그중 일부라도 모습을 드러낼지 몰랐다.

몇몇 동네 주민들처럼 미아도 가끔 고양이들이 먹을 음식을 가져다 놓았다. 그런데 아무리 많이 두어도 부족한 듯했다. 은박 접시와 플라스틱 그릇이 대부분 비어 있었다. 라쿤이나 다람쥐나 쥐 같은 다른 동물들도 그 음식을 먹는 것 같았다.

고양이용 건사료를 몇 봉지 샀지만 이런 사료는 비쌌다. 대용량으로 사면 비용을 아낄 수 있었지만 미아에게는 그럴 만한 능력이 없었다. 냉장고에 넣어 둔 남은 음식을 들고 나오면 엄마에게 의심을 살 수 있었다.

어느 누구의 눈에도 띄지 않을 만할 때 집에서 슬그머니 빠져나왔다. 방과 후, 해가 지기 직전이 가장 좋았다. 고양이들을 보러 다니는 걸 아직은 엄마에게 들키고 싶지 않았고, 동생들에게 들키면 두 녀석이 따라 나올 것이었다.

미아는 아빠가 들고양이들을 얼마나 싫어했는지 생각났다. 덫이나 독약을 놓고 싶은데 시간이 없는 게 한이라고 농담 반, 진담 반으로 말했던 것도. 세상에서 착한 고양이는 죽은 고양이뿐이야. 미아는 아빠의 말이 진심은 아니었을 거라고 믿고 싶었다.

고양이들은 미아에게 위안을 주었다. 아이들은 경계하는 눈빛으로 주시하며 덤불 속에서 더는 가까이 오지 않았지만 그렇다고 말을 거는 미아에게서 허둥지둥 도망치지도 않았다.

나지막이 야옹아, 야옹아, 야옹아! 하고 외치는 것이 미아가 왔다는 신호였다. 들고양이들은 집고양이와 달라서 불러도 오지 않았지만 진득하니 기다리면 몇 마리는 모습을 드러냈다. 아니, 그렇다기보다 진득하니 기다리면 덤불 속에서 경계하는 눈빛으로 그녀를 쳐다보는 고양이들이 눈에 들어왔고 그러면 그 아이들이 처음부터 그 자리에 있었다는 걸 알 수 있었다.

미아가 아주 얌전하고 조용하게 진득하니 기다리면 대담한 고양이들이 그녀가 놓아둔 먹이 그릇 쪽으로 다가와 허겁지겁 먹기 시작했다.

그러면 얼마나 행복해지는지 몰랐다! 미아는 이 예쁘고 유연한 생명체를 보고 있노라면 학교도 잊고 아빠도 잊을 수 있었다. 젖소도 잊을 수 있었다.

한번은 학교에서 미아가 친구들을 외면했던 날 아니면 친구들이 미아를 외면했던 날, 방과 후에 들고양이들이 모습을 드러내길 기다리는데 참을 수 없을 지경으로 졸음이 쏟아져서 바닥에 누워 책가방에 머리를 얹고 깜빡 존 적이 있었다.

가을이었고 아빠가 가족들 곁을 떠난 지 8개월쯤 되었을 때였다. 아빠가 미아와 남동생들에게 시애틀로 회사를 옮겨서 마음과는 다르게 자주 보러 올 수 없게 되었다는 충격적인 소식을 전하고 3주가 지났을 때였다…….

아빠가 그리 자주 만나러 온 것도 아니었다. 3주에 한 번씩 주말에, 아니면 그보다 더 드물게. 미아도 아빠가 별로 보고 싶지 않았다. 그랬던 것 같다. 동생들은 힘들어했다. 동생들은 아빠를 보고 싶어 했다.

미아는 눈을 감고 있었지만 은신처에서 자기를 쳐다보는 고양이들의 시선을 느낄 수 있었다(그녀가 생각하기로는 그랬다). 매끈한 검은색 고양이는 고개를 들어서 킁킁거리고, 털이 수북한 살쾡이는 성한 눈을 가늘게 뜨고 그녀를 바라보고. 꼬리가 뒤틀린 추레한 얼룩 고양이. 온몸이 흰색 털로 덮였고 초록색 눈으로 노려보는, 그 아이들보다 어린 고양이.

미아는 눈을 감고 축축한 땅에 가만히 누워 있었다. 숨 쉬는 것조차 조심스러워하며. 고양이들이 그녀가 자기들의 친구라는 걸, 그녀는 믿어도 된다는 걸 알고 있을지 궁금했다.

고양이들끼리 그녀 얘기를 하고 있는데 그녀의 귀에는 들리지 않는 건지 궁금했다. 그 아이들 사이에서 묘한 정적이 흘렀다. 뭔가를 가리고 막는 얇은 천 같은 정적이었다.

그 아이들이 눈을 번뜩이며 의심스러워하고 경계하는 눈빛으로 미아를 훑어보았다. 그녀는 아주 가만히 있었다―갑작스럽게 움직이지 않을 생각이었다.

한 고양이가 조금씩 그녀에게로 다가왔다. 털이 수북하고 한쪽 눈이 먼 살쾡이였다. 미아는 눈을 질끈 감고 있었지만 그 고양이의 성한 눈이, 앰버 유리처럼 황갈색인 눈이 그녀에게 고정되어 있는 걸 느낄 수 있었다. 아니, 느낄 수 있을 것 같았다.

천천히 고양이가 다가왔다. 사냥하는 것처럼 천천히, 근육을 팽팽하게 긴장하고서.

바로 앞이라 이제는 곤두선 하얀색 수염도 보였다. 다친 듯 위로 들린 꼬리도.

널 공격하지 않을게. 사랑해.

좀 쓰다듬게 해 줘…….

잠시 후에 미아의 눈이 저절로 떠졌고, 우람한 살쾡이가 그녀 바로 앞에서 귀를 뒤로 젖히고 웅크리고 앉아 이빨을 드러내고 소리 없이 으르렁대는 것이 보였다―안 돼! 만지지 마.

미아는 어리둥절해하며 일어나 앉았다. 살쾡이는 잽싸게 뒤로 도망쳐 덤불 속으로 사라졌다.

모든 고양이들이 한순간에 사라졌다. 미아 혼자 남았다.

처음에는 거기가 어딘가 싶었다. 썩은 낙엽 위의 축축한 흙에 누워 있었던 탓에 옷이 젖어서 한기로 몸이 부들부들 떨리는데…….

바닥에 책가방이 있었다. 너무 졸려서 견딜 수 없었던 게 희미하게 생각났다. 이상하기도 하지! 지금까지 이런 적이 한 번도 없었는데.

이건 그녀만의 비밀이었다. 아무도 몰라야 했다. 친구들이 알면 놀리거나 그녀를 불쌍하게 여길 것이다. 친구들은 요즘 들어 그녀를 별로 좋아하지 않는 눈치였다. 심지어 제니마저 그랬다.

엄마가 알면 무식한 짓을 저질렀다고 노발대발할 것이다. 아빠는 진저리를 치며 다시는 그녀를 만나고 싶어 하지 않을 것이다. 어느 누가 아빠를 나무랄 수 있을까?

미아는 책가방을 집어 들었다. 축축한 옷을 털었다. 남들 눈에는 미아가 공터에 혼자 있는 것처럼 보이겠지만 그녀는 번들거리는 눈들이 보이지 않는 데서 그녀를 주시하고 있는 것을 느낄 수 있었다.

"제발 나를 믿어 줘! 난 너희들 친구야."

하지만 이제 그만 가야 할 시간이었다. 하늘에서 먹구름이 몰려오고 있었고 마치 땅속에서 나는 것처럼 저 멀리서 벌써부터 우르르거리는 소리가 들리기 시작했다.

그날 밤 그녀는 침대에 누워 꼼짝하지 않았다. 숲속에서 고양이처럼 몸을 작고 매끈하고 헷갈리게 만든 다음 덤불 속으로 들어가 진정한 친구이자 동지인 들고양이들과 함께 숨는 맹랑한 꿈을 남몰래 꾸었을 때처럼 꼼짝하지 않았다. 들고양이 서식지는 성의 내부처럼 미궁 같은 피난처였고, 조그만 방이 조그만 출입구로 연결된 번식지였고, 두근거리는 심장 내부처럼 따뜻했다. 미아는 여기서만큼은 자기 침대에서와 달리 잠을 잘 수 있었다. 여

기서는 다른 고양이들의 틈바구니에서 몸을 동그랗게 말고 북슬
북슬한 옆구리에 몸을 파묻을 수 있었다. 멀리서 천둥소리가 하
늘을 뒤흔들어도 이 비밀의 공간에서는 위로와 안락과 보호를 느
낄 수 있었다.

4

"어떠니, 얘들아? 예뻐?"

엄마가 머리를 자르고, 드라이를 하고, 넓적한 벌채용 칼처럼 번쩍거리는 황동색으로 밝게 염색을 했다. 미아는 너무 젊어진 엄마를 보고 당황했다.

랜디와 케빈도 어떤 반응을 보여야 할지 몰라서 엄마를 빤히 쳐다보기만 했다. 씩 웃고 있는 이 멋진 여자가 엄마라고?

아빠가 떠난 지 10개월이 지났다. 미아는 이제 더는 아빠라는 단어를 입 밖으로 내지 않았다. 이혼이 마무리되었단다. 아빠는 서부로 집을 옮겼다. 미아, 랜디, 케빈에게 연락을 하더라도 어쩌다 한 번씩 들쭉날쭉했다. 미아의 엄마는 새로운 일(부동산)을 시작했고 새 차(프리우스)를 샀다. 디자이너 청바지와 타이트한 스웨이드 바지를 입고 같은 색 재킷에 굽 높은 부츠를 신었다. 플리스 재킷 아니면 근사한 인조 모피 코트를 입었다. 광고판 모델처럼 진하게 화장을 했다. 갈라지도록 방치했던 손톱은 꼼꼼하게 다듬어서 매니큐어를 발랐다. 돈을 빌려서 차와 옷을 사고 이른 바 '품위 유지비(머리, 화장, 손톱)'를 충당했는데 새로 사귄 친구가 이자를 아주 조금만 쳐서 빌려준 돈이었다.

요즘 들어 미아의 엄마는 데이트를 하고 다녔다. (아무리 못해도 30대 후반은 되었을) 엄마가 데이팅 사이트에서 남자를 만나다니 미아가 보기에 그보다 한심한 일은 없었다.

얼마 지나지 않았을 때였다. "얘들아, 이리 와 봐! 미아, 1층으로 내려올래? 너희들에게 소개하고 싶은 사람이 있는데……."

이름이 이상해서 처음에 미아는 알아듣지 못했다. 나중에 알고 보니 패리스였다.

그리고 또 나중에 알고 보니 패리스 로크는 자칭 사업가 겸 컨설턴트였다. 최첨단 컴퓨터 기술과 어찌저찌 연관이 있는 스타트업을 운영하고 있었다.

그들이 만나게 된 경위가 얼마나 웃겼는지 아느냐고 미아의 엄마가 폭소를 터뜨리며 설명한 바에 따르면 매치닷컴과 저녁 약속을 둘러싼 오해 때문이란다. 패리스 로크가 씩 웃으며 엄마의 손을 낚아채 입을 맞추자 미아는 어색한 침묵 속에서 도끼눈을 뜨는 수밖에 없었다.

"운명처럼 느껴지는 거 아니? 신의 섭리 말이야."

미아의 엄마는 갑자기 진지해진 표정으로 눈을 훔쳤다.

"이 세상에는 운명이라는 게 존재해요. 우주는 미래가 정해져 있죠. 현재 시제를 살 때는 우리 눈에 안 보이지만 과거를 돌아보면 종종 알 수 있는데, 내 경우에는……."

패리스 로크는 텔레비전에 나오는 사람처럼 목소리가 굵은 저음이었다. 들으면 신뢰하게 되는 그런 목소리였다.

패리스 로크는 머리가 크고 뭉툭하며 회색이 도는 빨간색의 특이한 머리카락이 두개골 맨 아래 가두리를 뱅 두른 것 말고는 거의 대머리였다. 눈은 유난히 작았고 핏불테리어처럼 넓적한 얼굴 양옆에 널찍하니 자리를 잡고 있었다. 턱수염을 듬성듬성 길러서 땅딸막한 체구와 어울리지 않게 난봉꾼 같은 이미지를 풍겼다. 미아의 아빠보다 나이가 많을 수밖에 없었고, 미소가 다정해 보이기는 했지만 아빠에 비하면 훨씬 못생겼다.

미아는 패리스 로크를 좋아해 보려고 무진장 애를 썼다. 엄마에게 새로운 친구가 생겼으니 엄마를 생각해서 기뻐하고 싶었다. 하지만 얼굴이 경직된 게 느껴졌고 입은 미소 짓기를 거부했다.

패리스 로크는 위에서 그녀를 내려다보고 잇몸이 드러나도록 열심히 웃으며 몇 학년이냐고, 아무한테라도 물어볼 수 있는 가장 뻔하고 재미없는 질문을 했지만, 미아는 눈을 부라리지도 실실 웃지도 도끼눈을 뜨지도 않고 예의 바르게 대답하려고 했다. 하지만 워낙 조그맣게 말해서 패리스는 듣지 못했고 미아의 엄마가 명랑한 목소리로 다시 알려 주어야 했다. "8학년이에요."

"아, 8학년! 그럼."

이 말에 미아는 눈을 부라릴 뻔했지만 참았다. (안 돼! 미아는 엄마 얼굴에 먹칠을 하지 않도록 아주 착하게 굴기로 결심한 참이었다.)

"네. 시간이 참 빠르기도 하죠. 애들을 키우다 보면……." 엄마의 목소리가 흔들렸다. 이 말을 꺼내려고 한 게 아닌데 어떤 식으

로 화제를 돌리면 좋을지 생각나지 않는 것이었다. "……내 나이
는 그대로인데 애들은 훌쩍 자라는 것처럼 느껴지죠."

"무슨 말인지 알겠어요! 정말 그래요."

미아는 어른들 면전에 대고 폭소를 터뜨리지 않으려고 꾹 참
았다. 서로에게 좋은 인상을 남기려고 이토록 애를 쓰는 꼴이라
니. 엄마가 어처구니없는 오픈 토 하이힐을 신고 휘청거리는 이
유와 뭐라 뭐라 하는 저 남자가 새틴처럼 번뜩거리는 소재의 보
라색 줄무늬 셔츠에 새것처럼 보이지만 잘 맞지도 않는 디자이
너 청바지를 입은 이유가 뭘까? 두 사람이 하는 모든 말이 거짓
이고 가식이었다.

나중에 미아는 엄마가 말을 하는 동안 미소를 머금고 있던 패리
스 로크의 반짝거리는 작은 눈이 어떤 식으로 그녀의 얼굴에 꽂혀
있었는지 기억할 것이다—엄마가 하는 얘기는 전혀 듣지 않는 것
같았던 모습을. 그리고 그 반짝거리는 작은 눈이 어떤 식으로 미
아의 (후줄근한) 셔츠와 (청바지를 입은) 다리와 더러운 운동화
를 흘끗 내려다보았는지도. 패리스는 미아가 더 낮은 학년이 아니
라 8학년이라는 데, 더 어린 나이가 아니라 최소 열두 살이나 열
세 살이 되었다는 데 놀란 듯한 눈치였다. 왜냐하면 미아의 옷차
림이 또래 여학생들, 아니 다른 여학생들과 전혀 달랐던 것이다.

패리스 로크는 당황한 것 같았다. 어안이 벙벙한 것 같았다.

그래도 바보 같은 질문을 계속하지는 않았다. 미아의 뻣뻣하고
숫기 없는 태도를 존중하기라도 하는 듯이.

랜디와 케빈도 숫기가 없었지만 남자 어른이 관심을 보이자 좋
아했다. 아빠에게 그런 관심을 받아 본 게 옛날 옛적의 일이었다.

패리스 로크는 진심으로 궁금해하는 표정을 지으며 두 아이에게 어느 학교에 다니는지, 학교는 마음에 드는지 물었다. 몇 학년인지. 커서 어떤 일을 하고 싶은지. 그리고 패리스 로크는 두 아이가 신나서 대답하면 귀담아듣는 것 같았다.

미아는 생각했다. *그런 거에 속지 마. 저 인간은 가짜야. 우리한테 관심 있는 척하는 것뿐이라고.*

그래도 동생들이 자기들 얼굴 위로 비추는 따뜻하고 환한 빛이라도 되는 양 모르는 사람의 관심에 목말라하자 가슴이 뭉클하기는 했다.

지켜보던 엄마는 눈물을 글썽거렸다. *한심해*—미아는 아무 생각도 하고 싶지 않았다.

엄마가 새로 사귄 가까운 친구를 보면 아빠가 어떤 식으로 비웃을까. 엄마가 애들 아빠가 떠나자마자 남자를 만나고 그 남자를 집에 데려와 아이들에게 소개하는 것을 얼마나 못마땅하게 여길까.

불공평하지만 남자들은 원래 그런 식이었다. 미아는 그렇다는 것을 알아 가고 있었다.

그녀는 아빠가 자기를 보고 웃어 주고 자기를 사랑해 주고 (절대) 비웃지 않게 하려고 무의식적으로 아빠를 만족시키고 아빠의 비위를 맞추는 법을 터득했다. 입꼬리를 보일락 말락 하게 올리면서 조롱하는 싸늘한 눈빛으로 경멸스럽고 한심한 대상을 쳐다보는 아빠의 표정은 보고 있기 괴로웠다.

그녀는 남학생들의 비웃는 표정을 극도로 두려워하게 되었다. 그들과 눈이 마주치면 안 된다는 걸 알기에 얼른 시선을 돌렸다.

남학생들은 뭐든 섹스와 관련된 게 등장하면 하이에나처럼 낄낄대고 웃었다. 섹스가 그들에게 위협적인 존재라도 되는 듯이. 말랑말랑하고 부드러운 것이라면 뭐든. 예를 들면 젖소.

미아의 남동생들은 패리스 로크와 아주 잘 지내는 듯한 눈치였다. 그가 와이오밍에서 급류 타기, 오스트레일리아에서 행글라이딩과 번지 점프, 페루에서 등산, 몬태나에서 엘크 사냥, 플로리다 키스에서 상어 낚시를 한 얘기를 들려주면 얼굴을 환히 빛내며 들었다. 미아는 동생들이 이런 얘기를 얼마나 열심히 믿는지 보고 있으면 짜증이 났다. 엄마조차 이 남자의 허풍을 모르는 체할 생각이 있어 보였다.

엄마는 아빠를 운운할 때는 그 인간이 한 거짓말을 다 꿰뚫어 보았다고 하더니 이제는 패리스 로크라는 남자가 늘어놓는 거짓말에 속아 넘어갔다.

"나중에—다 같이 신나는 여행 한번 가자. 어때?"

패리스는 동경해 마지않는 듯한 투로 말했다. 그러면서 듬성듬성하고 희끗희끗해져 가는 적갈색 수염을 쓰다듬었다.

미아는 일찌감치 자리에서 일어나 숙제가 있다는 핑계를 대며 2층으로 올라가던 중이라 자기는 *빼* 달라고 들릴락 말락 하게 중얼거릴 필요도 없었다.

놀랍게도 패리스 로크는 떠나지 않았다.

어쩌면 그리 놀라운 일이 아닐 수도 있었다. 미아의 엄마가 패리스를 워낙 좋아해서 일주일에 몇 번을 만났으니. 미아는 그를 믿지 못해도 엄마는 그를 믿었다.

그이는 엄청 친절해. 완전 신사라니까!

내가 지금까지 만난 어떤 남자보다 훨씬, 훨씬 친절해. (네가 아는 그 인간까지 포함해서.)

그이 말로는 너희들이 '너무' 좋대―끝내주지 않니? 전부터 애가 있었으면 했는데 이제 너희를 키우면 되겠대.

미아가 보기에 엄마는 인터넷 사이트에서 알게 된 다른 남자들과도 만났지만 잘 안 된 것 같았다. 그렇지만 패리스 로크는 어딘지 모르게 다른 모양이었다.

엄마가 남자와, 그것도 이 남자와 잔다는 건 생각만 해도 역겨운 일이었지만 미아는 자기가 패리스 로크를 너무 섣부르게 판단한 건 아닌가 하는 의구심이 들기 시작했다. 누가 보아도 엄마는 패리스를 만난 뒤로 전보다 행복해했고, 행복해지다 보니 미아와 남동생들에게 더 잘 해 주게 된 건 분명한 사실이었다. 패리스 로크로부터 행복을 공급받아야 한다는 것이 어째 애처롭긴 했지만 어쩌면 엄마는 행복할 자격이 있었다.

미아는 엄마가 얘기하면 아빠가 들리지 않는 사람처럼 말허리를 자르거나 중간에 끼어들었던 것을 기억했다. 아빠는 엄마가 하는 얘기를 대부분 귀담아듣지 않았다. 하지만 패리스 로크는 귀담아들었고 엄마가 하는 모든 얘기에 진심으로 관심을 기울이는 것 같았다.

그이는 그래. 우리더러 보기 좋은 가족이라고. 실제로 그렇게 말했어―'보기 좋다'고.

미아는 그들이 실제로 하는 말을 듣지 않으면 그리 한심하게 느껴지지 않을 수도 있겠다는 생각이 들었다. 어쩌면 외로워서, 하여튼 젊지 않은 미혼의 나이에 뭔가를 시도하는 두 사람.

사랑에 모험을 걸어 보고 있는 거지. 한번 더!

패리스 로크는 엄마만 데리고 나가는 게 아니라 종종 온 가족을 데리고 나갔다. 저녁, 영화관, 트레저 아일랜드 파크. 미아는 집을 지키고 있으면 질투와 시기로 속이 쓰렸다. 그들이 자기가 없는 걸 아쉬워할지 궁금해했다. 엄마가 전화해서 잘 있는지 확인해 주길 바랐다. 하지만 엄마는 전화를 하지 않았고 엄마에게 먼저 연락하는 건 미아의 자존심이 허락하지 않았다.

패리스 로크는 선물도 사 주었다.

동생들에게는 그보다 어린애들에게 걸맞은, 우주선이 나오는 비디오 게임―주니어 애스트로넛.

미아에게는 은색 체인에 조그맣고 우아한 로켓이 달린―'진짜 자개' 목걸이.

미아는 떨떠름하게 패리스에게 고맙다고 인사했다. 떨떠름하게 웃었다.

엄마의 남자 친구를 인정한 건 아니었다. 그건 아니었다. 그래도 엄마에게 남자 친구가 있어야 한다면 패리스 로크가 최악은 아니었다.

"엄마를 위해 기도해 줘, 미아. 이번에는 정말 잘됐으면 좋겠거든." 엄마가 너무나 간절한 목소리로 이런 말을 쏟아 내는데, 미아는 인상을 쓰거나 당황스러워하며 고개를 돌릴 수 없었다.

어쩌면 미아가 원하는 건 그게 다일 수도 있었다. 엄마가 행복해지는 것. 남동생들이 행복해지는 것. 적어도 지금처럼 불행해하지 않는 것.

5

미아에게는 자신만 아는 (은밀하고) 행복한 시간이 있었다. 그런데.

늦겨울의 어느 날 오후에 수업을 마치고 들고양이 서식지를 찾아갔더니 놀라운 일이 벌어져 있었다─모든 게 달라져 있었다.

경악스럽게도 덤불이 모두 잘렸다. 아직 덜 녹은 땅에 묵직한 타이어 자국이 남아 있었다. 은박 접시와 플라스틱 그릇은 밟혀서 으스러지고 곤죽이 되었다.

"아, 안 돼. 아─안 돼."

미아는 그 자리에서 꼼짝할 수 없었다. 이해가 되지 않았다. 들고양이들은─사라진 걸까?

마치 가슴을 한 대 얻어맞은 것 같았다. 심장이 있는 곳을. 그녀의 숨소리가 거칠어지고 빨라지는 게 들렸다.

믿기지 않았다. 현기증이 온몸으로 스멀스멀 번졌다. 눈물이 터질 것 같아서 겁이 났다. 울음이 나면 멈출 수 없을지도 모르는

데…….

그런 경우가 몇 번 있었다. 아빠가 떠난 뒤로. 자주는 아니었다. 한동안은 안 그랬고. 울면서 무너지는 것. 미아는 마음을 잘 다스렸다. 대개는.

하지만 지금은 아니었다. 안 돼.

동네 주민이 동물 관리국에 신고한 모양이었다. 들고양이를 싫어해서 없애고 싶어 했던 미아 아빠 같은 사람이…….

미아는 멍하니 서서 가만히 지켜보았다. 처음에는 말없이 있었다—뭘 기다리는 걸까? 폐허 속에서 어떤 움직임, 언뜻 스치고 지나가는 주황색 아니면 검은색 아니면 하얀색—숨죽인 울음소리…….

새들이 지저귀는 소리 말고는 아주 고요했다. 저 멀리 하늘 위에서 웅웅거리며 비행기가 지나갔다. 귀를 쫑긋 세우면 나무를 스치는 바람 소리도 들렸다.

"야옹아? 야옹아, 야옹아…….."

공터는 면적이 4천 평이 좀 안 되었다. 대부분이 나무와 덤불로 빽빽이 덮여서 지나다닐 수 없었다. 미아는 감히 숲속까지 들어가 본 적이 없었다. 일부 고양이들이 거기로 도망쳐 숨어 있을 가능성이 있을까?

미아가 깜빡 잠들었을 때 바로 옆까지 다가왔던, 한쪽 눈이 멀고 약삭빠른 털북숭이 살쾡이, 경계하며 거리를 두었던 미끈한 검은색 고양이, 대리석처럼 무늬가 있고 초록색 눈으로 노려보던 늘씬한 하얀 고양이. 그중 한 마리라도 도망치지 않았을까? 최소한 한 마리라도? 미아는 그렇다고 믿고 싶은 마음이 너무나 간절해서 온몸이 떨릴 지경이었다.

　하지만 중장비가, 불도저가 도로에서 공터로 들어와 덤불과 어린 나무와 가시떨기와 엉겅퀴의 뿌리를 뽑고 싹 밀어서 원시적인 도로 비슷한 것을 만들고 흙을 파헤치는 광경은 상상만으로도 참혹했다. 가꾸어지지 않은 땅에는 매력이 있었다. 그런데 이제는 모든 게 망가지고 추악해져 버렸다. 그런 잔인한 짓을 저지른 어른들에 대한 분노가 미아의 가슴을 후벼팠다.

　너무해, 미아는 생각했다. 너무 잔인했다. 고양이들은 훌륭한 동물인데 주인이 없다는 이유로 손가락질을 당하다니. 그들이 야생 생활을 하게 된 건 그들의 잘못이 아니었다. '집'이 없는 것도―'주인'이 없는 것도. 그들은 밤이 아닌 이상 자기 영역 밖으로 나가는 일이 거의 없었다. 아무에게도 해를 끼치지 않았다. 그런 고양이들이 있다는 걸 아는 사람 자체가 별로 없었다. 그런데……

　미아는 조롱이 난무하는 학교라는 세상에서 그런 일 때문에 슬퍼하면 어떤 식으로 놀림을 당할지 생각했다. 그녀는 놀림을 당할게 분명했다. 그녀를 괴롭혔던 학교의 음탕한 남자애들이 공터와 들고양이 서식지를 발견하고 고양이들을 괴롭혔으면 어쩔 뻔했는지 생각만 해도 소름이 끼쳤다. 적어도 그런 일은 벌어지지 않았다.

　무엇보다 이제는 남자애들이 그녀를 주목하지 않았다. 좀 더 예쁜 다른 여자애들에게로 시선이 옮아갔다. 좀 더 '성숙한' 애들에게로. 들고양이들이 숨는 법을 배웠듯 미아도 포식자들의 시선으로부터 몸을 숨기는 법을 터득했다. 변장술, 위장술. 뻔히 보이

는 데 숨기.

그 상스럽고 잔인한 남자애들은 가증스러웠다! 그들을 떠올리기만 해도 심장 박동이 빨라졌다. 하얀 입김이 뿜어져 나오기 시작했다. 덫에 갇힌 느낌, 희롱의 대상이 된 느낌. 늘씬한 어린 고양이가 되어서 괴롭히는 아이들로부터 탈출하고 싶었는데…….

"야옹아? 야옹아, 야옹아…….'

어린애처럼 애처로운 목소리로 불러 보지만 지금 그녀는 지쳤고 가망도 없어 보였다.

발이 젖었다. 장갑도 잃어버렸다. 손이 얼룩덜룩했고 가시에 찔려서 피가 났다. 입김이 하얗게 변하기 시작했다.

늦은 오후였다. 어쩔 수 없이 수색을 그만 포기해야 했다. 상실감이, 분노 섞인 절망이 파도처럼 그녀를 덮쳤다.

바로 그때 뭔가가 보였다—뭐였을까?—조그맣고 시커먼 몸뚱이가 키 큰 풀밭 속에 꼼짝 않고 있는데…….

끔찍하게도 죽은 고양이었다. 고양이 시체였다.

그녀가 아는 들고양이 중 한 마리는 아니었다. 그녀가 생각하기에는 그랬다. 그 고양이는 몸을 옆으로 꼬고 쓰러져 보지 못하는 눈을 뜨고 있었다. 크기는 중간쯤이었고 회색 털이 지저분했고 꼬리가 뭉툭했다. 죽으려고 덤불 속으로 기어든 모양이야, 미아는 생각했다. 어쩌면 불도저에 다쳤을 수도 있었다.

눈에 고인 눈물이 쏟아졌고 느닷없이 흐느낌이 터졌다.

미워 미워 미워 미워 미워—이런 짓을 저지른 누군지 모를 사람이 미웠다.

미아는 쑥대밭이 된 공터를 나서는 길에 후드 재킷에 바지를 입고 부츠를 신은 아주머니와 마주쳤다. 이제 막 도착한 아주머니는 시청 산하 동물 관리국에서 그날 아침에 고양이 서식지를 습격하는 것을 보았다고 했다. 구조할 고양이가 있나 싶어서 몇 시간마다 한 번씩 와 보는 중이라고 했다.

이 아주머니는 몇 년 전부터 들고양이 사료를 챙겨 주었고 미아의 아빠와 한번 붙은 적이 있는 글래디스 핸슨인 게 분명했다.

핸슨 부인은 다른 동네 주민이 동물 관리국에 신고하는 바람에 그날 아침 습격 계획이 수립되었다고 했다. 그녀가 막아 보려고 황급히 달려왔지만 이미 늦었고, 어차피 수적으로도 열세였다. "그들을 향해 소리를 지르는 것 말고는 아무것도 할 수 없더구나."

핸슨 부인은 동물 관리국 직원들이 고양이들을 에워싸 그물로 잡아갔다고 했다. 그런 다음 덤불을 불도저로 밀어 버렸다고 했다. 좀 더 인도적인 방법으로 잡을 수도 있었겠지만 그러자면 시간이 많이 걸렸을 것이다. 그물에서 도망쳐 숨은 고양이가 있을지도 모르지만 그들은 도망친 고양이들이 다쳤거나 죽었거나 신경 쓰지 않는 눈치였다.

"이 모든 게 '공익'의 이름으로 자행됐다는 거 아니겠니! 정부에서 고양이들의 복지를 증진한다는 미명 아래. 야생 생활을 하면 고양이 백혈병이나 다른 병에 걸릴 수 있다고. 하지만 저들은 고양이들을 무조건 안락사시킬 거야. 새끼 고양이들조차 도와줄 생각을 하지 않고. 전부 죽여 버리고 신경 끄는 게 가장 손쉬운 방법이니까. 들고양이들은 보통 입양이 불가능하지만 새끼들은……."

핸슨 부인은 잠깐 말을 멈추고 한숨을 쉬었다. 그녀의 눈에서 눈물이 반짝이자 미아는 울려는 건가 싶어서 끔찍해졌다. "그 예쁜 것들도 남들처럼 살 권리가 있는데. 우리처럼."

미아는 예의 바르게 그 자리를 빠져나왔다. 그 순간만큼은 다른 누군가와 서로를 위로하고 싶은 생각이 눈곱만큼도 없었다.

그녀는 집으로 달려갔고 누군가와 명랑하게 통화 중인 엄마를 피할 수 있었다. (패리스 로크와 통화하는 거였을까? 아니면 다른 친구와 그 아저씨 얘기를 하고 있었을까?) 나중에 엄마가 방문을 두드리며 무슨 일이냐고 물었다. "너 때문에 동생들이 무서워하고 있어. 애들 말로는 네가 우는 것 같았다던데."

"저 안 울었어요. 숙제하는 중이에요."

진짜였다. 미아는 수학 교과서와 노트를 사방에 펼쳐 놓고 침대에 대자로 누워 있었다.

입안이 바짝 말랐고 분노로 심장이 쿵쾅거렸다. 집에 들어온 뒤로 쏟아지는 생각들을 가라앉힐 수 없었다. 들고양이 문제로 민원을 접수할 만큼 한가한 사람이 누가 있을까? 그리고 왜 그랬을까—그저 못된 성격이라? 아빠가 이 소식을 들었다면 흡족해했을 것이다.

미아는 창가에 서서 어두워져 가는 창밖을 내다보았다. 이전에 가끔씩 풀밭 사이로 휙휙 지나가는 조그만 뭔가가 보였는데, 들고양이인가 싶어도 쏜살같이 등장했다 사라지는 통에 확실히 알 수 없었다. 하지만 지금은 아무것도 보이지 않았다.

잠시 후 패리스 로크가 1층에 들이닥쳤다. 그가 익살스럽고 쩌렁쩌렁 울리는 목소리로 미아의 엄마와 랜디와 케빈에게 인사를 건네는 소리를 듣고 미아는 경악했다—그 소리에 점점 익숙해져

가고 있지 않은가.

그 아저씨, 우리 집에서 같이 사는 거예요, 엄마? 내내 여기서 살잖아요.

아니야! 패리스가 우리 집으로 들어올 일은 없어.

엄마의 말투가 왠지 모르게 마음에 걸려서 미아는 더는 듣고 싶지 않았다. 안 돼 안 돼 안 돼.

미아는 괴로워하며 멍하니 저녁 식사 시간을 흘려보냈다. 그물에 갇힌 들고양이 생각을 멈출 방법이 없었다. 그들이 느꼈을 공포를 상상할 수 있었다. 끔찍한 불도저도. 짓이겨져 잔해만 남은 공터처럼 생명력을 잃은 시체.

저녁을 먹는 동안 패리스 로크가 시끌벅적하게 떠드는 게 신경에 거슬려 화가 났다. 대화에 집중할 수 없었지만 별로 대단한 내용도 아니었다. 패리스가 말하고 엄마는 홀딱 반한 표정으로 귀를 기울였다. 랜디와 케빈도 같은 얼굴로 귀를 기울였다.

미아는 자신이 도대체 왜 이러는지 궁금해졌다. 동생들이 그녀를 무서워했다니 속상했다.

패리스가 그녀에게 뭐라고 묻고 있었다. 그녀는 멍하니 대답했다—내일 아침에 수학 시험이 있어서 그 생각하느라 정신이 없다고 말이다.

그는 다정한 시선을 미아에게로 옮겨 그대로 두었다. 입가에 미소를 머금었다.

그녀는 아무 반응도 보일 수 없었다. 마음이 너무 아팠다.

"미아? 무슨 일 있니?" 패리스가 가만히 물었다.

미아는 어깨를 으쓱했다. 없다는 뜻이었다.

"얘가 요즘 계속 기분이 안 좋네. 당신 속 긁어 놓으려고 그러는 건 아니야. 그럴 시기라고 하더라—사람들 말로는." 미아의 엄마는 걱정하지 않는다는 의미로 웃음을 터뜨렸다.

"아, 맞아! 그럴 시기지. 나도 미아 나이 때 어땠는지 생생히 기억나."

당신이 언제 내 나이였던 때가 있었다고. 꺼져.

식사가 끝나자 패리스와 동생들은 그가 들고 온 비디오를 같이 보았고, 그동안 미아는 엄마를 도와서 설거지를 하고 부엌을 정리했다. 아빠의 근사한 일식도가 달려 있었던 자석판이 빈 채로 자리를 지키고 있는 것이 미아의 눈에 들어왔다.

그녀는 손님에게 경우 없이 대했다고 혼날 각오를 하고 있었지만 엄마는 조용히 이렇게만 말하고 끝이었다. "부탁인데 노력해주겠니, 미아? 엄마를 위해서. 저이를 사랑할 필요는 없어."

"사랑이요? 제가 왜 사랑해야 하는데요?" 미아는 분개했다.

"만약—만약 패리스가 좀 더 지속적으로 우리와 삶을 공유하게 되면 말이야."

"좀 더 지속적으로? 그게 무슨 말이에요?"

하지만 미아의 엄마는 고개를 돌렸다. 우는 걸 들키지 않으려는 걸까? 웃는 걸 들키지 않으려는 걸까?

미아는 2층으로 최대한 빨리 달려 올라갔다. 아래에서 웃음소리가 그녀를 따라 올라왔다. 가족의 웃음소리였다. 그녀는 이 가족의 일원이 아니었다.

패리스 로크가 저녁을 먹으러 온 날은 자고 가는 것이 불문율이었다. 이제는 아무도 그걸 놀랍게 여기지 않는 눈치였다. 미아가 보기에 랜디와 케빈은 경악하는 게 아니라 오히려 안도했다. 다정하고 얼굴이 벌건 엄마의 친구가 그날 밤에는 그들을 두고 가지 않는다는 뜻이었으니까.

같이 자다니. 구역질 나!

미아는 숙제에 집중하려고 했지만 잘 되지 않았다. 자려고 했지만 잘 되지 않았다. 집 안은 고요하고 불이 다 꺼졌고 새벽 1시에 가까워지고 있었다. 미아는 옷을 입고 손전등을 찾아서 뒷문을 지나 공터로 나갔다.

한밤중에 집 밖으로 나가다니 위험한 짓이었다. 엄마가 알면 얼마나 놀라고 속상해할까. 그리고 패리스 로크가 알면 엄마가 얼마나 민망해질까.

상쾌하고 차갑고 축축한 공기. 하늘에는 반쯤 감은 눈처럼 생긴 희미한 달이 걸려 있었다. 미아는 흥분이 되어서 가슴이 두근거렸다. 손전등 불빛을 따라 걸었다. 손전등으로 땅바닥에 흉하게 찍힌 타이어 자국을 비추었다. 부러지고 잘린 나무들. 근처 어딘가에서 부엉이의 섬뜩한 울음소리가 바람에 실려 오자 미아의 뒷덜미 털이 쭈뼛 섰다. 녹은 땅, 썩은 낙엽, 나뭇가지 냄새가 코를 찔렀다. 그녀는 손전등 불빛이 비추는 곳을 쳐다보며 조심스럽게 걸음을 옮겼다. 한낮과는 전혀 달랐다. 모든 색깔이 바랜 것처럼 보였다. 이곳은 뿌리째 뽑힌 나무와 울퉁불퉁한 뿌리로 이루어진 어슴푸레한 세상이었다.

입김이 희미하게 보였다. 영하의 날씨에 미아는 청바지와 얇은 재킷만 입고 나왔다.

정적. 부엉이 울음소리가 그쳤다. 미아는 폐허를 지나 도로에서 어느 정도 거리가 있는 곳까지 들어왔다.

바로 그때 몇 미터 떨어진 곳에서 들릴락 말락 할 정도로 희미한 고양이 울음소리가 들렸다. 미아는 정신을 바짝 차리고 희망을 품었다. 허리를 숙여 자세히 살폈다. "야옹아? 어디 있니?"

미아는 기어서 덤불 속으로 들어가며 손전등으로 어색하게 이리저리 비추었다. 쓰레기를 집어 들었다가 손전등 불빛에 조그만 새끼 고양이 한 마리가 드러나자 그녀는 깜짝 놀랐다. 귀신처럼 새하얗고, 큼지막한 눈에 끈적끈적한 곱이 낀 고양이었다. 다 자란 들고양이었다면 활처럼 등을 구부리고, 이빨을 드러내고 쇳소리를 내며 도망쳤겠지만 새하얗고 조그만 이 새끼 고양이는 미아를 빤히 쳐다보며 애처롭게 울기만 할 따름이었다. 우는 소리가 꼭 먀오처럼 들렸다.

"내 이름이랑 비슷하네. 난 미아인데."

미아가 어찌어찌 붙들자 새끼 고양이는 조용히 쇳소리를 내며 조그만 발톱으로 할퀴려고 했지만, 미아는 장갑을 끼고 긴팔 옷을 입었기 때문에 새끼 고양이의 발톱에 타격을 입지 않았다. 미아는 기뻐서 웃음을 터뜨렸다. 새끼 고양이는 무게가 전혀 느껴지지 않았다. 꼬리를 실룩거리며 꿈틀대는 새하얀 털뭉치였고, 두 눈은 동공만 보여서 새까맸다.

끔찍한 파괴의 와중에 목숨을 건진 딱 한 마리였다. 그 아이를 미아가 구해 냈다!

그녀는 위기를 겪은 이 새끼 고양이를 집으로 데려갈 것이다. 거기에 대해서는 의심의 여지가 없었다. 어미를 잃고 쫄쫄 굶고 있었을 게 분명하니 그녀가 이 아이를 살릴 것이다.

새끼 고양이는 미아가 가슴에 대고 끌어안자마자 버둥거림을 멈추었지만 미아에게 안겨서 집으로 가는 내내 조그맣게 울었다. 먀오, 먀오, 먀오……

"가엾은 것! 이제는 안심해도 돼."

6

그날 밤 미아는 꿈속에서 하얀 새끼 고양이의 이름이 먀오 다오라는 계시를 받았다. 그리고 먀오 다오가 미아와 함께 살고 침대에서 그녀와 함께 자게 된 것이 우연이 아니라고 했다.

그날 밤부터 미아는 절대 혼자가 아니라는 약속이었다. 그녀가 집에 없어도 하얀 새끼 고양이 곁에 없어도 먀오 다오의 영(靈)이 그녀를 따라다녔고, 먀오 다오의 솜털처럼 보드라운 털과 나지막이 가르랑거리는 소리와 까만색 대리석처럼 반짝이는 눈의 기억이 그녀에게 남아 있었다.

미아는 학교에서 어색하거나 외롭거나 남들의 시선이 신경 쓰일 때 밤중에 먀오 다오가 그녀의 품속으로 파고들어 그녀의 팔이나 옆구리나 가끔은 베개 위에서 같이 잠든 기억을 떠올리면 안심이 되고 사랑받는 기분을 느낄 수 있었다.

순진하게도 미아는 새끼 들고양이의 존재를 엄마에게 숨길 수 있길 바랐지만 하루 이틀 만에 들통이 났다. 그녀는 방 안에 밥그릇과 물그릇을 두고 벽장 안에다 모래와 약간의 흙을 넣어 임시 배변판을 설치했다. 고양이의 눈에 낀 곰도 닦아 내 보려고 했다.

"미아! 얘 그 새끼 들고양이 중 한 마리지? 그걸 집 안에 데리고 들어왔어?" 엄마는 화가 났다기보다 짜증을 내는 말투였다.

엄마도 들고양이 서식지가 급습을 당했다는 얘기를 들었다고 했다. 동물 관리국에서 쥐도 새도 모르게 이른 아침에 들이닥쳐 덤불을 말끔히 밀어 버리고, 어느 누구의 간섭 하나 없이 고양이들을 잡아갔다고 말이다.

"엄마가 동물 관리국에 신고했어요?" 미아는 빈정거리는 말투를 굳이 숨기려 하지 않고 물었다. 엄마가 어쩌지 못하게 하얀 새끼 고양이를 집어서 품에 안은 참이었다.

"아니. 나도 나중에 소식 들었어."

미아가 짐작하기에도 그랬을 것 같았다. 엄마는 정부에 민원을 접수한다거나 하는 성격의 소유자가 아니었다.

"하지만 그럴 필요는 있었다고 생각해. 개체 수가 계속 늘어나고 있었잖아. 들고양이들은 온갖 전염병을 반려동물에게 옮길 수도 있고 수명도 짧아."

"이 아이는 안 그래요. 먀오 다오는 제가 보살필 거예요."

미아의 엄마는 제대로 알아듣지 못했다. "먀오─뭐?"

"먀오 다오요. 얘 이름이에요. 저한테서 이 공주님을 데려갈 생각은 하지 마세요. 여기서 살 거니까." 미아는 흥분하며 고집스럽게 언성을 높였다. 그녀는 먀오 다오가 암컷이라는 결론을 내렸다.

"그건 안 되겠는데, 미아. 우리 가족이 이렇게 불안정한 시기
에……."

"그러니까 이 아이가 여기서 살아야 하는 거예요."

"네 아빠가 알면……."

"뭐, 아빠가 알 리 없잖아요. 떠났는데." 미아는 씁쓸하게, 하지
만 흐뭇한 투로 말했다.

"……그리고 패리스도 있고……."

"패리스 아저씨가 이거랑 무슨 상관이에요? 우리 집에서 살지
도 않는데. 그 아저씨는 제 일에 아무 권리도 없어요. 말도 안 돼."

미아는 뻔뻔하게 엄마에게 계속 반항했다. 그녀는 열세 살짜리
여자애답게 엄마가 죄책감으로 마음이 약해지고 있음을—그러
지 말았어야 했음에도—직감했다.

결국 엄마가 백기를 들었다. 미아에게 새끼 고양이를 키워도 좋
다는 허락이 떨어졌다. 당분간이었고 그녀가 책임지고 보살펴야
한다는 조건이 붙었다.

"당연히 먀오 다오는 제가 돌볼 거예요. 이미 이 아이와 사랑
에 빠졌거든요."

사랑이라니 참으로 거침없는 단어였다. 미아는 엄마가 보일락
말락 하게 움찔하는 걸 보며 뿌듯해했다.

"아무튼 동물 병원부터 데리고 가야겠다. 주사 맞혀야 하니까.
눈도 세균에 감염됐잖니. 네가 생각하는 것처럼 암컷이 맞는다면
중성화 수술도 해야 하고." 엄마는 당장이라도 허락을 철회하려
는 사람처럼 뜨뜻미지근하게 말했다. "그리고 네 방이 아니라 지
하실에서 키워야 할 것 같은데. 그러니까 내 말은, 네 방에만 가둬

놓지 말라고. 그럼 너희 둘 모두의 건강에 좋지 않으니까."

미아는 웅얼웅얼 알겠다고 했다. 그러면서 생각했다. 먀오 다오는 매일 밤마다 나랑 같이 잘 거야. 어디 한번 막아 보시지.

"뭐. 애는 정말 예쁘다. 눈에서 고름이 흐르긴 하지만. 아주 작고."

하얀 새끼 고양이는 미아의 엄마가 언성을 높이자 처음에는 무서워했지만, 미아의 품 안에서 점점 긴장이 풀리는지 가르랑거리면서 조그만 발톱을 뻗어 미아의 스웨터 안으로 넣었다. 하지만 엄마가 솜털처럼 보드라운 정수리를 쓰다듬으려고 손을 내밀자 먀오 다오가 언제 그랬냐는 듯 갑자기 쉿소리를 내며 그녀의 손을 때렸다.

"어머!—뭐니?" 엄마가 얼른 손을 치웠다.

미아는 웃음을 터뜨렸다. 조그만 새끼 고양이가 자기보다 엄청 큰 사람에게 쉿소리를 내며 할퀴다니 웃겼다. 놀란 엄마의 표정도 웃겼다.

발톱이 워낙 작아서 엄마의 손에 상처가 나지는 않았지만 미아는 먀오 다오가 일부러 그런 건 아니라고 얼른 변명했다. "저 말고 다른 사람이 있으면 불안해하거든요."

미아의 엄마는 상처받은 얼굴로 씩씩댔다.

"흥! 먀오 뭐한테 전해. 이 집에서 걔는 보호를 받는 입장이라고. 꼭 알려 줘."

7

몇 주 뒤 미아의 엄마와 패리스 로크가 결혼했다.

결혼식은 조촐했다. 교회가 아니라 지역 법원의 치안 판사실에서 치러졌다. 미아의 엄마가 원했던 대로 비밀에 가까운 결혼식이었다.

"자, 이제 너희들에게 새아빠가 생겼어. 진심으로 너희를 아껴주는 사람."

그런가? 미아는 그렇게 생각하기는 싫었지만 어쩌면 그럴지 몰랐다. 진짜 아빠는 이글거리는 빛으로 서서히 하늘을 밝히다 말고 갑작스럽게 끊겨 흐릿해지다가 사라져 버리는 저녁놀처럼 그들의 삶 속에서 빛을 잃어 가는 중이었다.

아빠는 항상 아이들이 보고 싶어서 '미칠 것 같다'며 언제 한번 비행기를 타고 동부로 오겠다고 밥 먹듯이 약속을 했다. 아니면 미아와 동생들에게 시애틀로 와서 자기와 (새) 부인과 같이 시간을 보내자고 했다. 하지만 문제가 있다면 마침 알맞게 모두가 시간을 맞출 수 없다는 것이었다.

(한동안 미아는 [새] 부인의 페이스북 계정을 찾아내 이름도 웃긴['디디'였다] 그녀가 사진상으로는 엄마의 20년 전 모습과 닮았다는 데 신기해했지만 이내 흥미를 잃었다. 디디가 올리는 임신 스토리가 너무 재미없었다.)

(디디가 아이를 낳으면 미아의 배다른 동생이 되는 건가? 미아의 입술이 경멸감으로 뒤틀렸다.)

배다른 동생의 존재가 아무리 민망하다 한들 엄마의 재혼만큼은 아니었다. 미아는 차마 학교 친구들에게 그 사실을 공개할 수 없었다. 그녀가 친구들과 점점 멀어질 수밖에 없는 이유가 하나 더 추가되었다. 반대로 친구들이 그녀에게서 점점 멀어지는 것일 수도 있었지만.

누가 그런 인간들이 필요하대? 너는 아니야. 너한테는 내가 있잖아.

하얀 새끼 들고양이는 미아의 다리나 팔에 기대고서, 가끔은 그녀와 한 베개 위에서 매일 밤마다 함께 잤다. 엄마가 신혼여행을 떠난 사이—일주일 동안 새러소타, 플로리다, 멕시코만을 찍고 온다고 했다—외로웠을 수도 있었는데, 먀오 다오가 자는 동안에도 가르랑거리며 미아를 위로해 주었다.

누가 그런 인간들이 필요하대? 너는 아니야. 너한테는 내가 있잖아.

먀오 다오는 순식간에 자랐다.

미아는 하루에 두 번씩, 어떨 때는 더 자주 자기 용돈으로 산 고양이 사료를 먀오 다오가 잘 먹고 있는지 확인했다. 얼마 지나지 않아 먀오 다오는 새끼 고양이 태를 벗고 홀쭉하고 유연하며 매끈한 고양이로 자랐다. 주변을 경계하는 눈빛에 귀는 쫑긋했고, 꼬리는 낭창거렸다. 털은 티끌 하나 없이 새하얬다. 몸 어디에도 줄무늬나 반점이 없었다. 입안처럼 발바닥도 옅은 분홍색이었다. 수염은 유난히 길고 뻣뻣했고, 귀털도 마찬가지였다.

곧 먀오 다오는 미아의 벽장 안 배변판을 거부하고 밖으로 내보내 달라고 야옹거리기 시작했다.

미아는 미안했다. 그녀는 먀오 다오를 실내에서 키우고 싶었다. 먀오 다오를 검진한 수의사도 적극적으로 그편을 권했지만 가만있지 못하는 어린 고양이를 어쩔 도리가 없었다.

그녀는 이름표와 조그만 종이 달린 목걸이를 먀오 다오의 목에 걸어 사냥을 제한하려고 했다. 하지만 먀오 다오는 목걸이를 풀어 버리기 일쑤였고 가끔 잡은 먹잇감을 선물로 가져왔다. 짓이겨진 쥐, 새, 개구리 따위였고, 한번은 다친 가터 뱀을 들고 온 적도 있었다.

먀오 다오가 몇 시간씩 사라지는 횟수가 늘었고 그럴 때마다 미아는 그 아이가 영영 떠나 버린 건 아닌지 불안해했다. 하지만 먀오 다오는 어김없이 돌아왔다.

미아의 팔꿈치 안쪽에서 잠을 잤다. 그녀의 품속으로 파고들었다. 목구멍 깊숙한 데서 나지막이 들리는 가르랑거리는 소리는 자장가처럼 푸근했다. 그러다 가끔 미아가 화들짝 놀라며 깨어나면 따뜻하고 복슬복슬한 몸뚱이가 사라지고 없었다.

뒷문 밖으로 나가 야옹아, 야옹아, 야옹아! 하고 불렀다. 하얀 고양이가 나타나 그녀를 향해 총총히 달려올 때까지 숨을 참았다.

하얀 고양이가 미아의 다리에 대고 몸을 비볐다. 미아의 다리를 자기 머리로 쿵 밀었다. 가르랑!

미아는 그녀의 것인 매끈하고 하얀 고양이를 끔찍이 아꼈다. 미아는 오래전부터 반려동물을 키우고 싶었지만 한 번도 키워 본 적은 없었다. 아빠는 자기는 고양이보다 개가 더 좋지만 둘 다 없는 게 개나 고양이를 키우는 것보다 더 좋다고 농담처럼 말했다. 랜디와 케빈은 강아지를 키우자고 졸랐지만 안 될 말씀이었다. 그 뒤치다꺼리를 누가 다 하겠니? 뻔하잖아. 엄, 마. 미아의 엄마는 이렇게 말해 놓고 너무 심하다 싶었는지 웃음을 터뜨렸다.

미아도 알아차렸다시피 먀오 다오는 가족 누구에게도 애정을 느끼지 않았다. 남동생들은 먀오 다오가 보이면 신이 나서 가까이 가려고 했지만 먀오 다오는 냉랭하게 자리를 피했다. 동생들이 아무리 애걸복걸해도 먀오 다오는 아이들이 보이지도 들리지도 않는 것처럼 굴었다. 그러다가도 동생들이 구석으로 몰려고 하면 먀오 다오는 이빨을 드러내며 쉿소리를 냈다.

"할퀴지 마, 먀오 다오! 쟤들은 그냥 어린애들일 뿐이야. 널 해치려는 게 아니야."

먀오 다오는 엄마가 사료를 주거나 가끔 자기 털을 쓰다듬는 건 허락했지만 절대 엄마의 다리에 대고 몸을 비비거나 그녀가 보는 앞에서 큰 소리로 가르랑거리지 않았다. 위에서 허리를 숙이고 턱을 '간질이려고' 하는 패리스 로크는 대놓고 피했다. "예쁜 야옹아! 이름이 뭐더라—먀오 다위였던가?" 패리스는 이렇게 말하며, 발음이 잘 되지 않는 웃긴 외국 이름이라도 되는 양 웃음을 터뜨렸다.

미아가 알아차리게 된 사실이 있었다. 패리스가 집에 들어오면 먀오 다오가 슬그머니 피한다는 것이었다. 미아의 손에 대고 가르랑거리고 있다가도 남자의 익살스러운 목소리가 들리면—"안, 녕! 나 왔어! 다들 어디 있니?"—쥐 죽은 듯 조용해졌다가 이내 사라졌다.

한번은 먀오 다오가 그의 옆을 지나 문지방을 넘으려고 하자 그녀의 새아버지라는 남자가 고양이를 살짝 발로 차는 것을 미아가 본 적이 있었다. 아니, 그래 보였다고 해야 할까? 미아가 뭐라고 한마디하려고 하자 패리스가 얼른 말했다. "아니, 우리 장난치고 있었어—먀오 다위하고 나하고 둘이서."

이 사건 직후에 먀오 다오가 밤새 자취를 감추었다. 미아는 걱정이 되어서 야옹아, 야옹아, 야옹아! 부르며 집 밖을 뒤졌다.

랜디와 케빈까지 찾는 걸 거들었다. 미아의 엄마는 차를 타고 동네를 돌아 보자고 했다. 새아버지만 빈정거리는 것까지는 아니더라도 무심하게 굴었다. "고양이들은 원래 도망가고 그래, 미아. 들고양이였잖니. 고양이들은 개하고 달라서 태생적으로 충성심이 없어요."

미아는 울며 엄마에게 패리스가 먀오 다오를 해코지한 것 같다고 말했다. 그가 고양이를 데리고 나가서 길가에 버렸을지도 모른다고 말이다. 그럴 만도 한 것이 먀오 다오가 그를 싫어했으니 복수라도 하고 싶었을 것이다.

"그건 아니야, 미아. 패리스가 그런 짓을 저지를 리 있겠니. 나더러 그 고양이가 정말 예쁜 것 같다고 했는데? 자기한테 좀 공손하게 대해 줬으면 좋겠다고 하긴 했지―너도 마찬가지고."

다시 하루 낮, 하루 밤이 지났다. 먀오 다오는 여전히 소식이 없었다.

미아는 집집마다 초인종을 누르며 찾아다녔다. 하얀색 어린 고양이를 보았다는 사람은 없었다. "들고양이였다면 도망쳤을 거야. 걔네들은 길들여지지 않아. 침팬지처럼 사납고 조만간 배신하게 돼 있어."

미아는 예의 바르게 그런 말도 잘 참고 들었다. 울지 않으려고 아랫입술을 깨물었다. 고맙다고 인사하고, 눈을 휘둥그레 뜨고 카메라를 올려다보는 먀오 다오의 사진과 함께 그녀의 이름과 전화번호를 남겼다.

정말 예쁜 고양이로구나, 사람들은 말했다. 하지만 몇몇은 사진을 보며 얼굴을 찡그렸다.

원래 털은 새하얗고 눈은 까맸니? 들고양이들은 대개 눈이 파란색 아니면 초록색 아니야?

두말하면 잔소리지만 공터도 몇 번씩 찾아가 보았다. 소용없는 짓이라는 걸 알면서도 덤불을 뚫고 공터의 이쪽 끝에서 저쪽 끝까지 터벅터벅 걸었다. 애원하는 목소리로 외쳤다. "야옹아, 야옹아, 야옹아! 먀오 다오! 제발―돌아와 줘……."

할 수 있는 일이 아무것도 없다는 건 그녀도 알았다. 먀오 다오가 그녀 곁이 아니라 야생에서 살기로 했다면.

흉측한 타이어 자국이 아직까지 땅바닥에 남아 있었다. 뿌리째 뽑혀 어지럽게 누워 있는 나무와 관목도. 폭풍의 잔해와 쓰레기로 이루어진 파괴의 현장. 심지어 냄새마저 코를 찔렀고 불쾌했다. 발아래에서 시큼한 썩은 내가 올라왔다. 예뻤던 들고양이들은 사라지고 없었다.

미아는 어렸을 때 그랬던 것처럼 몸을 웅크리고 들고양이들과 함께 잠들고 싶었다. 들고양이들이 허락해 주었을 때처럼. 미아가 들고양이들과 함께 잠드는 꿈을 꾸었을 뿐 실제로는 아니었을 수도 있지만. (그게 진짜였을까?)

미아는 1시간 정도 공터에 있었다. 집으로 돌아가고 싶지 않았다. 멀리서 불을 밝힌 창문들이 나무 사이로 보였다. 그녀의 집 그리고 동네 이웃집. 인간들의 삶이 얼마나 하찮고 시시해 보이는가. 그녀의 엄마와 새아버지도 시시하기 짝이 없었다. 그들을 그 정도로 싫어하다니 섬뜩했다. 먀오 다오에게 버림받았으니 이제 남은 가족이라고는 그들뿐인데.

먀오 다오처럼 그녀도 도망칠 수 있다면 얼마나 좋을까⋯⋯. 그런데 먀오 다오는 어디로 갔을까? 다른 가족, 미아 또래의 다른 여자아이에게 붙들려서 먀오 다오가 이제는 자기를 그토록 사랑했던 미아가 아닌 그 아이와 함께 자고 있을지 모른다는 생각이 들자 공포가 미아를 덮쳤다.

떠올리고 싶지 않은 생각이 들었다. 그 사람이 먀오 다오를 죽인 거야. 길에서 차로 치어서. 독극물을 먹여서. 먀오 다오가 다른 가족과 다르게 자기를 사랑하지 않는다는 이유로.

8

신혼여행에서 돌아오자마자, 미아의 엄마와 살림을 합치자마자 패리스 로크는 대장 행세를 하기 시작했다.

물론 그를 대장이라고 부르는 사람은 없었다. 심지어 미아도 그러지는 않았다.

하지만 패리스는 엄마와 결혼한 뒤로—그걸 뭐라고 해야 할까?—자애롭다?—참을성 있다?—배려심 있다?—아무튼 예전처럼 다른 가족의 말에 열심히 귀를 기울이지 않았다.

신사답다—이건 미아의 엄마가 쓴 표현이었는데.

이제는 어떤 안건이건 패리스는 자기 뜻대로 해야 했다. 그게 A든 B든 C든 상관없었다. "그 사람은 엄마 말을 듣는 척만 해요. 그냥 엄마가 얘기를 하도록 내버려 두는 거예요."

물론 엄마의 새 남편이 미아 아빠처럼 엄마에게 함부로 굴거나 짜증을 부리는 건 아니었다. 하지만 그는 남편이 된 지 몇 주밖에 안 되지 않았나?

패리스는 랜디와 케빈에게도 예전처럼 관심을 기울이지 않았다. 아이들의 수다를 들어줄 시간이 없었고 아이들이 자기들을 보아 달라고 시끄럽게 조르면 짜증을 부렸다. "너희 둘, 숙제할 거 없어? 분명 있을 건데." 그는 아들들 버릇을 망쳐 놓는다고 미아의 엄마를 나무랐고, 엄마를 존중하지 않는다고 아들들을 나무랐다.

미아에게는 좀 더 신중한 태도를 보였다. 조심스럽게 대했다. 미아가 집 안의 침입자인 그를 경계하고 무시하는 표정을 짓는 것을 눈여겨보았다.

"이제는 새아빠가 생겼으니까 너를 보호해 줄 사람이 있다는 거 알지? 누가 너한테 무슨 말을 하거나 무슨 짓을 저지르면―나한테 말만 해라, 우리 예쁜이."

미아는 발끈했다. 예쁜이라니! 아빠가 그녀를 가끔 그렇게 부른 적이 있었다. 그녀는 고양이처럼 아빠의 관심에 행복해했다. 하지만 패리스 로크의 관심은 사절이었다.

그리고 패리스가 결혼 전에 으스댔던 것처럼 돈이 많은가 하니, 이 또한 미심쩍은 부분이었다.

기본적으로 패리스가 한다는 사업은 정체를 모르겠고 종잡을 수 없었다. 그가 실질적인 '제품'을 파는 것 같지는 않았다. 그런데 필요한 컴퓨터나 전자 기기가 보이지 않았다. 건물이나 공장이나 심지어 사무실이 있는 것 같지도 않았다. 고층 아파트를 사무실로 쓰다가 이후에 팔았다. 그는 애매하게 수익과 손실을 운운했다. 시장의 변동을 운운했다. 미아도 (주) 패리스 로크 컨설턴트로 배달된 우편을 보았으니 회사가 있는 건 맞는데 어떤 회사인지는 알 길이 없었다. 게다가 컨설턴트라는 게 대체 뭐 하는 사람일까? 누구든 어떤 주제에 대해서는 컨설턴트가 될 수 있지 않나?

미아가 패리스 로크 컨설턴트에 대해 물었을 때 엄마는 짜증 섞인 투로 네가 상관할 바 아니라고 했다. 엄마도 미아와 별반 다를 게 없이 아는 게 많지 않은 모양이었다.

패리스 로크가 돈이 있어 보이긴 했다. 그는 미아의 엄마 소유인 (방 네 개짜리) 집보다 더 비싼 값에 자기 아파트를 팔았다고 자랑했다. 미아의 엄마가 이혼 기간 동안 빌린 대출금과 변호사 비용도 그가 갚아 주었다.

패리스의 씀씀이에 미아의 엄마가 얼마나 고마워했던가! 미아는 엄마가 감사와 사랑을 혼동했을지 모르겠다는 생각이 들었다.

9

걔네들 미워 미워 미워.

학교 수업이 끝난 뒤 어떤 여자애를 숨어서 기다리고 있었다. 그 뎀스터라는 남자아이와 다른 두세 명이. 그들의 표적은 미아가 아닌 다른 아이였지만 이 아이는 그들이 거기 숨어 있다는 걸 알았는지 피해 갔고, 눈치 없이 깜빡한 미아가 헐렁한 옷차림에도 불구하고 그들의 조롱과 상스러운 놀림의 희생양이 되었다.

미아는 겁에 질려 허둥지둥 도망쳤다. 남자애들은 큰 소리로 깔깔대며 그녀를 뒤쫓는 척했지만 이내 흥미를 잃었다.

손으로 귀를 막고 집으로 갔다. 그 아이들의 듣기 싫은 웃음소리를 미아가 얼마나 싫어했던가……. 그들이 예전처럼 밀치며 몸을 건드리지 않은 게 다행이었다. 평소에 '좀 더 섹시한' 여자애들이 그들의 시선을 끌어 준 것이 천만다행이었다.

엄마에게 얘기하면 엄마가 학교로 데리러 올지 몰랐다. 하지만 엄마가 교장 선생님을 만나겠다고 할 수도 있었고, 미아는 추궁을 당하더라도 개네들이 누군지 모르고, 이름도 모른다고 해야 할 것이었다. 그들을 일러바치는 순간, 어니 뎀스터라는 이름을 내뱉는 순간—상황은 더 끔찍해질 것이었다. 그녀는 알았다.

미아는 패리스에게 알리고 싶은 유혹을 느꼈다. *새아빠. 너를 보호해 줄 사람.*

아니, 그건 좋은 생각이 아니었다. 미아가 어떤 조치를 취하든 원치 않는 방향으로 엮일 것이었다. 새아빠가 학교로 데리러 오겠다고 할 수도 있었고, 그건 싫었다.

미아는 우울했고 먀오 다오가 보고 싶었다. 그 예쁜 하얀 고양이가 사라진 지 몇 주째였다.

엄마는 같이 동물 보호소에 가서 구조된 고양이를 한 마리 입양하지 않겠느냐고 했지만 미아는 분개하며 거절했다. "내가 키우고 싶은 고양이는 먀오 다오뿐이에요. 얘기했잖아요—저는 걔를 사랑한다고."

"하지만 미아, 걔는 없어졌잖아. 여기저기 다 찾아봤지만……."

"돌아올지도 몰라요. 우리 집이 어딘지 아니까."

새아빠가 들었다면 밉살스럽게 이렇게 얘기했을 것이다. "고양이들은 원래 도망가고 그래, 미아. 고양이들은 원래 그래. 특히, 들고양이들은." 위로랍시고 이런 말을 해서 미아의 부아를 더욱 돋웠을 것이다.

밥맛들이 원래 그런 것처럼요? 왜요? 아저씨가 한 말이잖아요!

밤이 되면 미아는 심란하고 외로운 꿈을 꾸다가 잠에서 깼다.

야유를 퍼붓는 남자애들에게 쫓기는 꿈. 도망치고 싶은 마음에 꾸역꾸역 어디론가 들어가는데—여기가 어디지? 덤불 속, 폐허가 된 고양이 서식지.

미아는 숨을 헉헉대며 침대에 같이 누운 먀오 다오를 향해 손을 뻗었다가 허탈해하며 잠에서 깼다. 먀오 다오는 거기 없었다.

하지만 가끔 다른 꿈이 미아를 찾아올 때도 있었다. 먀오 다오가 말없이 그녀의 팔꿈치 안으로 들어와 그녀의 심장이 있는 쪽에 몸을 기대는 행복한 꿈이었다.

가장 선명한 꿈은 그녀의 가슴 위로 기어 올라온 먀오 다오 때문에 숨이 막히는 꿈이었다. 더 이상 어리고 늘씬한 하얀 고양이가 아닌, 큼지막한 앞발과 여우처럼 꼿꼿하게 선 뾰족한 귀가 달린 근육질의 다 자란 고양이. 번뜩이는 까만 눈. 가르랑거릴 때는 또 어떤가! 흑표범처럼 나지막하고 걸걸하게 울리는 소리.

내가 네 곁을 떠날 줄 알았어? 나는 절대 네 곁을 떠나지 않아. 믿어 봐.

미아는 번쩍 눈을 떴다. 혼란과 흥분을 달래며 침대에서 벌떡 일어나 앉았다. 먀오 다오는 다시 사라지고 없었다.

하지만 미아의 침대에, 침대 주변의 공기 중에 축축한 흙, 썩은 낙엽과 풀, 그리고 피처럼 짙고 끈적끈적한 냄새가 남아 있었다.

10

"좋아, 공주님. 이제 아빠라고 불러."

그러고는 웃는다. 축축한 이를 드러내며. 말투는 명령조다.

그의 시선이 그녀에게 머문다. 우울할 때면 마치 위로라도 하
는 듯이.

그렇다고 해서 미아가 마주 웃어 보이거나 그의 시선 앞에 한참
동안 머무는 건 아니었다. 그건 아니었다.

하지만 남동생들이 떠드는 동안 그는 그녀를 보며 미소를 지었
다. 이건 너하고 나만 아는 비밀이고, 남동생들은 아무것도 모른
다는 뜻을 담아서.

엄마가 새아빠도 미아도 듣지 않는 말을 명랑한 목소리로 재잘
거리는 동안 그는 장난스럽게 살짝 눈을 찡긋거렸다.

"로켓 어디 있니, 공주님? 내가 준 거. 어째서 한 번도 안 차? 잃

어버렸니?" 새아빠는 입을 삐죽거리는 척했다.

미아는 아니라고, 잃어버리지 않았다고 했다. 목걸이를 잘 안 하고 다녀서 그런 거라고. 얼굴이 화끈거리고 어리둥절했다. 지금 그녀더러 공주님이라고 했나?

아빠도 그렇게 부른 적이 있었지만 잠깐이었다.

예쁜이. 공주님. 한심한 정도는 아닐지라도 어이가 없어야 할 텐데, 미아는 그런 단어에서 위안을 느꼈다. 엄마가 패리스 로크에게 반한 이유를 이제는 알 것 같았다. 이렇게 다정다감하지 않은가.

이후에 미아는 패리스가 알아차릴 만한 때와 장소를 챙겨서 잊지 않고 로켓을 목에 걸었다. 그걸 잃어버렸나 보다 하고 생각했다니 솔직히 기분이 좀 나빴다.

"예쁘네." 미아만 들을 수 있게 소곤소곤. 하지만 미아는 못 들은 체했다.

목걸이가 예쁘다는 걸까, 아니면—미아가 예쁘다는 걸까?

학교에서 그녀는 정신을 바짝 차려야 했다. 그녀가 자신을 책망할 때마다—너 혼자만의 착각이야. 말도 안 되는 소리하지 마. 걔들이 널 보고 있을 리 없잖아—이런 책망은 오류로 밝혀질 때가 많았고, 야유를 퍼붓는 남자애들은 진짜로 그녀를 쳐다보고 있었다.

뿐만 아니라 길거리에서도. 쇼핑몰에서도. 특히 그녀가 어쩌다 혼자 있게 되었을 때. 웃음소리와 옷차림과 화장으로 보는 사람들의 눈길을 빼앗는 다른 여자애들이 옆에 없을 때. 다른 여자애들은 (모르는) 남자들의 시선을 신경 쓰기는커녕 기분 좋게 즐기는 눈치였다. (하지만 미아의 친구들은 남자들에게 지저분하고 상스럽고 외설적인 말을 들으면 충격을 받고 기분 나빠했다. 갑자기 그들의 관심을 달갑지 않아 했다.)

혼자 있으면 보호책이 없었다. 시선이 그녀를 훑고 지나가는 느낌. 깔쭉깔쭉한 씨앗처럼 그녀에게 걸리는 느낌. 그녀는 후줄근한 티셔츠와 스웨터를 고수했다. 다른 여자애들처럼 몸에 딱 붙는 청바지는 입지 않았다. 절대.

마치 남자애들이 미아의 변장술을, 그녀의 절박한 심정을 훤히 들여다보는 것 같았다. 포식자는 다친 먹잇감이 보일락 말락 하게 절뚝거리기만 해도 알아차리듯이.

그녀는 자신을 달래 본다. 쟤들이 무슨 의도가 있는 건 아니야. 너한테 개인적인 감정이 있어서 그러는 건 아니야.

그들의 관심 대상은 그녀의 몸이었다. 미아가 아니라. 그러니까 개인적인 감정이 있는 게 아니었다.

하지만 오늘은 그들이 뒤에서 외친다. 미, 아! 미이이, 아아아!

그들은 그녀의 이름을 정확히 안다. 그녀를 기다리고 있다.

당황스럽고 창피하다. 어깨를 옹송그리고 고개를 수그리고 발걸음을 재촉한다. 심장이 미친 듯이 쿵쾅거려서 정신을 잃을 것만 같다.

골목길로 들어간다. 휘청거리며 무턱대고 달린다.

잠시 후 사거리에서 그녀는 좌우를 살피지도 않고 길을 건넌다. 남자애들에게서 도망치고 싶은 생각뿐이다. 바로 옆에서 엄청 요란한 자동차 경적 소리가 들린다. 미아는 겁에 질려서 그대로 얼어붙는다. 앞 좀 보고 다녀! 짜증 섞인 (남자의) 목소리다. 미아는 현기증이 파도처럼 그녀를 덮치기 직전에 가까스로 연석에 다다른다.

난간을 움켜쥔다. 기절하지 않는 것, 쓰러지지 않는 것이 무엇보다 중요하다. 빠르고 얕은 호흡이 이어지고 그녀는 여기가 어딘지, 지금 몇 시인지, 누가 그녀를 쫓아오고 있었는지, 왜 이렇게 겁에 질렸는지—어째서 압박 붕대가 천천히 풀리듯 그런 공포심이 사그라들기 시작했는지 알지 못한다.

그날 밤 집으로 가 보니 침대 위에서 먀오 다오가 기다리고 있다.

11

다음 날 아침 그 지역의 9학년 남자아이가 잔인하게 폭행당해 사망했다는 소식이 전해졌다.

시신은 그날 새벽 학교 근처 골목길의 쓰레기통 사이에서 발견되었다. 머리를 다쳐서 두피가 깊게 찢어졌고, 갈퀴가 달린 도구나 톱날이 달린 칼에 잔인하게 목을 베였다. 15세의 피해자는 6미터가량 떨어진 대로까지 기어가려고 안간힘을 쓰다 과다 출혈을 일으킨 것으로 추정되었다.

이 소식은 산불처럼 온 학교로 번졌다. 미아도 소식을 듣고 남들처럼 깜짝 놀랐다. 여러 번 확인해야 했다. 누가 죽었다고?

같은 반은 아니었다. 성이 뎀스터였다.

"맙소사! 누가 그런 짓을?"

"어쩌다 그렇게 됐대? 언제?"

"어니가 거긴 뭐 하러 갔을까―골목길을?"

다들 그 소식에 놀라고 충격받고 흥분하고 믿지 않아 하며 고개를 젓는 동안 미아는 조용히 사물함에 재킷을 걸었다. 어느 누구에게도 아무것도 묻지 않았다.

나중에 1교시 수업이 시작되었을 때 밤중에 하얀 고양이가 그녀의 품속으로 파고든 그 반갑고 놀라운 사건을 떠올렸다. 먀오다오가 축축한 주둥이를 하고 눅눅한 흙냄새를 풍기며 돌아왔을 때 미아가 얼마나 흥분했던가!

미아는 왠지 모르게 미소가 지어졌다.

"얘, 미아 네가 아는 애니?" 새아빠가 미간을 찌푸리고 신문 1면의 충격적인 헤드라인을 보며 물었다.

미아는 고개를 저었다. 아뇨.

"듣자 하니 목이 거의 잘린 모양인데. 맙소사!"

미아의 엄마가 와서 새아빠 위로 몸을 숙였다. 엄마가 그의 어깨에 팔을 걸치고 그의 얼굴 옆으로 턱을 가져다 대는 것을 보고 미아는 불쾌해졌다. 새아빠는 별로 신경 쓰지 않고 신문만 보았다.

"어니스트 뎀스터—15세. 9학년. 너희 학년이 아니구나. 그렇지?"

미아는 고개를 끄덕였다. 네.

"조폭이었니? 그래서 그렇게 됐을지도 몰라."

"이 학교에는 조폭 없어!"

"미아, 너희 학교에는 조폭 없지? 고등학교도 그렇고."

미아는 고개를 끄덕였다. 네.

"변태 소행일지도 몰라. 걔를 거기로 데려가서 목을 그은 거지. 그런 소름 끼치는 사건이 분명해."

그들은 두리번거리며 미아를 찾았다. 하지만 미아는 유령처럼 조용히 부엌에서 사라지고 없었다.

12

열네 번째 생일 선물, 미아라고 새겨진 은팔찌.

생일 케이크. 초 열네 개. 초를 한번에 부느라 눈을 질끈 감았다.

엄마의 의도는 좋았다. (엄마는 항상 의도는 좋았다.) 초콜릿 퍼지를 바른 초콜릿 케이크. 어쨌거나 예전에 미아가 가장 좋아했던 아이싱이 초콜릿 퍼지였기에.

미아의 엄마와 새아버지는 저녁과 함께 와인을 마셨다. 한 잔, 또 한 잔. 어른들과 남동생들이 '생일 축하합니다' 노래를 불러주자 민망함과 낯간지러운 기쁨으로 미아의 얼굴이 화끈거렸다.

팔찌는 같이 준비한 선물이라고, 엄마가 말했다. 엄마와 패리스가 같이 골랐다고 말이다.

미아는 생각했다. 아빠는 신경도 안 썼을 텐데. 아빠는 그럴 시간이 없었을 텐데.

몇 주 전부터 생일이 두려웠다. 건너뛸 수 있길 바랐다.

마지막으로 행복하게 보낸 생일은 열두 살 때였다. 시간이 멈춘다면 얼마나 좋을까. 아빠가 지금 돌아와서 키가 커지고 나이를 먹고 엄마의 표현에 따르면 *위쪽이 투실투실해진* 미아를 보면 혐오스러워할 텐데.

새아버지가 미아에게 와인을 반 잔만 마셔 보라고 했다. 마시고 싶지 않았지만 시키는 대로 하는 수밖에 없었다. 패리스는 워낙 집요하게 물고 늘어지는 사람이라 계속 싫다고 하느니 일찌감치 항복하는 편이 나았다. 패리스는 싫다는 말을 절대 받아들이지 않았다. 미아는 독하고 시큼털털한 맛에 처음에는 움찔했지만 두 번째 모금은 좀 더 수월했다. 혀가 따뜻해지고 두근거리는 느낌이었다.

목과 가슴으로 온기가 번졌다.

은팔찌를 껴 본다. 패리스는 감사의 뜻을 전하라고, 뽀뽀로 감사의 뜻을 전하라고 다그치고 미아가 꽁무니를 빼자 웃음을 터뜨린다. 선택의 여지가 없도록 그녀의 허리를 팔로 감싸 안는다.

미아는 어색하게 피식 웃는다. 와인 냄새를 풍기는 뜨거운 입김, 그가 그녀의 뺨에 살짝 입을 맞춘다는 것이 어쩌다 보니 입술 쪽으로 휘청 방향이 틀어졌다. 그녀의 입술 쪽으로.

미아는 너무 놀라서 그를 밀치지 못했다. 그냥 그 자리에 서 있었다. 그의 두툼한 혀가 입술을 비집고 들어왔다 한들—(그러지는 않았다)—그녀는 어쩌지 못했을 테고 (그녀도 알다시피) 그는 이런 그녀를 잘 알고 있었다.

미아의 엄마는 케빈을 상대로 괜히 소란을 떨었다. 시선을 피한 채.

그녀의 엉덩이를 스치고 지나가는 손길. 심각하지 않고 쓰다듬 듯 가벼운 느낌. 새아버지가 그녀를 건드린 게 맞을까? 키스를 했을 때와 같았다. 확실하지 않았다.

그 손길에 느껴진 짜릿함. 쭈뼛 서는 팔과 뒷덜미의 털.

슬픔. 체념. 갑작스럽게 터지는 웃음.

분노. 아빠가 그녀를 버렸다. 새아빠에게로.

"미아? 어디로 그렇게 뛰어가니?"

아무 데도 아닌. 2층으로. 숙제하러.

먀오 다오.

●

미아는 화들짝 놀란다. 너무 놀라서 처음에는 화도 내지 못한다.

그녀는 방금 전에 화장실로 들어와 문을 닫으려다가 누군가가 문을 밀어서 열려는 걸 보고 영문을 몰라 한다. 세게 밀지는 않지만 문이 그녀의 팔에 단단히 와서 닿는다.

문 틈새로 보이는 불쾌한 얼굴. "어. 미안."

그는 술에 취했다. 그가 웃는다. 실수일 리 없어, 미아는 생각한다. 새아빠는 그녀가 2층 자기 방 옆 화장실로 들어가는 걸 지켜보고 있었던 게 분명하다. 그녀가 문을 잠그기는커녕 닫을 겨를도 없었던 걸 보면 잽싸게 움직인 모양이다.

"왜—이러세요? 나가 주세요……."

미아의 입안이 마른다. 가슴속에서 심장이 쿵쾅거린다. 그녀는 집 밖에서는 후줄근한 옷을 입고 다니지만 집 안에서는 가끔 티셔츠에 청바지, 반바지를 입고 있는데, 그 모습을 새아빠도 보았을 것이다. 그러면 그의 눈가에 잔주름이 생기고 기어다니는 개미처럼 시선이 그녀 위에 머문다.

패리스 로크는 이 화장실을 쓸 이유가 전혀 없다. 그와 미아의 엄마는 안방에 딸린 화장실을 같이 쓰고 그곳은 그들 전용이다.

사실 미아는 패리스 로크가 이 화장실을 쓰는 걸 본 적이 없다.

미아는 불안해진다. 그녀의 열네 번째 생일날 저녁때 문대기 키스 사건 이후에 둘의 관계에 변화가 생겼다.

미아는 두툼한 혀가 그녀의 입안으로 들어오려고 했던 것을 나중에 기억해 냈다. 당시에는 너무 당황해서 무슨 일이 벌어지고 있는지 몰랐던 것이다.

미아는 두려움에 떨며 턱에 힘을 주었다. 이에 힘을 주었다. 공포가 경악, 분노와 뒤엉켰다. 엄마가 바로 옆에 있었는데. 엄마가 눈앞에 있었는데. 엄마가 보고 있는데 그가 그런 짓을 저질렀을 리가…….

하지만 공기가 달라졌다. 그가 달라졌다.

늦겨울, 물이 떨어지는 처마. 세찬 바람, 녹는 눈. 갑작스럽게 고개를 내민 얼룩덜룩한 햇살. 황량하고 불안한 느낌. 봄 새들의 울음소리.

필드하키 연습을 마치고 집으로 돌아가는 미아. 티셔츠 위에 입은 셔츠를 벗는 미아. 반바지를 입은 미아.

그가 보았다. 새아빠가. 곁눈으로.

저녁 식사 시간. 뭔가가 전과 다르다. 새아빠가 전보다 술을 많이 마신다. 대개는 맥주다. 새아빠는 종종 단호하게 미아 쪽을 쳐다보지 않는다. 전에는 남동생들을 상대할 때처럼 미아와도 대화를 나누고, 대화를 나누며 웃었다. 지금은 쳐다보질 않는다.

쳐다볼 때는 은팔찌에 대해 묻는다. ("왜 그거 안 차니, 미아? 잃어버렸지? 그렇지?") 권위적인 동시에 아쉬워하는 말투다. 약자를 괴롭히는 인간은 항상 자기가 피해자다.

미아의 엄마는 팔찌 그리고 로켓을 차고 다니라고 다그친다. 새아빠가 볼 때만이라도.

미아는 반항한다. 그녀는 액세서리를 잘 하지 않는다. 가뜩이나 자판을 두드릴 때 덜거덕거리는 은팔찌는.

"부탁이야." 엄마가 간청한다. "한번 노력이라도 해 줘."

그 남자는 엄마 남편이잖아요. 내 남편이 아니라.

미아는 안도해야 할지, 짜증 내야 할지, 걱정해야 할지 아니면—기분 나빠해야 할지 모르겠다. 새아빠의 갑작스런 변화. 블라인드가 홱 내려지는 만큼의 빠른 속도. 미아가 팔찌를—또는 로켓을—잊지 않고 했을 때도 패리스는 시선을 피하고, 경쟁적으로 그의 환심을 사려고 애를 쓰는 케빈과 랜디에게로 관심을 돌린다. 미아를 알은체할 수밖에 없을 때는 어처구니없을 만큼 예의를 갖춘다. ("미아, 소금 통 좀 건네주겠니? 고맙다!")

미아는 엄마도 지나친 깍듯함을 알아차렸는지 궁금해하다가 아니라고, 알아차리지 못했다고 결론을 내린다.

재혼한 엄마한테서 너무 많은 걸 알아차리지 않는 법 좀 배워야겠다, 미아는 생각한다.

엄마가 외출하자 새아빠가 이동장에서 풀려난 개가 달려들듯 굶주린 시선을 그녀에게로 옮기는 것을 보고 미아는 충격을 받는다.

남동생들은 문제가 되지 않았다. 그 아이들은 알아차리지 못할 테니까. 새아빠가 어떤 식으로 미아를 보고 갑자기 미소를 짓는지. 어떤 식으로 흉측하게 수염을 쓰다듬으며 자위를 하는지. 두툼한 분홍색 혀끝이 그의 입술 사이에서 번들거린다.

추잡한 것. 당연히 그렇겠지. 내가 모를 줄 알고?

미아는 깜짝 놀란다. 화끈거리는 얼굴을 달래며 눈을 돌린다.

그리고 그날 밤 2층 복도에서. 미아의 화장실 문 앞에서.

그의 피부가 전보다 거칠어 보인다. 더 벌게 보인다. 퉁퉁 부은 코에는 미아가 지금까지 보지 못했던 끊긴 모세 혈관이 어지러이 수놓아져 있다.

새아빠가 별로 미안해하지 않는 투로 미안하다고 중얼거린다. "어이. 미안하다고 했잖아. 뭐 그리 예민하게 구냐, 미, 아." 그가 복도 끝에 있는 안방으로 후퇴한다. 미아는 문에 몸을 기대고서 꼭 닫는다. 온몸이 부들부들 떨리고 믿기지가 않는다.

미아는 화장실을 쓴 뒤에 얼른 방으로 들어가 문을 닫는다. 하지만 잠글 수가 없다.

생각한다. 어쩌면 실수였을지 몰라. 그 인간이 이 방에 들어오진 않겠지……. 엄마가 집에 있는데.

미아는 의자를 문 앞으로 끌고 가 밖에서 열지 못하게 막는다.

매일 밤마다 창문을 살짝 열어 놓는다. 추운 날에도. 침대로 들어가 가만히 누워 있으면 잠시 후에 먀오 다오가 올 때도 있기 때문이다.

조용히. 창문을 넘어서. 매일 밤은 아니지만 거의 매일 밤. 하지만 먀오 다오는 밤에만, 그것도 미아가 이불을 덮고 누워서 침착하게 고른 숨을 쉴 때만 올 것이다.

그녀만의 비밀이다! 소중한 비밀.

예쁜 하얀 고양이가 어떻게 날카로운 발톱으로 집 옆 나무를 타고 올라와 나뭇가지에서 미아의 방 창턱으로 몸을 날리는지. 어떻게 고개를 숙이고 좁은 공간을 지나 미아의 방으로 들어오는지.

하얀 고양이는 숨을 죽이고서 조그맣게―먀오!―하고 울고는 침대 위로 폴짝 올라온다. 이불 밑으로 파고들어 미아의 옆구리에 자기 몸을 기댄다. 우레와 같이 가르랑거린다. 미아의 팔 아래 틈새에 먀오 다오의 뜨거운 입김이, 부드럽고 두툼한 털이 주는 위안이, 빠르게 뛰는 심장이 있다.

미아는 고양이의 입에서 나는 축축한 피 냄새, 그 달콤하고 시큼한 냄새를 맡는다. (두말하면 잔소리지만) 먀오 다오는 사냥꾼이니까.

미아의 심장 박동에 맞추어 나지막이 걸걸하게 가르랑거리는 소리를 들으며 잠이 든다.

가끔 미아는 궁금해진다. 이 고양이가 새끼 고양이였을 때 미아에게 구출된 그 먀오 다오가 맞을까?

한 살 정도밖에 되지 않았는데도 먀오 다오는 덩치가 크다. 여전히 유연하지만 단단한 근육질이고 체중이 최소 9킬로그램은 되는 듯하다. 반짝이는 검은 눈, 번들거리는 날카로운 이빨. 강철 같은 발톱. 어느 것 하나 새끼 고양이 같은 구석이 없다. 미아는 이 예쁜 하얀 고양이가 원래 먀오 다오가 아니라 먀오 다오의 대역이라는 결론에 무게를 싣는다.

　네 새아빠가 그 새끼 고양이를 죽였어. 발로 잘근잘근 밟아서.
너도 알잖아. 아니, 알아야 하잖아. 그 아이의 대역으로 내가 선택
됐어. 그가 나는 죽이지 못할 거야.

13

계단 위. 그가 항상 숨어서 기다리고 있는 것처럼 느껴지는 2층 복도.

그는 미아의 옆을 지나갈 때 가빠진 자신의 숨소리가 그녀에게 들려도 상관없는지 미아의 바로 옆을 바짝 지나며 손으로 그녀의 등허리를 쓰다듬는다 ─그냥 가볍게! 미아의 잘록한 허리를─느껴질락 말락 하게. 그녀는 움찔하며 피하고 그의 (벌게진) 얼굴이 어떤 표정을 짓고 있는지 본다. 맛있게 썩은 먹이 위로 내려앉은 파리처럼 눈이 쇠기름 색이다.

그의 옆에 있으면 미아는 수치스러워진다. 그냥─자기 자신인 게 수치스러워진다.

미아는 이상하게 약해지고 조심스러워졌다. 이렇게 계속 되뇌인다. 그가 무서운 건 아니라고. 새아빠가 아니라 엄마가 무섭다고.

엄마 때문에 겁이 난다고. 무슨 일이 벌어지고 있는지 폭로하면 엄마가 충격으로 정신을 차리지 못할까 봐 겁이 난다고.

미아는 엄마와 재혼한 남편 사이에서 날 선 대화가 오가는 것을 엿듣는다. 재혼한 남편도 전남편과 별반 다를 게 없음을 미아의 엄마는 깨닫고 있다.

미아는 알고 싶지 않다. 신경 쓰고 싶지 않다. 예전에는 너무 신경 썼다면 이제는 신경 쓰고 싶지 않다.

새러소타로 신혼여행을 다녀온 이래로 최근 몇 달간 패리스는 엄마의 비위를 맞추려는 노력을 하지 않는다. 점점 더 자주 집을 비운다. 종종 귀에 거슬리는 억지웃음을 터뜨린다. 미아는 (주)패리스 로크 컨설턴트에 문제가 생겼는지 궁금해진다.

그녀는 아빠가 처음에 집을 나갔을 때 엄마가 얼마나 불안해했는지 기억한다. 돈 걱정, 생활비 걱정. 엄마에게 그런 걱정거리가 다시 생겼는지 궁금해진다.

엄마에게 비난을 퍼붓고 싶다—왜 그 남자랑 결혼했어요? 왜 우리 집에 모르는 사람을 들였어요? 그리고 이제는—우리 집의 절반이 그 모르는 사람의 것인가요?

학교에서 집으로 달려가 보니 그녀의 방 침대 이불 위에 누가 무심히 두고 간 것처럼 보이는 잡지가 있다. 가슴이 어처구니없을 정도로 큰 알몸의 여자가 표지 모델인 삼류 잡지다. 핫 아이 캔디.

미아는 깔깔대고 웃는다. 이건 너무—저질이다.

한심하고, 바보 같고. 천박하다.

그녀는 눈을 돌리고서 잡지를 집어 든다. 새아빠의 바람과 다르게 잡지를 훑어보지 않는다. 대신 잡지를 얼른 책가방에 넣는다. 1층으로 내려가 엄마에게 그녀의 행선지를 들킬 염려가 있는지 확인한 다음 차고 구석에 있는 큼지막한 초록색 쓰레기통에 잡지를 버린다.

잡지와 종이를 버리는 재활용 분리 수거함은 안 된다. 거기 버리면 다른 사람의 눈에 띌 수도 있다.

다른 날에는 수학 교과서에 빨간색 연필로 그려진 조그만 낙서를 발견한다. 조잡한 만화다. (여자 몸인가? 젖가슴인가?) 성인 남자가 그 정도로 시간과 정성을 들여서 그녀를 괴롭히려고 하다니 놀라울 따름이다.

빨간색 낙서를 문질러서 지워 본다. 교과서가 찢어진다. 결국 미아는 같은 빨간색 연필로 끼적여 낙서를 덮는다. 엉망진창이 된 그녀의 수학 책을 누가 보았다면 영문을 몰라 했을 것이다.

하지만 패리스는 거리를 둔다. 미아를 피한다. '업무상 만날 사람이 있다'며 저녁을 건너뛴다.

"아빠 어딨어요?" 동생들은 엄마에게 묻는다. 언제부터 동생들이 그를 아빠라고 부르기 시작했을까, 미아는 궁금해진다.

그녀는 그가 무섭기도 하고 무섭지 않기도 하다. 그녀는 비명을 지르기만 하면 된다. 도망치기만 하면 된다. 엄마에게 그가 어떤 식으로 그녀를 괴롭히고 있는지 털어놓기만 하면 된다.

역겨운 갈망의 표정. 그 이면에 숨어 있는 억울함, 분노.

칠칠찮은 입술. 축축한 미소. 포식자의 미소.

2층 복도에서 그가 느닷없이 등장한다—또다시. 셔츠가 벌어져 희끗희끗한 털로 덮인 둥그렇고 뚱뚱한 배가 보인다. 가슴에 털이 엉겨 붙어 있고 젖꼭지는 작은 단추 같다.

남자 젖꼭지라니! 미아는 미친 듯이 웃고 싶어진다.

또 한번 화장실 문을 연다. 누가 물어보았다면 미아는 패리스가 집에 없었다고 장담할 수 있었을 텐데.

"나가요! 나 좀 건드리지 말아요! 너무 싫어요."

새아빠는 얼굴을 붉히며 변변찮은 사과를 늘어놓는다—미안. 그가 어색하게 뒤로 물러난다. 이번에는 자기가 선을 넘었다고 생각하나 보다.

미아도 돌아올 수 없는 강을 건넜다. 그녀는 예전처럼 피하지 않고 이번에는 싫다고 딱 부러지게 말했다.

미아는 안도감을 느끼며 집 밖으로 몰래 나간다. 뒷마당을 지나 부지 경계선상의 어두컴컴한 곳으로 간다.

예전에 들고양이들이 살았던, 집 바로 옆 숲속으로 들어간다.

"먀오 다오? 여기 있니? 야옹아, 야옹아⋯⋯." 희망에 찬 목소리, 애원하는 목소리다.

이곳은 풍경이 엉망진창이다. 불도저가 나무와 덤불을 밀어 버린 곳마저 무성한 풀로 덮였고 이제는 쓰레기장이 되어 가고 있다. 썩은 신문지, 플라스틱 음료수 병, 캔.

미아는 씁쓸해하며 생각한다. 아까워라. 이러려고 들고양이들 집을 밀어 버렸나.

여긴 고요하다. 미아가 여기 있다는 걸 아무도 모른다. 가만히 서서 조심스럽게 들여다보면 그림자 속에서 경계하는 눈빛으로 그녀를 주시하는 고양이들이 희미하게 보인다.

"……난 너희들 친구야. 사랑해."

어느 그림자 안에서 털이 하얀 예쁜 고양이가 걸어 나오는데 몸집이 스라소니만 하다. 앞발이 커다랗고 꼬리가 깃털 모양이다. 반짝이는 까만색 대리석 같은 눈이 미아를 응시한다. 나 여기 있어. 내가 널 버렸을 거라고 생각했니?

미아가 지켜보는 가운데 먀오 다오가 덤불을 헤치며 다가온다. 정확하게, 머뭇거리지도 않고 유령처럼 우아하게. 미아는 고양이를 쓰다듬으려고 허리를 숙이지만 그녀의 손이 먀오 다오의 머리에 닿으려는 순간, 뒤에서 서툴게 덜거덕거리는 소리와 함께 요란한 음성이 들린다. "미, 아? 어이—어디 있니?"

패리스 로크가 그녀만의 비밀의 공간에까지 따라온 것이다.

그녀는 어안이 벙벙해진다. 분통이 치밀어 오른다. 먀오 다오가 폴짝 뛰어서 사라져 버린다.

패리스 로크는 술을 마시고 있었다. 기어다니는 개미 같은 시선. 미아에게는 그가 얼마나 엄청난 증오의 대상이자 공포의 대상인지! 그는 약자를 괴롭히는 인간이지만 어딘지 모르게 연약하고 애틋한 구석이 있다. 수염이 난 턱을 쓰다듬고 듬성듬성한 머리칼을 잡아당긴다. 숨이 찬 사람처럼 헐떡이는 소리가 미아의 귀에까지 들린다.

"이건 우리 둘만의 비밀이다, 웅? 네 엄마는 네가 매일 밤마다 어딜 가는지 몰라. 네가 밤에 어떤 식으로 여길 서성이는지. 도대체 뭐 하는 거니, 미아? 여기서 남자 친구 만나니? 아니면 남자애들?"

새아빠는 미아를 음흉하게 쳐다본다. 그녀 쪽으로 다가오다 말고 계산한다. (손을 내밀어야 하나? 그녀에게 손을 대야 하나? 그녀를 붙잡아야 하나? 그러면 미아가 어떤 반응을 보일까? 그는 열네 살짜리 여자아이의 반사 신경이 얼마나 빠른지 안다. 그녀가 어떤 식으로 그를 배신하고 어떤 식으로 비명을 지를지 안다. 정말 싫어요. 그녀를 힘으로 제압할 수 있겠는지, 위협하는 게 낫겠는지 따져 보아야 한다. 그는 힘으로 제압한다면 미아가 반항을 멈출 거라고 믿는다.)

하지만 (걱정이 된) 새아버지가 의붓딸에게 책임감을 느끼는 것일 수도 있다. 그가 진심으로 영문을 몰라 하는 것일 수도 있다. 열네 살짜리 여자애가 관목이 우거진 숲속을 쏘다니는 이유가 뭘까? 파인 타이어 자국이 있고 쓰레기로 덮인 이 황량한 곳의 어떤 것에 끌렸을까?

"알았다, 미아. 이제 그만 집으로 돌아가자······."

새아빠가 스스럼없이 말한다. 그럴 권리라도 있다는 듯.

하지만 미아는 뒷걸음질을 친다. 혼자 알아서 갈 수 있다고 중얼거린다. 됐거든요!

미아는 반항아처럼 갑자기 달리기 시작해 새아빠를 놀라게 한다. 뒤에서 부르는 소리를 못 들은 체하며 숲을 가로지르고 좁은 오솔길을 따라 가시 관목 사이를 지난다. 미아는 필드하키장에서 양손으로 스틱을 부여잡고 상대팀 선수들을 앞지르기라도 한 듯 짜릿해진다.

자기 뜻대로 되지 않은 새아빠는 뒤에 남겨져 숨을 헐떡이고 있다. 새아빠는 도로에서 공터로 들어와서 가시 관목 사이로 나가는 길을 모른다. 그가 집으로 돌아왔을 때쯤 미아는 2층 자기 방에 있을 터다.

거기서 고민 중이다. 이게 내 탓인가?

패리스 로크가 너무나 달라져 버린 것이. 미아의 엄마와 결혼해 이 집으로 들어와 살기 시작한 지난 1년 동안. 이제 미아는 열네 살이고 '나이를 먹었다'. 더 이상 어린애가 아니다.

그는 천박하고 고집이 세졌다. 무심결인 듯 사타구니 주변을 벅 벅 긁는데, 미아가 그의 옆을 지날 수밖에 없을 때면 누가 보아도 알 수 있을 만큼 더욱더 천박하게 긁는다. 그리고 히죽거리며 미 아만 들을 수 있게 내뱉는다. "추잡한 것! 미, 아."

랜디와 케빈과 놀아 준다. 그 아이들의 재잘거림을 듣는 척한 다. 그러다 갑자기 2층으로 올라와 허리띠를 풀고 지퍼를 열고 미 아의 방 앞에 서 있다. 기습 공격을 당한 미아는 그야말로 충격에 휩싸인다. 아래로 떨구어진 시선을 돌릴 수 없다.

처음에는 수치심이 그녀를 강타한다. 그리고 잠시 후 자기도 모 르게 웃음을 터뜨린다. 요란한 코웃음이다.

"그게 뭐예요?" 그녀가 묻는다. "지금 장난하는 거죠?"

새아빠는 급히 외설스러운 동작을 멈춘다. 몹시 당황하며 비웃 는 미아의 시선을 피해 몸을 움츠린다.

워낙 순식간에 벌어진 일이었다. 미아는 전혀 예상하지 못했다. 힘의 짜릿함을. 그의 급소, 그러니까 그의 남성성을 건드리는 방 식으로 남자를 공격할 수도 있다는 것을.

그녀는 깨닫는다. 남자의 힘은 상대방을 위협하고 상대방에게 수 치심을 느끼게 하는 데서 온다. 하지만 그런 남자를 제압하는 것은 웃음의 힘이다.

그런데 (미아가 보기에는) 정말 웃기다. 남자의 성기, 중년 남자의 축 늘어진 허벅지, 그 허벅지 사이에 무슨 무기처럼 여봐란 듯이 뭉툭한 살덩이가 달려 있지만 이제는 맥없이 늘어지고 처져 있지 않은가. 가소롭기 그지없다.

미아는 자기 방문을 쾅 닫는다. 무서워서가 아니라 웃겨서다.

14

못된 미아! 패리스가 침울하게 예견했다시피 그녀는 이름이 새겨진 은팔찌를 잃어버렸다.

내키지 않지만 엄마에게 보고한다. 죄스러워하며. 미아는 팔찌를 찾으려고 케빈과 랜디까지 동원해 1층과 2층을 샅샅이 뒤졌지만 소득이 없었다.

엄마는 속상해한다. "그나저나 미아—걸쇠가 달린 팔찌를 어떻게 잃어버릴 수 있니?"

미아는 어깨를 으쓱한다. "그러게 말이에요."

"학교에 하고 갔어?"

미아는 곰곰이 생각한다. "잘 모르겠어요."

"그랬다면 분실물 보관함에 있을 수도 있겠는데. 거기 찾아봤니?"

미아는 미간을 찌푸린다. "아뇨."

"네 새아빠가 엄청—실망할 거야. 엄청 속상해할 테고. 그이가 알게 되면……."

미아가 맞장구친다. "아저씨한테는 비밀로 하는 게 좋겠네요."

다른 날. 부엌에 단둘이 있을 때. 엄마가 갑자기 생각났다는 듯 언성을 낮추고 미아에게 묻는다. 패리스가 그녀의 몸에 한 번이라도 '손을 댄' 적이 있는지.

미아는 그 말에 화들짝 놀란다. 어떤 식으로 대답해야 좋을지 전혀 모르겠다.

엄마가 그런 굴욕적인 질문을 하기 위해 얼마나 용기를 내야 했을지 깨닫는다. 미아는 엄마의 눈빛에서 두려움을 읽는다.

그녀는 말없이 고개를 젓는다. 아뇨.

아니야? 그가 미아 몸에 손을 댄 적이 없나? 아니면—손을 대려는 기미를 보인 적도?

"어, 없어요."

미아는 시선을 돌리고 언성을 낮추고서 할 얘기가 아무것도 없다고 엄마를 안심시킨다.

엄마는 걱정하는 목소리로 집요하게 캐묻는다. "미아, 진짜야?"

미아는 분노로 얼굴을 붉히며 웃음을 터뜨린다. "얘기했잖아요, 엄마—진짜예요."

미아의 엄마와 아빠는 서로 연락하는 사이가 아니니 우연의 일치겠지만, 다음 날 아빠가 몇 주 만에 연락해 지나가는 말처럼 '새 아빠'랑 지내기가 어떠냐고 묻는다. 미아는 엄마를 죄인으로 몰고 가지 않으려면, 자신의 불행에 이목을 집중시켜 안 그래도 힘든 그들의 삶을 부채질하지 않으려면 어떤 식으로 대답해야 할지 모르겠다. 미아는 알았다. 아빠는 그녀와 남동생들이 자기 없이 행복하게 지내길 (진심으로) 바라지 않는다. 물론 아빠가 첫 번째 부인과의 사이에서 낳은 아이들과 계속 연결되어 있는 삶을 (진심으로) 바라는 건 아니다. 그에게는 이제 '새로운 가족'이 있다―재혼한 아내와 갓난아이(딸이다). 미아는 입술을 깨물며 아빠에게 자신을 대체할 새로운 딸이 생겼다는 데 대한 질투심으로 쓰린 속을 달랜다.

아빠는 특히 전처가 자기 없이 행복하게 지내길 바라지 않는다. 미아는 이 모든 걸 안다. 알아서 슬프지만 어쨌든 안다.

그렇기에 새아빠는 '끝내주고' 엄마는 미아가 기억하는 그 어느 때보다 '많이 행복해졌다'고 아빠를 안심시킨다.

수화기 저편에서 정적이 흐른다. 미아의 말이 힐난이고 모욕이기 때문이다. 아빠가 딱딱하게 중얼거린다. "잘됐네! 정말 잘됐어. 고맙다."

곧바로 통화가 끝난다. 미아는 예감한다. 한동안 아빠가 다시 연락할 일은 없을 것이다.

15

법적으로 새아버지라고 규정된 성인 남자와 미아 간의 적대 관계가 놀라운 수준이다.

그리고 그 짜릿함이란. 근거리이고, 학교에서 그녀를 괴롭히는 아이들에게 품었던 원한보다 좀 더 사적이기 때문에 더 짜릿하다.

뎀스터라는 아이가 죽은 뒤로 이제는 학교에서 아무도 미아를 괴롭히지 않는다. 그 사건은 속 시원히 해결되지 않았다.

갈퀴가 달린 도구나 톱날이 달린 칼이 동원되기라도 한 듯 길게 베인 목. 무기도 용의자도 발견되지 않았다.

미아의 학교에서는 아직까지도 여기저기서 그 죽음, 그 살인 사건에 대해 수군거린다. 미아의 친구 제니는 뎀스터가 약물과 엮여 학교에서 약물을 팔다가 처벌 아니면 경고의 차원에서 죽임을 당했을 거라고, 처남이 이 지역 경찰이라는 부모님 친구에게 들었다고 한다.

"새로운 소식 없니? 목이 베인 그 친구에 관해서 말이야." 패리스는 식탁에서 어쩌다 한번씩 미아에게 비꼬는 투로 묻는다. 규명되지 않은 수수께끼 같은 죽음에 호기심을 느끼는 걸까? 엄마와 랜디, 케빈이 귀를 쫑긋 세우고 지켜보고 있으니 미아는 아무 소식 없다고, 자기가 알기로는 그렇다고 보고하는 수밖에 없다.

그러면 패리스는 미아의 학교 선배가 죽은 것이 고집 센 의붓딸이 속한 세대의 문화에 심각한 문제가 있다는 방증이라도 된다는 듯 쯧 하는 소리를 낸다. (그렇다. 패리스는 미아가 은팔찌를 잃어버렸다는 것을 알게 되었다. 또, 그렇다. 패리스는 그래서 열받는다고 무뚝뚝하고 퉁명스럽게 선언했다.) 듬성듬성하니 바보 같은 수염을 쓰다듬고, 한 식탁에 앉은 다른 사람 말고 오직 미아만 볼 수 있게 입술을 일그러뜨려 뱀처럼 생긴 축축한 혀끝을 살짝 내밀어 보이면서.

나 때문이야, 미아는 생각한다. 추잡한 것.

핼쑥하니 긴장한 엄마의 얼굴에서 이혼 당시 엄마의 얼굴이 떠오른다. 엄마는 화장으로 가리려고 한 것 같지만 별 효과가 없다.

(엄마가 다시 술을 마시는 걸까? 미아에게는 그렇다고 생각할 만한 이유가 있다.)

(아무도 모르게. 하지만 미아는 알아차릴 수 있다.)

패리스는 집에 없으면 곧 술을 마시고 있는 거다. 핑계로는 업무상 약속이다. '회의'다. 짐작건대 패리스 로크 컨설턴트는 (기본적으로) 온라인 사업체인가 보다. 예전에 아빠가 쓰던 1층 손님방에 설치해 놓은 패리스 로크의 데스크톱 말고 다른 데에도 사무실이 있는지는 잘 모르겠다.

집 안의 불이 모두 꺼진 뒤에 계단을 올라오는 그의 발소리. 미아의 방문 앞에서 느껴지는 그의 존재. 마치 고민하고 생각하는 듯한. 그녀에게 어떻게 하고 싶은지. 그녀에게 어떻게 할 건지. 그럴 수 있는 때가 되면. 그녀가 그를 막을 수 없을 때가 되면. 조만간.

미아는 완전히 깬 상태로 벌벌 떨고 있다. 문이 열리지 않게 하려고 의자를 끌어다 막아 놓았다.

패리스가 심하게 취했으면 자기를 보고 웃음을 터뜨린 것에 대한 대가를 치르게 할지 모른다는 생각이 들자 진땀이 나기 시작한다. 웃음을 터뜨리다니—용서할 수 없는 모욕이다.

결심이 충분히 선다면 패리스가 문을 밀어서 열 수도 있다. 의자를 날려 가며. 머리끝까지 화가 났다면. 그만큼 모욕을 느꼈다면.

미아는 도와 달라고 비명을 지를 수 있다. 물론이다.

하지만 도와 달라고 비명을 지르면 패리스의 부아만 돋울 것이다. 엄마가 달려오면 패리스가 엄마에게 노발대발할 것이다.

그는 화가 나서 그랬건 짜증이 나서 그랬건 아직까지는 그들 모녀에게 손을 댄 적이 없었다. (아직까지는) 미아의 남동생들을 훈육한 적이 없었다. 다만 그가 가끔 얼마나 간절히 그렇게 하고 싶어 하는지는 알겠다. 어쩌면 조만간 훈육이 시작될지 모른다.

그는 미아보다 체중이 훨씬 많이 나간다. 힘이 훨씬 세다.

그는 술을 마셨고 그것이 일종의 능력을 부여한다. 그는 원하면 얼마든지 강제로 방 안에 들어와 미아에게 지금까지 한 번도 지른 적이 없었던 성격의 비명을 지르게 할 수 있다.

추잡한 것. 너는 이런 걸 좋아하잖아.

학교 남자애들은 미아가 자기들을 무서워하는 걸 보며 좋아했다. 어니 뎀스터의 희희낙락하던 표정. 그녀는 그 얼굴이 피를 뒤집어쓰고서 놀라는 표정을 짓고, 눈빛이 점점 희미해져 가는 것을 본 적이 있는데…….

미아는 잠옷 차림에 맨발로 미동도 않고 서 있다. 먀오 다오가 들어올 수 있게 창문을 눈곱만큼 열어 놓았다. 하지만 오늘 밤에는 먀오 다오가 방으로 들어와 미아의 옆에서 자지 않고 그냥 숲속에 있으려는 모양이다. 먀오 다오를 보고 싶으면 숲속으로 찾아 나서야 할지 모른다.

문밖에서 패리스가 걸음을 옮겼다. 그랬다고 그녀는 제법 확신할 수 있다. 하느님, 감사합니다! 어쩌면 그가 자기 방문 앞에 있는 거라고 그녀가 상상했던 것일 수도 있다. 그녀는 안도감으로 정신이 아득하다. 요란하게 웃음이 터진다. 새아빠가 또 하룻밤 미아를 살려 주었다.

16

잠옷 위로 우비를 걸치고 운동화를 꿰신는다. 미아는 흥분이 가라앉지 않아서 잠을 잘 수가 없다. 방 안의 공기가 그녀를 무력하게 만든다.

불이 꺼진 집을 슬그머니 빠져나온다. 축축하고 빽빽한 잔디를 지나 바로 옆의 어두컴컴한 숲속으로 달려간다. 거기서 먀오 다오와 다른 들고양이들이 그녀를 기다리고 있다.

나른한 밤. 거즈 같은 밤. 옅은 안개. 이것과 저것의 경계가 흐릿해지고 한데 뭉뚱그려진다.

미아는 여기만 오면 가슴이 두근거린다. 여기에서는 숨을 쉴 수 있다. 너무 행복하다. 여기서 몸을 웅크리고 싶은 마음뿐이다. 먀오 다오와 비슷한 크기로 몸을 줄일 수 있으면 좋겠다. 그러면 덤불 속으로 들어가, 그녀를 사랑하고 절대 해칠 생각이 없는 들고양이들에게 보호받을 수 있을 텐데.

"어이! 미, 아!"

거칠게 껄껄대고 웃는 소리. 덤불 속에서 어색하게 비틀거리는 걸음걸이. 손전등 불빛이 휙 하니 미아를 비추어 눈을 멀게 한다. 미아가 손으로 불빛을 가리려고 하자 여기까지 쫓아온 사람이 비웃음을 터뜨린다. 그녀는 절망한다. 패리스가 비밀의 공간까지 따라와 이곳을 오염시켰다.

당황스러워서 속이 메슥거린다. 이제 들고양이들이 도망쳐 버릴 것이다. 먀오 다오는 패리스 로크에 대한 혐오감으로 영영 숨어 버릴 것이다.

패리스는 그녀를 보며, 그 충격과 불안과 굴욕의 표정을 보며 웃고 있다. 하지만 짜증이 섞인 위협적 분위기이기도 하다. 그가 풀린 혀로 못된 말을 웅얼거린다. "도대체 어딜 가는 거니, 미, 아? 맙소사! 여긴 완전 정글이네⋯⋯."

남자의 목소리가 이 아름답고 고요한 공간을 불쾌하게 뒤흔든다. 그의 묵직한 발소리, 헐떡이는 숨소리. 어떻게 여기까지 따라왔을까? 그가 자러 들어갔다고, 그날 밤만큼은 안전하다고 확신했는데.

잔인하게 즐거워하는 웃음소리. 패리스는 잔뜩 술에 취했다. 그리고 벌을 주고 싶어 한다.

"이 쥐방울 같은 년아. 빌어먹을 도대체 뭘 어쩔 생각이냔 말이지⋯⋯."

눈부신 불빛이 우악스럽게 미아의 얼굴을 찌른다. 그녀의 가슴을, 그녀의 배를 찌른다. 그녀의 사타구니로 내려간다. 이제는 패리스가 미아 바로 앞에 있다. 그녀가 그에게서 도망칠 방법은 없어 보인다. 당황과 후회가 엄습한다. 그녀가 먀오 다오와 들고양이들을 배신하고 말았다. 그렇지 않은가. 그녀가 이 끔찍한 인간을 그들의 비밀 공간으로 데려와 버렸다.

패리스가 미아를 붙잡는다. 그녀는 그의 손을 뿌리친다. 실수다. 왜냐하면 그는 쉽게 화를 내기 때문이다. 존경받거나 무시당하는 것에 예민하게 반응한다. 미아는 아파서 훌쩍거린다. 그가 손등으로 그녀의 얼굴을 쳤기 때문이다. 고의가 아닌 것처럼 포장하지만 무슨—고의다. 그녀를 겁박하고 힘으로 제압하고 벌벌 떨게 만들어 그녀의 몸을 더듬고 축축한 땅 위로 넘어뜨려 가랑이 사이로 자기 몸을 밀어 넣고 그녀를 겪으려는 것이 그의 속셈이다.

"너—이 빌어먹을—추잡한 것—"

어둑어둑한 그림자 안에서 흰색이 번뜩인다. 털이 하얀 동물이 뾰족한 이빨을 번뜩이며 껑충 뛰어오른다.

목이 졸린 듯한 비명 소리가 들린다. 남자는 목에 들러붙은 사나운 동물을 두 손으로 떼어 내려 한다. 그 동물은 몸집이 커다란 고양이 아니면 스라소니만 한데, 이빨을 드러내고서 으르렁거린다. 미아가 경악하며 지켜보는 가운데 먀오 다오가 남자의 어깨에서 뛰어내린다. 남자는 눈먼 사람처럼 비틀거리며 손으로 목을 눌러 쏟아지는 피를 막으려 한다.

하지만 도리가 없다. 남자는 쿵 하고 쓰러진다. 그에게서 모든 기운이 빠져나간다. 미아는 그 자리에 얼어붙는다. 어떤 일이 벌어지고 있는지 보이지만 막을 방법이 없다. 경동맥이 베여서 시커먼 피가 간헐 온천처럼 뿜어져 나오고 있다.

달이 떠 있나? 구름에 가렸나? 손전등은 덤불 속으로 떨어져 보이지 않는다.

미아는 겁에 질려서 훌쩍거린다. 미치광이처럼 폭소를 터뜨렸다가 정신을 차린다. 정신을 차려서 (불이 꺼진) 집으로 달려간다. 그녀는 집에서 나왔을 때 문이 등 뒤에서 슬그머니 닫히되 잠기지는 않도록 영리하게 조치를 취해 놓았다.

집 안이 이렇게 고요할 수 있을까! 꼭 꿈속에 나오는 집 아니면 바다 밑바닥에 있는 집 같다.

미아의 날카로운 숨소리와 쿵쾅거리는 심장 소리만 들린다.

911에 전화해야 한다. 긴급 상황이라고. 구급차…….

부엌으로 들어가 더듬더듬 벽에 걸린 전화기를 찾는다. 불을 켜기가 망설여진다. 미아는 부들부들 떨며 어린애처럼 훌쩍인다. 공포를 넘어 육감적이고, 거의 감당할 수 없는 수준의 어떤 순수한 감정이 느껴지는데…….

"아, 미아."

미아는 정말 조용히 움직였다고 자신할 수 있다. 그런데도 엄마가 일어나 잠옷 차림으로 유령처럼, 하지만 단호하고 결연하게 부엌으로 내려왔다. 한밤중에 벌어진 지각 변동을 감지하기라도 한 것처럼. 이 집의 기반이 흔들린 것을 감지하기라도 한 것처럼.

엄마가 개수대 위에 달린 한 개짜리 밝은 전등을 켠다. 이 불 하나면 충분하다. 미아가 동공이 풀린 눈으로 잠옷 위에 비옷을 입고 멍하니 개수대 앞에 서서 살갗이 벗겨질 정도로 뜨거운 물을 틀어 예리한 일식도에 묻은 얼룩을 미친 듯이 지우려 하고 있으니까.

"그거 이리 줘, 미아."

그녀의 손에서 칼이 거두어진다. 미아는 칼을 완벽하게 씻지 못했다. 무늬가 새겨진 상아 손잡이와 날에 혈흔이 남아 있을 것이다.

엄마는 칼을 수도꼭지 아래에 대고 능숙하게 한두 번 획획 돌린 다음 그릇과 은식기로 3분의 2쯤 찬 식기세척기 안에 넣는다. 눈 하나 깜빡 않고 잽싸게 살균, 추가 소독을 눌러 식기세척기를 돌린다.

불이 꺼진 집 안의 2층, 각자의 침대로 돌아간다. 다음 날 그리고 또 다음 날을 맞을 준비를 한다. 부엌은 구석구석 반짝거린다. 그들은 심문을 당하지만 전달할 만한 유용한 정보가 별로 없다. 뜻밖의 충격, 알 수 없는 이유. 그가 계속 술을 마신 건 맞고, 새벽까지 종종 집에 들어오지 않은 것도 맞고, 아내는 그의 금전적인 상황을 전혀 알지 못했고, 그에게는 '적'이 있는 것 같았고—아내가 생각하기에 사업상의 동료일 가능성도 있었지만 그가 그런 부분에 대해서는 함구했기 때문에 확실하지 않았다.

의붓딸은 그에 대해 아는 게 거의 없었다.

그들 가족은 다른 집으로 이사할 필요성도 느끼지 못했고 그럴 생각도 없었다. 이유가 없지 않은가.

새아빠에게 무슨 일이 벌어졌건 집 안에서 벌어진 일은 아니었으니까.

새아빠에게 무슨 일이 벌어졌건 그녀에게 벌어진 일은 아니었으니까.

미아는 꿈도 꾸지 않고 단잠을 잔다. 먀오 다오는 미아의 바로 옆에서 밤새 같이 잔다. 미아의 사춘기 내내 미아와 먀오 다오는 떼려야 뗄 수 없는 사이가 될 것이다.

PHANTOMWISE:

1972

환영처럼:
1972

눈 덮인 가파른 골짜기에서 빠져나온다. 암벽을 붙잡고 있느라 손에서 피가 났다. 그러는 동안 눈이 내려 기온이 영하 20도 근처까지 떨어졌다.

바위 사이로 눈이 어찌나 고요하게 내리던지! 누워서 잠을 청하고 싶은 갈망, 유혹.

그는 그녀가 죽어 주길 바랐다. 자기 손으로 그녀를 죽이려고 했다. 하지만 그녀는 도망쳤고 그는 쫓아오지 않을 것이다. (맹세컨대) 그는 두 번 다시 그녀를 찾지 못할 것이다.

1

실제로 벌어진 일이었어—그것도 내게 하고 그녀가 생각할 수 있게 되었을 무렵에는 이미 엎질러진 물이었다.

그 시작은 천만뜻밖이었다. 앨리스가 나중에 기억을 더듬어 보면 마치 대역이 그녀의 역할을 대신한 것 같다는 생각이 들 정도였다. 그녀는 조금 떨어진 데서 놀라며 빤히 쳐다보고 있고 말이다.

그녀는 술에 취하지 않았다. 다만 너무 신나고 너무 기쁘고 너무—짜릿했을 뿐.

그가 그녀를 알아보아 주었다는 데. 환영식이 끝나고, 강연이 끝나고 그녀에게 자기를 따라오라고 해 주었다는 데. 그는 에든버러대학교에서 온 초빙 교수라는 연사와 아는 사이였다. 그녀는 강연 전에 그가 백발의 저명한 그 교수와 대화를 나누고, 웃으며 서로 악수하는 걸 보았다.

언어 이론. 여러 언어 이론. 언어는 어떻게 유래되었을까? 의식은 (예전에 존 로크 같은 철학자들이 생각했던 것처럼) 빈 서판일까, 아니면 인간의 뇌 안의 독특한 요소들에 의해 야기된 희미하게 반짝이는 가능성들로 이루어진 장 비슷할까?

의식을 육신과 분리할 수 있다면 육체적인 죽음 이후에도 의식이 지속될 가능성이 있을까? 그렇다면 귀신에 씌듯 의식에 씔 가능성도 있을까?

그가 강연이 어땠느냐고 묻자 앨리스는 아는 게 부족해서 평가할 자격이 안 된다고 답했다. 그러자 그는 이와 비슷한 말을 했다. 뭐, 차차 알게 되겠지. 이제 막 시작했으니까.

열아홉 살의 앨리스 어커트에게는 이 얼마나 듣던 중 반가운 얘기였던지.

그들은 어두워진 교정을 가로질렀다. 나중에 그녀는 그가 어떤 식으로 미묘하게 그녀를 인도했는지 알아차릴 것이다. 팔을 살짝 건드리며, 신호를. 응. 이쪽으로. 맞아.

나중에 그녀는 교정의 오래된 고딕식 건물에 어스름이 깔리자 얼마나 음침해 보였는지 기억할 것이다. 그리고 공기 자체가 흐릿해지기라도 한 것처럼 가로등에서 가벼운 안개가 뿜어져 나오는 듯이 느껴졌던 것도.

키가 크고 곧은 전나무들이 우뚝 솟구쳤다. 울창한 나무 사이로 들어가는 건 교정의 서쪽 끝을 의미하는 마법의 숲속으로 들어가는 것과 같았다.

그녀는 가슴이 부풀어 올랐고 엄청난 행복을 느꼈다. 그녀가 죽는다면—이미 죽었다면—이 순간이 가장 선명하게 기억에 남을 것이다. 아름답기 그지없는 전나무, 그리고 그녀의 곁에는 그날 저녁 관심의 대상으로 그녀를 선택한 젊은 철학과 교수.

하지만 그녀는 이렇게 외칠 수 있을 만큼 그를, 그녀의 전임 강사를 잘 알지 못한다. *와, 정말 예뻐요! 보세요.*

그날 저녁에 사이먼 미치가 앨리스 어커트에게 무슨 말을 했는지 앨리스는 정확히 기억하지 못할 것이다. 앨리스는 아는 사람들과 있을 때도 낯을 가리는 편이었는데, 사이먼 미치는 전혀 모르는 사람이었다. 그런데 갑자기 그가 그녀에게 엄청난 의미가 되었다. 얼마나 엄청난 의미인지 몰랐을 뿐. 그리고 그가 티 나지 않게 어떤 식으로 그녀를 기숙사 반대편으로 데려갔는지 아주 희미한 정도로만 기억할 것이다. 환한 불빛이 비치고 너무 덥고 웅웅거리는 식당, 평소 같았으면 그녀는 지금 이 시각에 그 식당에서 다른 친구들과 쟁반을 들고 이동하거나, 기분 좋게 아무 편견 없이―그러니까, 무념무상하게―그들의 조잘거림을 듣거나 아니면 한 귀로 듣고 한 귀로 흘려보내고 있었을 것이다. 그리고 이런 생각을 할 필요가 없었을 것이다. *내가 뭐라고 여기서 이러고 있을까? 이 길의 끝에는 무엇이 있을까?*

이 길의 끝에는 무엇이 있는가 하면: 눈 덮인 가파른 산골짜기. 암벽을 부여잡느라 피투성이가 된 두 손. 항복하지 않겠다는, 죽지 않겠다는, 몸을 일으키고야 말겠다는 다짐.

안개가 자욱하고 비가 퍼붓는 가을. 물 위에 떠 있는 섬, 와르르 무너진 가족 관계 안의 오아시스 섬이 될 거라고 상상했던 대학 생활 2년 차.

이 길의 끝에는 무엇이 있을까. 나는 결국 어떻게 될까.

앨리스는 보스턴에서 온 연로한 초빙 시인이 가르치는 시 창작 세미나 강의를 제일 좋아했다. 롤런드 B는 에드나 세인트 빈센트 밀레이와 로버트 프로스트, 에즈라 파운드와 T. S. 엘리엇, 월리스 스티븐스, 윌리엄 카를로스 윌리엄스, 메리앤 무어와 알고 지내던 사이였다. 로버트 로웰, 엘리자베스 비숍, 앤 섹스턴과는 가까운 지인이었다. 실비아 플라스하고는 '얄궂도록 짧은 기간 동안' 알고 지냈다.

머리카락 하나 없이 반질반질한 반구형 머리는 좁은 어깨에 비해 너무 커 보였다. 두 눈은 지방이 쌓였고 거북이처럼 움푹 들어갔지만 선명하게 빛났다. 롤런드 B는 뉴욕주 북부의 겨울에 걸맞은 옷을 입고 다녔지만 항상 추워하는 것 같았다. 팔꿈치에 가죽이 덧대어진 해리스 트위드 재킷, 니트 조끼, 무심하게 두른 모직 목도리. 섬세한 손등은 유난히 창백했고, 피부는 부드럽고 탄력이 없어 보였다. 앨리스가 보기에 세미나 테이블 너머로 손을 내밀어 집게손가락으로 그의 피부를 누르면 그 자국이 오래갈 것 같았다.

노년의 시인은 쉰 목소리로 경건하게 시를 낭송했고 때로는 학생들에게 엿듣거나 열심히 귀를 기울일 특전이 허용되기라도 한 듯 혼자 읊조렸다. 앨리스는 한 음절도 놓치고 싶지 않은 마음에 3시간 동안 몸을 앞으로 내밀고 수업을 듣다 보니 목이 아픈 것이 불만이었다.

두말하면 잔소리지만 진짜로 싫어서 투덜거리는 건 아니었다. 그녀는 행복에 겹도록 자기중심적인 그 유명한 시인을 향한 경

외로 심장이 두근거렸다. 그는 자신의 신성에 젖은 부처 그 자체였다.

첫 수업 때 롤런드 B는 젊은 시인들에게 한 명씩 좋아하는 시를 암송해 달라고 했다. '완전무결하게 위대한 시'를. 뜻밖의 요청이었다. 미리 준비한 사람이 아무도 없었다.

앨리스는 윌리엄 버틀러 예이츠의 별로 유명하지 않은 시를 암송했다. 〈공들인 일이 수포로 돌아간 친구에게〉였다. 그 시는 기법적인 측면에서 매력적이었다. 격식에 맞는 운율을 갖추었고 분노를 예술로 담금질했으되, 모질고 공격적이며 비난조였다. 1학년 때 배운 영문학 선집에서 부지불식간에 암기한 시였다. 어느 날 정신을 차려 보니 외우고 있었다.

맨 마지막 부분의 고요한 분노가 마음에 들었다. 돌로 만든 집 안에서 / 조용히 기뻐하시길 / 세상 모든 것을 통틀어 / 그것이 가장 어려운 일이니.

롤런드 B가 대학교 학부생들에게 무엇을 기대했는지 몰라도 예이츠가 열변을 토한 이 작품은 아니었다. "오! 특이한 선택이로군, 미스—" 그가 실눈을 뜨고 출석표를 들여다보자 앨리스는 당황스러워하며 중얼중얼 그녀의 성을 밝혔다. "어커트입니다."

"아, 어커트." 롤런드 B는 그 이름이 자신에게 특별한 의미라도 되는 양 말하고는 놀란 얼굴로 앨리스를 응시했다.

롤런드 B는 그녀를 어떻게 받아들여야 할지 알 수 없었던 것이다.

2

반전의 계절. 훈훈한 가을에 이어 11월 초에 급작스럽게 날리는 눈보라. 나무에서 이파리가 뜯기고, 흐릿한 하늘이 구름으로 얼룩덜룩해지고, (일설에 따르면) 케임브리지대학교를 모델로 삼았다는 '역사적인' 18세기 건물의 공기가 눅눅해졌다.

연애하기에 좋은 계절은 아니었다. 감상적인 계절은 아니었다. 기숙사의 다른 학생들이 앨리스 어커트의 임신 사실을 알았다면 깜짝 놀라며 할 말을 잃었을 것이다. 아니, 도대체—무슨 수로?

앨리스 어커트가 공개 석상에서 남자와 함께 있는 걸 본 사람은 없었다. 그녀의 애인은 철학 개론 강의에서 쪽지 시험을 담당하는 강사였지만 두 사람 모두 서로가 있는 자리에서 신중하게 행동했고, 앨리스는 사이먼 미치의 무심함에 애써 보조를 맞추었다.

앨리스는 수업 도중에 가끔 손을 들고 사이먼의 질문에 답하곤 했다. 그가 여럿에게 물었지만 아무도 답을 알지 못하거나 제대

환영처럼: 1972   325

로 답을 못하는 경우에 그랬다.

"네. 미스—" 사이먼이 보일락 말락 하게 미소를 지었을 수도 있다.

하지만 앨리스는 그걸 마주 미소를 지어 달라는 신호로 착각 하지 않았다.

그녀가 사이먼 미치의 관심을 유도한 것도 이런 수법을 통해서 였다. 선생님에게 끝내 깊은 인상을 남기고야 마는 똑똑하고 어 린 여학생.

사이먼은 젊은 강사 특유의 잘난 척하며 상대를 업신여기는 성 향이 있었다. 일종의 킨치(《젊은 예술가의 초상》과 《율리시스》의 주인공 스 티븐 디덜러스의 별명이다 - 옮긴이)였다—제임스 조이스의 제2의 자 아였던 스티븐 디덜러스, 허영심으로 똘똘 뭉쳤고 미래가 불확실 하고 불안에 시달리고 자존심이 하늘을 찌르는 20대 중반의 그 찬란하도록 불행한 청년 말이다. 하지만 그 나름으로는 잘하고 싶 은 마음의 표현이었다.

사이먼은 이 대학에서 철학 박사 과정을 시작하기 전에 3년간 신학 대학을 다녔다. 원래는 예수회 사제가 될 생각이었으나 그가 앨리스에게 밝혔다시피 계획한 대로 잘 되지 않았다.

다른 여자 같으면 어째서요? 하고 물었겠지만—앨리스는 사이 먼이 그런 질문을 싫어한다는 것을 알았다.

사적인 질문은 금물! 이 청년의 영혼을 들여다보려 하지 말지 어다. 앨리스는 자신도 그런 질문을 싫어했기 때문에 이해할 수 있었다.

그녀는 시선을 내리깔고서 교단에 서 있는 그를 관찰했다—그녀의 연인을. 다만 그녀는 의식적인 선상에서도 그를 연인으로 여기는 건 아니었다.

여기에 사랑이 수반되었을까? 그녀는 둘 사이에서 사랑이라는 단어가 내뱉어지는 것을 들어 본 적이 없었다.

강의 시간에 앨리스는 꼼꼼히 필기를 했다. 아니, 남들이 보기에는 꼼꼼히 필기를 하는 것 같았다. 옆얼굴 위로 머리카락을 쏟아 가며 노트 쪽으로 허리를 숙여서 무아의 경지로 빠르게 펜을 놀렸다.

열병과도 같은 필기의 주제는 이제 하나였다. 입 밖으로 낼 수 없는 말들이 그녀의 펜 아래에서 형체를 갖추었다. 나 무서워요, 사이먼…….

아니, 이건 아니다. 왜 무섭다고 선언해야 한단 말인가.

대신 그녀는 이렇게 말할 것이다. 사이먼, 아무래도 나…….

하지만 이건 너무 나약하고 겁쟁이 같다. 왜 아무래도 나라고 운을 떼야 한단 말인가!

그녀는 용감하게 말할 것이다. 사이먼, 나 지금…….

하지만 그녀의 결심이 흔들렸다. 용기가 와르르 무너져 발치로 떨어졌다. 킨치처럼 냉소적인 연인에게 무슨 수로 임신 사실을 밝힌단 말인가.

좀처럼 입이 떨어지지 않았다. 진부한 동시에 끔찍한 그 말을 끄집어낼 수 없었다. 혀가 마비되고 한기가 온몸으로 퍼졌다.

종이 울리는 동안 허둥지둥 강의실에서 뛰쳐나갔다. 사이먼이 놀란 눈빛으로 그녀의 뒤통수를 흘끗 쳐다보았더라도—다른 학생들은 말 한마디라도 붙여 보려고 미적미적 남아 있는데, 그녀는 그런 식으로 강의실을 뛰쳐나갔으니—그녀는 알고 싶지 않았다. 나가자. 나가. 도망쳐야 해.

계단 아래 여자 화장실로 가서 숨고 싶은 마음뿐이었다. 한번 더 체크하기 위해. 만일을 위해.

물론 알고 있었다. 아니야. 말도 안 되는 생각은 하지도 마.

그녀는 일주일도 안 되는 사이에 월경이 시작되었는지 속옷을 확인하는 데 집착하게 되었다. 하지만 그럴 리 없다는 걸 알았다.

밤새 뒤척이다 아침이 되면 잠옷과 침대 시트를 살폈다. 그래도—혹시? 아니구나.

나타날 줄 모르는 시커먼 생리혈이 이제는 밤낮으로 뇌리를 떠날 줄 몰랐다. 놀라서 흘끗 올려다보면 사라지고 없는—애초부터 거기 없었던 그림자 같았다.

사이먼은 결정적인 순간에 빼려 했다고 말했다.

빼려 했지만 빼지 않았던지 제대로 빼지 않은 거였다. 완전히 빼지 않은 거였다.

고통스러워하고 괴로워하는 듯한 신음 소리. 이가 드러나며 한참 동안 일그러졌던 매를 닮은 킨치의 얼굴.

그녀는 그를 보지 않았다. 그의 하체를. 뭉툭하고 단단하며 피가 몰려서 뜨겁고 성나 보였던 그의 성기를(그녀는 나중에 끔찍한 꿈을 떠올리는 사람처럼, 그 꿈을 제어하려는 사람처럼 그 순간의 기억을 떠올리려 애를 쓰게 될 것이다).

하지만 부드러웠다. 놀라우리만치 부드럽고 말랑거렸다. 숨을 헐떡이고 땀을 흘리며 나란히 누웠을 때, 그들을 전류처럼 관통

했던 뭔지 모를 것이 처음부터 있지도 않았던 것처럼 사라졌을 때, 그녀는 정액으로 끈적끈적한 그것이—그가—배에 닿는 것을 느낄 수 있었다.

이게 사랑이 아닐까? 순진하게도 그녀는 이렇게 생각하고 싶었다. 이건 약속이야. 사랑이 시작될 거라는 약속.

진실을 공개하자면 그녀는 무슨 일이 벌어지고 있는지 잘 알지 못했다. 사이먼이 그녀를 상대로 저질렀던 짓은 또는 (어색하게) 시도했던 짓은 그녀에게 아무런 희열을 주지 못했다. 다리 사이에서 흡사 장기가 적출되는 것 같은 충격적인 통증만이 느껴졌을 뿐이다.

그들은 둘이 눕기에는 많이 비좁은 사이먼의 집 소파에 어설프게 같이 누웠다. 소파는 원래부터 깨끗하지 않았고, 보풀이 인 베이지색 천에 엷은 오물마저 묻었으니 지금은 아까보다 더 지저분해졌을 것이다. 앨리스는 본의 아니게 너덜너덜한 카펫, 나무 바닥과 빛바랜 벽지에 묻은 얼룩을 눈에 담고 말았다. 아래층에서 음식 만드는 냄새가 올라왔다. 책임을 벗으려는 듯 사이먼이 미소와 함께 어깨를 으쓱하며 애초에 가구가 갖추어져 있던 집이라고 했다.

사이먼은 현재 잠정적인 삶을 사는 중이라고 말했다. 중간 기착지. 아직은 여기도 아니고 저기도 아닌.

그게 무슨 뜻인지 그녀는 몰랐다. 앨리스는 공허하고 재치 넘치고 자의식 강한 그의 말을 대부분 이해하지 못했지만, 미소와 웃음과 감탄으로 반응해야 한다는 건 알았다.

사랑을 나눌 때 사이먼은 사냥을 하는 사람이 아니라 사냥을 당하는 짐승처럼 헐떡거렸다. 하지만 앨리스는 그가 자신을 사냥하고 추격하고 쫓고, 자신을 겁탈하는 거나 다름없었다는 사실을 나중에 기억할 것이다.

성폭행은 아니었다. 육체적으로 그렇게 강압적이지 않았다. 사이먼은 그녀가 그에게 오해의 빌미를 제공했다는 수치심을 자극했다.

"그럼 여기까지 왜 따라온 거야? 왜 이제 와서 의뭉스럽게 구는데?" 앨리스가 그를 거부하는 듯한 반응을 보이자 그는 놀란 척하며 질책했다.

의뭉스럽다. 그녀는 이 말의 의미를 알고 있었다. 그는 그녀가 모를 거라고 생각했겠지만.

"모, 모르겠어요……. 저는 그냥—교수님이……."

저랑 시간을 같이 보내고 싶어 하는 줄 알았어요. 저랑 대화를 나누고 싶어 하는 줄 알았어요. 언어학에 대해, 심리 철학에 대해…….

그녀는 혼란스러웠다. 뇌가 평소처럼 정밀하게 작동하지 않았다. 정교한 기계 장치에 정전기가 발생해 엉망진창이 되어 버린 느낌이었다.

사이먼은 환영 행사장이나 강의실에서와 다르게 그녀를 무시하고 빈정거리는 말투로 대함으로써 그녀에게 충격을 안겼다. 아, 하지만 나를 좋아하잖아? 그녀는 그가 자신을 좋아하는 줄 알았다.

그녀는 어린애처럼 당황하고 상처받았다. 순진하게 이렇게 말하고 싶어 했다. 그런데 전 교수님이 절 좋아하는 줄 알았는데…….

그러다가도 사이먼은 그녀가 팩팩거린다 싶으면 미소를 지으며 예의 다정하고 매력적인 남자로 돌아갔다. 그녀의 손을 잡고 팔과 어깨를 쓰다듬었다. 그녀더러 정말 예쁘다고, 강의실에서 처음 보았을 때부터 정말 예쁘고 남들은 더디게 아니면 전혀 이해하지 못하는 걸 금세 이해하는 학생이라는 걸 알았다고 했다. 그녀가 특별하다는 걸 알았다고 했다. 학부생, 그것도 여학생이 철학을 그토록 직감적으로 이해하는 경우는 드물다면서. (사이먼이 계집애라고 하려 했을까? 아무튼 그렇게 표현하지는 않았다.) 그의 주장에 따르면 그는 그녀에게서 시선을 돌려 다른 학생들에게 관심을 기울이기가 힘들었다. 그녀가 맨 처음 제출한 '제논의 역설과 우리의 역설' 보고서를 담당 교수에게 보여 주자 그도 인상 깊게 여겼다. 둘 다 A로 결론을 내렸다.

그는 그런 데 익숙하지 않지만 그래야 한다고 믿는 사람처럼 앨리스 쪽으로 바짝 몸을 숙이고 뜨거운 입김을 요란하게 내뱉었다.

그래도 앨리스는 몸에 힘을 주고 버텼다. 덫에 걸렸지만 아직 그 사실을 인정하지 못하는 동물처럼 심장이 빠르게 쿵쾅거렸다.

"뭐. 그럼 이제 그만 나가자. 여기 있는 거 불편하면 계속 있을 필요는 없어, 앨리스." 사이먼의 말투는 단호하고 거만했다. 앨리스라는 이름을 발음하는 말투가 곰살맞지 않았다.

"그—그게—네. 이제 그만 나, 나가는 게 좋겠어요……."

그녀는 말끝을 흐렸다. 오해한 쪽은 그녀인 모양이었다. 하지만 뭐라고 말을 하면 좋을지 알 수 없었다. 미안하다고 해야 하나? 사이먼은 머뭇거리며 애써 미소를 지으려는 그녀를 보더니 그녀에게 손을 얹고 자기 입술을 그녀의 입술 위로 포갰고, 이렇게 해서 격정 비슷한 것이 그들을 스치고 지나갔다.

성폭행은 아니었다. 정확히 말하면 그건 아니었다.

그녀의 몸이 긴장을 하긴 했다. 육체적인 고통과 공포로 뻣뻣하게 굳었다. 다른 남자 같았으면, 진정한 애인이었다면 생각을 바꾸어 떨어져 나왔을 것이다. 겁에 질린 젊은 여자를 달래고 안심시키고 말을 걸었을 것이다. 하지만 이 남자는 아니었다. 그는 앨리스를 자기에게 반항하지만 자기보다 약한 육체적인 존재, 더 힘이 센 그에게 저항하지 못하는 존재로만 인식했다.

"이런 망할. 젠장!" 그의 입에서 고함이 터져 나왔다.

쾌감이나 격한 감정에서가 아니었다. 고뇌에 찬 발작이었다.

당시에는 그가 그녀를 비난할 줄은 꿈에도 몰랐다.

이후에 그녀는 그의 집 화장실에서 얼른 옷을 입었다. 세면대, 변기, 벽에 부딪히지 않고서는 몸을 움직일 수 없을 만큼 좁은 공간이었다. 거울에 비친 멍하니 충혈된 눈을 외면하고 물에 적신 손가락으로 헝클어진 머리를 쓸어 넘기며 어설프게 씻었다.

그는 그녀를 기숙사까지 걸어서 바래다주는 내내 말이 없었다. 킨치 같은 길쭉한 다리로 앞장서서 성큼성큼 걷기 바빴다. 공기는 아까보다 더 차가웠고 안개도 더 짙었다. 키가 크고 우뚝한 전나무들은 거의 보이지 않았다. 그녀는 사이먼이 적어도 얼마 동안은 그녀와 손깍지를 꼈다고 기억하겠지만—자존심상 그렇게 우기겠지만—사실 그는 가끔 그녀의 팔꿈치를 잡았을 뿐이고 그마저도 안심시키기 위해서가 아니라 재촉하기 위해서였다.

"이만 여기서 헤어지자. 우리가 같이 있는 걸 제삼자에게 들키면 안 좋으니까." 그는 기숙사로 향하는 인도에서 걸음을 멈추고 벌써부터 뒷걸음질을 치기 시작했다.

굿바이 키스는 없었다. 앨리스의 손을 마지막으로 꼭 잡아 주지도 않았다. 그녀는 나중에 속으로 중얼거릴 것이다. 그는 당연히 그녀가 걱정되어 한 소리였을 거라고. 자기뿐 아니라 그녀도 걱정되어 한 소리였을 거라고.

그녀는 그를 다시 만나지 않을 것이다. 목요일 오후 늦은 시각에 열리는 그의 강의에도 들어가지 않을 것이다. 그 무렵 그는 그녀를 인식조차 하지 못했다. 그는 그녀의 몸속으로 들어간 찰나 그녀를 까맣게 잊었다.

그가 미웠다. 그 남자에게 저항하지 못했다니 수치스러워서 견딜 수가 없었다.

그녀는 강의에 빠지지 않을 것이다. 절대로!

그녀가 왜 철학을 빼앗겨야 하나? 그녀는 처음 접하는 글들을 사랑하고 숭배했다. 플라톤, 아리스토텔레스, 마르쿠스 아우렐리우스, 스피노자, 로크, 흄. 존 스튜어트 밀. 그 남자 때문에, F 받을 걱정 때문에 강의를 빠지려 하다니 말도 안 되는 발상이었다.

그리고 그녀는 사이먼 미치를 다시 만날 것이다. 그가 부르면 찾아갈 것이다.

도합 다섯 번. 가구가 딸린 아파트로, 해가 진 뒤에 살그머니. 그 소파에서. 겨울이 깊어 가는 동안. 날마다 어둠이 더 일찍 찾아왔고, 돌길이 눈으로 덮였고, 남자가 성마르게 잡아당긴 앨리스의 옷이 늘었다. 그러고 나면 쓸려서 쓰라리고 뜨거워진 몸을 어설프게 씻으며 거울 속에 비친 자신의 모습을 외면했다. 이게 나야? 앨리스 맞아? 이런 짓을 저지르고 있다고? 끔찍함과 뿌듯함이 한데 뒤섞인 놀라움.

조심스럽게 입을 만져 본다. 그에게 빨려서 부은 입술을.

그래. 너야. 다른 사람이 아니라.

3

그리고 얼마 되지 않아 롤런드 B가 그녀의 삶에 들어왔다.

아무도 예상치 못한 일이었다. (적어도 앨리스는 예상치 못한 일이었다.) 그녀가 임신인 게 분명하다는 사실을 인정할 수밖에 없게 된 날로부터 며칠 뒤 대학 도서관 앞의 눈 덮인 광장을 건너는데, 그녀의 이름을 부르는 귀에 익은 목소리가 들렸다. "앨리스?"

그녀는 무턱대고 걷고 있었다. 고개를 숙이고 불안과 공포로 시끄러운 머릿속을 달래며. 아냐. 그럴 리 없어. 그럴 순 없어.

이런 사람 많은 공간에서 갑자기 음악이 흘러나오듯 그녀의 이름이 불리다니.

그녀는 고개를 돌렸다. 누구지? 물개 가죽 칼라가 달린 갈색 겨울 코트에 호박색 니트 모자를 눌러쓴 노년의 신사가 그녀를 보고 좋아서 눈가에 잔주름이 생겼다. "미스 어커트? 맞구먼."

신사가 덥석 그녀의 손을 잡았다. 앨리스는 너무 놀라서 주춤하며 뒷걸음질도 치지 못했다.

"앨리스—맞지? 반가워요."

"아, 안녕하세요……."

세미나에서는 세상 딱딱한 초빙 시인이 이런 식으로 인사를 건네다니 기함할 일이었다. B 교수는 학생의 이름을 부르는 경우가 거의 없었다. 앨리스가 기억하기로는 한 번도 없었다. 시인이 그녀의 이름을 알고 있을 거라고는—강의 밖에서 그녀를 알아볼 거라고는, 감히 상상한 적도 없었다.

"시인의 집을 구경한 적 있나, 앨리스? 없어? 그럼 따라오게. 자네를 첫 손님으로 초대할 테니."

"저도 구경하고 싶은데요, 교수님—하지만……."

"이 근처야. 이쪽으로 가면 돼. 따라오시게!" 그는 숙녀를 에스코트하는 신사처럼 앨리스의 팔짱을 꼈다.

화창한 야외에서 만난 롤런드 B는 장난꾸러기였다. 강의실에서 보았던 아담하고 자신감 없는 남자가 아니라 키는 앨리스와 비슷하고 상당히 단호했다.

시인의 집이라 불리는 곳은 근사하고 고풍스러운 생활관이었다. 에드워드 7세 시대에 지어졌고, 벽을 두툼하게 뒤덮고 있는 담쟁이 덕분에 무너지지 않는 것처럼 보이는 빛바랜 빨간색 벽돌 건물이었다. 철책과 철문 뒤로 깊숙이 들어가 있었고 그 시대의 특징을 고스란히 담은 예스러운 분위기를 풍겼다. 조그만 앞마당에는 1847년에 이 학교를 설립한 장로교 목사의 검은색 대리석상이 있었다.

현관에는 로버트 프로스트, 에이미 로웰, 시어도어 레트키, 골웨이 키넬과 같은 유명한 시인들이 이 집에서 살았었다는 황동 명패가 걸려 있었다. 내부는 퇴색한 풍요로움이 뭔지 보여 주었다. 고풍스러운 가구, 퀴퀴한 냄새가 나는 벽돌 벽난로, 프랑스산 실크 벽지, 스타인웨이 그랜드 피아노. 롤런드 B는 그녀를 응접실로 안내하며 소리를 약하게 해 놓은 피아노 건반을 장난스럽게 몇 개 눌렀다.

"코트 이리 주게. 좀 있다 갈 테니까."

"그─그렇게 오래는 못 있어요. 도서관 가던 길이라…….."

"차 마시겠나? 한잔 끓이려던 참인데."

아뇨, 아뇨! 전 그만 가 보아야 해요.

"아, 네. 감사합니다."

롤런드 B는 그녀에게 바짝 붙어 서서 미소를 지었다.

작고 울퉁불퉁하며 누런 그의 아랫니가 그녀의 눈에 보였다.

롤런드 B는 웃으며 그녀를 관찰했다. 앨리스는 발그레한 뺨과 번들거리는 눈을 보며 그가 오후에 술을 마시고 있었던 건 아닌지 궁금해했다.

보스턴의 친구나 동료 들과 멀리 떨어져 여기서 지내려니 외로울 수밖에 없었을 것이다. 세미나 강의 때 그는 동경하는 분위기를 풍기며 여러 차례 보스턴에 대해 언급했었다.

"어떤 차를 줄까? 녹차, 다르질링, 얼그레이, 랍상?"

앨리스는 롤런드 B가 마실 것과 같은 걸로 달라고 했다.

"성격이 아주 서글서글하구먼, 앨리스! 세미나 강의 때는 쉽게 설득당하지 않을 사람처럼 보였는데."

앨리스에게는 갈비뼈를 쿡 찌르는 거나 다름없을 만큼 도발적인 발언이었다. 세미나 강의가 진행된 몇 주간 이 시인이 그녀를 설득하고 싶었던 일이라도 있었다는 말인가?

그녀를 잘 알지도 못하면서! 짐작조차 하지 못하면서! 앨리스는 그녀의 곤경을, 그녀의 배 속에서 조그만 도토리처럼 무럭무럭 자라고 있는 것을 차마 떠올릴 수 없었다.

그는 복도를 지나 천장에 정교한 흰색 몰딩이 있는 뒷방으로 앨리스를 데려갔다. 황동 헤드 보드와 네 개의 기둥이 달린 침대, 올이 다 드러난 인도산 카펫, 책과 잡지가 쌓인 테이블. 천장에 달린 조그만 샹들리에도 황동인데, 광이 나게 좀 닦아야 할 것 같았다.

"독신남의 금욕적인 삶은 이러하다네. 젊었을 때 나는 혼자인 삶을 갈망했고 소원을 이뤘어. 지금은 나이를 먹었고 위험은 과거지사가 됐지."

침대를 덮은 빛바랜 퀼트 이불이 삐딱한 것을 보고 롤런드 B는 능숙한 솜씨로 주름진 부분을 반듯하게 폈다.

네 개의 기둥이 달린 침대는 넓지 않은 구식 더블 베드였지만 한쪽만 쓰이고 있다는 게 보였고, 정사각형의 큼지막한 베개들이 헤드 보드에 기대어져 있었다. 침대 옆 테이블에는 노트와 책 더미가 놓여 있었다. 세탁한 지 오래된 침구 특유의 퀴퀴한 냄새가 희미하게 앨리스의 콧구멍을 간질였다.

"침대에서 책을 읽나, 앨리스?"

앨리스는 그렇다는 뜻에서 고개를 끄덕였다.

"침대에서 글도 쓰고? 노트에?"

앨리스는 그렇다는 뜻에서 고개를 끄덕였다.

"시를 읽고 시를 끼적이고 시를 꿈꾸고. 그래. 당연히 그렇겠지."

롤런드 B가 불편할 정도로 가깝게 서 있었다. 앨리스는 어색하게 웃음을 터뜨리고 슬금슬금 뒤로 물러났다.

앨리스가 구경한 모든 방에 책과 종이와 워크시트가 있었다. 롤런드 B는 가는 곳마다 손 닿는 데에 책을 두고 일을 해야 하는 사람이라는 것을 알 수 있었다. 그는 벽돌 담벼락에 둘러싸인 안뜰에 눈이 쌓여 가는 장면을 감상할 수 있게 퇴창 앞에 고풍스러운 책상을 가져다 놓았다.

"마이 달링 앨리스, 앉게! 여기 앉아."

롤런드 B는 앨리스를 책상 앞에 앉히고 그녀의 어깨에 손을 얹었다. 그런 다음 허리를 숙여 턱으로 그녀의 정수리를 쓸고 지나갔다.

정말 이상하네, 앨리스는 생각했다. 롤런드 B는 마치 그녀의 눈을 통해 볼 수 있다고 상상하는 것만 같았다.

앨리스는 시인의 손을 떨치고 벌떡 일어나 뛰쳐나오고 싶었다. 하지만 사지가 힘이 빠지기라도 한 것처럼 갑자기 무기력해졌다. 몸을 움직일 수가 없었다.

그는 내가 불행하다는 걸 알아. 벌어진 상처와 같아서.

"자네는 언제든 환영이라는 거 알지? 언제든."

안뜰에 고요하게 눈이 내리고 있었다. 흰색의 소용돌이에는 최면 효과가 있었다. 오래되어서 빛바랜 벽돌은 조만간 고운 눈으로 덮일 것이다. 발소리는 희미해질 것이다. 사람들 말소리도 희미해질 것이다. 나풀나풀 바닥으로 떨어지는 눈송이의 움직임 안에서 모든 것이 고요했다. 앨리스 어커트와 롤런드 B는 머나먼 공간, 머나먼 시간에 단둘이 있는 거나 다름없었다. 연로한 시인은 앨리스의 뒤에 서서 그녀의 어깨에 손을 얹고 말없이 창밖을 내다보았다. 쌓여 가는 눈 때문에 시야가 짧아졌다.

   그게 그렇게 시작되었다.

   모든 것의 시작점은 천진난만이다.

   그러니까―무지다.

4

하느님 도와주세요. 저를 사랑하지 않으시더라도.

5

그녀의 머리가 뜨겁게 돌아갔다. 궁지에 몰린 쥐 같다는 생각이 들었다. 그녀는 손가락이 아플 때까지 시를 끼적였다.

하지만 아무 조치도 취하지 않았다. 꼭 뭔가를 기다리는 사람처럼—뭘 기다리는 걸까?

열에 들뜬 밤을 보내고 매일 아침 입덧인가 하는 상상조차 하기 싫은 구역질의 파도를 삼킨다.

너무 진부하다! 부끄럽다.

그녀도 모르는 사이 그녀 안에 뿌리를 내린 그것은 무엇일까? 위협적으로 점점 튼튼하게 자라는 그것은. 대면은커녕 이름도 부르기 싫은 고무처럼 질긴 굼벵이.

인정할 수 없는 것, 어느 누구에게도 털어놓을 수 없는 것. 애인에게는 절대.

그는 킨치였기에 그녀에게 혐오감을 느낄 것이었다.

분노와 자기 비하의 눈물을 삼키며 공연히 어린애처럼 주먹으로 배를 친다. 아침마다 잠옷과 침대 시트를 확인한다. 동전 크기로 반짝이는 핏자국, 줄무늬로 남은 핏자국을 어찌나 간절히 원했던지 촉촉하게 젖어 흐릿해진 시야에 쭈글쭈글한 시트 위로 헛것마저 보일 지경이었다.

하느님 이번 한 번만 도와주세요. 다시는 하느님을 의심하지 않을게요.

이건 당신 애기기도 해, 사이먼. 우리 둘의 공동 책임이야. 그러니까 당신이 날 도와주어야 해.

차마 그 남자에게 다가갈 순 없다. 강의실이나 그가 다른 젊은 교수와 함께 쓰는 학과 사무실에서는 당연히.

캠퍼스를 (천천히? 씩씩하게?) 가로질러 그녀가 사랑했던 남자가 (부끄럽지만 그녀가 사이먼 미치를 사랑했던 건 부인할 수 없다) 살고 있는 퇴색한 빅토리아 시대 건물의 가구가 딸린 셋방으로 찾아갈 수도 없었다. 눈처럼 하얀 배경을 등지고 검은 옷을 입은 영화 속의 고독한 인물. 계단을 올라가 주먹으로 문을 두드리는데……. 맙소사, 안 될 말씀이었다.

그녀의 몸속, 배 속 저 깊은 곳, 자궁 속에서 자라는 작디작은 것에 대한 생각이 머릿속에서 떠날 줄 모른다. 무슨 일이 벌어질 가능성이 있지 않을까? 유산율이 얼마나 될까? 계속 먹지도 않고 자지도 않고 멍하니 불안하게 계단을 내려가고 번잡한 도로를 건너다…….

사실 앨리스는 임신 중단에 대해 아는 게 없었고, 그럴 만한 돈도 없었고, 임신 중단을 하려면 돈이 얼마나 필요한지도 몰랐다.

100달러? 500달러? 천 달러? 고등학교 때 들은 풍문이 있긴 한데……

이유 없이 사라진 여자애들, 죽음.

그녀가 아는 게 있다면 임신 중단은 불법이라는 것이었다. 이 나라에 임신 중단이 합법인 지역은 없었다. 임신 중단에 대해 물어보는 것조차 불법일 수 있었다. 잘못하다간 퇴학을 당할 수 있었다. 다른 여학생이 그녀를 딱하게 여겨서 도와줄 거라고, 학교 당국에 알리지 않을 거라고 감히 추정할 수도 없었다.

그녀가 매달릴 수 있는 사람은 사이먼뿐이었다. 그런데 그럴 만한 사이먼은 없었다.

그는 믿기지 않아 하며, 경악하며 그녀를 빤히 쳐다볼 것이다. 혐오스러워하며.

대화 중간에 언뜻 흘린 말을 들어 보면 그는 '순결한' 삶을 찬양하는 듯했다. 개인적이고 하찮은 삶, 영적인 자아를 반박하는 생물학적인 자아를 '초월한' 삶. 배우자가 있는 삶보다 훨씬 뛰어난 사제의 삶. 앨리스가 그런 문제에는 그의 입장만 있는 게 아니라 양쪽의 입장이 있을 수도 있지 않느냐고 반론을 제기하려고 하면 그는 여러 번 짜증을 냈었다.

단 한 번의 거친 숨으로 꺼져 버리는 촛불과 같은, 그 남자의 그녀를 향한 감정. 성적인 갈망은 그런 원초적인 욕구에 버틸 재간이 없었다. 앨리스는 위험을 감수할 수 없었다.

너 혼자 무슨 수로 태아를 '유산'시키게? 쉽지 않을 텐데.

약이 있다는 걸 앨리스도 알았다. 배 속에서 아이가 잘못되어 병원에서 낙태를 유도할 때 쓰는 강력한 유산 유도제. 하지만 의

사의 처방 없이 먹었다가는 생명이 위험할 수 있었다. 어차피 시중에서 구할 수 없기도 하고.

쇠 옷걸이. 가장 흔히 쓰이는 방법이었다. 얼음 깨는 송곳, 날이 긴 칼, 젓가락도 혹시⋯⋯. 앨리스는 현기증을 느꼈다. 이런 생각만으로도 정신이 아득해졌다.

6

너무 외로워서 거절할 수가 없었다.

나중에 알고 보니 놀랍게도 롤런드 B는 나이가 많지 않았다. 그렇게 많지 않았다. 이제 겨우 예순한 살이었다.

(물론) 앨리스의 아버지뻘이기는 했지만 (아마도) 할아버지뻘은 아니었다…….

그녀는 기억을 소환했다. 길을 잃은 영혼들의 수호성인이었던 실비아 플라스는 스스로 생을 마감할 당시 겨우 서른이었다.

머리가 반구형의 대머리고 남들 앞에서는 딱딱하게 격식을 차렸지만 롤런드 B는 놀라우리만치 젊은 사람이었다. 얼굴은 주름이 없어 보였지만 (가까이서 보면) 거미줄처럼 가는 주름이 그물과도 같이 피부를 덮고 있었다. 자갈색 눈은 가끔 거북이처럼 반쯤 감길 때를 제외하고는 호기심으로 초롱초롱 빛났다. 검버섯인 줄 알았던 손등의 반점은 주근깨였다. 세미나 강의 때는 신중하고 조용하더니 시인의 집에 단둘이 있을 때는 시원스럽게 잘 웃었다. 특히 술이 한두 잔 들어가면 더욱 그랬다.

레드 와인, 어쩌다 위스키. 앨리스도 한 잔 받긴 하지만 (대개는) 입에 대지 않았다.

세미나 강의 때는 앨리스가 발언하면 롤런드 B는 그녀의 말이 아니라 목소리에 마음을 빼앗긴 사람처럼 눈을 반쯤 감고 그녀를 보았다. 그녀를 보면 떠오르는 사람이 있는 게 아닐까? 처음에는 그녀가 누군지 그가 과연 알까—출석부 명단 중에서 어느 게 그녀의 이름인지 과연 알까 싶었다.

그리고 시인의 집에 갔을 때는 그가 지금까지 가깝게 지낸 여자들이 그토록 많은데 그녀의 존재를 과연 기억할까 싶었다.

앨리스는 롤런드 B가 쓴 시를 보고 그에게 애인이 여럿 있었다는 걸 알았다. 그는 후회하는 듯이 독신남의 금욕적인 삶을 운운했지만, 독신남으로 살지도 않았고 아마 금욕적이지도 않았을 것이다. 지금보다 젊었을 때 그의 삶 속으로 유령처럼 등장했다가 사라진 존재들은 이름만 남았다.

하지만 그는 앨리스의 이름을 알게 된 후에 한 번도 잊어버리지 않았다. 아주 조심스럽게 그 이름을 발음했다—'앨리스'라고.

예전에 오리지널인 '앨리스 리들'을 만난 적이 있다면서.

앨리스 리들? 순간 앨리스는 그게 누군지 몰랐다가 잠시 후 기억해 냈다. 《이상한 나라의 앨리스》와 《거울 나라의 앨리스》의 주인공 앨리스의 모델이었던 아이였다. 까만 머리와 까만 눈으로 몽환적인 분위기를 풍기던 일곱 살짜리 소녀. 옥스퍼드대학교의 수학자 찰스 도지슨(루이스 캐럴)이 요즘 같으면 불법이라고 했을 만큼 다정하고 친밀한 포즈를 취하게 하고 사진을 찍은 그녀.

"앨리스 리들의 가족은 막판에 '루이스 캐럴'을 내쫓았다네. 정확한 이유는 아무도 모르지만 짐작은 가고도 남지. 그는 상심이 컸을 거야."

'앨리스'에게 죽을 때까지 붙들려 지낸 가엾은 앨리스 리들. 그녀는 '앨리스'와 별개의 존재였건만 거기서 벗어나지 못했다. 나이를 먹은 뒤에는 그녀를 소재로 쓴 책을 홍보하려는 야심만만한 아들 손에 이끌려 미국 땅을 밟았다. 그녀는 언론과 접촉하고 사진 촬영을 하고 아들의 책에 사인을 해 주어야 했다. 롤런드 B는 그 당시 막 뉴욕으로 건너온 청년이었고, 내셔널 아트 클럽에서 열린 행사에서 '오리지널' 앨리스를—스치듯—만나 악수를 했다.

아들과 출판사에게 착취당하고 있었지만 그의 눈에는 여전히 매력적이었다. 이듬해인 1934년에 그녀는 82세를 일기로 세상을 떠났다.

1934년이라니! 앨리스는 화들짝 놀랐다. 머나먼 과거였다.

롤런드 B는 생각에 잠긴 투로 말했다. "그녀는 점점 나이를 먹어 가는 자기 사진이 어렸을 때 루이스 캐럴이 찍은 그 악명 높은 사진과 비교당하는 수모를 평생 견뎌야 했지. 까만 눈과 까만 머리의 아리따운 소녀, 한쪽 어깨를 드러낸 조숙한 요부. 신문 기자들은 그녀를 두고, 그녀의 얼굴을 두고 온갖 아첨을 늘어놓다가도 그녀가 어떤 여자로 나이를 먹어 가고 있는지 얄궂게 떠들어 댔다네."

조숙한 요부. 그 사진을 찍었을 때 앨리스가 몇 살이었더라? 일곱 살? 여덟 살? 앨리스의 기억에 따르면 그녀는 영국의 고리타분한 중산층 학자 집안에서 태어난 꼬마 아가씨가 아니라 제 나이보다 훨씬 영리한 집시 여자애 같아 보이도록 설정되었다.

얼마나 괴로웠을까, 앨리스는 생각했다. 자신의 어린 시절과 끊임없이 비교당하다니. 나이를 먹어서도 영원히 어린애로 머물러야 했다니.

앨리스는 롤런드 B에게 어렸을 때 앨리스 책을 무서워했다고 말했다. 심지어 존 테니얼의 삽화까지 무서웠다고 말했다. 어찌나 그로테스크하던지! 그리고 앨리스는 수시로 괴로웠을 것 같았다. 몸이 너무 커지거나 쪼그라들거나, 괴상한 생물을 안고 비명을 질러 대는 미친 여왕을 피해 도망쳐야 했으니 말이다. *목을 베어라! 목을 베어라!*

그녀는 주인공 앨리스가 자신의 어린 시절과 전혀 달랐던 기억이 났다. 그 영국 소녀는 왠지 모르게 어른 같았다. 그리고 고아 같았다.

고아? 롤런드 B는 궁금해했다.

아니, 책에서 앨리스는 부모가 없지 않은가. 토끼 굴 속으로 뛰어내려 이상한 나라에 갔을 때도 거울을 지나 거울 나라로 넘어갔을 때도—앨리스는 혈혈단신으로 헤매 다녔고 심지어 성도 없었다.

"자네 말이 맞는 것 같군. 하도 오래전에 읽은 책이라 내용이 가물가물하지만. 나는 자네 말처럼 앨리스가 혼자라는 생각은 한 번도 한 적이 없었는데 말이지."

롤런드 B는 암송을 시작했다.

"화창한 하늘 아래 배 한 척이
꿈꾸듯 꾸물꾸물 떠 가는
7월의 오후—

세 아이는 옹기종기 모여 앉아
반짝이는 눈으로 귀를 쫑긋 세우지,
짧은 이야기를 하나 듣고 싶어서—

화창하던 하늘은 해가 저문 지 오래
메아리는 사라지고 기억은 희미해져
가을 서리에 난자당한 7월.

그래도 그녀는 나를 떠날 줄 모르지, 환영처럼
하늘 아래서 움직이던 앨리스
그 모습을 본 사람은 없지만…….″
(《거울 나라의 앨리스》의 맨 마지막에 실린 시의 일부 구절이다 - 옮긴이)

시인은 애수와 회한의 분위기를 풍기며 말끝을 흐렸다.
앨리스는 불안해졌다. 불을 많이 땐 시인의 응접실에서 한기
가 느껴졌다.
그녀는 심란한 꿈을 단편적으로 떠올리듯 앨리스 책의 내용을
단편적으로 떠올리고 있었다. 박쥐가 날개를 퍼덕이는 것처럼 이
런 구절이 머릿속에 떠올랐다. "요상해진다. 요상해져!" "밥짓녘
때 미끈잽 설냥이들." "재채기를 하거든 때려 주어라." "아침 식전

에 불가능한 일을 최대 여섯 개까지." 서로에게 비명을 질러 대는 미친 쌍둥이 트위들디와 트위들덤. 나이 많은 하얀 왕이 나무 아래에서 잠을 자며 앨리스 꿈을 꾸는데, 그가 이 꿈을 꾸는 도중에 잠에서 깨면 앨리스가 사라지는 것. 아, 끔찍해라! 새끼 굴을 하나씩 잡아먹는 바다코끼리와 목수. 앨리스도 잡아먹히겠지—그게 언제가 되느냐가 관건일 뿐. 앨리스가 목숨을 부지하는 이유는 오로지 이상한 나라와 거울 나라의 주문에 걸려 있기 때문이고, 그녀가 여왕이 될 거라는 (믿기 힘든) 약속을 하는 체스 게임 때문이다. 나이 많은 하얀 여왕이 수프 그릇에 빠져 양 다리에게 먹힐 위기에 놓이고, 촛불이 천장을 향해 미친 듯이 타오르던 장면이 생각난다. 무슨 일이 벌어지려 하고 있어!

앨리스는 몸서리쳤다. 그녀는 앨리스 책을 싫어하고 무서워했고, 자기가 그 책 속에 갇히는 악몽을 꾸었었다. 그 기억이 이제야 살아나고 있었다.

롤런드 B는 앨리스가 일곱 살이었을 때 자기가 몇 살이었는지 손가락으로 계산했다. "아무리 못해도 쉰은 됐겠군! 찰스 도지슨과 앨리스 리들보다 나이 차가 더 많아."

하지만 롤런드 B가 그녀에게 이런 얘기를 하는 이유가 뭘까? 그것도 그런 묘한 미소를 지으면서?

시인은 과감하게 그녀의 손을 잡고 안심시키려 했다.

"그래도 그녀는 나를 떠날 줄 모르지, 환영처럼.'"

앨리스는 당황했지만 애써 미소를 지었다. 시인은 놀라우리만치 세게 그녀의 손을 잡았다.

"자네는 독특하게 아리따운 미인이야, 앨리스—그러니까 내 말은, 자네의 미모가 독특하다는 거지. 전형적이지 않고—보는 눈이 없는 사람들은 자네더러 전형적인 관점에서 전혀 매력이 없다고 할 수도 있어. 사실 자네를 보면 어린 시절의 앨리스 리들이 연상돼—그 까맣고 우수에 젖은 눈망울이."

앨리스는 날카롭게 숨을 들이마셨다. "음. 저는 앨리스 리들이 아니에요, 교수님. 그리고 이제 그만 가 봐야겠어요."

그녀를 토닥이던 손이 화들짝 그녀의 손을 놓았다. 거북이처럼 눈을 덮고 있던 눈꺼풀이 놀라서 떨렸다. 앨리스는 미소와 함께 이런 생각을 하며 자리에서 일어났다. 망할, 까맣고 우수에 젖은 눈망울이라니 그만 좀 하시지. 드디어 내가 당신에게 충격을 선사한 모양이로군. 안 그래?

7

매일 아침 그 조그만 굼벵이는 꿋꿋이 버텼다. 한때 앨리스 리들이었던—아니 그런 적이 없었던—까만 머리, 까만 눈을 한 소녀의 몸속 깊숙한 곳에서.

생리혈이 흐르지도, 침대 시트에 거무스름한 자국이 새로 묻지도 않았다. 절대.

하느님 도와주세요. 저를 사랑하지 않으시더라도.

그러자 무뚝뚝하고 반론의 여지가 없는 대답이 곧바로 그녀의 귀에 들려왔다. 그럼 죽어라. 그럴 수 있는 능력이 네 손안에 있으니.

자살이라는 선택지.

새벽에는 자살이 임신 중단보다 더 그럴듯하고 더 편리하게 느껴졌다. 제삼자의 개입도 없고 비용도 발생하지 않으니까.

얼토당토않은 고민이었다. 임신 기간은 겨우 9개월이고, 일반적인 생애에서 9개월은 그리 긴 기간이 아니다. 그렇지. 하지만 임신을 하면 일반적인 생애가 더는 남지 않아.

기숙사 선배 하나를 붙잡아서 단둘이 심각하고 사적인 얘기를 할 수 있겠느냐고 물어보기로 마음먹고 뭐라고 할지 더듬더듬 연습해 보지만, 안 그래도 별로 대단하지 않던 의지가 꺾이고 말았다. 자신을 그 정도로 드러낼 용기가 나지 않았다. 그녀는 아무도 믿을 수 없었다. 아무도.

높은 데서, 다리 같은 데서 떨어지면 효과 만점일 것이다. 쌩하니 달리는 차, 이왕이면 트럭이나 버스 앞으로 뛰어드는 것도. 앨리스는 누군가에게 다가가 자신의 고충을 토로할 용기라도 낼 수 있길 상상했다.

배가 더 불러서 절박해지면. 그때라면 가능하지 않을까. 절박한 집착증 환자가 되면 용기는 필요 없을지 모른다.

남들이 알아차리고 의심하기 시작하면 앨리스는 절박해질 것이다. 배가 불러서 옷이 맞지 않기 시작하면.

시간이 얼마나 남았을까? 몇 주 남았을까? 사형 선고—막을 수 없는 종양처럼 점점 자라는 태아.

손목을 긋자. 면도날이나 예리한 칼만 있으면 되고, 센스 있게 실행에 옮기면 밤에 아무도 모르게 해치울 수 있다. 피를 희석해 흔적도 없이 씻어 버릴 수 있게 물을 틀어 놓고 욕조 안에서. 샤워부스가 아니라 욕조가 있는 1인실 기숙사 화장실에서. 아무도 방해할 수 없게 문을 잠글 수 있는 곳에서. 앨리스는 아스피린을 먹고 김이 모락모락 나는 뜨거운 물속으로 들어가 눈을 감고 보지 않을 수 있었다. 그녀 같은 겁쟁이는 물과 함께 하수구로 콸콸 내려가는 핏줄기를 차마 볼 수 없을 테니까. 출혈로 심장 박동이 느려지면 드디어 달콤한 안도감이 찾아오겠지……. 하지만—목욕을 하려고 했던 것처럼 옷을 벗어야 할까? 아니면—플란넬 가운이라도 입어야 할까? 알몸의 시신으로 발견되고 싶지는 않으니까 (으, 그건 절대 안 될 말씀).

정확히 어떤 식으로 죽음을 완수할 수 있을까? 양쪽 손목이 아니라 벌벌 떨리는 오른손으로 한 손목만 그을 수 있을 텐데. 왼 손목 아니면 왼팔 안쪽의 연한 살을 (깊게, 잽싸게, 실수 없이) 그으면 고통이 엄습할 테고, 그녀가 쥐고 있던 면도날이나 칼은 콸콸 쏟아지는 물속으로 떨어져…….

약을 먹을까? 무슨 약? 처방받고 복용하는 약이 없어서 약국에서 사야 할 텐데 무슨 약을 사야 할까? 수면제? 알 수 없었다. 집에 있었다면 부모님의 약장을 뒤질 수 있을 것이다—고혈압, 협심증, 신장 질환, 관절염. 하지만 죽을 수 있을 만큼 알약을 먹다가 잘 삼키지 못하면 구역질이 날 수 있었다. 게다가 제대로 토하지 못하면 죽는 게 아니라 땀범벅으로 인사불성이 될 테고, 심장은 고집스런 메트로놈처럼 계속 뛸 테고, 몇 시간 또는 며칠 뒤에 자기 토사물과 배설물을 뒤집어쓴 채 깨어나 구급차를 타고 응급실로 실려 가서는 위세척을 받을 것이다—어떤 식으로 '세척'한다는 건지는 모르겠지만. 여기에는 낭만도 품위도 없었다. 입원해 정신 감정을 받고, 부모님에게 연락이 가고, 임신했다는 것이 밝혀지고, 학교에서 쫓겨나고, 어쩌면 뇌 손상 환자로, 어쩌면 '식물인간' 상태로…….

앨리스는 웃음을 터뜨렸다. 새벽 3시 20분이었고, 그녀는 몇 시간 전에 불을 껐지만 잠을 이루지 못하고 침대에서 일어나 차가운 나무 바닥을 맨발로 딛고 서 있었다.

그러고는 결심한다. 젠장, 하지 않겠어.

그녀는 스스로 목숨을 끊지 않을 것이며, 시도조차 하지 않을 것이다.

•

오전 수업을 마치고 돌아와 보니 우편함에 쪽지가 들어 있었다. 전화로 전달된 메시지였다. 사이먼이 드디어 그녀를 호출했다는 생각이 들자 유리 조각 비슷한 것이 그녀의 심장에 박혔다. 사실 그녀는 쏟아지는 눈물이 앞을 가리는 바람에 눈을 깜빡이느라 거기에 전화로 전달된 메시지가 적혀 있다는 것도 겨우 알아차렸다. 마이 달링 앨리스, 이 번호로 연락해 주길. R. B.

8

그리하여 그녀의 인생이 바뀌었다.

인생의 선물이었다. 당시 앨리스는 그렇게 생각했다.

시인의 집을 다시 찾는다. 롤런드 B가 장난스럽게 허리를 굽히며 문을 열어 주자 그녀의 심장이 뜨겁게 쿵쾅거렸다.

"마이 달링 앨리스! 얼마나 보고 싶었는데. 들어오게."

앨리스가 롤런드 B의 조교 겸 소장 자료 관리자로 일을 하기로 결정이 났다. 그것이 그의 생전과 (그녀도 그때 짐작했다시피) 사후에 그녀가 맡을 공식 직책이 될 것이었다—조교 겸 소장 자료 관리자.

"당연히 보수는 지급하겠네, 앨리스. 자네의 소중한 시간을 쓸데없이 허비하면 안 되지."

그리고 말했다. "제발 나를 롤런드라고 불러 주게. 노력이라도 해 주겠나?"

그 시인이 그녀의 결례를 그토록 선뜻 용서해 주다니 앨리스는 가슴이 뭉클했다. 그녀가 어색하게 사과하자 그는 되었다는 듯이 손사래를 쳤다. "쓸데없는 소리. 노인네는 선을 넘으면 따끔하게 혼이 나야지. 덕분에 내가 정신을 차렸어."

"아, 하지만 교수님—교수님은 노인네가 아니에요."

앨리스의 입에서 이 말이 튀어나왔다. 시인의 신세 한탄에 그녀가 장단을 맞출 줄은 꿈에도 몰랐건만.

불안해서 웃으며 한 말이었다. 모든 게 거꾸로이고 우스꽝스러운 거울 나라의 앨리스처럼.

하지만 그녀는 그 말이 얼마나 진심인지 알았다. 고독하고 외로운 롤런드 B. 대학에서 그는 존경을 받았고 환영 행사, 점심, 저녁 식사 자리에 종종 초대되었지만 어디든 혼자 갔다가 시인의 집이라는 빛바랜 벽돌 건물로 혼자 돌아왔다. 고풍스러운 가구가 비치된 침실에서 기둥 네 개짜리 침대를 혼자 썼다.

앨리스도 그녀 나름대로 고독하고 외로웠다. 또래의 다른 학생들에게 에워싸여 지냈고 캠퍼스가 그들로 득시글거렸지만 그녀는 혼자였다.

사이먼 미치가 연락을 끊었고, 이제는 강의 시간에 그녀 쪽은 쳐다보지도 않는 눈치였고, 강의가 끝나자마자 그녀가 나가거나 말거나 신경 쓰지 않았으니까.

시인의 집 응접실 안의 모든 빛깔이 그녀가 기억하는 것보다 더 환하고, 더 다채롭고 더 아름답게 느껴졌다. 비둘기색 벨벳 소파에 놓인 진홍색 벨벳 쿠션, 벽난로 선반에는 짙은 적갈색 중국

꽃병, 벽에는 근엄한 표정을 짓고 있는 18세기 신사들의 초상화.

초상화들이 어찌나 우스꽝스러운지! 마치 오래전에 죽어서 오래전에 잊힌 그들이 이제 조상이라는 배역을 맡아서 연기를 하는 것 같았다.

"들어오게, 마이 달링 앨리스! 손이 차구먼. 차 들겠나?" 그녀를 아주 후끈후끈한 방 안으로 끌고 들어가는데, 고풍스럽고 근사한 그랜드 피아노 위에 생생하게 펄떡이는 빨간색 장미가 담긴 크리스털 꽃병이 놓여 있었다―*날 위해 준비한 선물인가? 저 장미는 날 위해 준비한 선물이야.*

여기 그녀를 아끼는 사람이 있었다. 그녀를 버리거나, 그녀에게 상처를 주지 않을 사람이.

신기하게도 지난번에 앨리스가 여기에 왔다 간 뒤로 그녀와 롤런드 B 사이의 분위기가 바뀌었다. 좀 더 가볍고 장난스럽고 (딱 감지할 수 있을 만큼) 야릇해졌다.

그녀는 교수에게 감히 대들었다. 그의 손을 뿌리치고 나가 버림으로써 자기 자신과 그에게 충격을 선사했는데, 이제 그들은 새롭게 시작하고 있었다.

그가 동네 빵집에서 결이 곱고 버터가 듬뿍 들어간 맛있는 스콘을 사다 놓았다. 스콘과 함께 웨지우드 찻주전자와 찻잔에 랍상차를 그의 손님에게 대접했다. 앨리스는 불과 몇 시간 전만 해도 속이 메스거려서 괴로워하고 있었는데, 지금은 온몸이 떨릴 만큼 어마어마한 허기가 파도처럼 밀려왔다.

"자네, 안색이 창백해. 요전 날에도 강의 시간에 느꼈는데. 다른 학생들은 잘난 척 떠들어 대는데 자네는 아주 조용하더군. 무슨 고민거리라도 있나? 아니면—'시간의 날개를 단 전차가 황급히 달려오는'—소리 때문인가?"

분명 시의 한 구절을 인용했을 텐데, 유명하지 않은 작품이었다. 앨리스는 모르는 작품이었다(앤드류 마블의 〈그의 수줍은 연인에게〉이다 – 옮긴이).

"하지만 내가 보기에 쏜살같이 지나가는 시간 때문에 괴로워하기에 자네는 너무 젊은데. 우리들과는 달라서……."

이 말을 듣고 앨리스가 다시 웃음을 터뜨리는 바람에 앙증맞은 웨지우드 잔에 담긴 차가 쏟아졌다. 흘러가는 시간이 그녀에게는 종양만큼 괴롭지만 그렇지 않은 척했다. 몇 시간 전만 해도 변기 앞에 쭈그리고 앉아 헛구역질을 하고 있었는데, 이런 다과 의례가 중요한 일이라도 되는 듯이.

"고민거리가 있으면 나한테는 믿고 털어놔도 좋아. 생각해 보니 자네 나이 때는 너무나 많은 것이 불분명하고 불명확하지. 폴 볼스가 말하지 않았나—'벌어지는 세상사는 누구와 엮이는가에 따라 의미가 달라진다'."

앨리스는 폴 볼스가 누군지 몰랐지만 롤런드 B의 말투로 볼 때 몽상가 비슷한 사람이 아닐까 싶었다.

앨리스는 불안했지만 이 친절한 남자 옆에 있으니 기분이 좋아졌다. 반짝이는 대머리 위에 솜털 같은 흰머리 몇 가닥이 살짝 누워 있었다. 아래가 불룩 처졌고 가장자리에 주름이 잡힌 눈. 누런 이를 드러내며 짓는 희망찬 미소. 앨리스는 자신이 얼마나 위태로운 상태인지 알았다. 이 남자의 따뜻한 말 한마디, 어루만지는 손길에도 평정이 무너질 수 있었다.

그런데 그가 뭘 물어보았더라? 그녀는 허겁지겁 스콘 한 개를 해치우고 랍상 찻잔을 비웠다. 손이 계속 부들부들 떨렸다.

"음, 뭐. 때가 되면 친구처럼 나한테 털어놓을 수도 있겠지. 자네가 암송한 시를 들어 보니 자네를 안다고 말할 수도 있겠던데—내 면적으로 말이지. 나를 영혼의 친구로 생각해 주게."

응접실의 마호가니 테이블 위에 원고, 시 초고, 더러는 손으로 쓰고 더러는 타자로 입력한 편지들이 놓여 있었다. 바닥에는 신문이 담긴 상자가 여러 개 있었다. 대부분 앨리스가 지난번에 왔을 때는 보지 못했던 것들이었다.

"내 소장 자료를 정리하려고 이 상자들을 여기로 보내 달라고 했어. 자네는 어떤 걸 소장 자료라고 하는지 알겠지?"

앨리스는 그렇다고, 알 것 같다고 했다. 존경받을 만큼 가치 있는 경우에만 해당하지만.

"소장 자료는 사실상 작가 인생의 전부라 할 수 있지. 하지만 나는 신문, 서류, 출판물, 편지만 보관했다네. 편지만 수백 통이야. 절판된 책, 한정본. 한참 동안 차일피일 미루며 하버드, 예일, 컬럼비아의 문의에도 답을 하지 않았어. 영생을 꿈꿨던 우리 같은 사람들은 사후의 일은 둘째 치고 자신이 언젠가는 죽을 운명이라는 생각조차 하기가 쉽지 않거든……. 하지만 자네가 나를 도와준다면 그 어려운 일을 시작할 수도 있을 것 같네만."

"그럼요, 교수님. 힘닿는 데까지 도울게요."

그녀는 또다시 불쑥 대답했다. 연로한 시인을 기쁘게 하고 싶은 마음이 워낙 간절했고, 워낙 외롭고 절실하다 보니 이토록 친절해 보이는 사람 앞에서 자제가 잘 되지 않았다.

"얘기했잖나. 롤런드라고 불러 달라고. 교수님은 레조르트(프랑스어로 타인이라는 뜻이다 - 옮긴이)에게 넘기세."

"롤런드." 앨리스가 그의 이름을 불러 보는데 비현실적이고 미심쩍게 들렸다.

"롤런드."

"롤, 랑드. 프랑스 억양으로, 실 부 플레(프랑스어로 부탁한다는 뜻이다 - 옮긴이)."

"롤, 랑드." 앨리스는 몸만 자란 어린애처럼 민망함에 얼굴을 붉혔다.

"흠. 훨씬 낫군. 메르시(프랑스어로 고맙다는 뜻이다 - 옮긴이)!"

응접실 창밖으로 빠르게 하루가 저물어 가고 있었다. 이가 빠진 웨지우드 찻주전자 안에서 랍상 차가 잊힌 채 식어 버렸다. 롤런드 B는 의욕적으로 샷 글라스에 위스키를 두 잔 따르고 앨리스에게 같이 마시자고 했다. "자축할 일이 많지 않은가."

시인의 얼굴에 이내 홍조가 돌았다. 그는 행복해하며 웃었다. 밤이 막바지에 달하고 앨리스가 기숙사로 돌아갈 준비를 할 무렵에는 롤런드 B의 발음이 꼬이기 시작했고 가는 주름으로 덮인 얼굴은 시뻘게졌다. 그녀와 함께함으로써 시인이 따뜻해지고 심지어 빛이 나는 것을 보고 앨리스는 가슴이 뭉클해졌다.

그는 당연히 보수를 지불하겠다고 했다. 그것도 상당히 많이 주겠다고 했다. 하지만 레조르트는 오해할 수 있으니 같이 수업을 듣는 친구들에게도 어느 누구에게도 그들이 어떤 계약을 맺었는지 비밀로 해야 했다.

앨리스에게 가지 말라고 했다. 제발 안 돼! 아직은.

앨리스는 웃으며 기숙사 통금 시간이 있다고 설명했다. 기숙사
에 사는 학부 여학생 전원은 12시 전까지 들어가야 했다.

말도 안 돼! 그런 답답한 데서 살 게 아니라 따로 집을 얻어야
겠군. 내가 집세를 충당할 테니.

9

앨리스는 시인의 집에 있으면 행복하기 그지없었다. 그곳에는 그녀를 마비시키는 권력이 없었다.

동지가 가까워 오는 막간의 기간 동안 앨리스는 부푼 가슴을 안고 숨을 헐떡이며 오후 4시 반과 5시 사이에 빨간색 벽돌로 지어진 기숙사 건물로 들어갔다. 과제, 강의 전에 읽어야 하는 선집과 교재, 롤런드 B의 소장 자료를 정리하는 틈틈이 시를 쓰는 노트를 챙겼다.

"마이 달링, 일의 진전이 보이는군 그래! 자랑스럽네."

앨리스가 도착해 보면 롤런드 B는 위스키 한두 잔 아니면 와인 한두 잔 또는 세 잔을 마신 뒤였다. 그녀를 보며 고마워했다. 위엄을 잃지 않으려 했다. 그녀의 손에, 양손에 입을 맞추었다.

가끔 그들은 8시와 9시 사이에 식사를 같이했다. 롤런드 B가 시내 대여섯 군데 식당 중 한 곳을 골라 시인의 집으로 배달을 시키고 값을 지불했다. 음식이 도착할 때쯤이면 롤런드는 위스키를 한 잔 더 마셨거나 와인을 한 잔 더 마시기 시작했고, 앨리스는 이가 빠지고 금이 갔어도 예쁜 사기 그릇(찬장에서 찾았다)과 변색된 은식기, 흰색 리넨 냅킨, 커트 글라스 고블릿 물잔을 꺼내 상을 차렸다. 촛대와 양초까지. 스티로폼에 배달된 음식을 받아 190도로 예열해 놓은 오븐용 접시에 옮겨 담았다. 음식을 데우는 냄새가 풍기면 입에 침이 고였다. 태어나서 지금까지 이렇게 배가 고파 본 적이 없었다.

이제 간간이 구역질이 나던 시기는 거의 끝났다. 그녀의 무게중심은 골반 일대로 재설정되어 지면과 더 가까워졌다.

앨리스는 주에 5일을 시인의 집에 갔다. 그러다 5일이 6일이 되었다. 6일이 7일이 되었다. 재미있는 할 일들이 아주 많았고, 롤런드 B는 약속한 대로 보수를 두둑이 주었다. 돈을 주는 것이 그에게 민망한 일이고 돈을 받는 것이 앨리스에게 민망한 일이라도 되는 듯 종종 세어 보지도 않고 20달러짜리 지폐를 급하게 쥐어 주었다. "이렇게 번 돈은 신고 안 해도 돼." 롤런드 B는 조용히 말했다. "나라면 안 할 거야. 우리 사이에 오간 돈에 대해 국세청에서 굳이 알 필요는 없지."

앨리스는 완성된 시와 초고와 롤런드 B의 사적인 편지를 롤런드 B의 낡고 튼튼한 레밍턴 타자기로 옮겨 쳤다. 비평과 심지어 교정의 권한까지 그녀에게 주어졌다.

그녀는 자신을 향해 속으로 중얼거렸다. 그를 위해 이 일을 하는 거야. 그는 내 친구니까. 내가 더 열심히 할수록 그와 더 친구가 될 수 있어.

아주 후끈후끈한 시인의 집에서 나와 눈 덮인 교정을 400미터 가량 걸어 기숙사로 돌아가는 때가 되어서야 현실이 쨍그랑쨍그랑 깨진 소리를 내는 종처럼 그녀를 덮쳤다.

내가 왜 이러고 있을까? 앞으로 어찌해야 할까?

강박적으로 속옷과 잠옷을 살핀다. 침대 시트를 살핀다. 그녀는 찾는 게 뭔지도 거의 잊어버렸다. 핏자국이긴 한데 드문드문 생각나는 꿈처럼 멀게 느껴지기 시작한 생리혈이라는 건 거의 잊어버렸다.

그렇다. 하지만 부른 배. 부인할 수 없는 그것을 느낄 수 있었다. 불안과 메슥거림으로 살이 빠지는 게 아니라 찌고 있었다. 2킬로그램, 3킬로그램……. 4킬로그램.

롤런드 B는 앨리스에게 아름답다고 했다. 피부는 매끈하고 두 눈은 반짝이며……. 그녀는 예전처럼 비쩍 마르지 않았다. 분명 전보다 건강해 보일 것이었다.

"그거 아나? 자네는 나의 앨리스야. 앨리스가 필요했던 순간에 마법처럼 내 삶에 등장한."

앨리스는 당황스러워서 웃음을 터뜨렸다. 그가 진심에서 우러나와 한 말이었을까, 아니면 상상의 날개를 펼치는 중이었을까? 아니면 시흥(詩興)이 넘쳤던 걸까?

그녀는 연로한 시인이 자만심에 취해 학부생 조교가 자신과 사랑에 빠졌다고 착각하고 있는 건 아닌지 궁금해졌다.

앨리스는 롤런드 B가 권하는 술을 예의 바르게 거절하는 일이 점점 힘들어졌다. 와인은 몇 모금 마실 수 있을지 몰라도 위스키는 사절이었다.

새침하게 짚고 넘어간다. "저기요, 교수님, 저는 미성년자이거든요?"

롤런드 B는 이의를 제기했다. "마이 달링, 여기는 개인 주거지야. 함부로 침입할 수 없다고. 주 정부에서도 여길 단속할 권한이 없어요. 내 거처라." 그런 다음 말을 멈추고 음흉한 표정을 지었다. "우리의 거처. 우리의 이상한 나라. 수색 영장이 없으면 어떤 경찰도 문턱을 넘을 수 없고 어떤 경찰도 나를 체포할 수 없지."

그는 얼마 안 있어 앨리스가 자고 가길 바란다.

어쩌려고 그래, 앨리스? 그게 그냥―없어질 것 같아?

젖가슴에서 만져지는 멍울, 점점 커지는 종양에 매료된 사람처럼. 일종의 마비 상태. 사지가 진흙, 그것도 따뜻한 진흙처럼 물컹물컹한 곳에 박히기라도 한 듯 잠을 주체할 수 없었다. 7개월 된 애를 유산한 친구 딸이 있는데, (짐작건대) 당사자를 비롯해 임신한 걸 아무도 몰랐다고 엄마와 이모가 수군대는 걸 지나가다 들은 기억이 났다. 헐렁한 셔츠와 멜빵 바지를 입고 다니는 땅딸막하고 그다지 예쁘지 않은 아이라(듣자 하니 그랬다고 했고, 이는 중요한 부분이었다) 온 가족이 믿기지 않아 하며 아연실색했다고 했다. 자기가 임신한 걸 몰랐다니 당시에는 말도 안 된다 싶었는데 이제는 알 것 같았다. 그것에 대해 생각하지 않는 건 식은 죽 먹기였다. 갑작스럽게 쏟아지는 낮잠이 미래에 대한 불안을 대체했다.

무지로의 기절, 다디단 숙면.

어찌어찌 없어지겠지. 더는 존재하지 않게 되겠지.

눈을 떠 보면 이 모든 게 악몽일 거야―앨리스가 눈을 떠 보니

악몽이었던 것처럼.

"마이 달링, 피치 못할 일이 생겨서 오후 내내 나갔다 와야겠어. 하지만 얼른 돌아오겠네. 약속해!"

롤런드가 가끔 그녀를 시인의 집에 두고 외출하면 앨리스는 기분이 좋았다. 그는 조교를 신뢰했고, 그녀의 훌륭한 판단력을 존중해서인지 세세한 부분까지 신경 쓰고 싶지 않은 성격 때문인지 그녀의 의견을 적극 수용했다. 맞아. 맞아! T. S. 엘리엇에게 받은 편지야. 그 친구를 아는 사람들 사이에서는 그냥 '톰 엘리엇'이라고 불렸던. 그렇지. 로버트 로웰이 '캘'이었던 것처럼. 앨리스의 말마따나 그렇게 귀한 자료는 투명 플라스틱 바인더에 보관해야 하지만—그런 바인더를 어디서 구할 수 있을까? 교내 서점? 그는 시시껄렁한 베스트셀러, 음침한 교재, 티셔츠, 스웨트셔츠가 칸칸마다 쌓여 있는 그 거대하고 끔찍한 공간에 단 1초도 발을 들일 수 없었다…….

여러 마디 할 것 없이 앨리스가 사 오면 된다. 그런 일상적인 업무는 롤런드 B보다 훨씬 유능한 앨리스의 몫이었다.

몇 시간 동안 롤런드 B가 받은 친필 편지, 보낸 편지 복사본, 친필로 쓴 원고, 주석을 단 가제본을 열심히 들여다보고 해독하는 일은 신비로운 작업이었다. 유명한 사람들과 유명하지 않은 사람들이 보낸 수백 통의 편지. 롤런드 B는 1930년대에 시를 출간하기 시작했다. 1954년까지 〈더 네이션〉의 시 담당 편집자였고 수십 명의 시인 친구들과 편지를 주고받았다. 이것들을 보다 보면 젊고 야심만만했던 그가 어떤 식으로 실수도 저질러 가며 뒤죽박죽, 되는 대로 입지를 쌓았는지 알 수 있었다. 미끄러운 돌멩이를 붙잡고 돌담을 기어 올라가는 사람처럼, 읽어 보고 의견을 주거나 출간을 추진하겠다는 사람이 있으면 그게 누가 되었든 작품을 보냈고, 아무 편집자라도 관심이나 응원을 표현하고 원고를 받아 주면 고마워했다.

앨리스는 종종 편지를 창가로 들고 가 찬찬히 읽어 보았다. 조그맣고 읽기 힘든 필체, 희미해진 타자기 잉크. 〈케넌 리뷰〉의 편집자 존 크로 랜섬이 몇 편의 시를 칭찬하며 채택하겠다는 편지. 델모어 슈워츠라는 시인이 롤런드 B가 베푼 호의에 감사하는 짧게 끼적인 편지. 엘리자베스 비숍이 호텔 메모지에 쓴 편지는 급하게 휘갈겨 쓴 문장과 '캘'에 대한 서글픈 넋두리의 연속이었다. 평생 이런 걸 경험해 본 적 없는 앨리스는 이런 편지에서 풍기는 친근하고 은밀한 분위기와 한담에 넋을 잃었다.

그녀는 마음만 먹으면 얼마든지 그런 편지를 접어서—개중 일부는 종잇장처럼 얇은 파란색의 항공 우편 편지지였다—가방에 슬쩍 챙길 수 있었다. 롤런드 B는 자기 소유물에 워낙 무관심한 성격이라 그래도 절대 몰랐을 것이다.

특히 롤런드 B가 소책자라고 부르는 그의 초기 한정본은 상자에 아무렇게나 쑤셔 넣어져 있었다.

그중 하나가 1936년에 출간된 《환영처럼과 기타 시선집》이었다. 빳빳한 흰 종이에 아름다운 서체로 인쇄되었고, 표지는 자개색이었고, 롤런드 B의 젊을 적 거창한 사인이 속표지를 장식하고 있었다.

판권 면에 따르면 출간 부수가 겨우 쉰 권이라고 했다. 상자에

세 권이 들어 있는데 모두 물 얼룩이 지고 파손되었다.

맨 앞장에 적힌 인용구가 눈에 익었다.

그래도 그녀는 나를 떠날 줄 모르지, 환영처럼.

이게 뭐였더라? 《이상한 나라의 앨리스》에 나오는 구절이었나? 갈망에 달뜬 찰스 도지슨이 일곱 살 무렵의 앨리스를 회상하며 쓴.

스무 쪽밖에 되지 않는, 물 얼룩이 진 얇은 책을 휘리릭 넘겨 보았다. 롤런드 B가 쓴 대여섯 편의 시를 앨리스는 한 번도 본 적이 없었고 제대로 이해할 수도 없었다. 아마 지금쯤은 그도 잊어버렸을 것이다.

그녀는 《환영처럼》을 얼른 다시 상자에 넣었다. 책이 없어진들 그녀에게 일을 맡긴 괴짜 시인은 모른다 하더라도, 그 누구도 신경 쓰지 않는다 하더라도 앨리스는 부정한 짓을 저지르지 않을 것이다. 뭐가 되었든 훔칠 수는 없었다.

그건 롤런드 B가 그녀에게 보인 애정 어린 관심을 배신하는 행위였다. 그녀가 그에게 보인 관심을 배신하는 행위였다. 그들이 서로에게 보인 존중은 앨리스가 지금까지 겪은 그 어떤 것과도 달랐다.

"어느 쪽이 더 마음에 드나, 앨리스?" 시인은 《시선집》을 준비하느라 오래전, 그러니까 1953년에 출간했던 시를 손보는 중이었다. 앨리스는 젊은 사람답게 눈치 없이 말했다. "예전 버전이요.

그쪽이 훨씬 강렬해요."

"그래? 예전 버전이?"

"네."

그 시는 던(16~17세기에 활동한 영국의 시인 - 옮긴이)의 소네트를 영리하게 흉내 낸 작품이었다. 존 던의 시를 몇 편 모르는 앨리스도 그렇다는 걸 알 수 있었다. 거친 운율, 남성적인 어조. 롤런드 B는 행을 추가함으로써 시의 분위기를 부드럽게 바꾸었다.

그는 그녀의 발언을 듣고 놀라워했다. 그는 그녀가 오른쪽 새끼손가락에 금이 간 조그만 오팔 반지를 끼고 시인의 집에 들어서는 것을 보았을 때부터 놀라워했고 엄청나게 기뻐했다.

롤런드 B가 지은 표정이란! 마치 초에 불이 붙은 듯했다.

마이 달링. 자네가 나를 얼마나 행복하게 하는지.

하지만 지금 그는 별로 행복해 보이지 않는 얼굴을 하고 밖으로 나갔다.

부엌에서 그가 덜거덕거리는 소리가 들렸다. 잔을 찾는 것이었다.

앨리스는 식사 후에 종종 설거지를 했다. 세제를 푼 뜨거운 물의 촉감이 좋았다. 그녀가 설거지를 하지 않으면 연로한 시인은 수요일 아침에 가사 도우미가 올 때까지 그릇을 지저분한 물에 담가 놓았다. 찻잔과 커피를 따라 마셨던 머그잔조차 씻을 줄 모르는 것 같았다. 시인의 집 찬장이라는 인상적인 가게에서 나온 위스키 잔과 와인 잔이 점점 쌓이다 앨리스의 손을 거치면 반짝이며 다시 찬장으로 들어갔다.

롤런드 B는 술을 마시려는 게 틀림없었다. 불쾌해진 기분을 달래기 위해.

한참 만에 위스키를 들고 온다. 다행히 앨리스 몫은 없다.

하지만 그녀에게 줄 선물이 있다. "마이 달링 앨리스, 자네의 날 카로운 통찰력과 솔직한 발언에 감사하는 뜻에서. 아마도 소장용 이 아닐까 하네만."

《환영처럼》이었다. 자개 색 표지가 달린 그 얇은 소책자. 앨리스 는 도둑질이 들통나기라도 한 것처럼 얼굴이 화끈거렸다.

하지만 롤런드 B는 만면에 잔주름이 생기도록 진심으로 함박 웃음을 지었다.

물 얼룩이 진 그 소책자의 속표지를 펼쳐 그녀에게 내민다. "내 삶의 한 줄기 빛이 돼 준 친애하는 앨리스에게. 사랑을 담아 서, 롤런드."

앨리스는 롤런드 B의 손에서 책을 받아들었다. 눈물이 흘렀다. 이토록 다정한 사람 앞에서 울지 않을 도리가 없었다.

"아니, 앨리스, 왜 그러나? 왜 우는 겐가?"

드디어 그에게 밝힌다. 임신했다고.

임신이라는 둔탁하고 부끄러운 단어.

얼마나 되었는지, 정확히 몇 주가 되었는지는 몰랐다.

알고 싶지도 않았다. 그녀 자신에게 아는 걸 허락하지 않았다.

흐느끼며 더듬더듬. 어린애처럼. 상심한 어린애. 등뼈가 산산 이 무너지듯 그녀의 평정심이 산산이 무너졌다. 롤런드 B는 그녀 를 달래려 했다.

나중에 앨리스는 연로한 시인이 그리 놀라지 않았다는 사실 을 깨달았다. 알고 있었던 모양이다. 이상한 낌새를 챘던지…….

두말하면 잔소리지만 그는 앨리스를 아주 다정하게 대했다. 옆에 앉아서 부들부들 떠는 그녀의 손을 잡아 주었다. 그녀가 다급히 말을 쏟아 내도, 감정이 북받쳐서 아무 말도 하지 못해도 가만히 있었다. 그런 식의 다정함이 그녀에게는 끔찍한 역할을 했다. 머릿속을 지워 버리는 역할을 했다. 누군가가 그녀를 이토록 다정하게 대했던 적이, 이토록 공감하며 말을 들어주었던 적이 언제였는지 기억나지 않았다.

"마이 달링. 내 가엾은 달링. 이게 자네에게는 좋은 소식이 아니겠지?"

그렇다. 좋은 소식이 아니었다. 앨리스는 웃으며 눈물을 닦았다.

그가 그녀를 끌어안고 있었다. 나이 많은 친척이 안아 주는 느낌이었다.

자기가 도와주겠다고 한다. 그녀가 허락하기만 한다면.

앨리스는 그의 품에 안겨서 흐느껴 울었다. 추하게 흑흑거렸다. 자존심이 사라졌다. 그녀는 무방비하게 노출되었다. 강의 시간에 남들 앞에서 철저하게 유지했던 평정심이 내동댕이쳐졌다. 갑자기 아이를 가진 무력한 존재로 전락했다.

"나랑 결혼하세. 나를 자네의 남편으로 맞아 줘. 내가 자네와 자네 아이를 책임지겠네. '우리 아이'가 될걸세."

롤런드 B는 위스키 때문에 풀린 혀로 다급하게 말했다.

앨리스는 어색하게 웃음을 터뜨렸다. 안 돼요. 안 돼! 그럴 수는 없었다.

"자네가 나를 사랑하지 않는 건 알아—아직은. 내가 자네 몫까지 사랑할 수 있어. 자네는 나의 앨리스니까."

앨리스는 그를 떼어 내고 싶었다. 얼마 남지 않은 품위나마 얼른 챙겨 시인의 집에서 도망치고 싶었다. 하지만 그녀는 힘없이 시인의 품에 안긴 채로 있었다. 사나운 바람을 피하듯. 남자의 이름이 기억나지 않았다. 그럼에도 그녀의 머릿속은 빠르게 돌아갔다─그가 날 도와줄 거야. 그가 날 살렸잖아.

기둥 네 개짜리 침대, 희미하게 불을 밝힌 침실. 그들의 체중이 실리면 삐걱거리는 단단한 매트리스가 깔린 골동품 침대. 앨리스는 너무 황당하다는 생각이 들었다. 노인은 계단이라도 올라가는 듯 거칠게 숨을 헐떡였다. 그녀를 부드럽게 안고 입술에, 목에 입을 맞추었다. 깃털처럼 가볍던 키스가 금세 격해져 그녀를 숨 막히게 빨아 대는 키스가 되었다.

"안 돼요. 제발요. 이러지 마세요." 앨리스는 겁에 질린 채 그를 밀쳤다.

"미안!"

연로한 연인은 장난인 척 포장하려 들었다.

하지만 그는 계속 숨을 헐떡였다. 거칠게. 잠깐만 하더니 휘청거리며 화장실로 향했다.

수도꼭지 돌리는 소리, 세면대 물마개를 누르는 소리가 들렸다. 앨리스는 일어나 앉아 침대 밖으로 다리를 내렸다. 지금 여기서 뭐 하고 있는 걸까? 여기에 있는 이유는 뭘까? 그가 화장실에서 나오기 전에 이 집에서 나가야겠다. 아니면─외투를 입고 응접실에서 기다려야겠다. 말도 없이 후닥닥 가 버리는 건 양심에 어긋났고 예의가 아니었다.

그에게 경제적인 지원을 부탁해야겠다. 제발 그에게 도움을 받을 수 있길!

그녀가 원하는 건 지금은 사라져 버린 예전의 몸뿐이었다. 임신하지 않은 몸. 골반은 좁고, 가슴은 작고 단단하고, 배는 납작하고 배 속에 든 어떤 것 때문에 풍선처럼 부풀지 않은 아가씨의 날씬한 몸.

임신하지 않은 몸이었을 때 그녀는 얼마나 행복했던가. 그때는 전혀 알지도 못하고 의식하지도 못했건만. 그런데 지금은.

롤런드 B가 그녀를 도와줄 수 있을 만한 사람과 연결해 줄 것이다. 롤런드 B가 그 돈을 대 줄 것이다.

낙태. 낙태 시술을 할 수 있는 의사.

이 적나라한 말을 내뱉어야 했다. 그녀, 즉 앨리스가 내뱉어야 했다.

잠시 후에 앨리스는 머뭇머뭇 방으로 돌아갔다. 롤런드 B는 아직 화장실에 있었다. 뭔가가 와장창 타일 바닥으로 떨어졌다. 앨리스는 어찌할 바를 모르며 문 앞으로 다가갔다. 연로한 시인의 어딘가가 잘못되었을지 모른다는 생각은, 그가 그녀를 방 안으로 데리고 들어와 침대 위로 끌고 올라갔을 때부터 거친 숨을 힘들게 몰아쉬고 있었다는 생각은 하고 싶지 않았다.

앨리스는 몸만 자란 어린애처럼 머뭇거렸다. 그를 받아들였지만 뻣뻣하게 대했다. 그의 입맞춤에도 예의상 힘없이 응했다. 그는 자기 나이치고 힘이 엄청 셌다. 엄청 무거웠다. 하지만 그의 나이가 그렇게 많지는 않았다. 그녀도 알고 있었다시피.

그녀의 얼굴이 눈물범벅이 되었다. 머리카락이 얼굴에 들러붙었다. 마침내 그녀는 용기를 내서 외쳤다. "로, 롤런드? 무슨 문제 생겼어요?"

롤런드라는 이름이 목에 그대로 걸려 버렸다! 그래서 입 밖으로 잘 내뱉어지지도 않았다. 마치 대본에 쓰인 이름을 읽는 연극 배우가 된 느낌이었다.

무서운 생각이 떠올랐다. *그 사람의 몸에 이상이 생겼나? 죽어 가고 있나? 내가 임종을 지키는 건가?*

앨리스는 화장실 문 앞으로 다가갔다. 문에 귀를 가져다 댔다. "저기요? 안에 있어요? 무슨—문제 생겼어요?"

시를 쓸 때는 언어 중에서 가장 아름다운 단어를 솎아 낸다. 현실에서는 말을 더듬는다. 원하는 만큼 유려하게 말을 하기란 불가능하다.

안에서 어떤 대답이 들리지만 뭔지 알 수가 없다. *아냐, 나 괜찮아, 저리 가 있게* 하고 대답했을까? 아니면 신음 소리였을까? 비명 소리. 둔탁한 애원. *도와줘. 나 안 괜찮아. 가지 마.*

연로한 시인의 몸에 이상이 생겼나 보다 하는 끔찍한 생각이 들었다. 그녀를 사랑한다고, 돕고 싶다고, 결혼하자고 선언한 순간에…… 앨리스는 전부터 롤런드 B가 어디 아픈 건 아닌지 의심했었다. 가끔 그는 숨을 헐떡이고 비정상적으로 천천히 움직였다. 그럴 때면 그녀는 이렇게 간주해 버렸다. *아, 술 마셨나 보네. 그래서 그러는 거야.*

굴뚝에서 튄 불똥이 카펫 위로 떨어지는 걸 본 것과 같았다.

바로 다음 순간 불똥이 화염이 될 수 있다. 화염이 화재가 될 수 있다.

저 사람이 죽어 가고 있는 걸까? 혼자 죽고 싶지는 않을 텐데……

그때 문이 벌컥 열렸다. 롤런드 B가 애써 미소를 지으며 나왔다.

섬뜩한 미소. 몸 안의 피가 다 빠져나간 듯한 창백한 피부. 떨리는 눈꺼풀. 가슴을 누르고 있는 손.

앨리스는 911에 전화해야겠다고 그에게 말했다. 더 이상 지체할 시간이 없었다.

롤런드는 싫다며 저항했다. 아직은 아니라고. 그의 심장이 '장난'을 친다고—가끔씩…….

안 돼요. 더 기다릴 수 없어요. 앨리스는 911에 전화해서 그 시인의 생명을 살릴 것이다.

10

"그분이 저를 기다리고 있어요. 제가 곁에 있어야 해요."

응급실에서 그녀는 그렇다고, 롤런드 B의 조교라고, 대학에서 그의 강의를 듣는 학생이라고 주장했다. 차마 연로한 시인의 친구라고 할 수는 없었기 때문이다.

그 시인만의 앨리스라고 할 수는 더더욱 없었다. 그에게 프러포즈를 받은 여자라고는.

"그분 곁에 제가 있어야 해요. 그분이 저를 기다리고 있어요. 구급차를 같이 타고 오려고 했는데 자리가 없어서……."

간호사가 앨리스를 응급실 안으로 데려갔다. 그녀는 문이 열려 있는 조그만 방들을 흘끗 들여다보지 않을 수 없었다. 안에 뭐가 있을지, 누가 있을지 두려운데도 어쩔 수 없었다. 냄새가 콧구멍을 찔렀고 눈에 눈물이 고였다. 그녀는 생각했다. 오, 하느님, 그 사람이 죽으면 어쩐다? 죽었으면 어쩐다?

그녀 자신의 상태는 거의 잊혔다. 배 속에서 무럭무럭 자라나고 있는 그것. 이상하게 부풀어 욱신거리는 젖가슴. 그녀의 고백을 듣고 다정하게 손을 잡아 주었던 시인. 도와주겠다던 그의 약속.

……내가 자네 몫까지 사랑할 수 있어.

간호사가 앨리스에게 뭔가를 건네고 있었다. 얼굴을 반만 가리는 흰색 거즈 마스크였다. 간호사가 마스크를 쓴다. 혈액 검사 결과 환자에게 전염성 질환이 없다고 확정되기 전까지는 있는 것으로 간주해야 한다고, 공기 중에 떠도는 세균이나 바이러스를 통해 전염이 확산될 수도 있다고 앨리스에게 설명한다.

전염? 질환? 그럴 수도 있나? 앨리스가 더듬더듬 마스크를 쓰자 간호사가 다시 잘 씌워 주었다.

8호실 문 앞. 간호사가 문을 여는 동안 그녀는 마음의 준비를 한다.

연로한 시인이 맨가슴을 드러낸 채 침대에 멍하니 앉아 있다가 앨리스를 빤히 쳐다보며 눈을 껌뻑였다. 그녀가 잘 보이지 않거나 마스크를 써서 알아보지 못하는 것 같았다. 안경을 벗어서 그런지 실제 나이보다 훨씬 늙어 보였다. 부스스했고 제정신이 아니었다. 창백한 민머리가 휑뎅그렁하게 느껴졌다.

"아, 마이 달링…… 이 병원에서 자네에게 무슨 짓을 한 건가?" 그가 말했다.

롤런드 B는 자신의 방문자를 향해 용감하게 웃어 보였다. 그녀는 얼른 다가가 손을 잡았다. 손가락이 송장처럼 차가웠다.

그녀가 맨 처음 느낀 감정은 충격 그리고 안도였다. 롤런드는 살아 있었고 중요한 건 그것뿐이었다.

앨리스에게 와 주어서 고맙다고 한다. 자기 곁을 지켜 달라고 한다.

등받이를 올리고 병상에 앉아 있는 롤런드 B의 몸이 어쩜 이렇게 볼썽사나울 수 있을까! 다리 짧은 난쟁이인가 싶었다. 앨리스는 연로한 시인의 벗은 몸을 언뜻이라도 본 적이 없었다. 그는 항상 격식을 갖추었다. 시인의 집에서 트위드 재킷을 벗어도 안에 긴소매 셔츠를, 종종 스웨터, 조끼를 입고 있었다. 앨리스는 시인을 육체적인 존재로 생각한 적이 없었다.

그가 그녀를 방으로 데려가 침대 위에 눕히기 전에는 그를 성적인 존재로 생각한 적도 없었다—그런 생각 자체가 혐오스러웠다.

경악한 앨리스의 눈에 굳은 기름 색으로 접힌 시인의 가슴과 뱃살이 보였다. 울퉁불퉁한 뼈가 드러난 굽은 어깨도. 축 늘어진 가슴은 꼬불꼬불하고 희끗희끗한 털로 덮였고, 기계와 연결된 10여 개의 전극이 그 사이에 달려 있었다. 이게 심전계인가? 심장 박동 체크하는 거? 오른팔에 링거가 꽂혀 있었다. 항생제일까? 빨라진 심장 박동을 안정시키는 약일까? 플라스틱 관을 통해 환자의 콧구멍으로 산소가 공급되었다. 환자의 오른쪽 위 팔뚝에 감긴 혈압 측정용 압박대가 시계처럼 몇 분마다 공격적으로 윙윙거리며 조여졌다가 숨을 토하듯 느슨해졌다. 앨리스는 최면에 걸린 사람처럼 모니터를 빤히 쳐다보았다. 숫자들은 그녀에게 아무 의미가 없었다—84, 91, 18. 초록색, 파란색, 하얀색. 앨리스는 첫 병문안 시간 동안 80대 후반의 숫자들이 환자의 산소 섭취량을 측정한 수치인가 보다 하고 결론을 내리게 될 것이다.

병원 측의 설명에 따르면 롤런드 B는 내일 오전에 CT 촬영과 심장 초음파 검사를 받을 예정이었다. 항생제를 8시간 투여한 뒤 혈액 검사도 추가로 실시한다고 했다. 심장 박동이 빨라진 원인은 빈맥이 아니라 그보다 더 심각한 심방 세동 때문이었다. 바이러스 감염으로 이런 증상이 유발되었을 수도 있었다. 폐렴에 걸렸을 수도 있었다. 앨리스는 그녀의 입과 코를 불편하게 덮고 있는 마스크를 잡아당겼다.

롤런드 B가 기침을 하는 걸 보고 그녀는 불안해졌다. (그가 시인의 집에서도 기침을 했던가? 그녀가 생각하기에는 아니었다.)

"병원 측에서는 내 어디가 잘못됐는지 모르는 것 같아." 롤런드 B는 애써 예전처럼 명랑한 척하려고 했다. "하지만 분명 걱정할 일은 아닐 거야, 마이 달링. 그러니 자네도 걱정하지 않았으면 좋겠네."

앨리스는 걱정하지 않는다고 우겼다. 걱정이 되어 속이 울렁거리고 정신이 없었지만.

연로한 시인이 육체적인 고통으로 인해 그녀가 한 말을 잊어버린 건 아닌지 궁금해졌다. 그가 한 말을 잊어버린 건 아닌지.

……내가 자네 몫까지 사랑할 수 있어.

그날 저녁 그 조그만 병실에서 롤런드 B의 곁을 몇 시간 동안 지키며 계속 그의 손을 잡고 있다.

그가 눈꺼풀을 실룩이고 입술을 움찔거리며 잠이 든 뒤에도 잡은 손을 놓지 않는다.

밤 11시 30분, 면회 시간이 끝나자 병원 측에서 앨리스에게 마스크를 벗어도 된다고 했다. 혈액 검사 결과 환자에게 전염성 질환이 없는 걸로 밝혀졌다는 것이다.

빌어먹을 마스크를 벗자 간호사가 의료용 폐기물이라고 적힌 쓰레기통에 버리라고 했다.

롤런드 B가 그녀를 좀 더 분명하게 볼 수 있도록, 확실하게 알아볼 수 있도록 마스크를 벗는다. "마이 달링—앨리스."

"네—앨리스예요…….

"얼굴이 왜 이렇게—창백한가. 걱정하지 말래도! 자네가 여기 있어 줬다는 사실만으로 이미 많이 괜찮아진 느낌이니까. 퇴원하자마자 우리 둘 사이의 문제를 처리하세. 어때, 달링? 우리가 얘기한 대로 하면 되겠지?"

"조, 좋아요."

"그럼 굿나잇 키스를 부탁하네, 달링. 내게 전염병이 없는 걸로 밝혀졌으니. 내일 아침에도 나를 만나러 와 줄 테지?"

앨리스는 그러겠다고 했다. 기진맥진했고, 이 연로한 남자에게서 벗어나 그녀의 침대에서 꿈속으로 뛰어들고 싶은 마음뿐이었다.

하지만 롤런드가 그녀를 응시하며 안경이 없어서 쓸쓸해 보이는 눈을 깜빡거리고 있었다. 혈압 측정용 압박대가 훽 하니 되살아나 나무라듯 그의 위팔을 조였다.

롤런드 B가 언성을 낮추고 불안해하며 물었다. "자네가—그러니까, 자네가 아직은—내 아내가 아니지? 아마도—그렇지? 그렇겠지?"

웃자고 하는 얘긴가? 앨리스는 그렇게 믿고 싶었다.

●

8호실 환자가 간밤에 유명을 달리하셨습니다. 죄송합니다만 연락처가 없어서 연락을 드리지 못했고…….

사실 앨리스가 두려움에 부들부들 떨며 이튿날 아침에 응급실을 찾았을 때 들은 건 롤런드 B가 응급실에서 5층 병실로 옮겨졌다는 소식이었다. 심장 박동이 정상으로 돌아왔고 상태가 '많이 호전'되었다. 하지만 며칠 더 병원에 입원해 검사를 받아야 했다.

앨리스는 안도하며 병원 선물 가게에서 조그만 꽃다발을 샀다. 그녀와 그녀의 손에 들린 밝은 노란색 꽃을 보고 그가 얼마나 환한 표정을 짓는지 가슴이 뭉클할 정도였다.

"마이 달링! 다시 와 줬군 그래. 고마워."

병원 침대 위로 허리를 숙여 그의 뺨에 입을 맞춘다. 아찔한 안도감에 눈을 감고 싶지만 참는다. 이 사람이 살아 있어. 살아 있다고! 중요한 건 이거 하나야.

그녀는 전날 밤에 잠을 설쳤다. 그녀를 지켜 주겠다고 맹세했던 시인이 쓰러졌을 때의 충격을 몇 번이고 재생했다.

결혼해서 아이를 같이 키우자고 해 놓고…….

이제 분명해졌다. 그녀에게 롤런드 B만큼 중요한 건 없었다. 그녀는 그의 곁을, 그의 병상을 지켜야 했다. 그에게는 앨리스밖에 없었다. 그가 사랑하고 지켜 주겠다고 맹세했던 사람.

그녀는 다른 남자 생각은 중단했다. 그녀를 임신시키고 이제는 피하는 남자. 그녀에게 그토록 엄청난 상처를 입힌 그 남자를 이제는 미워하지도 않았다.

롤런드는 아직 태어나지 않은 아이의 아버지에 대해 묻지 않았다. 앨리스가 보기에는 끝까지 묻지 않을 것 같았다.

남들 귀에는 들리지 않게 언성을 낮추고 조심스럽게, 그녀에게만 들리게 묻는다. "달링, 자네는 어때? 자네도 별일 없는 거지?"

"네! 네. 그럼요."

다행이었다. 롤런드 B는 정말이지 간밤에 비해 많이 호전된 것 같았다. 코에 산소 튜브를 계속 꽂고 있었지만 모니터상의 수치가 더 올라가서 90대였다. 팔에 링거도 그대로였지만 어제에 비하면 얼굴에 화색이 돌았고 눈빛이 초롱초롱했다. 그는 '피를 수십 통 빼느라' 멍이 든 가엾은 팔을 보여 주며 너스레를 떨었다.

롤런드 B의 조교로서 앨리스는 할 일이 많았다. 그에게 받은 명단에 있는 가까운 친척들에게 연락을 돌려야 했다. 세미나 강의를 일주일간 휴강하겠다고 영문과 사무실에도 알려야 했다. 앨리스는 이렇게 묻고 싶지는 않았다. 하지만 괜찮겠어요, 롤런드? 일주일이면 되겠어요?

그의 심장은 틀림없이 심각한 상태였다. 게다가 미열이 있으니 바이러스 감염의 가능성도 아직 남아 있었다. 그는 얼른 퇴원하고 싶어 했지만 금세 피곤해했고 앨리스와 대화를 나누는 중간에 여러 번 깜빡 졸았다. 한번은 그의 소식을 알리되 문병은 자제하도록 친척들에게 어떤 식으로 연락하면 되는지 알려 주던 도중이었다.

알고 보니 보스턴 일대에 사는 롤런드 B의 친척들은 문병 올 생각이 별로 없었다. 그들은 앨리스와 통화하며 놀라워하고 불안해하고 걱정했지만 문병에 대해서는 일언반구도 없었다. ("롤런드가 응급실에 있다가 나왔다고요? 집중 치료실로 옮겨진 건 아니고? 다행이네요!") 앨리스는 그가 집중 치료실로 옮겨질지도 모르는데 지금 와서 들여다보지 않는 이유가 뭐냐고 그들에게 빈정 거리며 묻고 싶었다. 그게 좀 더 현명한 판단 아니냐고.

롤런드는 아직은 친척들과 통화를 하고 싶지 않다고 했다. 친척 들도 당장 그를 바꾸어 달라고 하지 않았다.

롤런드는 자다가 깨서 혼란스러워하고 무서워할 때가 많았다. 간호사 하나가 앨리스에게 그의 곁을 지키며 안심시켜 주는 것 이 좋겠다고 했다. "나이 드신 환자분들에게는 버림받지 않았다 는 확인이 필요하거든요."

버림받다니 앨리스는 그런 일은 절대 없게 하겠다고 결심했다.

앨리스는 강의를 몇 번 더 빠지면 유급 처리가 될 거라는 경고 를 받았다. 그러면 학과장실을 통해 유예를 신청해야 하는데, 그 마저 거부당할 수 있다고 했다.

하지만 롤런드가 병상에서 할 수 없는 일을 그녀가 대신 처리 해 주어야 했다. 그가 보내야 하는, 아니 보내야 한다고 생각하는 편지를 구술하면 앨리스가 시인의 집에서 레밍턴 타자기로 정성 껏 친 다음 다시 병원으로 들고 가 그의 교정을 거쳐 주소를 적 고 발송했다. 롤런드가 하지 못하는 전화 통화도 앨리스가 도맡 았다. 다들 전화기에 대고 너무 작게 말을 하거나 웅얼거렸기 때 문에 그는 전화 통화를 질색하게 되었다. 쓰러지고 병원에 입원 하는 충격을 겪은 뒤로 롤런드는 자기가 얼마나 정신이 또렷하고 기운이 넘치며 적극적인지, 얼마나 건강한지 증명하려고 작심한 듯이 보였다—아직까지는 침대 옆 모니터에 연결되어 있고, 화 장실에 가고 싶으면 앨리스나 간호사의 부축을 받아 가며 비틀비 틀 걸어가야 했지만 그래도.

그는 성기에 꽂은 빌어먹을 소변줄을 빼 달라고 고집을 부렸다. 이제 그만! 그런 모욕은 남자의 자존심이 허락하지 않았다.

롤런드는 특히 앨리스에게 활기와 유머 감각을 되찾았다고 과시하고 싶어 했다. 얼른 퇴원하고 싶어서 의료진에게, 주치의에게 그의 상태가 얼마나 호전되었는지 보여 주고 싶어 했다.

롤런드에게 병원에 있는 시간을 줄이고, 강의를 듣고 밀린 공부를 해야 할지 모르겠다고 말하고 싶다. 시를 다시 써서 그에게 읽어 주고 싶다고.

하지만 차마 입이 떨어지지 않았다. 내 시간을 좀 더 가져야겠어요, 롤런드. 이러다 유급당할 것 같은데…….

그러면 그는 상처받을 것이다. 쓰러진 뒤로 그는 극도로 예민하고 민감하며 의심이 많아졌다. 앨리스가 몇 분만 늦어도 어디 다녀왔느냐고 물었다. 깜빡 잠이 들었다가 화들짝 깨서 거기가 어딘지 모를 때는 그녀를 알아보지 못하는 사람처럼 적의를 번뜩이며 빤히 쳐다보곤 했다.

하지만 그녀가 그의 이름을 부르면 누군지 알아보는 표정이 그의 만면으로 번졌고 그 모습이 그렇게 보기 좋을 수 없었다. "마이 달링! 내 사랑하는 앨리스. 자네 맞지?"

"네. 맞아요."

"사랑하네, 앨리스. 자네도 그걸 알아 줬으면 좋겠어."

앨리스는 너무 민망해서 차마 그럼요, 알죠 하고 말할 수 없었다.

"내가 여기서 퇴원하면—다음 주 월요일이 될 거라고 방금 전에 들었는데—같이 계획을 세우세. 둘이서—같이—세워야 할—계획이—많으니……."

임신을 두고 하는 말인가 보다 하고 앨리스는 짐작했다. 그걸 차마 입에 담지 못하는 거라고 말이다.

밤참을 먹자마자 롤런드는 책을 손에 쥔 채 잠이 들었다. 앨리스는 조심스럽게 책을 빼서 읽던 페이지에 책갈피를 꽂고 옆으로 치웠다. 그런 다음 허리를 숙여 시인의 우뚝한 이마에 입을 맞추었다. 그녀의 입술에 닿은 희미한 주름살이 서늘하게 느껴졌다. 그녀는 얕지만 규칙적인 그의 숨소리에 귀를 기울였다. 어쩌면 아이의 숨소리도 이처럼 위로가 될지 몰랐다. 이 남자에 대한 사랑이 그녀의 가슴속으로 번졌지만 한편으로 지긋지긋하다는 생각을 하며 환한 불을 끄고 병실을 나설 준비를 하려는데, 젊은 간호사가 들어와 다시 불을 켜더니 롤런드를 거칠게 흔들어 깨웠다. 롤런드는 눈썹을 실룩이며 일어나 영문을 몰라 했다.

앨리스는 간호사가 혈관을 찾는답시고 이미 얼룩덜룩한 그의 오른팔을 쑤시는 것을 지켜보았다. "살살 해 주세요!" 그녀는 날카롭게 외쳤다.

전에 없던 날카로운 말투였다. 벌써부터 시인의 어린 아내 행세를 하겠다는 건가. 그를 앞세우고 둘 사이에 태어난 아이를 혼자 키워야 하는 운명이 예견된, 그와 한 몸처럼 살게 될 문학 유산 관리인.

이후에 그녀는 시인에게 다시 한번 굿나잇 키스를 하고 다시 한번 천장에 달린 불을 껐다. 복도로 나가자 간호사가 묘한 미소를 지으며 그녀를 기다리고 있었다. "할아버지세요? 소문에 유명한 교수님이라고 하던데."

롤런드가 병원에 입원한 지 꼬박 3일 아니면 4일째 되던 날이
었다.

11

병원에서 늦게 돌아가 보니 우편함에 간결한 메시지가 적힌 쪽지가 들어 있었다. "연락 부탁해. S."

두근거리는 심장을 달래며 쪽지를 움켜쥔다. 만감이 교차했다. 두렵고 불안하지만 너무 짜릿해서 잠시 정신이 아득해졌다. 공격당하고 영문을 몰라 하는 짐승처럼 고개를 숙이고 벽에 기대야 했다.

싫어. 웃기고 자빠졌네. 너무 늦었어. 나는 너를 증오해.

하지만 그녀는 싫다고 할 수 없었다.

다음 날 저녁에 학교에서 조금 멀리 떨어진 그리스 음식 레스토랑에서 만나자고 한다. 그가 한 번도 데려간 적이 없는 곳인데, 어두침침하고 손님이 거의 없어서 둘이 만나는 걸 학교 사람들에게 들킬 염려가 없었다.

사이먼은 초빙 교수 롤런드 B에 대해 두 가지 소문을 들었다고 다짜고짜 퉁명스럽게 얘기를 꺼냈다. 그가 병원에 입원했는데 그의 강의를 듣는 앨리스가 날마다 병원으로 찾아간다고 말이다.

　앨리스는 애매하게 그렇다고 대답했다.

　"그러는 이유가 뭐지?"

　"이유가 뭐냐고요? 그분 조교니까요."

　"조교? 언제부터?"

　"그리고 소장 자료 관리자이기도 하고요."

　"소장 자료 관리자?" 사이먼은 믿기지 않는다는 듯 앨리스를 빤히 쳐다보았다. "학부생이 소장 자료 관리에 대해 뭘 안다고. 누가 너 같은 애한테 그런 일을 맡기겠어?"

　분노와 불안으로 앨리스의 얼굴이 벌게졌다. 그녀도 이 부분을 한두 번 자문한 게 아니었다.

　"원래 롤런드 B 교수하고 아는 사이었나? 그러니까―전부터?"

　"전부터라니―"

　"네가―우리가―우리가 처음 만났을 때……."

　"얘기했잖아요. 내가 교수님 수업을 듣는다고."

　"그러니까, 그때부터 교수님의 조교였나? 소장 자료 관리자였고? 나는 몰랐는데……."

　앨리스는 사이먼 미치가 이렇게 불안해하는 걸 본 적이 없었다. 지금 그는 강의실에서처럼 유창하지도, 침착하고 초연하지도 않았다. 그녀가 좀 전에 사이먼이 음료를 앞에 두고 앉아 있는 칸막이 자리로 다가갔을 때 그는 그녀의 생김새를 기억에서 지운 사람처럼 또는 기억에서 지우고 싶어 했던 사람처럼 놀란 눈빛으로 그녀를 이리저리 훑어보았다. 심지어 그날 면도를 아예 하지 않았거나 제대로 하지 않은 것 같았다.

사이먼이 자기 아파트에 마지막으로 앨리스를 데려간 지 5주가 지났다. 그녀에게 말을 건 지 5주가 지났다. 그동안 그녀는 철학 강의를 몇 번 빠졌고 과제를 제출하지 않았다. 그가 그녀와 그녀의 건강과 그녀의 안부와 근황을 걱정했을지 몰라도 찌푸린 얼굴을 보건대 그녀를 위한 걱정이 아니라 자기 자신을 위한 걱정이었다.

웨이터가 왔다. 사이먼은 그를 쳐다보지도 않은 채 신경질적으로 고개를 휙 저었다. *꺼져, 우리 둘이 얘기하고 있잖아* 하는 의미였다.

"언제부터 롤런드 B를 만나기 시작했지? 내 말은—강의 시간에 말고 밖에서."

"왜 꼬치꼬치 캐물어요, 사이먼? 그게 당신이랑 무슨 상관이에요?"

그녀가 사이먼이라고 이름을 부른 것조차 그에게는 놀랄 일이었다. 전에는 감히 그의 이름을 입에 올리지도 못하던 그녀였다.

"나가자. 단둘이 얘기할 수 있는 곳으로 자리를 옮기자."

"당신 아파트요? 싫어요."

"아니—거기 말고. 내가 차를 갖고 왔거든……."

사이먼은 거의 애원하다시피 했다. 그녀는 그가 뭘 알고 있는지, 아니면 어떤 짐작을 하는지 궁금해졌다.

그는 어렵사리 말을 꺼냈다. 몇 주 전에 그가 그녀에게 중요한 존재였을 때 듣고 싶어서 상상했던 말을 이렇게 직접 듣게 되다니 앨리스로서는 믿기지 않았다.

그녀를 향해 손을 내민다. 그녀의 손을 꼭 잡는다. 단둘이서 만났을 때 한 적 없는 행동이었다. 떨리는 목소리로 보고 싶었다고 한다. 그녀를 위해, 그와 그녀 양쪽 모두를 위해 더는 만나지 않는 편이 좋겠다고 생각했지만—"연락하고 싶었어. 그냥 어떻게 하면 좋을지 모르겠더라고, 앨리스."

하지만—사이먼이 그녀를 사랑했을까? 조만간 앨리스는 멍하니 취해서 사랑이라는 단어를 들었다고 상상하게 될 것이다.

그들의 손을 쳐다본다. 그녀는 손을 잡아빼고 싶은 마음이 굴뚝같다. 하지만 그가 그녀의 손을 부여잡고 있다. 롤런드 B도 가끔 절박한 사람처럼 그런 적이 있었다.

이 얼마나 가식적인가! 이제 와 앨리스에게, 더는 그를 그리워하지 않는 그녀에게 보고 싶었다고 하다니.

"당신이 나한테 관심 있는 줄 몰랐어요, 사이먼. 나를 좋아하지 않는 줄 알았거든요." 그녀는 유치하게 앙심을 품은 사람처럼 말했다. 진심으로 죽고 싶었던, 자살의 고통과 수고 없이 이 세상에서 사라지고 싶었던 상처와 수치와 절망의 시간들—이 남자는 그모든 것의 대가를 치러야 한다.

"말도 안 돼. 분명 느꼈을 텐데—너를 향한 내 감정이 얼마나 뜨거웠는지. 나는 다만 시인들처럼 심금을 토로하는 데 익숙하지 않을 따름이야."

시인들. 사이먼이 그 단어를 내뱉자 비웃는 것처럼 들렸다. 앨리스는 그녀가 시인이라는 것을, 아니 시인 지망생이라는 것을 그가 기억했다는 데 놀라워했다. 다행히 그에게 그녀가 쓴 (사랑) 시를 보여 주지 않았고 사이먼도 보여 달라고 한 적이 없었다.

이제 그만 가야겠다고 앨리스는 말했다. 병원에 가 보아야 한다고 말이다. 그녀는 거의 하루 종일 병원에 있었고 학교에는 롤런드 B의 우편물과 다른 물건들을 챙기러 잠깐 들르는 게 고작이라…….

"맙소사, 앨리스! 그 사람에게 네가 뭐길래? 그 사람 지금—뭐? 한 일흔 살쯤 됐나? 너는 지금 그에게 이용당하고 있어—착취당하고 있다고."

"일흔 살 아니에요. 이제 겨우 예순 살이에요."

"나 원, 어처구니가 없네! 너 지금 나한테 앙심 품고 이러는 거지? 나한테 상처 주려고."

사이먼은 화를 내고 분개했다. 열병 환자처럼 얼굴이 벌게졌다. 둘 사이가 이런 식으로 불쾌하게 질척거리다니 전에 없던 일이었다. 앨리스는 곰곰이 생각할 만한 시간이 있었다면 이런 변화에 놀라워했겠지만 그럴 만한 시간이 없었다.

그녀는 고집스럽게 말했다. "그분이 계속 혼자 계시거든요. 옆에 나 말고 다른 사람이 없어서."

"다른 사람이 왜 없어! 어딘가에 아내와 장성한 자식들이 있을 걸? 너를 그냥 이용하고 있는 거야."

앨리스는 이렇게 말하고 싶지는 않았다. 맞아요. 하지만 나를 사랑하기도 해요. 내가 그이의 사랑을 이용하고 있다고요.

그들은 그리스 음식 레스토랑에서 같이 식사를 하지 않을 모양이었다. 웨이터가 근처에서 얼쩡거렸지만 점점 이성을 잃어 가는 사이먼은 그에게 눈길 한번 주지 않았다.

식사는커녕 뭘 마시지도 않을 모양이었다. 앨리스가 도착하기 전에 사이먼이 주문해 놓은 음료 한 잔 말고는.

그가 매달리기 시작했다. 사과도 했다. 생각이 짧았다며 정말 미안하다고 했다. 앨리스에게 자길 용서해 주겠느냐고 물었다. 용서해 보려고 해 주겠느냐고. 자길 다시 만나 주겠느냐고.

아니. 절대.

안녕히!

그의 (축축한) 손에 붙들려 있던 손을 빼내고, 그를 불쌍하게 여기며, 그의 좁고 초췌한 얼굴이 짓고 있는 표정과 무너진 킨치의 자존심을 딱하게 여기며 일어날 준비를 하는 동안 앨리스는 흡족함을 느낄 수 있을 것도 같았다. 이제 거절당한다는 게 어떤 건지, 굴욕이 어떤 건지 너도 알겠지?

사이먼은 병원까지 태워다 주기만이라도 하면 안 되겠느냐고 했다. 가면서 얘기하자고, 그에게 그 정도는 해 줄 수 있는 거 아니냐고 했다.

그 정도는? 싫은데?

앨리스의 얼굴을 보고 그가 얼른 말을 바꾼다. "아니, 내 말은—우리가—우리가 각별한 사이였으니까⋯⋯. 적어도 나는 그런 줄 알았는데."

괴로워하는 이 남자를 향한 연민과 동정이 다시 파도처럼 앨리스를 덮쳤다. 그는 어쩌면 그녀에게 상처를 줄 의도가 없었을지 모른다. 그녀가 아니라 자기 자신을 생각했을지 모른다—그녀의 부족한 점이 아니라 자신의 부족한 점을.

사이먼은 나이가 많지 않았다. 아직 서른이 안 되었다. 신학 대학에서 몇 년을 보내느라 아직 어른스러워지지 못했다. 인생의 충만함에 대해 아는 게 거의 없었다. 앨리스 전에 여자를 만난 적도 없었다. 누굴 만지는 것도 누가 자기를 만지는 것도 어색해했다. 그래도 사이먼은 앨리스 어커트보다 최소 열 살이 많았다. 대학교의 (남자) 교직원이 (여자) 학부생과 부적절한 관계를 맺었던 것이다.

짐작건대 앨리스에게는 그의 앞날을 방해할 꼬투리가 있었다. 학생회에 그를 고발하면, 그가 어떤 식으로 성행위를 강요했고 그녀가 그로 인해 얼마나 무섭고 겁이 났는지 설명하면. *게다가 임신까지 했다고 아무에게라도 폭로하면!*

마음이 약해져서 알았다고, 좋다고 한다. 정 그렇다면 병원까지 태워다 달라고. 가면서 얘기하자고. "근데 우리 둘 사이에 할 얘기가 있을 것 같지는 않아요, 사이먼."

용감한 발언이었다. 극심한 절망 속에서 헤맨 지난 몇 주 동안에는 그녀를 임신시키고 버린 남자에게 그런 말을 하리라고는 꿈에도 생각지 못했다.

그들은 칸막이 옆에 서 있었다. 레스토랑에는 여전히 손님이 없다시피 했다. 사이먼은 그녀를 끌어안으려는 기미를 보이다 머뭇거렸다.

바람과 눈보라를 뚫고 차가 주차된 곳까지 가는 동안 사이먼은 고맙다고 했다. 좋아서 신이 난 목소리였다. 그녀는 그의 키를 깜빡하고 있었다—그가 17센티미터 정도 더 크다는 것을. 차분하고 정곡을 찌르는 달변가인 그가 가끔 평소와는 딴판으로 얼마나 격해질 수 있는지도 깜빡하고 있었다.

사이먼은 다시 신학 대학으로 돌아갈까 고민 중이라고 했다. 그는 내년에 있을 재계약을 앞두고 대학교와 협상 중이었다. 사실 3년 계약과 종신 재직권의 가능성도 있었다. 하지만 그가 종신 재직권을 원하는지, 대학에서 계속 교편을 잡고 싶은지 확신이 없었다.

"교회 밖의 세상, 일반 세상은—얕아. 모든 게 밋밋해. 칙칙하고."

사이먼은 씁쓸하게 말했다. 앨리스의 눈에는 견고해 보이는 바로 이곳에서 세상이 얼마나 밋밋하고 이차원적인지, 얼마나 공허한지 느껴지는 것처럼 좌우를 흘끗거렸다.

"내 삶에서 하느님이 조금씩 빠져나가 버렸어. 내 삶의 의미가."

차를 타고 달린다. 앨리스는 사이먼 미치가 그녀에게 이런 말을 했다는 데 엄청나게 감동을 받았다. 자기 생각을 토로했다는 데. 영혼을 드러냈다는 데.

도로는 얼마 전에 제설 작업을 마쳤다. 공기는 아주 고요하고 차가웠고 앨리스의 눈에는 이지러진 달이 비추는 아름다운 밤하늘이 보였지만, 계속 덜덜거리고 부르르 떠는 자동차의 운전대를 잡고 있는 사이먼의 눈에는 보이지 않는 모양이었다. 그녀는 그가 (십중팔구) 술을 마시며 그녀를 기다리고 있었을 거라는 사실을 뒤늦게 깨달았다. 그는 황급히 계산하고 레스토랑을 빠져나왔다.

"나는 되찾을 수 있을 거라고 생각해. 그를. 내가 떠났던 신학 대학의 자리로 돌아가면. 그때의 나로 돌아가면."

그를. 하느님을 그렇게 지칭하다니 특이했다. 마치 사이가 각별한 신학 대학 동창생 같지 않은가.

"모든 인간이 속세에서 살고 싶어 하는 건 아니야. 다른 분위기에서 살아야 하는 사람도 있지."

앨리스의 귀에 "그렇죠."라고 중얼거리는 자신의 목소리가 들렸다. 실망해서였을까? 결국 사이먼은 그녀를 사랑하지 않았다. 신에게 바쳐진 그의 가슴속에 세속적인 사랑이 들어갈 공간은 없었다.

"나는 우리가 대화를 나눌 필요가 있다고 생각해, 앨리스. 네가 나에게 하지 않은 얘기가 많은 것 같거든."

그가 침착하게 말을 꺼냈다. 하지만 앨리스는 그 이면의 떨리는 분노를 느낄 수 있었다.

사이먼은 앨리스를 곧장 병원으로 데려다주지 않고, 빙 돌아서 양옆으로 삐죽빼죽하게 얼음이 낀 넓고 시커먼 강의 다리 위를 지나갔다.

앨리스가 들릴락 말락 하게 구시렁대자 사이먼은 오래 붙잡지 않겠다고 약속했다.

도심에서 반대편으로. 변두리를 향해. 사이먼은 변덕스럽고 난폭하게 가속 페달을 밟았다.

앨리스는 꼼짝 않고 앉아서 휙휙 지나가는 도로만 응시했다.

(어쩌면) 그녀가 실수를 저질렀는지 모르겠다는 생각이 들기 시작했다.

얼른 도망치지 않고 사이먼과 함께 레스토랑에서 나온 것. 길가에 세워 놓은 차까지 그를 따라간 것. 그녀로 인해 상처받은 남자를 (그가 그렇게 생각하도록 부추겼다) 위로하고 싶은 (애매하고 미안한) 마음에 한 번도 탄 적 없는 차에 올라탄 것.

"너 임신했지? 그렇지? 그래서 나를 계속 피하고 있었던 거지?"
변두리의 어두컴컴한 길에서 그가 지나가는 말처럼 묻고는 능글
맞게 웃으며 그녀를 흘끗 쳐다본다.

앨리스는 놀라서 아무 말도 하지 못했다. 사이먼이 그런 질문을
하다니. 사이먼 미치가 임신이라는 단어를 입 밖으로 내뱉을 수
있을 줄은 상상도 못했다.

"아, 아니에요……."

"아니라니 그게 무슨 말이야? 임신하지 않았다는 거야, 아니면
나를 피하지 않았다는 거야?"

앨리스는 앞 유리창으로 휙휙 지나가는 도로만 바라보았다. 온
갖 생각들이 미친 듯이 쿵쾅거렸다. 뭐라고 대답하면 좋을지 떠
오르지 않았다.

"내 말 맞지? 나 봐. 나 보면서 대답해."

"나—나는……."

그녀는 이 남자에게 알리고 싶지 않았다는 것을 이제 와 깨닫는
다. 이 남자에게는 알리고 싶지 않았다는 것을.

그가 그녀를 더 이상 사랑하지 않을 거라서가 아니었다. 애초에
그는 그녀를 사랑하지 않았다. 말을 하면 그가 그녀를 자신의 적
으로 간주해 해치려 들 것이기 때문이었다.

"얼마나 됐어? 지금 임신 몇 개월이야?"

야유하는 투였다. 화를 내고 있었다. 레스토랑에서 그는 줄곧
교활한 눈으로 그녀를 흘끗거렸다. 그 눈이 지금은 비난과 불신
으로 빛나고 있었다.

앨리스의 머리가 빠르게 돌아가기 시작했다. 적당히 둘러대고 그를 달랠 방법을 찾아야 했다. 그녀는 격분한 남자가 운전하는 차의 조수석에 앉아 있었고, 차는 그녀를 싣고 눈 덮인 변두리를 향해 질주하고 있었다.

사이먼은 가속 페달에 발을 얹고 밟았다가 뗐다가 다시 밟기를 반복했다. 얼마나 되었느냐고, 지금 임신 몇 개월이냐고 여러 번 물었고 앨리스는 번번이 더듬더듬 아니라고, 임신이 아니라고 대답했다. 그런데도 그는 계속 얼마나 되었느냐고 물었다.

그녀는 따져 본 적이 없었다. 임신 기간이 정확하지 않으면, 달력에 표시하지 않으면 배가 불러 오고 살이 쪄도 현실이 아닌 것 같았다. 젖가슴에도 살이 쪄서 낯선 이의 말랑말랑한 젖가슴처럼 되었는데도 그랬다.

사이먼이 불 밝힌 도심을 등지고 변두리 쪽으로 얼마나 달렸는지 앨리스는 알 수 없었다. 주먹을 쥐듯 운전대를 움켜쥔 그의 손만 보았다.

그녀는 그에게 차가 있는 줄도 몰랐다. 어쩌면 사이먼의 차가 아니라 오늘만 빌린 것일 수도 있었다.

마침내 부분적으로나마 눈이 치워진 지역으로 들어선다. 제설차가 치워 놓고 간 눈 자국이 길게 남아 있다. 주간 고속 도로 옆의 강을 내려다보는 곳에 화장실이 폐쇄된 조그만 주차장이랄지, 휴게소가 하나 있다.

애초부터 여기로 올 생각이었을까? 앨리스는 궁금해졌다. 사이먼이 우연히 이 먼 곳까지 온 것 같지는 않았다.

다른 여자들도 여기로 데려온 전적이 있나 보네. 처음부터 그

럴 생각이었던 거야.

어떤 상황인지 자기도 알지만 직접 듣고 싶다고 한다. 그녀의 입으로 직접.

"우연히 그렇게 된 게 아니지? 너는 알고 있었어. 그걸 원했고."

무슨 소리인지 그녀는 이해할 수 없었다. 하지만 그가 화를 내고 있는 사실만큼은 확실했다.

"그래? 일부러 그랬어? 나를 이용하려고? 함정에 빠뜨리려고? 아니면—너만의 다른 이유가 있었나? 네가 너무 멍청해서 그게 뭔지 몰랐을 뿐인가?"

앨리스는 입술을 축였다. 무슨 말이냐고 하면, 아니라고 받아치면 그의 의심을 확정하는 실수가 될 것이다.

그녀는 이제 그만 돌아가자고 애원하지 않을 것이다. 그에게는 그러지 않을 것이다. 얼마나 잽싸게 움직여야 너무 늦기 전에 차에서 내릴 수 있을지 필사적으로 계산한다.

"네가 내 인생을 망치도록 가만두지 않을 거야, 앨리스. 아무도 그렇게는 못해. 만약—"

앨리스는 손잡이를 붙잡고 사이먼이 막을 겨를도 없이 문을 열어젖혔다. 그도 놀랄 만큼 빠른 속도로 힘차게, 너풀거리며 날아온 그의 손을 뿌리쳤다.

그녀는 조용하고 소심해 보였다. 반항하지 않았다. 그래서 그는 그녀가 얼마나 간교한지 모르고 과소평가했다.

밖으로 나서자 차갑고 축축한 바람이 그녀의 얼굴을 때린다. 그녀는 얼음이 덮인 인도를 헛디뎌 가며 달리지만 남자가 발소리도 요란하게, 놀라우리만치 빠르게 쫓아온다. 사제 지망생 킨치

가 그렇게 빠를 줄을 앨리스는 미처 몰랐다. 그가 씩씩대고 욕을
하며 바짝 쫓아와 순간적으로 주먹을 휘둘렀다. 맞았다면 쓰러졌
겠지만 그녀는 본능적으로 반대편으로 피했다. 비명을 질러서 그
의 화를 돋우거나 숨을 낭비하면 안 된다는 걸 알았기에 이를 악
물고 입도 뻥긋하지 않았다.

그녀가 언 땅 위로 쿵 하고 넘어진다. 남자가 창백한 얼굴을 일
그러뜨리며 그녀를 내려다본다. 그녀를 발로 찬다. 툴툴거리며 욕
한다. 그녀가 머리와 얼굴을 가리자 등이며 옆구리, 허벅지를 발
로 찬다. 그러다 그녀를 뒤집어 배를 차려고 한다. "나쁜 년. 걸레
같은 년. 일부러 그랬지? 죽여 버릴 거야."

순식간에 벌어진 일이었다. 남자의 화풀이. 몇 주 전에 처음으
로 그녀의 몸에 손을 댔을 때도 그랬다. 남자의 욕망이 갑작스럽
게 화르르 타올라 그들을 덮쳤고, 그들은 그 불길을 피할 도리가
없다고 생각했다. 그녀는 생각한다. 아니야. 이건 꿈일 거야. 그가
그럴 리 없어—설마…….

남자는 분노로 흐느끼고 있다. 아, 그가 그녀를 발로 찰 생각은
없었을 것이다.

그녀의 잘못, 여자의 잘못이었다. 발길질을 하도록 그를 도발한
탓이었다. 그가 아니라 그녀의 잘못이었다. 짐승은, 짐승 같은 것
은 그녀인데, 여자인데, 그를 짐승으로 만들고 있다. 그러니 그가
무슨 수로 그녀를 용서할 수 있을까!

앨리스가 공포로 마비되어 꼼짝 않고 누워 있는 걸 보고 그는
발길질을 멈춘다. 기운이 다해서 숨을 헐떡이며 노여움을 푼다.
그래도 그녀를 향한 비난은 멈추지 않는다. "너! 이건 네가 저지른

짓이야. 이 지옥에 떨어질 빌어먹을 걸레 같은 영혼아."

사이먼은 그녀가 죽었다고 생각할지 모른다. 또는, 아니다―사이먼이 눈물을 닦고 보니 그녀가 보일락 말락 하게 숨을 쉬고 있다.

넌더리를 내며 쓰러진 여자에게서 뒷걸음질을 친다. 그의 혼잣말이 앨리스의 귀에 들려온다. "예수님, 성모님, 요셉님!" 애원이다. 용서와 도움을 구하는 가장 간단한 가톨릭 기도문이다.

앨리스는 아파서 괴로워하며 끙끙댄다. 남자가 차에 다시 올라탔다. 이 추운 길바닥에 그녀를 버려 두고 떠나 버릴 것이다.

머리가 지끈거리고 눈앞에서 별이 왔다 갔다 한다. 나중에 그녀는 코의 연골이 부러졌다는 걸 알게 될 것이다. 피가 콸콸 쏟아진다. 얼굴 바로 옆에서 혈관처럼 얼음 위를 흐른다. 그녀가 포기하면, 그냥 내버려 두면 따뜻한―뜨겁지 않고 미지근하다―피가 얼음 위에서 얼어붙을 것이다. 포기할 수만 있다면 그러고 싶은 마음이 굴뚝같다. 그저 자고만 싶다.

바닥에 반듯하게 눕는다. 숨을 고른다. 그에게 내동댕이쳐진 그 자리. 그에게 배와 가슴을 걷어차인 그 자리. 너무 아파서 숨을 들이마시는 것조차 괴롭다. 갈비뼈에 금이 가고 부러졌다. 가슴과 배에 큼지막한 멍이 생겼다. 얼굴에서 피가 나고 코가 부러졌다. 이가 으스러져 잇몸 안에 박혔다. 그는 그녀를 죽이고 싶어 했지만 죽이지 않았다. 그녀의 배 속에서 자라고 있는 생명체, 아이를 죽이고 싶어 했지만 죽이지 않았다.

인생 파괴자. 그의 인생을 망가뜨릴 존재는 그 아이다.

앨리스는 여기까지 생각한다. 차분하고 침착하게, 마치 (이미) 저 위에 둥실둥실 떠서 비참하게 쓰러진 인물(그녀다)과, 허리를 숙이고 그녀를 내려다보다가 뒷걸음질 친 인물(사이먼 미치다)을 관찰하고 있기라도 한 것처럼.

그녀는 필사적으로 머리를 써 꼼짝도 않고 누워 있다. 그 남자가 얼른 떠나 주길 빈다. 엔진이 부르릉 깨어나고 발로 가속 페달을 밟는 소리가 들리길 빈다.

하지만 잠시 후 그의 발소리가 들린다. 단단히 덮인 얼음을 술 취한 사람처럼 휘청휘청 갈지자로 걷는 소리다. 다시 와서 그녀를 죽이려는 걸까?

앨리스는 땅바닥에서 몸을 일으킨다. 머리가 어지럽다. 무릎을 꿇는다. 넋을 잃은 얼굴이 피범벅이다. 얼굴이 베인 줄도 모른다. 턱에 아무 감각이 없어서 이가 으스러져 잇몸 안에 박힌 줄도 모른다. 주먹이 얼굴 위로, 남자의 구둣발이 얼굴 위로 날아왔었다. 그녀가 끔찍이 아꼈던 얼굴 위로.

자제력을 잃고 분노했던 남자가 그녀에게 다시 돌아오고 있다. 그는 사제 지망생 킨치이고 스스로를 주체하지 못한다. 딱정벌레를 밟아 죽여야 직성이 풀리는, 심하게 다친 딱정벌레가 스스로 생을 다하도록 내버려 두지 못하는, 더러운 것을 반드시 흔적도 없이 으스러뜨려야 하는 사람처럼. 앨리스가 더듬더듬 자기 손에 비해 너무 큰, 얼음으로 덮인 주먹 크기의 돌멩이를 집었을 때, 남자가 그녀 위로 허리를 숙이고 사방에 들리도록 숨을 헐떡이며 그녀를 때리고 붙잡고 손으로 목을 감싼다.

자신이 무슨 짓을 저지르고 있는지도 모른 채 손으로 여자의 목을 감싸고 조른다. 힘껏 조른다. 미리 준비한 일이 아니다. 사전에 계획한 일이 아니다. 악의가 없다고 볼 수 있는 행동이다. 하

지만 앨리스는 악을 쓰며 돌멩이로 그의 얼굴을 후려친다. 어찌
어찌 그렇게 한다. 돌멩이를 제대로 쥘 수도 없으면서 비웃는 그
의 얼굴을 향해 있는 힘껏 돌멩이를 휘두른다. 눈과 콧등을 향해.
뼈가 쩍 하고 갈라지는 게 느껴지고, 남자의 축축하고 따뜻한 피
가 그녀의 손가락 위로, 얼굴 위로 쏟아지는 게 느껴진다ㅡ아니
면 상상일 수도 있지만. 남자가 믿기지 않아 하며 분노의 비명을
지르는 소리가 들린다.

절뚝거리며 그에게서 도망친다. 승전보를 울리며.

승전보를 울리며 바람으로부터 햇불을 지키듯 목숨을 지킨다.
그녀의 목숨과 배 속의 귀한 생명을. 몸을 웅크리고 달리는 것으
로 햇불을, 떨리는 불꽃을 바람으로부터 지킨다.

뒤에서 남자가 외친다. 애원하듯 외친다. "앨리, 스! 앨리, 스! 어
디 있어. 돌아와. 장난친 거야. 앨리, 스!"

기운이 넘친다. 몇 분 전까지만 해도 몸에 힘이 없고 꼼짝할 수
없었는데. 다리의 힘줄이 잘린 것처럼 힘이 없었는데. 척추가 부
러진 것처럼, 살인범이 휘두른 보이지 않는 칼에 경동맥이 베인
것처럼 힘이 없었는데. 지금은 전에 없던 기운이 샘솟는다. 주차
장 너머의 눈밭으로 달려간다. 가장자리에 두툼하게 쌓여서 굳은
눈 더미. 수많은 발자국으로 눈 위에 생긴 길. 하지만 눈밭 표면은
얼음처럼 단단하고 위험하다. 녹았다가 얼어서 그렇다. 녹았다가
곧바로 다시 얼었기 때문이다. 앨리스는 암벽과 바위로 이루어진
골짜기를 향해 언덕을 미끄러져 내려간다. 얼음 기둥 사이로 졸
졸 흐르는 물소리가 들리는 것도 같다.

이제는 남자가 목청껏 외치는 소리가 아까보다 희미해졌다. 남

자는 웃으려고 한다. "앨리, 스! 장난이었다니까!"

그녀는 골짜기에 숨는다. 눈 덮인 가파른 골짜기다. 눈 아래에 누가 내다 버린 살림살이들이 있다—망가진 의자, 소파, 얼룩진 카펫. 라쿤이나 개와 같은 조그만 동물의 유골. 남자는 앨리스를 부르며 차를 몰고 구불구불한 길을 따라 주차장 안쪽으로 들어올 것이다. "앨리, 스! 자기야! 사랑해. 장난친 거야! 돌아와!" 도로 위에서 전조등 불빛이 보이는데, 아니 보인 것 같은데, 마침내 불빛이 사라지고 바람이 잠잠해진다.

눈 덮인 가파른 골짜기에서 빠져나온다. 암벽을 붙잡고 있느라 손에서 피가 났다. 그러는 동안 눈이 내려 기온이 영하 20도 근처까지 떨어졌다.

바위 사이로 눈이 어찌나 고요하게 내리던지! 누워서 잠을 청하고 싶은 갈망, 유혹.

도시까지는 8킬로미터 거리다. 그녀는 비틀거리며 고속 도로까지 걸어가 달려오는 차량들을 마주 보며 고속 도로를 따라 절뚝절뚝 걷는다. 전조등 불빛에 앞이 보이지 않고, 그에게 걷어차이고 주먹으로 두드려 맞은 귀가 욱신거린다. 한참 만에 어떤 차가 태워다 주겠다고 한다.

구급차를 부를까요? 아뇨. 앨리스는 괜찮다고 한다.

어차피 병원에 갈 테니 구급차를 부를 필요는 없다.

경찰을 부를까요? 아뇨. 앨리스는 괜찮다고 한다.

다리 사이로 피가 흐른다. 뜨겁지 않고 외려 춥다. 그녀의 배 속 높은 곳, 심장이 있는 그보다 높은 곳에서부터 흐른다. 그녀는 허

벽지를 딱 붙이고 조여서 끈적끈적한 덩어리가 옷 밖으로 스며 나와 모르는 사람의 차 시트에 묻지 않길 바란다.

그러고는 생각한다. 나는 죽지 않았어. 중요한 건 그거지.

이런 생각이 들자 행복해진다. 행복해져서 운전자에게 태워 주어서 고맙다고 인사한다.

운전자에게 말한다. "고맙습니다. 덕분에 우리 둘 다 살았어요!"

병원에 도착해 보니 거의 자정이다. 늦은 시각이라 정문은 잠겼고 현관 로비는 어두컴컴해서 건물 옆쪽의 응급실로 들어가야 한다.

발치에는 가볍게 내리는 눈. 다행히 앨리스는 부츠를 신고 있다. 그녀는 10~12센티미터까지 쌓인 눈을 터벅터벅 휘청휘청 3시간 동안 걸어왔다. 눈송이가 뜨끈뜨끈한 그녀의 몸에 닿자마자 녹는다. 뒤돌아보았을 때 연석에서 응급실 입구까지 걸어온 발자국이 새로 내린 눈으로 덮여 사라진 것을 보고 그녀는 어린애처럼 웃음을 터뜨린다.

"여보세요? 여보세요? 여보세요? 여보세요? 문 좀 열어 주세요!"

놀랍게도 자동문이 열릴 줄을 모른다. 안에서 잠겼나? 그녀는 당황하며 유리창 안쪽을 들여다본다.

하지만 여긴 응급실이다. 응급실 접수처다. 롤런드 B가 바퀴 달린 침대에 실려 온 곳. 부지불식간에 시를 외우듯 앨리스가 자기도 모르는 사이 내부 구조를 외우게 된 곳.

마침내 누군가가 나와서 문을 열어 준다. 흰색 나일론 셔츠에 바지를 입은 의료진이다. 앨리스에게는 신분증이 없다. 가방과 지갑을 멀리 두고 왔다. 그 남자의 자동차 바닥에 떨어졌든지. 그게 아니라 그녀가 벌벌 떨며 도망쳤을 때 꽁꽁 언 땅바닥에 떨어졌다면 아침에 제설차가 발견할 것이다.

처음에 병원 측에서는 그녀를 응급실 안으로 들어오지 못하게 한다. 하지만 잠시 후에 들어오게 하기로 결정이 내려진다.

그들은 앨리스에게 롤런드 B가 기다리고 있는 5층까지 뒤 계단으로 올라가야 한다고 용의주도하게 설명한다.

"아가씨는 그분의─손녀인가요?"

"맞아요! 손녀예요." 앨리스는 웃으며 말한다. "저를 기다리고 계실 거예요. 잠도 안 주무시면서."

그녀는 살아 있었다면 무척 민망해했을 것이다. 그리고 다리 사이로 스멀스멀 스며드는 한기도 본 사람이 있었다면 무척 민망했을 것이다.

이제 여기 있어서 다행이다. 다른 건 아무것도 중요하지 않다. 그렇다는 것을 이제는 알겠다. 연로한 시인이 그녀를 기다리고 있다. 그들은 하나가 될 테고, 그가 그녀를 아끼고 지켜 줄 것이다.

5층. 계단으로 걸어 올라가느라 숨이 차다. 이 시각에는 엘리베이터가 운행되지 않는다. 그녀는 서두르느라 숨이 차다. 복도에는 아무도 없다. 간호사들이 어디 있담? 문들이 몇 군데 열려 있다. 526호실 문도 열려 있고 안에서 눈부신 햇빛이 한 줄기 쏟아져 나온다.

"앨리스, 마이 달링! 나의 공주님. 어디 갔었나? 내 아리따운 유령 아가씨, 보고 싶었는데."

1972년 11월 11일 오전, 브리지워터에서 북쪽으로 8킬로미터 거리에 있는 티컴세 주립 공원 숲속의 눈 덮인 골짜기를 지나던 등산객들이 젊은 여성의 시신을 발견했다. 목에 남은 다수의 멍자국으로 인해 애초에는 교살된 것으로 추정되었지만 티컴세 카운티 검시관은 일차적인 사인이 저체온증이라는 결론을 내렸다. 뉴욕주 스트리커스빌에 거주하는 19세의 대학교 2학년생 앨리스 어커트로 밝혀진 사망자는 폭행 후 의식을 잃은 상태로 골짜기에 방치되었고, 밤사이 기온이 영하 20도 가까이 곤두박질치자 동사한 것으로 추정된다.

골짜기 인근 도로와 주차장에 타이어 자국이 찍혔다 하더라도 12센티미터나 쌓인 눈에 덮여 버렸을 것이다.

사망한 여성은 대학교 인문학부생이었다. 같은 기숙사 학생들은 사망 소식에 충격을 금치 못하며 그녀의 생전 행보에 경의와 존경을 표했다. 앨리스는 아주 진중한 학생이었다고, 그들은 빈둥거렸지만 앨리스는 아니었다고, 항상 도서관에 있었다고 입을 모았다. (우리가 알기로는 그랬어요. 수업이 끝나면 조용한 도서관에서 공부해야겠다며 달려갔고 자정이 되어서야 기숙사로 돌아왔거든요.)

그들의 증언에 따르면 그녀에게 남자 친구는 없었다. 동아리 파티나 다른 데서 그녀가 남자와 같이 있는 걸 아무도 본 적이 없었다.

1학년 때 앨리스 어커트는 학점이 좋았고 우등생이었다. 그런데 이번 학기에 그녀를 가르친 강사들에 따르면 11월 중순까지 훌륭한 태도를 보이다 이후로 이렇다 할 설명 없이 강의에 자주 빠지고 과제를 완료하지 않았다고 한다.

철학 강사 사이면 미치 박사가 경찰에 한 증언에 따르면 앨리스 어커트는 그가 가르친 철학 입문 강의에서 '상당히 훌륭한' 성적을 보였다고 한다.

그는 고인과 개인적으로 아는 사이는 아니었다. 지역 일간지 1면에서 '충격적이고 비극적인' 기사를 접하고 그의 강의를 듣는 학생 명단을 보니 앨리스 어커트가 있더라며 그때 그녀가 자신의 강의를 듣는 학생임을 알았다고 했다.

미치 박사는 12월 초에 어커트 양이 과제를 제출하지 않았을 때 그녀가 강의를 빠지고 있다는 사실을 알아차렸다. 그녀는 이에 대해 특별한 설명이 없었고 두 사람은 따로 접촉한 적이 없었다. 미치 박사가 말했다. "우리 학교 학부생들은 성인이고 저희는 거기에 걸맞게 아이들을 대합니다. 강의를 듣고 과제를 완수하는 것이 학생의 본분이니까요."

그렇다. 고인이 철학과 학부생답지 않게, 특히 어린 여학생답지 않게 수준 높은 과제를 제출했던 것은 맞았다.

브리지워터 경찰서에서는 이 사건을 살인으로 분류하고 수사 중이다. 현재로서 용의자는 없다. 사건 수사에 도움이 될 만한 정보를 아는 분은 브리지워터 경찰서(518-330-2293)로 연락 바란다.

THE SURVIVING

CHILD

살아남은
아이

1

사람들은 그를 살아남은 아이라고 부른다. 물론 면전에 대고 그러지는 않는다.

아이의 동생은 3년 전에 어머니와 함께 죽었다. 살해 후 자살이라고들 했다. 더 정확히 말하자면 자녀 살해 후 자살이라고 해야겠지만.

살아남은 아이를 처음 본 순간 그녀는 충격을 느낀다. 창백하고 살짝 주근깨가 박힌 예쁜 얼굴, 까맣게 반짝이는 눈, 진지하고 서글프며 신중하고 경계하는 조숙한 태도.

어떤 생각 하나가 유리 조각처럼 날카롭게 그녀의 심장을 관통한다. 내가 이 아이를 사랑하겠어. 내가 이 아이를 살려내겠어. 그럴 사람이 바로 나야.

"스테판! 내 친구한테 인사할까—"

스테판의 아버지는 그녀, 그러니까 자신의 약혼녀를 살아남은 아이에게 자연스럽게 소개할 방법이 없다. 알렉산더가 스테판에게 그녀의 이야기를 미리 들려주며 마음의 준비를 시키기는 했을 것이다. 아빠가 재혼을 할까 생각 중이거든. 내가 만난 젊은 아가씨를 너한테도 소개하고 싶어. 보면 너도 그녀를 좋아하게 될 거야—그녀도 너를 좋아하게 될 테고……. 이런 생각을 난처하지 않게 설명할 방법이 어디 있을까.

아이는 불안한 얼굴을 하고 있다. 어머니가 세상을 떠난 이후에 아버지가 다른 여자들을 집으로 초대해 스테판에게 소개한 적이 있을까? 또는 스테판이 어머니의 자리를 대신할 것으로 예상되는 여자와 아버지가 같이 있는 것을 본 적이 있을까?

하지만 엘리자베스는 그 여자들을 질투하지 않는다. 엘리자베스는 그 여자들을 시기하지 않는다. (지금은 고인이 된) (악명 높은) 시인 N. K.와 사별한 신사 중의 신사인 약혼자가 평범한 그녀를 선택해 주었다는 사실이 고마울 따름이다.

허리를 숙여 아이의 고사리손을 잡는다. 걱정할 것 없다는 듯 명랑한 목소리로 얘기한다. "안녕, 스테판! 만나서 반가워……." 그녀는 말끝을 흐리며 얼굴이 아플 만큼 크게 미소를 짓는다. 아이가 부끄러워서, 아니면 그녀가 싫어서, 아니면 화가 나서 뒷걸음질을 치지 않길 바란다.

스테판은 열 살이고 나이에 비해 체구가 작다. 3년 전 친어머니가 스스로 목숨을 끊기 전에 여동생과 함께 아이를 죽이려고 했을 때에는 이 가녀린 아이가 얼마나 더 작았을지 생각만 해도 끔찍하다(고 그 약혼녀는 생각한다).

그녀는 아이가 트라우마로 인해 이후 몇 달 동안 성장을 멈추었다고 알렉산더에게 들었다. 거의 먹지 못하고 악몽으로 잠을 설치고 한밤중에 집 안을 돌아다녔다고 했다. 벌건 대낮에 집 안에서 사라져 아버지와 가사 도우미가—스테판! 스테판!—하고 이름을 부르며 찾아다니면 스테판이 눈을 깜빡이고 숨을 헐떡이며 어느 모퉁이를 돌아 나오거나 계단이나 복도에 등장했는데 어디 있었는지 설명하지 못했다고 했다.

아이는 어머니 때문에 하마터면 질식할 뻔했다. 뿐만 아니라 신경 안정제도 과다 복용했다. 그런데도 어찌어찌 목숨을 부지했다.

스테판은 그 일을 겪고 나서도 별로 울지 않았다. "당시 상황을 감안했을 때 뜻밖의 반응이었지."

당시 상황을 감안했을 때라니! 엘리자베스는 묘하게 감정이 배제된 알렉산더의 말을 듣고 움찔 놀랐다.

아이는 엘리자베스라고 아버지의 약혼녀를 소개받았지만 당연히 이름으로 그녀를 부르지 못한다. 미스 런드퀴스트라고 부르지도 못한다. 나중에 엘리자베스와 그의 아버지가 결혼하면 아이는 그녀를—뭐라고 부르게 될까? 어머니는 아닐 것이다. 엄마도 아닐 것이다. 엄마? 과연 가능할까?

(아이가 자기 어머니를 뭐라고 불렀을지 엘리자베스는 전혀 모르겠다. 속을 알 수 없었던 시인 N. K가 누군가에게 엄마는커녕 어머니라고 불리는 광경조차 상상이 잘 되지 않는다.)

신중하게 경계하는 눈빛. 스테판은 둥지 안에서 그림자가 지나가기만 해도 당장 움찔할 준비를 하고 있는 새끼 새 같다. 그 그림자는 어미 새일까, 아니면 그를 찢어발길 포식자일까? 새끼 새가 알아차릴 때쯤이면 이미 늦어 버릴 것이다.

그래도 스테판은 어른들이 묻는 말에 웅얼웅얼 대답은 한다. 학교생활에 대해서 묻는 익숙한 질문들, 이미 여러 번 대답한 질문들. 어른들이 대답하기 괴로운 질문은 하지 않을 것이다. 이제는. 어머니가 죽은 직후에 그런 질문을 들었을 때 아이는 눈을 가늘게 뜨고 아무 말없이 방구석을 물끄러미 쳐다보기만 했다. 턱에 힘이 들어갔고 관자놀이의 조그만 혈관이 실룩거렸지만 시선은 꼿꼿하고 흔들림이 없었다.

나중에 아버지는 그 당시에 겁이 나서 아이의 가슴이나 목에 손을 얹지 못했다고 고백할 것이다. 스테판이 더 이상 숨을 쉬지 않는 게 분명하다고 확신했거든. 그 끔찍한 여자가 아이를 부르고 있는 마음속 깊숙한 곳으로 들어가 버려서.

몇 달이 걸렸다. 아니, 몇 년이 걸렸다. 그들의 일상과, 알렉산더와 N. K.가 부부로 12년간 함께 살았던 매사추세츠주 웨인스코트의 아름다운 목조 주택에서 그 끔찍한 여자가 사라지기까지.

알렉산더의 표현에 따르면 N. K.는 '드문드문' 거기서 살았다고 한다. 그녀가 '철저하게 이기적인' 삶을 추구했다 보니 두 사람은 떨어져 지낼 때가 많았다.

시인 N. K.는 집 안이 아니라 차를 석 대 넣을 수 있도록 마구간을 개조한 차고—약혼녀는 (아직) 구경하지 못한 곳이다—에서 네 살 된 딸 클리와 함께 일산화탄소 중독으로 생을 마감했다.

유서는 없었다. 차 안에도 그 어디에도.

대신에 알렉산더는 그녀의 침대 협탁에서 흥분이 극에 달했던 생의 마지막 몇 주 동안 작성된 일기장을 발견했다.

그는 끔찍한 비난과 거짓말로 점철되었을 게 분명했기에 일기장을—읽어 보지도 않고—없애 버리는 수밖에 없었다고 주장한다. 제정신이 아닌 살인마의 헛소리로부터 아들을 보호해야 했다고.

스테판이 나중에 컸을 때 그를 없애려고 했던 타락한 정신병자가 남긴 메아리와 흔적을 맞닥뜨리는 건 상상조차 하기 싫었다고…….

스테판은 트라우마에도 불구하고 웨인스코트 학교에 잘 다니고 있다. 사건 이후 몇 달 동안 집에서 간호사의 보살핌을 받느라 3학년을 다시 다녀야 했지만 5학년 친구들을 금세 따라잡았다며 알렉산더는 자랑스러워한다. 눈물 폭발, 우울증, '문제 행동', 원인 불명의 질병처럼 흔히들 예상할 수 있는 증상은 나타난 적이 없거나 짧게 지나간 듯했다. 아이 아버지는 말했다. "내 아들은 극기심이 강하거든. 나를 닮아서."

약혼녀는 아이를 보고 생각한다. 그게 아니야. 이 아이는 그냥 숨어 있는 거야.

엘리자베스가 계산해 보니 스테판과 그녀의 나이 차가 그녀와 알렉산더의 나이 차와 거의 같다. (스테판은 열 살, 엘리자베스는 스물여덟 살, 알렉산더는 40대 후반이다.)

엘리자베스는 이 점에 대해 곰곰이 생각할 것이다. 아주 사소한 부분이지만 (그녀가 생각하기에는) 그녀와 아이를 이어 주는 일종의 연결 고리다. (아마도) 아이는 절대 알아차리지 못하겠지만.

타락한 정신병자인 N. K.는 죽지 않았다면 이제 겨우 서른여섯 살일 것이다. 아직 젊은 나이다.

하지만 N. K.가 살아 있었다면 엘리자베스 런드퀴스트는 약혼자가 조상 대대로 물려받은 웨인스코트의 기품 있는 집에서 얼굴이 아프도록 웃을 일은 없었을 것이다.

인상적이게도 스테판은 어른들이 위에서 자기에게 말을 건네면 꼼짝 않고 서 있을 줄 안다. 다른 (평범한?) 아이들처럼 몸을 실룩이거나 떨지 않는다. 안절부절못하거나 화가 난 티를 내지 않는다. 괴로워하는 티도 내지 않는다. 미소가 불안하고 쌍꺼풀이 진하다. 짙은 밤색 눈동자가 예쁘다. 엘리자베스는 제 아버지보다 훨씬 색이 짙은 아이의 눈을 보며—반면에 안색은 불그스름한 아버지에 비해 훨씬 창백하다—세상을 떠난 어머니의 눈을 닮았는지 궁금해한다.

엘리자베스는 배우 같은 미모를 자랑했던 N. K.의 사진을 본 적이 있다. N. K. 사후에 '세간의 화제'가 된 작품을 비롯해 동영상도 몇 개 보았다. 당시 상황을 감안했을 때 보지 못했으면 오히려 이상했을 것이다.

과테말라 출신의 가사 도우미 아나가 스테판의 목욕을 거들고 밝은 갈색 고수머리를 빗겨 주고 갈아입을 옷을 챙긴다. 열 살이니 옷은 혼자서 입는다. 작은 발에 끈을 깔끔하게 묶은 데님 운동화를 신고 있다. 상실감이 엘리자베스의 가슴을 후벼판다. 이 아이는 이제 다 커서 그녀에게 운동화 끈을 묶어 달라고 할 일이 없을 것이다—절대.

쉽지 않을 거야, 그녀는 생각한다. 상처가 있는 이 예쁜 아이의 마음을 얻으려면.

"헨드릭 씨?" 아나가 웃는 얼굴로 우아하고 공손하게 등장한다.

저녁 먹을 시간이다.

저녁을 먹는 장소는 집 뒤편의 유리로 덮인 베란다이고, 조그만 원형 테이블에 3인 상차림이 세팅되어 있다. 방금 전 마당에서 딴 하얀 장미가 꽂힌 화병이 한가운데에 놓여 있다.

안으로 들어갈 때 엘리자베스는 아이의 손을 가만히 잡아 주고 싶은 충동을 느낀다. 이제 막 만난 사이지만 그녀는 스테판을 좋아하고, 스테판과 친구가 되고 싶다는 걸 알려 주고 싶다.

스테판을 향해 내민 그녀의 손이 차갑고 몽글몽글하며 콧물처럼 끈적끈적한 것에 닿는다. "으, 으악!" 그녀는 살짝 비명을 지르고 몸서리치며 뒤로 물러난다.

"뭐야. 왜 그래, 엘리자베스?" 알렉산더가 걱정하는 투로 묻는다.

뭔지 그녀도 모르겠다. 왜냐하면 스테판을 쳐다보니, 간청하듯 펴서 들고 있는 그 가녀리고 순수하며 깨끗한 손바닥을 보니 이상할 게 전혀 없다. 차갑고 몽글몽글하며 콧물처럼 끈적끈적하게 느껴질 만한 게 전혀 없다.

"그냥―차가워서……."

"아! 손이 차니, 스테판?"

스테판은 주춤거리며 고개를 젓는다. 웅얼웅얼 대답한다. "모르겠어요."

엘리자베스는 심히 당황하며 사과한다. 그녀가 착각했거나―뭐 그랬나 보다…….

알렉산더는 무슨 일인지 전혀 모르겠지만―(사실은 무슨 일인지 아주 잘 알고 있으면서)―자기보다 열여덟 살 어린 젊은 약혼녀를 보며 곤혹스러워하는 쪽을 선택한다. 아무 힘없는 벌레를 무서워하고 도시 운전을 무서워하며 보스턴에서 케이프코드를 오가는 출퇴근용 소형 프로펠러 비행기를 무서워하는 젊은 여자.

엘리자베스가 어색하게 웃음을 터뜨린다. 알렉산더가 예민한 스테판을 상대로 곤혹스러워하고 조바심과 짜증을 내느니 그녀를 상대로 그러는 편이 낫다.

유리로 덮인 베란다는 상당히 아름답다. 가구는 흰색 고리버들이고 옅은 베이지색의 페루산 직조 러그가 깔려 있다. 벽에는 차일드 해섬이 인상주의 기법으로 19세기 후반의 바다를 그린 풍경화가 걸려 있다.

막 자리에 앉으려는데 스테판이 갑자기 그대로 얼어붙는다. 화장실에 다녀오겠다고 웅얼웅얼한다. 짜증 난 표정이 언뜻 알렉산더의 얼굴을 스치고 지나간다. 아, 아나가 이제 막 저녁을 내오는 중인데! 엘리자베스로서는 안타까울 따름이다.

"그래. 다녀와라."

자리에 앉자 알렉산더가 어른 잔에 (시큼털털한 화이트) 와인을 따른다. 그는 아들 때문에 짜증이 났다는 걸 드러내지 않기로 마음먹은 듯했지만 떨리는 그의 손이 엘리자베스의 눈에 들어온다.

엘리자베스는 표를 사 놓은 프로빈스타운의 음악회까지 아직 시간적 여유가 있다고 말한다. "이제 겨우 6시잖아요. 1시간 반 동안 저녁을 먹고……."

"나도 지금 몇 시인지 알아, 엘리자베스. 고마워."

단호한 거부. 알렉산더는 세상 물정 모르는 한참 어린 약혼녀가 자신에게 입바른 소리를 하는 것도 싫은 거다.

엘리자베스는 굴하지 않고 다시 한번 시도한다. "당신 아들 참—잘생겼어요. 또…….."

독특하고. 이 세상 사람 같지 않고. 속을 알 수 없고.

알렉산더가 툴툴대며 애매하게 맞장구친다. 그렇다는 뜻과 이 얘기는 이제 그만하자는 뜻을 동시에 전한다.

엘리자베스는 숫기 없는 성격이고 그중에서도 대화가 끊기고 정적이 흐르면 불안해져서 끊임없이 신경질적으로 조잘거리게 되는 부류다. 그래서 입을 다물고 있는 게 힘들다. (그녀 생각에) 평가당하는 듯한 기분이 들기 때문이다. 한편으론 의도한 건 아닐지라도 알렉산더 헨드릭의 심기를 건드리는 것이 이렇게나 수월하다니 놀랍기 짝이 없다. 이 정도 지위에 오른 사람이 이토록 민감할 줄이야. 좋은 뜻에서 스테판을 칭찬했다가 다른 아이를 떠올리게 만들 수도 있겠다는 생각이 들자 그녀는 걱정스러워진다. 모헤어 숄로 몸을 감싸인 채 엄마 품에 안겨서 이산화탄소 중독으로 죽은 클리…….

끔찍해라! 엘리자베스는 몸서리를 친다.

"이 와인 어때? 포르투갈산인데—마음에 들어?"

와인? 엘리자베스는 와인에 대해서 문외한이나 다름없다. "네." 알렉산더는 지금 마시는 와인보다 더 중요한 문제는 세상에 없다는 듯 미간을 찌푸리며 자기 잔을 들여다보고 있다.

"한 상자를 샀어야 했나 싶어. 실수한 것 같네."

와인이 중요한가? 엘리자베스는 알렉산더가 그렇다고 하면 그런가 보다 한다. 할아버지가 설립한 부유한 예술 재단의 이사장이자 그녀 기준으로 유명 인사인 약혼자는, 실수로 발전할 가능성이 있는 사소한 행동과 판단을 지극히 중요한 일이라도 되는 양 저울질하는 습성이 있다. 하도 사소한 문제로 그러다 보니 처음에 엘리자베스는 농담인 줄 알았지만 그녀의 약혼자에게 사소한 문제란 없다는 걸 이제는 알겠다. 그는 실수일지 모른다는 사실만으로도 심란해지는 것이다.

주말에 처음으로 엘리자베스를 오션뷰 애비뉴의 집으로 데려가느라 웨인스코트까지 차를 몰고 가는 도중에도 알렉산더는 느닷없이 이렇게 말했었다. "이게 실수는 아니길 바랄 뿐이야."

엘리자베스는 어색하게 웃음을 터뜨렸다. 그녀에게 한 얘기라기보다 알렉산더가 속으로 생각하던 걸 입 밖에 낸 눈치라 자세히 캐묻고 싶어도 선뜻 그럴 수가 없었다.

그들은 스테판이 돌아오길 기다리고 있다. 아나가 켜 놓은 촛불이 그들의 콧김에 흔들린다. 왜 이렇게 안 오는 걸까? 그들을 피해서 숨어 있는 걸까? 아버지를 피해서? 알렉산더의 등쌀에 아나가 화려한 첫 번째 요리를 들고 온다. 버섯 퓌레로 속을 채운 피망이다. 웨지우드 접시에 담긴 빨간색, 초록색 피망이 완벽한 조화를 이룬다.

열 살짜리 남자애가 좋아할 만한 메뉴는 아니네, 엘리자베스는 생각한다.

"자, 먼저 시작하지. 고속 도로가 막힐 수도 있으니까."

은 포크와 은 나이프가 묵직하다. *H*라는 글자가 새겨져 있다. 이 집은 물론이고 집 안에 있는 사실상 모든 것이 알렉산더가 물려받은 유산이다. 많지도 않았던 N. K.의 소지품은 사망 이후 전부 처분되었다. 심지어 책까지. 책등에 *N. K.*의 이름이 적힌 책은 더더군다나.

그녀의 흔적은 하나도 없어. 걱정 마, 달링!

알렉산더가 다른 여자를 웨인스코트로 데려와 스테판에게 인사시킨 적이 있는지 다시금 궁금해진다. 그들이 살아남은 아이와 이 집에 어떤 반응을 보였을지 궁금해진다. 젊은 여자들이었겠지. (이제 중년인 알렉산더는 자기 또래의 여자에게 매력을 느끼는 타입이 아니다.) 처음에는 알렉산더 헨드릭에게 매력을 느꼈을 그 여자들이 도망쳤을까?

집을 보면 당신도 이해할 거야—왜 집이 내게 그토록 소중한지. 왜 내가 이사할 생각이 없는지.

알렉산더는 *N. K.*에 대해 직접적으로 언급하지 않는다. 주로 완곡하게, 뭘 물어보기 망설여지는 듯이 말을 꺼낸다.

자살 자체만으로도 충격적인 일일 것이다. 배우자의 자살이라니. 게다가 살인, 그것도 자식 살인과 한데 뭉뚱그려지면—말해 뭐 하겠는가.

이런 경우에는 망자가 어떤 주장을 제기하는 거라고, 엘리자베스는 생각한다. 그러면 산 자는 이에 대한 반론을 제기해야 한다. 자기 목숨과 타인의 목숨을 앗아간 사람에게는 특히나 반론을 제기해야 한다. 계속 살아갈 작정이라면.

몇 분 뒤 알렉산더가 뒤편을 맴돌고 있던 아나에게 쏘아붙인다. "가서 애 좀 찾아봐요!"

엘리자베스는 움찔한다. 가사 도우미에게 그런 식으로 명령을 내리다니 그녀에게도 상처가 된다.

아나는 허둥지둥 밖으로 나가며 외친다. "스테판! 스테판!"

엘리자베스는 냅킨을 내려놓는다. 같이 아이를 찾아야겠다…….

"아니. 그냥 있어. 어이가 없네."

알렉산더는 벌게진 얼굴로 씩씩댄다. 포크와 나이프로 뭔가를 엘리자베스의 접시에 담는다. 처음에 그녀는 해파리처럼 끈적끈적하고 살아서 꿈틀거리는 게 뭔지 알아보지 못한다. 다시 보니 구운 피망에서 흘러나온 향긋한 버섯 퓌레다.

아나는 계단을 통해 2층으로 올라간다. 그녀는 키가 작고 통통하다. 허벅지가 튼실하다. 숨을 헉헉댄다. "스테판? 어디 있니?"

그들은 그녀가 회유하듯 아이의 이름을 부르는 걸 듣고 있다. 스테판이 대답을 해야 할 텐데!

하지만 아나는 숨을 헉헉대며 돌아와 미안해하며 말한다. 정말 죄송하지만 아이가 보이지 않는다고, 방에도 없고 화장실에도 없다고 한다. 부엌에도 뒤쪽 현관에도—그녀가 생각할 수 있는 그 어떤 곳에도 없다고 한다.

"망할. 내가 경고했는데. 한번만 더 이런 수작을 부리면……."

알렉산더가 휘청거리며 자리에서 일어난다. 엘리자베스는 덩달아 일어나 감히 그의 팔을 잡는다.

"몸이 안 좋은가 보죠. 얼굴이 슬퍼 보였어요. 지금은 아무도 만나고 싶지 않은 걸 수도 있어요. 그냥—내버려 두면 안 돼요, 알렉산더?"

알렉산더는 그녀의 손을 뿌리친다. "입 다물고 있어. 아무것도 모르면서."

그는 성큼성큼 유리로 덮은 베란다 밖으로 나간다. 엘리자베스도 머뭇거리며 따라 나가는 수밖에 없다. 알렉산더가 그녀에게 한 말을 아나가 듣지 못했기를 바랄 따름이다. 약혼자가 그녀에게 입 다물고 있으라고 한 게 이번이 처음은 아니다.

발소리도 요란하게 계단을 올라가며 외친다. "스테판? 너 어딨어?"

엘리자베스도 뒤따라 현관 홀로 나간다. 계단까지 따라 올라가지는 않는다. 어떻게 해야 할지 잘 모르겠어서 희미하게 불러본다. "스테판? 나야—엘리자베스. 숨어 있니? 어디 숨어 있니?"

어디 숨어 있니? 겁에 질린 어린애가 다른 친구에게나 물어봄 직한 어이없는 질문이지 않은가…….

아이를 찾느라 몇 분이 다급하게 흘러간다. 위층, 아래층. 앞쪽 현관, 뒤쪽 현관, 부엌, 식당. 거실, 응접실. 다시 위층으로 올라가 손님방에 있는 벽장. (알렉산더가 험상궂게 말하길) 아이가 '감히' 발을 들여놓을 생각조차 하지 못할 거라는 안방까지.

결국 대안이 없다. 열이 뻗친 아버지는 차고라는 금단의 공간을 들여다보는 수밖에 없다. 그는 엘리자베스와 아나에게 그 자리에 가만히 있으라고 한다. 그 즈음 알렉산더는 화가 머리끝까지 나 있었다. 열이 나서 얼굴이 벌겋고 정성스럽게 빗어 넘긴 머리가 이마 위로 쏟아졌다. 멋들어진 파란색 실크 넥타이는 잡아당겼는지 헐렁하게 풀려 있다.

집 뒤편에서 남자가 짜증 섞인 말투로 외치는 소리가 엘리자베스의 귀에 들린다. "스테판? 너 거기 있니? 거기 없길 바란다만……."

그곳. 그녀가 죽은 곳. 그리고 네 여동생이 죽은 곳.

엘리자베스와 아나는 현관 앞에서 알렉산더가 돌아오길 초조하게 기다린다. (엘리자베스가 생각하기에는) 아버지가 아들을 금세 찾아서 의기양양하게 끌고 돌아올 것 같지 않다.

"스테판이 전에도 이런 적이 있는 모양이네요?" 엘리자베스가 머뭇거리며 묻자 아나는 아이를 보호하고 싶은 건지, 아니면 가족의 비밀을 폭로하고 싶지 않은 건지 인상을 찌푸리고 못 들은 척 고개를 돌린다.

한참 만에 조심스럽게 말을 골라 가며 대답한다. "스테판은 착한 아이예요. 아주 사랑스럽고 슬픔이 많은. 가끔 뭐에 홀릴 때가 있어서 그래요. 걔 잘못이 아니에요. 그뿐이에요."

엘리자베스는 뭐라고 응수하면 좋을지 모르겠다. 그녀는 알렉산더가 다시 등장할 순간에 대비해 마음의 준비를 한다. 못처럼 이마에 꽂히는 시끄럽고 성난 목소리—그녀는 그것 때문에 괴로운 티를 내지 않기 위해 최선을 다해야 한다.

잠시 후 엘리자베스가 우연히 유리로 덮인 베란다를 흘끗 돌아보는데, 아무도 없어야 할 그곳의 테이블 앞에 어린애 크기의 형체 하나가 꼼짝 않고 앉아 있다. 스테판일까? 스테판이 자기 자리에 앉아 있는 걸까?

엘리자베스는 얼른 달려간다. 너무 놀라서 알렉산더를 부르지도 않는다.

"어머! 스테판. 여기 있었구나."

아이는 달려오기라도 한 듯 숨을 헐떡거린다. 걱정스러울 정도로 헐떡거린다.

얼굴이 아주 창백하다. 땀으로 덮여서 축축하게 창백하다. 흥분해서 눈이 커졌고 입술은 파르스름하다. 눈 밑에도 파르스름하게 그늘이 졌다.

산소 결핍일까? 과연?

엘리자베스는 크게 안도하지만 놀란 마음도 있다. 아이를 만지고 싶지만—심지어 안아 주고 싶지만—감히 용기가 나지 않는다. 아이에게서 입내 같은 시큼한 냄새가 희미하게 풍긴다.

아나가 아들이 무사히 돌아왔다고 알리기 위해 얼른 헨드릭 씨를 찾으러 간다.

엘리자베스는 감정에 북받쳐 아이를 당황시키지 않도록 침착하게 다가가 덥석 손을 잡는다. 이번에는 고사리손이 반항하지 않고 얌전히 나온다. 살짝 차갑기는 하지만 혐오스러울 것도 무서울 것도 없는 그냥 아이 손이다.

엘리자베스는 아이를 보고 어찌나 다행스럽던지 자기도 모르게 신경질적인 웃음이 터진다. 아이가 왜 그렇게 숨을 헐떡거리는지, 왜 그렇게 안색이 창백한지는 궁금해하지 않기로 한다.

아이를 혼내지도 않겠지만 어디 있었느냐고 묻기는 해야 한다—10분쯤 전부터 계속 불렀는데 못 들었니?—아버지가 부르는 소리 못 들었어?

스테판이 우물우물 뭐라고 중얼거린다. "여기요. 여기 있었어요."라고 하는 것 같다.

아이가 음흉하거나 장난스럽거나 능글능글한 분위기를 풍기는 건 전혀 아니라고 엘리자베스는 장담할 수 있다. 하지만 이상하다!—어디 있었던 걸까? 게다가 무슨 수로 그녀와 아나 옆을 몰래 지나쳐 베란다의 테이블까지 갔을까?

주근깨가 박힌 창백한 얼굴은 어른처럼 고뇌하는 노련한 표정을 짓고 있다. 무서워서 진땀을 흘리느라 피부가 여전히 축축하고 차갑다.

성난 아버지가 나무망치로 바닥을 때리듯 요란하게 걸어오는 소리가 들리자 스테판은 몸을 움츠린다. 엘리자베스는 아이를 보호하기 위해 작고 여린 손을 잡아 준다.

"너! 이 망할 것! 내가 경고했지!" 공포스러운 일순간 알렉산더가 아들을 때릴 것처럼 손을 든다. 하지만 풍선에서 바람이 빠지듯 그에게서 분노가 빠져나갔는지 좌절과 분노와 공포의 눈물로 눈을 반짝이며 의자를 꺼내 그 위에 털썩 주저앉는다.

"말해 봐라, 스테판. 어디 있었니?"

그러자 스테판은 조그맣고 차분한 목소리로 "여기요. 여기 있었어요……."처럼 들리는 소리를 중얼거린다.

알렉산더는 냅킨을 낚아채 눈을 닦는다. "다신 그러지 마. 알겠지?"

2

볼링겐 상을 수상한 시인 N. K.와 자녀,
매사추세츠주 웨인스코트에서 시신으로 발견돼
사인은 '사고일 가능성이 있는' 질식사

베스트셀러 페미니스트 시인 N. K. 자살
네 살 된 딸도 함께 사망
'충격적인 현장'—매사추세츠주 웨인스코트

엘리자베스는 죽을 때까지 잊지 못할 것이다. 래드클리프대학
원 도서관으로 달려 들어오던 동급생의 충격받은 목소리를.
"……끔찍해. 사람들이 그러는데 자살하고……."
소곤대는 (여자들) 목소리. 경악하며 못 믿겠다는 침통한 목
소리.

그녀는 사방에서 소용돌이치는 속삭임을 들으며 노트북을 보다 말고 고개를 든다.

누가 죽었다는 거야? 시인? 여자 시인? 그리고 그 딸도?

알고 싶기도 하고 알고 싶지 않기도 하다.

그날 저녁 대학원에서 열린 초빙 강사 환영식에서도 온통 자살 얘기뿐이었다. 그리고 죽은 아이도.

일산화탄소 중독에 의한 질식사.

"……그럴 리 없어. 못 믿겠어."

"……자살이라면 몰라도 설마 딸까지."

"……말도 안 돼. 아니겠지."

얼마나 충격적인 소식이었던가! 다들 분개하고 믿기지 않아 했다. 여자 작가, 여자 학자, 페미니스트를 자처하는 여자들은 이렇게 비도덕적이라니까. 니콜라 캐버노—N. K.—는 반항적이고 용감하고 기발한, 그들의 영웅이었는데.

"……살인이겠지. 누군가 질투해서……."

"……남편이랑 별거 중이라고 하지 않았나……."

"……하지만 딸은 아니지. 나는 N. K.를 알아—N. K.를 알았어. N. K.가 그런 짓을 저질렀을 리 없어."

물론 그들도 인정했다시피 N. K.가 자살 같은 금기시되는 주제를 충격적일 정도로 자유롭게 다루긴 했다—자기 삭제의 그 형언할 수 없는 행복에 대해서.

엘리자베스는 열심히 들어주었다. 비통해하며 그녀의 손을 부여잡는 친구들의 손을 잡아 주었다. 몇 년 전에 N. K.가 초빙되어 여성의 시라는 '독특한 언어'를 주제로 '탁월하고'—'열정적이며'—'영감 넘치는' 강연을 했을 때 그녀는 이 학교에 없었지만, 동급생들이 아직까지도 감탄하며 하는 얘기를 들은 적이 있었다.

엘리자베스는 대학원에서 20세기 초반에 활동한 사상주의 시인들의 작품을 연구하는 중이었다. 절제된 표현을 추구하는 사상주의와 정반대로 화려하고 고해 성사나 다름없는 N. K.의 시는 어쩌다 한 편씩 읽은 게 전부였다. 인정하고 싶지는 않지만 그녀가 생각하기에 N. K.의 시는 너무 거칠고 귀에 거슬리고 격하고 사람을 불안하게 했다. 그녀는 N. K.가 때 이른 죽음을 맞이하기 전부터 시작되었던 컬트 열풍에도 동참하지 않았다.

컬트가 오합지졸이 아니면 무엇일까? 엘리자베스가 생각하기에는 그랬다. 그녀는 도가 지나친 페미니스트들과 거리를 두고 싶었다. 육체적이고 성적인 가식, 불필요한 도발. 그녀와는 맞지 않는 것들이었다.

얼마 안 있어 〈뉴욕 타임스〉에 실린 N. K.의 부고를 보았을 때 엘리자베스는 N. K.가 사상주의 시인 H. D.를 존경하는 뜻에서 자신을 'N. K.'라고 명명 아니 개명한 것으로 전해진다는 사실을 알게 되었다. '성별도 이력도 알 수 없는' 필명을 원했다는 것이다.

N. K.가 주장한 바에 따르면 이름은 상대방을 이해하는 데 방해가 되고 오해의 소지가 있다. 성(姓)은 예술에서 아무 역할도 하지 않는다. 예술가들은 단일 개체이고 자기 이름을 스스로 정해야 한다. '네이밍'이 타인의 영역이나 선택이 되어서는 안 된다. 얼굴처럼 대놓고 쓰이는 이름이야말로 한 인간의 생애에서 가장 결정적인 부분이지 않은가.

부모님은 기본적으로 타인이다. 타인이 내 이름을 짓다니 부당하다.

그래서 니콜라 캐노버는 자신의 이름을 N. K.로 정했다. 이 허영심은 그녀를 브랜드화하고 그녀의 명성을 다지는 데 도움이 되었다.

오래지 않아 엘리자베스는 수척하고 잔인하게 아름다운 N. K.의 사진 포스터가 반스 앤드 노블 벽에 걸린 것을 보았다. 애니 레보비츠가 촬영한 작품이었다. 그녀는 얇은 면 시프트 원피스를 입고—거무스름한 유두가 비쳐 보였다—굵게 짠 술이 달린 숄을 앙상한 어깨에 두르고 있었다. 숱 많고 헝클어진 머리칼은 바람에 날린 듯 보였고 예리한 눈빛에는 비난이 담겨 있었다. 아래에 이런 문구가 적혀 있었다. "네 인생인 듯 살아라."

3

"이름이 뭐라고 했죠?—'엘리자베스'랬나? 잘 못 들어서."

"엘리사베스요."

그는 진지한 표정으로 웃음을 터뜨렸다. 그녀를 향해 몸을 숙였다.

"방금 내가 혀 짧은 소리 들은 거 맞아요?—엘리, 사, 베스?"

"네. 네."

그로부터 몇 달 뒤 N. K.라는 이름이 기억 저편에 묻혔을 때 엘리자베스는 우연히 알렉산더 헨드릭을 만났다. 그는 키가 크고 점잖았다. 그를 보는 사람마다 이렇게 수군거렸다. 저 사람 누군지 알아? 알렉산더 헨드릭—N. K. 남편이잖아.

엘리자베스보다 나이가 스무 살 가까이 많았다. 그럼에도 행동거지가 젊고 심지어 장난스러웠고, 얼굴뿐 아니라 턱 아래와 목의 일부분에까지 깃털처럼 뾰족하고 희끗희끗하게 자라는 수염을 하루에 두 번씩 면도해 가며 내면의 진지함을 잘 숨겼다.

그녀는 불행하게 끝난 결혼 생활 말고도 이 남자에 대해 아는 게 있었다. 그는 억만장자였던 할아버지가 막 창작 활동을 시작한 창의적인 예술가들을 후원하기 위해 1950년에 설립한 헨드릭 재단의 이사장이었다.

1993년에 그 후원금을 받은 사람이 당시 니콜라 캐버노로 불리던 젊고 실험적인 시인 겸 화가였다.

알렉산더 헨드릭과 니콜라 캐버노는 후원금을 받기 전부터 알던 사이였을까? 엘리자베스는 알 수 없었다.

"우리 엘리자베스 씨는, 설마 시인은 아니겠죠?"

"네. 아, 그러니까—전 시인이 아니에요."

"확실해요?" 알렉산더 헨드릭은 엄숙한 표정으로 농담을 던졌다. 어쩌면 그 엄숙한 표정이 웃겼던 것일 수도, 그 표정 때문에 그런 농담이 가능했던 것일 수도 있었다.

엘리자베스는 아찔함을 느끼며 웃음을 터뜨렸다. 그녀는 사춘기 때부터 이런 사람을 기다렸다. 그녀에게 위압감을 느끼게 하는 동시에 웃음보가 터지게 할 줄 아는 사람을.

4

사람들은 말한다. 새로운 인생은 갑작스럽게 시작된다고.

새로운 인생은 창문이 벌컥 열리는 것과 같다고. 아니, 창문이 박살 나는 것과 같다고.

그 말이 맞는 경우도 있다. 새로운 인생이 내 얼굴 위로 날아오는데, 나는 쏟아지는 유리를 피할 능력이 없을 때도 있다.

그 집 가 보니까 어땠어? 너 결혼하면 거기서 살아야 해?—계속?
계속—그럴 수 있겠어?
그 여자 흔적이 남아 있어? 어떤 오라(aura) 같은 거라도?
아, 엘리자베스, 조심해.

3월에 비공개로 아주 조촐한 (약식) 결혼식이 열린다. 양측에서 소수의 친인척만 참석한다.

직후에 그들은 바하마로 떠난다. 일주일 뒤에 웨인스코트 오션 뷰 애비뉴의 집으로 돌아온다. 살아남은 아이가 가사 도우미 아나에게 보살핌을 받으며 기다리고 있는 그곳으로.

너, 걔를 받아들일 수 있겠어? 친엄마 손에 죽을 뻔한 열 살짜리 의붓아들을?

N. K.의 악명은 사후에 점점 높아진다. 그녀에 대해 다룬 기사가 지면과 인터넷상에 계속 등장한다. '시인 N. K.의 마지막 날들'이라는 제목의 무허가 영상이 세간의 화제가 된다. '미국의 메데이아(그리스 신화에서 아르고호 원정대를 이끌고 등장한 이아손에게 반해 아버지인 콜키스의 왕 아이에테스를 배신하고 이아손이 황금 양털을 손에 넣을 수 있도록 도와준 뒤 그와 결혼한 마녀 - 옮긴이) N. K.와의 인터뷰'라는 비공인 기사—실은 인터뷰 몇 개를 짜깁기한 것에 불과하다—가 지난 몇 년 동안 촬영된 눈부시게 아름다운 사진과 함께 〈배니티 페어〉에 실린다. 반스 앤드 노블 포스터, 티셔츠, 심지어 머그까지 판매된다. 여기에는 검은 머리를 무지막지하도록 곱슬곱슬하게 말고 예쁜 입술을 웃음기 없이 잔인하게 다물고 있는 N. K. 닮은꼴이 만화로 그려져 있다.

이런 모욕에 대해 알렉산더는 일언반구도 없다. 어쩌면 몰라서 그러는 것일 수도 있지만(엘리자베스는 확실히 알고 싶다). N. K. 사후의 컬트 열풍은 전이된 암세포와 같아서 멈출 방법이 없다.

실비아 플라스, 앤 섹스턴에 이어 이제는 니콜라 캐버노—N. K. 상처받고 화가 난 각 세대 여성을 죽음으로 대변하는 아이콘.

처음에 주류 언론에서는 N. K.가 정신 질환으로 인해 자기 자신뿐 아니라 딸까지 살해했다는 쪽으로 몰고 가려 했다. 널리 알려

졌다시피 그녀는 사춘기 시절부터 '우울증을 앓았고' 과거에 여러 차례 자살을 시도했다. 하지만 N. K.의 작품을 새롭게 해석한 바에 따르면 그녀의 끔찍한 범행은 부패한 세상에서 자신을 '정화'하기 위해 사전 계획하에 의도적으로 저지른 것이었다.

그녀는 처음에는 스테판도 살해할 생각이었던 것 같았다. 네 살짜리 딸에게 그랬듯 일곱 살짜리 스테판에게도 신경 안정제를 먹이고 차고로 데려가 사브 세단에 태웠다. 하지만 막판에 무슨 이유에서인지 생각이 바뀌어서 아이를 다시 집 안에 데려다 놓고 시동을 걸어 둔 차로 돌아갔다. 몇 시간 뒤에 놀란 알렉산더가 문을 열었을 때 차고 안은 푸르스름한 배기가스로 가득했다.

죽은 여자는 둘째 클리를 안고 앞자리에 누워 있었고 모헤어 숄이 그 둘을 감싸고 있었다.

유서가 있었을까? 알렉산더는 아무것도 보지 못했다.

그의 주장에 따르면 그랬다. 아무것도 보지 못했다는 것이 알렉산더의 주장이었다. 응급 구조대원, 경찰, 수사관 들도 차 안에서 유서는 발견하지 못했다.

대중에게 공개된 바에 따르면 차 뒷좌석에 (스테판의 왼쪽 운동화와 더불어) '시 뭉텅이'가 흩뿌려져 있었다고 한다. 새로 쓴 게 아니라 잘 알려진 작품들 중에서도 좀 오래된 것들이었고, 이 작품들은 금세 예전과 다르게 불길한 징조의 관점에서 재해석되었다. N. K. 사후에 불어닥친 컬트 열풍—알렉산더와 가족들로서는 미칠 노릇이었다—의 구심점이 그 작품들이었다—소멸의 작고 씁쓸한 열매.

아나는 그날 니콜라에게 하루 휴가를 받아서 저녁 8시나 되어야 귀가할 예정이었다. 저녁 8시면 니콜라와 클리는 죽은 지 몇 시간 뒤였다.

실종된 스테판은, 결국 아이를 찾아 나선 사람들에 의해 옷을 일부만 걸치고 맨발인 채 위층 벽장 맨 뒤편에서 발견되었다. (사브 뒷좌석에 떨어져 있던 운동화의 나머지 한 쪽은 누가 던지거나 발로 차서 넣은 것처럼 차고 구석의 재활용품 수거함 사이에 떨어져 있었다.) 아이는 몸을 태아처럼 웅크리고 혼수상태인가 싶을 만큼 깊게 잠들어 있었다. 혈압이 위험할 정도로 낮았다. 낯빛이 송장처럼 하얬고 입술이 푸르스름했다. 응급 구조대원들이 열심히 산소를 주입했다.

살아남은 아이는 서서히 의식을 회복했다. 아이는 일산화탄소에 중독되었을 뿐 아니라 혈액에서 신경 안정제가 검출되었다. 무슨 일이 있었는지 거의 기억하지 못했다. 딱 한 가지는 기억했다―엄마가 준 따뜻한 우유를 마셨더니 졸렸어요. 엄마는 나한테 뽀뽀하면서 나를 절대 버리지 않을 거라고 했어요.

하지만 아이의 어머니는 아이를 여동생과 함께 죽이려다가 생각을 바꾼 게 분명했다. 사브의 시동을 건 직후 아이는 정신을 잃었지만 그녀는 아직 정신을 잃지 않았을 때 뒷좌석에 앉혀 놓았던 아이를 2층 입구 벽장까지 끌거나 안고 가서……

엘리자베스는 이 점에 대해 곰곰이 생각해 본다. N. K.는 왜 마음이 약해져서 한 아이를 살려 두었을까? 왜 딸이 아니라 아들을 그렇게 했을까? 세간에서 추측하는 것처럼 실제로도 그녀의 생각이 바뀐 거였을까?

일곱 살짜리 아이가 차에서 기어 나와 스스로 목숨을 구했을 수도 있지 않을까 싶다. 하지만 왜 2층 벽장에 숨었을까? 게다가 아버지에 의해 발견되었을 때 아이는 의식이 전혀 없었다.

사건이 발생한 지 3년이 넘게 지났고 웨인스코트 경찰은 사건을 종결시켰다. 카운티 검시관은 보고서를 작성했다. 살해 후 자살. 일산화탄소 중독. 신경 안정제 과다 복용. 그날의 정확한 타임라인은 여전히 아무도 모른다. 살아남은 아이를 추가 심문할 수는 없다. 살아남은 남편은 그 문제에 대해 공개적으로 언급하는 일은 더 이상 없을 거라고 선언했다.

그렇다면 사적으로는? 엘리자베스는 알렉산더가 선택적으로 공개한 부분만 들어서 알 따름이고, 그걸 믿지 않을 이유는 없다. N. K.는 10대 초반부터 조울증에 시달렸다. '훌륭한 시인'이었지만(이 부분은 알렉산더도 인정할 수밖에 없었다) 자해 충동이 심각했고 그녀의 감정의 소용돌이에 휘말린 불운한 사람들을 공격했다. 알렉산더의 주장에 따르면 그녀는 냉혹하고 야심만만했다. 항상 자신의 평판에 대해 전전긍긍했고, 다른 시인들이 상을 타거나 언론의 주목을 받으면 시기했다. 몇 년간 노력을 하긴 했지만 근본적으로 집안일에 관심이 없었다. 그런데도 아이들은 그녀를 끔찍이 따랐다고, 알렉산더는 씁쓸하게 말했다.

그럼에도 불구하고 우리가 알 수 없는 그것은 무엇일까? 억장이 무너지고 거센 파도가 밀려와 우리를 덮치더라도 우리는 알아야 한다.

엘리자베스는 알렉산더와 결혼한 이후로 N. K.의 시를 읽지 않으려고 한다. 하지만 일부 구절이, 어떤 경우에는 시 한 편이 통째로 언론에 인용될 때가 종종 있기 때문에 그러기가 쉽지 않다.

그럴 때면 엘리자베스는 얼른 고개를 돌려 버리지만 타이밍이 늦을 때도 더러 있다.

……밀려와 우리를 덮치더라도 우리는 알아야 한다.

엘리자베스는 노트북 키보드 위에 손가락을 올려놓고 미동도 없이 앉아 있다. 시간이 얼마나 지났는지 모르겠지만 머리에 달린 스위치가 꺼지듯 노트북 화면이 까매진다. 가쁜 숨소리가 뒤에서 언뜻 들리길래—고개를 돌려 보니 문 앞에 그 예쁜 아이, 그녀의 의붓아들 스테판이 서 있다.

"아—스테판! 안녕……."

엘리자베스는 아이를 보고 너무 놀라 테이블에서 뭔가를 떨어뜨린다. 볼펜이다. 볼펜이 바닥에 떨어져 데굴데굴 구른다.

"어, 언제부터 거기 있었어? 아무 소리도 못 들었네……."

그녀는 속을 알 수 없는 아이를 방 안으로 부르기라도 하려는 듯 자리에서 일어나지만 스테판은 이미 뒷걸음질 쳐 계단을 내려가고 있다.

꼭 무슨 야생 동물 같네, 그녀는 생각한다.

손을 내밀면 몸을 움츠리는 야생 동물. 이런, 너무 노골적이었다! 너무 간절했고. 아이가 그녀의 얼굴에서 그걸 읽고 뒷걸음질을 친 거다.

5

"절대 아니지! 여기가 우리 집이야. 우리는 여기서 행복하게 잘 살고 있어. 평범하게." 알렉산더가 손님들에게 열변을 토하고 날카롭게 행복의 웃음을 터뜨린다.

헨드릭 하우스를 찾는 손님들의 행렬이 꾸준히 이어진다. 목가적인 케이프코드에 여름이 찾아오면 더욱 그렇다.

오라는 없다. 그녀의 오라는. 그녀는 죽었다. 저세상으로 떠났다. 사라졌다.

바다가 내다보이는 넓은 베란다, 기나긴 여름의 황혼. 오늘 저녁에는 아나를 도우러 온 과테말라 출신의 젊은 아가씨가 음료를 내온다. 크리스털 잔들이 반짝이며 윙크한다. 새 신부 엘리자베스는 남편의 친구들 사이에서 수줍어한다. 친구가 어찌나 많은지! 이름을 제대로 외울 방법이 없다.

엄밀히 말하면 친구는 아닐지 모른다. 그보다는 지인이나 업계 동료에 더 가깝다. 프로빈스타운, 우즈 홀에서 잠깐 찾아온 손님. 보스턴, 케임브리지, 뉴욕에서 며칠 신세를 지러 온 헨드릭 재단 관계자.

오션뷰 애비뉴의 집은 여름에 특히 아름답다. 낭만적으로 빛바랜 진갈색 지붕널과 검은색 덧문, 석조 토대 그리고 석조 굴뚝. 가파른 지붕과 둥근 천장, 화창하면서도 바람 부는 날에 특히 진가를 발휘하는, 바다를 향해 개방된 베란다. 방 열다섯 개, 전체 3층, 개방형 지붕으로 된 뒤편 차고. 웨인스코트의 오션뷰 애비뉴에서 가장 크지는 않지만 독특하기로 손꼽히는 주택이다. 원래 1809년에 건축되었고 국가 지정 사적지로 등재되었다. 묵직한 오크 대문 옆에 이 사실을 기념하는 조그만 동판이 달려 있다.

물론 헨드릭 재단 사무실이 있는 보스턴의 비컨 스트리트에도 알렉산더의 아파트가 있다. N. K.와 혼인 시절에는 그녀가 지낼 수 있도록 뉴욕의 웨이벌리 플레이스에도 아파트를 임대해야 했다.

"……음, 맞아. 재단에서 그녀를 상대로 '모험'을 걸긴 했지—앨런 긴즈버그 이후로 그런 식의 거칠고 무책임하며 자기 고백이나 다름없는 시가 유행하긴 했잖아. '뉴 페미니즘'의 유행에 편승해……."

엘리자베스는 이런 식으로 냉정하게 N. K. 얘기를 하는 알렉산더를 볼 때마다 놀라곤 한다. 화제가 개인적이지 않으면, 화제가 아내가 아니라 시면 얼마든지 그럴 수 있다는 식이다.

냉정하고 거들먹거리는 투다. (여성) 예술가를 향한 (남성의) 복수. 맞아. 그녀가 훌륭하긴 했지—소위 말하는 '천재'. 하지만 나는 뭐 그렇게까지 인상적이지는 않았어.

짐작건대 손님들의 대부분은 니콜라 캐버노와 알던 사이인 것 같다. 보면 알 수 있다. 미간을 찌푸리고 고개를 젓고. 동정하고 비난하고. 홀아비에게 자기들은 당연히 그의 편임을 알린다―아이를 빼앗기고 끔찍하게 상처를 받은 남편의 편임을.

괴물 같은 여자. 정신을 잃고 망령이 난 시인.

"……응. 나도 들었어. 물론 비공인될 거야. 우리가―그녀의 전기를 원할 리 없잖아. 다행히 그녀의 작품 저작권이 나한테 있어서 어떤 식으로든 사용 허가를 내주지 않을 거야―'그'나 '그리고'나 '하지만' 같은 것도 못 쓰게 할 거야……."

폭소. 알렉산더는 냉철하기로 유명하지만 재치 넘치기도 하다.

전기? 이건 엘리자베스도 금시초문인 얘기다.

엘리자베스는 알렉산더가 아니라 다른 경로를 통해 니콜라 캐버노가 어느 누구와도 결혼할 생각이 없었다는 얘기를 들었다. 그녀가 10대 초반부터 조증, 우울증, 자살 '생각'에 시달렸고―자살 시도를 여러 번 했다는 것도. 연애는 예외 없이 열정적이고 파괴적이었다. 그러던 중에 니콜라는 뉴욕에 사는 어느 유명한 여성 아티스트와 생애 최고로 파괴적인 관계를 맺었다가 마침내 그녀를 알던 모든 사람들에게 놀라움을 선사하며, 그들 모두의 반대에도 불구하고 갑자기 나이 많고 부유한 알렉산더 헨드릭과 결혼했다. 그는 오래전부터 그녀를 열렬히 따라다닌 여러 숭배자 중 한 명이었다.

일설에 따르면―그녀가 결혼한 이유는 마음의 위안, 경제적인 안정, 심리 치료와 병원 약과 입원 비용을 충당할 방법을 찾기 위해서였다고 했다. 조울증 특유의 극단적인 감정 기복에 대비해 버팀줄을 마련하기 위해서, 평화와 안락과 온전한 정신 건강을 위해서였다고 했다. 색기 넘치는 젊은 여자가 문학적인 가식을 동원해 자기한테 푹 빠진 돈 많고 나이 많은 남자를 이용해 먹은 거지.

N. K.는 시에서는 남편, 아이들, 책임, 속물적인 소유로 이루어진 상투적인 삶을 경멸했지만 현실에서는 도착적으로 이 모든 걸 취했다.

엘리자베스가 듣기로 니콜라도 웨인스코트의 그 집을 마음에 들어 했다―처음에는. 케이프코드에 자리 잡은 낭만적으로 외진 곳이라 칩거하기 좋았다. 원할 때 혼자서 고독을 즐길 수 있었다.

그리고 아이들도 좋아했다―처음에는.

하지만 그녀는 가장 잔인하고 강렬한 시를 말년에 이 집에서 창작했다. 2층의 어느 방에 틀어박혀 방해꾼인 아이들이 들어오지 못하게 문을 잠그고서.

엘리자베스는 전 부인에 대해 여러 끔찍한 이야기를 듣는다. 믿고 싶지 않기도 하고 믿고 싶기도 한 이야기들이다.

N. K.는 감정이 격해질 때면 두 아이를 구박하고 학대했다. 소리를 지르는가 하면 아이들을 붙들고 흔들었다. 벽장에 가두었다. 오싹한 갓난아이들의 모습. 나의 판박이. 자만이 낳은 죄. 교만이 풍기는 악취. 또 다른 나를 세상에 태어나게 하다니. 용서할 수 없지.

그들은 자기 어머니를 어떤 식으로 기억할까?―제물로 바쳐지는 어린 양, 그들은 눈을 뜨게 될까?

알렉산더는 사건 수사관들에게 아내가 아이들을 통해 자신의

444

인생을 구원하고 싶어 했지만 막상 낳고 나서는 아이들을 원망했다고 증언했다. (옆에서 보기에) 도가 지나치게 사랑한 한편으로 아이들을 다치게 할까 봐 두려워했다. 아이들이 자기 곁을 너무 자주 얼쩡거리면 못 견뎌 하면서도 유모나 가사 도우미는 믿지 못하겠다고 했다. 아이들이 창밖으로 떨어지거나 유리에 찔리면 어쩌나 싶어서 창문 근처에도 가지 못하게 했다. 2층으로 올라가거나 길을 건널 때 아이들 손을 잡아 주는 것도 좋아하지 않았다. 손을 놓칠까 봐 겁이 났기 때문이다. 아이들에게 화상을 입히거나 아이들을 물에 빠뜨릴까 봐 목욕을 시키지도 못했다. 한밤중에 알렉산더를 깨워서(각방을 썼으니 그의 방으로 찾아와서 깨운 거였다) 자기가 돼지 멱을 따듯 아이들 목을 땄다고, 아이들을 거꾸로 매달려고 했는데 실패해서 아이들이 바닥으로 떨어져 피를 흘리다 죽었다고 운 것도 여러 번이었다……. 알렉산더가 흐느끼며 히스테리를 부리는 그 여자를 아이들 방으로 데리고 가서 아무 탈 없다는 것을 보여 주면 그녀는 못 미더워하며 침대 옆에 한참 동안 서 있다가 마침내 밋밋한 목소리로 이렇게 얘기하곤 했다―알았어. 당분간 걱정은 덜었네.

광기도 전염될까? 엘리자베스는 대서양에서 끊임없이 불어오는 바람을 맞으며 몸을 부르르 떤다.

"……스테판? 비교적 잘 지내고 있어. 물어봐 줘서 고마워. 오늘 저녁에는 2층에서 어떤 아가씨가 봐주고 있지."

"아이가 그 집에 어떻게 적응했어? 분명……."

"아니. 스테판은 여기서 아주 행복하게 지내고 있어. 얘기했잖아. 하룻밤이라도 다른 데서 잘 일이 생기면 운다고."

"와! 진짜?"

"응. 이상하게 그러더라고. 내가 얘기했잖아."

"그럼 새로 온 새어머니하고도 아주 잘 지내겠네……."

새로 온 새어머니. 엘리자베스는 소용돌이치는 대화를 듣는 둥 마는 둥 하고 있었지만 그 단어만큼은 분명하게 듣는다.

잔인하고 가시가 있는, 무례한 발언이다—아니면 알렉산더와 그의 가족의 행복을 바라는 오랜 친구의 진심 어린 발언일까?

"우리 다 여기서 아주 잘 지내고 있다니까? 엘리자베스도 '적응'을 잘 하고 있고. 스테판하고 둘이 점점 친해지고 있어. 지금까지는 다가올 여름이……."

그녀에게로 향하는 손님들의 시선이 느껴진다. 외모는 너무나 평범하고 시시하고, 니콜라 캐버노와 다르게 너무나 무난한 그녀를 향한 실망이 감지된다.

포식자들의 눈길을 끌지 않으려고 일말의 미동도 없이 가만히 있는, 칙칙한 깃털이 달린 새가 된 심정이다. 모르는 사람들 틈바구니에 꼼짝 않고 껴서 그들의 예리하고 재치 넘치는 대화를 듣는 척하며 귓가의 속삭임처럼 친밀하게 느껴지는 대서양 바람 소리를 듣는다.

내가 저세상으로 떠나지 않았다는 걸 너는 알잖아, 엘리자베스. 너랑 내 아들을 데려가려고 왔다는 걸 너는 알잖아.

6

"이 집은 '오염'되지 않았어―그녀에 의해 오염되지 않았다고."

알렉산더가 엘리자베스에게 한 말은 아니고, 그가 웨인스코트의 친척들과 통화하는 도중에 얘기하는 것을 그녀가 지나가다가 들은 것이다. 경멸조의 격한 말투. 무슨 유령이 보인다 어떻다 누가 그런 소문을 퍼뜨리는지 몰라도…….

그는 이 집을 지킬 거라고 말한다. 헨드릭 하우스는 개인의 생애를 넘어서 유지될 거라고. 그녀가 죽은 뒤에도 오랫동안 유지될 거라고.

엘리자베스는 그녀가 누군지 고민할 필요가 없다. 가끔은 그녀라는 대명사가 경멸조로 내뱉어질 때도 있다.

알렉산더는 씁쓸하게 말을 잇는다. "니콜라는 여기로 내려오면서 '조용한' 삶을 원하는 척했지만 한 번도 여길 집으로 생각한 적이 없다니까. 옷은 트렁크에, 책은 상자에 담아 두기만 했지. 아나가 거의 모든 짐을 풀었고 니콜라는 그러거나 말거나 신경도 쓰지 않았어. 자기 시, 자기의 그 소중한 일에만 몰두했지. 그 사람에게는 애인이 있었어. 남자도 여자도. 나랑 결혼하면서 모든 관계를 정리하겠다고 했지만 거짓말이었지. 그냥 인생 전체가 거짓말이었어. 시도 그렇고. 그녀가 우울증으로 앓아누우면 애인들은 그녀를 버리고 떠났어. 뭐 떨어지는 거 없나 싶어서 따라다니는 아첨꾼들이었으니까. 그녀의 '팬'들은—그녀가 죽기만을, 스스로 목숨을 끊기만을 기다렸고. 시에서 약속했던 것처럼. 본인들의 영웅이 딸까지 같이 데려갈 줄은 몰랐겠지. 그건 예상하지 못했지."

알렉산더는 반항하듯 말한다. 엘리자베스는 그가 하는 얘기를 들으며 경악한다. 마치 공기 중에 독극물이 떠다니는 곳에서 숨을 참는 느낌이다. 죽은 여자를 향한 증오를 들이마시고 싶지 않다. 그녀는 어느 누구에게도 증오를 느끼고 싶지 않다.

집이 어찌나 예쁜지 감탄을 하고 또 해도 질리지 않는다.

하지만 조심해. 예쁜 것에는 대가가 따르거든.

네 생명의 피를 빨아먹지.

꼭 박물관에서 사는 것 같아서 기분이 이상하다. 근사하면서도 기분이 이상하고 묘하다. 전형적인 케이프코드 건축 양식, 한 시대를 대변하는 가구. 특히 흠잡을 데 없이 관리되고 있는 1층의 방들.

말할 것도 없이 이렇게 관리하려면 비용이 많이 든다. 하인들과 집의 안주인 측에서 많은 노력을 기울여야 한다. 반짝이는 가구 표면, 반질반질한 나무 바닥. 바닷바람에 살랑거리는 커튼. 높은 데서 느릿느릿 돌아가는 실링 팬. (웨인스코트의 랜드마크 격인 주택에는 에어컨이 없다. 대서양이 지척이지 않은가!) 양쪽 끝마다 영원을 내다보는 (것처럼 느껴지는) 창문이 달린 긴 복도.

아래는 썩고 위는 반짝거리는. 사랑이여, 크게 기뻐하라. N. K.가 쓴 독경 같은 시 〈만가〉에 나오는 구절인데—엘리자베스는 자기가 그걸 외우고 있는 줄도 몰랐다.

문을 잠글 수 있나? 아닌가?

문을 닫을 수는 있다. (어쩌면) 스테판 말고는 여기까지 그녀를 따라 들어올 사람이 없을 테고, 비가 오고 바람이 부는 가을날에 스테판은 지금 학교에 있다.

알렉산더는 보스턴으로 며칠 출장을 갔고, 집에 있다 한들 관심 없는 집 안의 이쪽으로 그녀를 찾으러 올 일이 없다.

엘리자베스는 가파른 계단을 지나 3층으로 올라갔을 때 예전에는 하인들이 썼던 그곳에서 조그맣고 가구가 거의 없는 빈방을 하나 발견했다.

여기에는 1층이나 2층처럼 우아한 프랑스산 실크 벽지가 발려져 있지 않다. 샹들리에도 없고 천장에 달린 알전구가 전부다. 하나뿐인 창문 너머로는 모래 언덕과 제대로 자라지 못한 회갈색의 초목과 은빛으로 반짝이는 대서양이 내다보인다.

방 안에는 침대라고 부르기도 민망한 좁은 간이침대가 하나 놓여 있다. 바닥은 아무것도 깔려 있지 않은 널빤지다. 커튼도 덧문도 없다. 옷장도 없고 좁은 벽장은 거미줄과 곰팡이 냄새로 가득하다.

엘리자베스는 이 조그만 방에 놓인 테이블, 그러니까 임시로 대충 만든 책상에 앉아서 벌겋게 벗겨진 팔꿈치에 몸을 기댄다. 온몸의 살갗이 바람에 탄 것처럼 느껴진다. 여기는 바닷가라 바람 잘 날이 없다. 세찬 바람이 유리창을 흔들고 집 옆의 키 큰 소나무 숲속에서 나뭇잎을 휘젓는다. 엘리자베스는 여기에다 노트북을 가져다 놓았지만 덮개도 열지 않을 때가 많다. 심상주의 시인들이 심연의 저 끝에서 그녀를 부르지만 정서적인 유대감이 점점 희미해지고 있다. 래드클리프대학원에서 열과 성을 다하던 젊은 학자 시절에 확신과 격정을 담아서 썼던 문장들을 읽고 또 읽어 보지만, 그 당시의 열정은커녕 원래 어떤 연구였는지조차 거의 기억나지 않는다⋯⋯. 간소하고 인간미 없는 H. D.의 시는 그보다 더 격정적이고 무모한 어떤 여성의 시와 견주면 너무 밋밋하게 느껴진다.

엘리자베스는 눈에 힘을 주고 바다를 쳐다본다. 바람에 들썩이는 물결, 조약돌이 깔린 바닷가에 부딪혀 하얀 거품을 일으키는 파도. 하늘에는 일그러진 먹구름이 꼈고, 집 옆 소나무 숲에는 몸부림치는 사람들의 팔다리처럼 보이는―나신(裸身) 같은 어떤 것이 있다⋯⋯.

우리의 혈관을 관통하는 문란한 삶. 막을 수 없는 그것.

착시 현상일 것이다. 분명히.

허우적대는 형상들이 곁눈으로 보이지만 엘리자베스가 요동치는 나뭇잎을 똑바로 들여다보면 인간의 형상은 없고 윤곽만 보일 뿐이다. 허우적대는 나뭇가지 사이로 (벌거벗은) 몸들이 거센 파도를 만난 사람들처럼 버둥대는 듯한 인상만 풍길 뿐이다.

나무 사이로 그 형체가 사라지기 전에 잡아 보려고 잽싸게 고개를 돌린다.

"아뇨. 저들은 잡을 수 없어요."

그녀의 뒤에서, 그녀의 옆에서 조그맣고 걸걸한 웃음소리가 들린다. 소리 없이 방 안으로 몰래 들어온 스테판이다.

스테판이 고양이처럼 아주 조용히, 하지만 아주 빠르게 가파른 계단을 통해 3층까지 올라와 방 안으로 들어온 것이다. 그런데 그녀가 문을 닫아 놓지 않았나? 아이가 아무 소리도 내지 않고 문을 연 모양이다.

엘리자베스는 놀랐지만 애써 목소리에 아무 감정도 싣지 않는다. 아이들은 어른들이 불편해하는 것을 좋아하지 않는다는 사실을 알기 때문이다.

"잡다니―뭘?"

"숲속에 있는 것들이요. 절대 멈추지 않는 것들."

스테판은 그게 무슨 말인지 엘리자베스가 (당연히) 알 거라고 생각하는 듯 참을성 있게 설명한다. "곁눈으로는 볼 수 있을지 몰라도 제대로 보려고 하면 사라지고 없어요. 너무 빠르거든요."

하지만 저기에는 아무것도 없어. 나무 사이에는, 나뭇잎 사이에는. 너도 알잖니.

엘리자베스의 심장이 빠르게 두근거린다. 속을 알 수 없는, 그녀를 꿰뚫어 보는 듯한 의붓아들을 조심스럽게 바라본다. 스테판은 자라지 않는 것 같다. 알렉산더에게 맨 처음 소개받은 지 몇 개월이 지났지만 그동안 3센티미터도 크지 않은 것 같다.

아빠의 새 친구 엘리자베스야. 인사할래? 웃어 줄래―아주 살짝만이라도? 악수해 줄래?

아, 스테판의 곱슬머리가 비를 맞아서 축축해졌다! 엘리자베스
는 아이의 머리를 그녀의 가슴에 대고 꼭 끌어안고 싶다.

아이의 벌게진 얼굴에 눈물처럼 빗방울이 묻었고 벗지 않은 나
일론 집업 재킷 위에도 마찬가지다. 이 광경에 왠지 모르게 가슴
이 뭉클해진다. 스테판이 그 정도로 서둘러서 온 걸까? 그녀가 있
는 집으로?

"스테판! 오늘은 일찍 왔네……?"

스테판은 어깨를 으쓱한다. 어쩌면 아예 학교에 가지 않고 남아
도는 빈방에 숨어 있었을지도 모를 일이다. 아니면 차고라는 금
단의 공간에 숨어 있었을 수도 있다.

스테판은 종종 그렇듯 새어머니의 말을 못 들은 체한다. 둘 사
이에서 오가는 말이 중요하지 않다는 것을, 시에 쓰이는 문법 형
태소처럼 그냥 단어에 불과하다는 것을 알기 때문이다.

아이는 창문 앞에서 밖을 내다본다. 바람, 비, 요동치는 소나무
가지들, 보일 것도 같은 허우적대는 팔과 다리…….

우리 스스로 사랑이라고 되뇌는, 열정을 닮은 어떤 것으로 일
으키는 경련.

이건 누가 하는 말일까? 엘리자베스는 스테판의 귀에도 이 소
리가 들리는지 궁금해진다.

맞는 말이라고, 그녀는 생각한다. 나무가 일으키는 경련. 서로
를 끔찍이 필요로 하는 우리의 마음, 홀로 남겨지는 것에 대한 공
포. 그것을 우리는 사랑이라고 부른다.

"엄마가 어떻게 하면 저들을 볼 수 있는지 가르쳐 줬어요. 하지

만 저들은 항상 요리조리 피해요."

엘리자베스는 자기가 제대로 들은 게 맞는가 싶다. 스테판이 그녀 앞에서 엄마라는 단어를 쓴 것은 이번이 처음이다.

"이제는 엄마도 저들 속으로 들어간 것 같아요. 제 생각에는."

긴 하루가 저무는 동안 불안하기도 하지만 축복을 느낀다.

아이 쪽에서 제 발로 그녀를 찾아왔다.

유령에게는 다가갈 수 없을지 모른다. 뒤로 물러나 버릴 테니. 하지만 유령 쪽에서 내게 다가올 수는 있을 것이다. 그러고 싶은 마음이 생기면.

사랑하는 스테판. 그녀를 잊으려고 노력해 봐. 내가 그녀를 대신하기 위해 왔어. 내가 그녀 대신 너를 사랑해 줄게. 나를 믿어 봐!

7

알렉산더의 말마따나 헨드릭 하우스는 오염되지도 않았고 유령이 출몰하지도 않는다.

국가 지정 사적지로 등재되었고, 화려하고 고급스러운 〈케이프 코드 리빙〉 2011년 가을호에 소개된 집에 무슨 문제가 있을 수 있겠는가……

물론 이 집에 문제가 전혀 없는 건 아니다. 간단히 해결할 수 있는, 별로 심각하지 않은 문제이긴 하지만.

예컨대 폭우가 쏟아지고 난 뒤에 가끔 물맛이 이상해질 때가 있다. 희미하게 쇠 맛이 난다. 한낮에 보면 녹물처럼 미세하게 색이 달라진 것을 확인할 수 있다. 그리고 천장에서 뭔지 모를 게 떨어지고, 물이 사실상 웅덩이처럼 고이고, 벽지가 혹처럼 튀어나온다. 배관에서는 심란하게 끙끙대는 소리와 웅얼거리는 소리가 들린다.

물은 '깨끗'하고 '물맛이 좋다'는 우물물이다. 우물은 몇 세대 전부터 헨드릭 부지를 지키고 있는 깊은 천연 우물이고 지하수로 물이 채워진다.

아나는 엘리자베스에게 도시 수질 검사원을 집으로 불러 우물물에 이상이 없는지 확인해야 하는 것 아니냐고 한다.

천장에서 물이 떨어지고 벽지가 울고 배관에서 소리가 나는 것도—전문가를 불러야 된다고 한다. 식당의 근사한 실크 벽지가 변색되었으니 도배장이도 불러야 한다. 그리고 폭풍 이후에 금이 간 유리창이 몇 개 있어서 그것도 교체해야 한다—(육안으로 보기에) 깨진 유리창은 없는데 1층 현관에 가끔 유리 조각이 떨어져 있을 때가 있다. 아나가 각 전문가의 연락처를 알려 줄 수 있다고 하는 걸 보면 (아마도) 자주 호출하는 모양이다.

"웨인스코트의 오래된 대저택은 다들 상황이 비슷해요." 아나가 딱 잘라 말한다. "거기서 일하는 내 친구들 얘기를 들어 보면. 이 집만 그런 거 아니에요."

이 집만 오염되었거나 유령이 출몰하는 거 아니지. 우리도 알아.

알렉산더는 보스턴 출장을 워낙 자주 가니 엘리자베스가 그들과 연락하고 약속을 잡아야 한다. 사실 그는 사랑하는 집에 문제가 생겼다고 하면 심란해하고, 무슨 말만 들었다 하면 기분 나빠하기 때문에 엘리자베스는 남편에게 이런 시시콜콜한 일까지 맡기고 싶지 않다.

뿐만 아니라 엘리자베스는 이 집의 안주인이다. 그녀는 알렉산더 헨드릭 부인으로서 짜릿한 뿌듯함을 느낀다. 정서적으로 불안정했던 전임자는 그런 일에 나 몰라라 했을 게 분명하지만.

새 부인은 그녀와 전혀 달라! 이번에는 알렉산더가 실수를 저지르지 않았네. 이 엘리자베스는—이 '엘리사베스'는—남편과 아이와 집안일에 얼마나 정성을 다하는지 보물이 따로 없다니까…….

귀를 기울이지만 목소리가 점점 희미해진다. 그녀가 듣고 싶은 말은 따로 있는데. 그리고 알렉산더도 그녀에게 얼마나 정성을 다하는지 몰라!

동네 전문가들에게 차례대로 착실하게 전화를 돌리지만 (이상하게) 다들 오션뷰 애비뉴의 집에는 당장 올 수 없다고 한다. 모두 평계를 대며 미안해한다.

"보수 넉넉히 드릴게요! 더블로요."

동네 배관공에게 연락하자 상대방은 놀라워한다. "헨드릭 씨 댁이요? 또요? 몇 달 전에 저희가 다녀가지 않았나요?" 엘리자베스는 더듬더듬 대답한다. "저—저는 잘 모르는데, 그러셨어요? 뭣 때문에 오셨는데요?" 그러자 상대방은 신중하게 말을 고른다. "아무튼 지금은 갈 수 있는 사람이 없어요. 다른 업체에 문의해 보세요. 제가 연락처를 알려 드릴게요."

하지만 연락처를 받아 보니 엘리자베스가 이미 알아본 업체다.

"프로빈스타운에서 알아보세요. 출장비는 나오겠지만……."

엘리자베스는 알렉산더에게 이런 얘기는 하지 않을 것이다. 그의 관심사는 오직 결과뿐이다.

날마다 해야 하는 일이 너무 많다. 마치 속도가 붙기 시작한 회전목마 같다.

나중에 내 아이를 낳고 싶어, 스테판의 여동생을, 이런 생각이 어렴풋하게 든다. 그러자 흥분과 희망과 두려움과 죄책감이 느껴진다.

이런저런 일들이 너무 많아서 래드클리프대학원에서 진행했던 연구는 (잠시) 옆으로 치워 둔다. 한때는 그녀의 마음을 사로잡았던 연구. 사막의 신기루처럼 희미하게 어른거리다 툭하면 사라지는 그녀의 박사 논문. 주제는 H. D.의 실험적인 운문과 에즈라 파운드, T. S. 엘리엇과의 관계. (일곱 장으로 이루어진) 초고를 써 놓았지만 다시 손보고 각주를 추가하고 벌써부터 방대한 참고 문헌을 업데이트해야 한다.

흥미진진한 연구에는 끝이 없다! 하지만 주제가 H. D.에서 N. K.로 바뀌지 않도록 조심해야 한다. 그녀는 여기저기 기웃거릴 생각은 없다.

묘하게도 H. D.가 쓴 시의 일부 구절은 N. K가 쓴 시의 일부 구절을 닮았다. 아니, N. K.가 쓴 시의 일부 구절이 H. D.가 쓴 시의 일부 구절을 닮았다.

표절일까? 아니면 흠모와 동일시일까?

더는 못 참겠어.

숨이 찬다.

엘리자베스는 결혼 후 웨인스코트에 있는 남편의 집에서 신접살림을 차렸을 때 상황이 어느 정도 '정리되면' 연구를 재개할 생각이었다. 헨드릭 재단의 이사장은 페미니스트다—두말하면 잔소리다. 과거에는 헨드릭 장학금이 대부분 남성에게 지급되었지만 이제는 아니다.

하버드에서 박사 학위를 마치라고 가장 열심히 독려한 사람이 알렉산더였다. 스테판이 어느 정도 커서 신경을 덜 써도 되면 케이프코드의 사립 학교에서 아이들을 가르쳐도 되고…….

스테판에게 신경을 써야 하는 건 사실이다. 스테판이 살아남은 아이라는 사실 하나만으로도 그렇다. 엘리자베스는 속을 알 수 없는 그 아이를 은근하게 지켜보아야 한다는 걸 안다. 너무 대놓고 주제넘게 참견하면 안 된다는 걸 안다. 애정 표현으로 아이를 놀라게 하면 안 된다. 그리고 아버지와 아들 사이에도 끼어들면 안 된다.

예컨대 알렉산더가 스테판을 혼낼 때만 해도 그렇다. 듣고 있기 괴롭지만 그래도 끼어들면 안 된다.

알렉산더가 전화 통화를 하면서 내뱉는 모진 소리가 지나가던 엘리자베스의 귀에 들리듯 알렉산더가 스테판에게 하는 모진 소리도 지나가던 그녀의 귀에 들린다. 몽롱하고 주의가 산만하다고—정신을 딴 데 팔고 있다고 아이를 혼내는 소리다. 사실 스테판은 놀라울 정도로 어설플 때가 있다—계단에서 미끄러져 발목을 삔다든지, 자전거를 타다 넘어져 다리를 심하게 베인다든지. 아이의 손에 들어가면 물건들이 손가락과 엉키는지—날붙이며 유리그릇이 바닥에 떨어져 박살 난다. 아이는 자주 숨을 헐떡이며 불안해한다. 한 대 맞을까 봐 (말도 안 되는!) 걱정이라도 하는 것처럼 불안해하며 몸을 움츠리는 아이만큼 아버지를 자극하는 이는 없다.

그럴 때면 엘리자베스는 아랫입술을 깨물며 귀를 쫑긋 세운다. 엿들으면 안 된다는 걸 그녀도 안다. 그러다 알렉산더에게 들키기라도 하면…….

워낙 조용히 말을 하기 때문에 스테판이 뭐라고 대답하는지는 거의 들리지 않는다. 대답을 하는지도 알 수 없지만.

하지만 알렉산더도 자랑했다시피 스테판은 오션뷰 애비뉴의 집에서 행복하게 잘 지내는 눈치다. 적어도 다른 곳에서보다는 행복해한다.

아이는 심지어 프로빈스타운처럼 가까운 곳도 가기 싫어한다. 하룻밤 다른 데서 자고 오는 건 거의 불가능한 일이다. 어쩔 수 없이 그래야 하는 상황이면 반항하고 입을 내밀고 울고 발로 차고 손가락을 빤다. 얼마나 어린애 같아지는지 아나마저 충격을 받을 정도다.

이 집이 아이의 구심점인 모양이다. 스테판은 이 구심점에서 1.5킬로미터만 떨어져도 불안해하기 시작한다.

엘리자베스는 3층의 그 방에서, 스테판이 자전거를 타고 이 집이 있는 블록 끝까지 갔다가 방향을 돌려서 블록을 한 바퀴 도는 걸 지켜본다. 아이는 금세 시야에서 사라지지만 엘리자베스는 스테판이 집을 가운데에 두고 자전거를 타고 있다는 걸 안다. 아이는 금세 오션뷰의 저쪽 방향에서 다시 등장하는데, 생사가 달린 일이라도 되는 것처럼 미친 듯이 페달을 밟는다.

한번은 스테판이 다시 등장하기를 1시간? 아니면 미칠 것 같은 시간? 동안 기다리다가 더는 참지 못하고 아이를 찾기 위해 집 앞으로 달려 나간 적도 있다. 길가에 서서 아이를 기다린다—어디 있지? 그러다 뒤를 돌아보니 스테판이 대문 앞에서 그녀를 쳐다보고 있다.

그녀는 당황해서 얼굴이 벌게진다. 그녀가 다시 집 안으로 들

어갔을 때 아이는 다시 사라져서 보이지 않는다—또 찾으러 나
가나 봐라.

8

우리 스스로 사랑이라고 되뇌는, 열정을 닮은 어떤 것으로 일으키는 경련.

유리 조각들이 서로 부딪치는 것처럼 높고 경쾌하게 미끄러지는 소리. 하지만 이건 웃음소리다. 엘리자베스가 뒷걸음질을 친 순간, 현관 홀에 달린 커트 글라스 샹들리에가 천장에서 떨어져 그녀 바로 앞에서 박살 난다.

유리가 산산조각 나는 소리에 이어 높고 희미한 웃음소리—어찌나 유쾌한지 따라서 웃고 싶을 지경이다.

겉 그리고 속. 엘리자베스는 이 집의 우아하고 반질반질한 겉모습에 속지 않는 법을 터득한다.

구역질 나는 곳이야. 숨을 참아.

벽이 비스듬해 보인다. 문들은 들러붙었거나 닫히지 않는다. 문고리는 손을 대면 몸속 장기처럼 기분 나쁘게 미지근하다.

전등 스위치의 위치도 바뀐다. 어디 있었는지 분명히 기억하는데—분명히 아는데. 엘리자베스는 그녀의 방에서조차 더듬더듬 스위치를 찾아야 한다.

너는 절대 불빛을 찾지 못할 테고 불빛도 너를 찾지 못할 테지만 언젠가는 그 불빛에 네 속이 훤히 들여다보일 거야.

마침내 그녀의 손끝에 스위치가 닿는다. 눈부신 불빛이 쏟아진다.

거울에 흐릿한 형체가 비친다. 유령 아내다.

아니다. 모든 게 그녀의 상상이다. 거울에는 아무도 비치지 않는다.

며칠 전부터 그녀의 몸에서 열이 나는 것 같다. 아랫배와 다리도 무겁게 느껴진다. 식욕이 없다가 갑자기 미친 듯이 배가 고프고 그러다 속이 메슥거리고 구역질이 난다. 그중에서도 최악은 목이 졸리는 것처럼 캑캑거리는 헛구역질이다.

가장 평화로운 파란 잠. 서둘러!

엘리자베스가 욕실에서 샤워기 아래에 서 있는데 갑자기 델 정도로 뜨거운 물이 사납고 뾰족한 가시처럼 샤워기에서 쏟아진다. 놀라서—그리고 아파서—비명을 지르며 기절 직전에 허둥지둥 도망치는데…….

일전에는 샤워기에서 얼음장처럼 차가운 물이 쏟아진 적도 있었다.

그녀는 타일 바닥에서 미끄러져 고통과 충격으로 훌쩍거린다.

이러다 죽는 건 아닌가 하는 두려움이 엄습한다. 벽에 묻힌 배관 안에서 둔탁한 비웃음이 들린다.

탕 목욕이 더 안전하겠다. 매일 아침에 그리고 몸이 더러워지고 부은 것 같으면 (가끔) 잠자기 전에도.

다행히 바로 옆 욕실에 거대한 욕조가 있으니 거품을 푼 (델 정도는 아닌) 물에 몸을 담그고 눈을 스르르 감으며 나른한 쾌감에 발가락을 오므릴 수 있을지 모른다.

이런 예술 작품을 욕조라고 부르다니 너무 노골적이고 실용주의적이다. 실제 핏줄처럼 희미한 파란색 핏줄이 무늬로 새겨진 대리석이다. 고풍스럽고 위풍당당하며 길이는 1.8미터가량 되고 깊다. 엘리자베스는 수온을 확인한 다음 미끄러지지도 넘어지지도 않게 조심해 가며 욕조 안으로 들어간다. 짜릿하다. 순수하게 육감적인 즐거움이다. 곧바로 가벼운 졸음이 쏟아진다. 머리가 김이 모락모락 나는 물속으로 흩뿌려지고, 창백하고 말랑말랑하며 놀란 것처럼 보이는 젖가슴이 물 위로 떠오르기 시작하는데…….

서둘러! 우리가 아까부터 기다리고 있어.

정신을 차려 보니 그녀가 이집트의 무덤을 생각하고 있다. 천으로 둘둘 말린 채 무덤에 나란히, 엄숙하게 눕혀진 어린 아내와 젖먹이의 시신.

사람을 무기력하게 만드는 따뜻한 물속으로 몸을 담근다. 입과 코도 물속에 담그자…… 숨쉬기가 너무 힘들어지는데…….

이제 더는 못 참겠어.

숨이 찬다.

그러다 깨어난다. 화들짝 놀라며. 여기가 어디인지, 얼마 동안 여기에 있었는지 전혀 모르겠다.

벌거벗은 여자의 몸 위를 둥실둥실 떠다닌다. 몸은 하얗고 쭈글쭈글하다. 손가락과 발가락은 쪼글쪼글하고 말랑말랑하다. 그녀는 허둥지둥 그 몸속으로 돌아가려 하는데…….

목욕물이 차갑게 식고 더러운 거품이 둥둥 떠 있고 테레빈유처럼 역한 냄새를 풍긴다. 대리석은 얼음장처럼 차갑고 미끄럽다. 엘리자베스는 깊은 욕조에서 얼른 빠져나오려다 미끄러진다. 기가 빨린 상태라 몸의 균형을 잃고 바닥으로 넘어져 하마터면 대리석 욕조 가장자리에 머리를 부딪칠 뻔한다.

아! 통증이 되살아난다. 그리고 부끄럽다. 쭈글쭈글하고 하얗고 벌거벗은 여자의 몸속에 다시 갇혀 버렸지 않은가.

겨울이 찾아오고 알렉산더는 여러 날 집을 비운다. 엘리자베스는 씩씩한 이 집의 안주인이다. 살아남은 아이의 새어머니다.

둘은 함께 저녁을 먹고 벽난로 앞에서 시간을 보낸다. 아이는 학교생활은 어떤지, 어떤 책을 읽고 있는지 아니면 읽었는지 종알종알 늘어놓는다. 거친 시냇물에 놓인 징검다리처럼 새어머니와 의붓아들이 안전하게 나눌 수 있는 이야깃거리를.

아버지는 오션뷰 애비뉴의 집에서 텔레비전을 금한다. 스테판은 인터넷도 쓸 수 없다. 비디오 게임도 안 된다! 천박한 미국 문화로 아들의 뇌를 오염시킬 수는 없다(아들은 그가 그 나이 때 그랬던 것처럼 두뇌가 명석하고 조숙하다).

(알렉산더는 비컨 스트리트의 아파트에서는 텔레비전을 보지만 그가 보는 프로그램은 천박하지 않다.)

방금 전에 생각나기라도 한 것처럼 스테판이 말한다. "그 방—아줌마가 쓰는 그 방이요—엄마도 그 방을 썼어요."

엘리자베스는 깜짝 놀란다. 그 방을? 그녀가 그곳을 선택한 이유는 뭐가 별로 없고 워낙 볼품없기 때문이다. 계단을 두 개 올라가야 하는데, 예전에 하인들이 썼던 숙소로 올라가는 두 번째 계단은 좁고 가파르다.

그녀는 N. K.가 다른 방에서 작업했을 줄 알았다. 그녀의 방은 사람이 살았던 흔적이 전혀 없다.

"아, 스테판. 나—나는 몰랐어……."

"엄마는 우리를 못 들어오게 했어요. 아줌마하고 달랐어요."

기분 좋으라고 하는 소리인가? 엘리자베스는 그렇게 생각하고 싶다.

하지만 우리라니 누굴 말하는 걸까, 그녀는 궁금해진다. 막내 클리도 그랬다는 건가?

이후로 저녁 식사가 끝날 때까지 정적이 흐르지만 어색하지는 않다. 그날 밤 엘리자베스가 잠자리에 들려고 옷을 갈아입는데, 심장이 있는 곳에서 몽글몽글하게 뭔가가 솟아오르는 느낌이 들고 자기도 모르게 미소가 지어진다.

아줌마하고 달랐어요 아줌마하고 달랐어요 아줌마하고 달랐어요. 달랐어요!

달콤한 잠 속으로 빠져드는 순간 생각한다—네 인생인 듯 살아라.

현관 앞에 놓인 위풍당당한 스티클리 괘종시계가 엄숙하게 째깍거린다.

그런데 엘리자베스의 귀에 째깍거림이 빨라졌다가 머뭇거리는 것이 들린다. 멈추었다가 폴짝 뛰었다가 심계 항진증에 걸린 것처럼 연속적으로 빠르게 째깍거리는 식이다.

(그녀는 이 집에서 살기 시작한 뒤로 심계 항진증에 시달리고 있지만 비밀이다. 그녀가 심장 잡음이 생겼다고 남편에게 자발적으로 실토할 일은 없을 것이다.) 밤에 째깍거리는 소리가 멈추면 그녀는 가만히 누워서 멈춘 게 자기 심장은 아닌가 하는 발작성 불안을 달랜다. 그녀를 달래는 속삭임이 들린다―끝낼 거면 빨리 끝내는 게 최선이야. 그게 가장 고맙지. 파랗게 웅웅거리는 공기, 유일하게 느껴지는 증상은 평화.

그녀는 그 속삭임을 못 들은 체한다. 시계가 왜 째깍거리다 말고 멈추었는지, 째깍거리는 중간의 정적이 왜 그렇게 시끄러운지 알아보려고 맨발로 조용히 계단을 내려간다.

글자판이 하얗다!―시간이 없다…….

이미 일이 벌어졌거든, 엘리자베스. 그래서 시간이 멈춘 거야. 모두 끝났어. 아무 고통 없이.

아니다. 불을 켜 보니 시계가 정상적으로 째깍거리고 있다. (확실하다. 그녀가 맨발로 현관 앞에 서서 벌벌 떨며 듣고 있다.) 그리고 글자판도 여느 때와 다름없다. 위풍당당한 로마 숫자, 시침, 분침, 그녀만을 위해 창백한 미소를 머금은 야광 글자판.

이 집의 안주인.

도시의 수질 검사관이 와서 우물물을 진단한다. 유기물과 분변 함량이 놀라울 정도로 높다고 한다. 분해되어 가고 있는 (동물의?) 시신. 배설물. 오염수가 우물로 유입되었으니 우물 밑바닥을 치우고, 물이 깨끗해질 때까지 생수를 마시고 요리도 생수로 하는 게 좋겠다고 한다.

이 수치스러운 소식을 접한 알렉산더의 얼굴이 분노로 시뻘게 진다. 엘리자베스는 그가 이 집은 오염되지 않았다고 선언할 것에 대비해 만반의 준비를 한다. 하지만 그는 자기 마음을 상하게 한 장본인이 엘리자베스라도 되는 양 고개를 돌려 버리고는 그만이다.

9

다음 날 스테판과 함께 저녁을 먹는 시간. 엘리자베스는 식사 준비를 직접 하고 싶어서 아나에게 하루 휴가를 준다.

그녀는 스테판이 입을 대는 몇 개 되지 않는 메뉴에 살짝 변화만 주기로 한다. 힘줄이 보이는 질긴 고기나, 애벌레나 벌레로 착각할 수 있을 만큼 '끈적끈적'하거나(예컨대 오크라, 토마토 씨) 조그만(예컨대 쌀, 완두콩) 재료는 쓰지 말아야 한다. 그래서 엘리자베스는 아나의 채식주의자용 달걀 캐서롤에 자신이 좋아하는 재료를 추가하기로 한다—당근, 피망, 시금치.

하지만 스테판은 전날처럼 조잘거리지 않는다. 엘리자베스가 3층에 있는 방과 바람에 흔들리는 나무가 보이는 창밖 풍경에 대한 얘기를 꺼내도 스테판은 대꾸하지 않는다. 아이가 나무 사이로 보이는 버둥거리는 형체에 대해 정말로 얘기한 적이 있는지 아니면 그 이례적이었던 대화가 그녀의 상상인 건지 의아할 지경이다……. 스테판이 그녀가 만든 캐서롤을 의심스러워하며 포크로 떠서 찬찬히 살펴본 다음에야 입으로 가져가는 것에도 살짝 마음이 상한다. 게다가 아이는 그녀와 식사를 하려니 부끄러운 것처럼, 아니면 그녀가 만든 음식을 먹어도 되는지 잘 모르겠다는 것처럼 평소와 다르게 듬뿍 떠먹지도 않는다.

저 아이도 예전에는 젖을 먹었겠지. 어머니의 젖을 빠는 아이의 신생아 시절을 상상해 본다.

아니면 엘리자베스의 젖을 빠는 상상을.

당황스럽고 부끄러워서 얼굴이 확 달아오르는 것이 느껴진다. 무슨 그런 이상한 생각을 해! 대작할 사람을 원하는 알렉산더의 강권을 이기지 못해 반주로 와인을 마시는 것도 아니면서.

삶의 젖줄에 걸신 들린 듯 매달려야 한다.

달리 도리가 없다, 존엄성으로는 부족하니.

존엄성을 포기하고 그 대신 아주 멋들어지게

빨았다.

N. K.가 이 자극적인 시를 걸걸하게 쉰 목소리로 직접 낭송하자 청중이 요란하게 웃음을 터뜨렸다. (엘리자베스도 영상을 보았다.) 이런 진실을 토로하는 여자와 함께 웃고 싶은 마음이 거대한 파도처럼 그들을 덮친 것이다.

알렉산더가 보스턴에서 점점 더 많은 시간을 보내는 동안 엘리자베스는 인터넷으로 N. K.의 영상을 찾아보고 있다. 중독된 건 아니다. 알렉산더가 알면 못마땅하게 여길 테니 절대 들키지 않을 작정이다.

빨리는 두려움과

빼는 두려움.

스테판이 말이 없는 건 적의를 느끼거나 고집을 부리느라 그러는 게 아니라 (엘리자베스가 생각하기에는) 낯을 가려서 그런 거다. 지난번에 식사를 하는 자리에서 그녀에게 너무 많은 걸 공개해 자기 어머니를 배신했다고 생각했을 수도 있다.

또 다른 이를 사랑하는 것만 한 배신은 없다.

다른 이의 사랑만 한 배신은 없다.

엘리자베스는 이런 생각들에 정신이 팔려서 음식을 한꺼번에 너무 많이 입에 넣고 말았다. 엉긴 곤죽을 애써 삼켜 보려고 한다. 그녀가 만든 캐서롤은 아나가 만든 것과 다르게 미지근하고 질기다. 해초처럼 거친 식감이 느껴진다—빌어먹을 시금치 때문일 것이다. 씹어서 삼키려고 하지만 삼켜지지 않는다. 끔찍하게도 시금치 가닥이 이에 엉겼다. 이 사이에 꼈다. 그래서 삼킬 수가 없다.

스테판에게는 괴로운 표정을 들키지 않으려 한다. 아이를 놀라게 하고 싶지 않다. (아, 알렉산더에게 이런 모습을 보였다면 어쩔 뻔했나! 그는 경악하며 혐오스러워했을 것이다.) 엘리자베스의 얼굴이 점점 시뻘게진다. 숨을 쉴 수가 없다. 뭔지 모를 곤죽 덩어리가 목에 걸렸다—너무 끔찍하다! 삼키려고 애를 쓸수록 목구멍이 점점 더 조여 온다.

"미안—"

입안 가득 음식을 물고 있어서 말을 제대로 내뱉을 수도 없다. 절박해진 그녀가 비틀거리며 식탁에서 일어나다가 뭔가를 바닥에 떨어뜨리자 쨍그랑하는 소리가 난다. 스테판은 눈을 휘둥그레 뜨고 그녀를 빤히 쳐다본다.

화장실에 가서 목구멍에 손가락을 넣어 변기에 대고 캑캑거리
며 한바탕 게워 내야겠다……

그다음엔 죽는 거야. 그러면

모든 게 끝나.

지금까지 왜 그렇게 애를 썼니—왜?

마침내 화장실에 들어간 그녀는 미처 문도 닫지 못한 채 한데
엉겨 걸쭉한 곤죽이 된 질긴 시금치를 경련과 함께 고통스러워
하며 게워 내 변기에다 뱉는다. 다시 숨을 쉴 수 있게 되었지만
괴롭고 정신이 없다. 일어설 기운도 없어서 무릎을 꿇고 주저앉
는다. 얼굴이 불이라도 난 것처럼 뜨겁고 배 속에 돌덩이가 얹힌
듯 묵직하다.

낡은 배관에서 희미한 웃음소리가 들린다.

잠시 후에 스테판이 와서 그녀의 옆에 선다. 아무 말없이 수건
을 찬물에 적셔서 뜨거워진 얼굴에 댈 수 있게 엘리자베스에게
건넨다.

아이에게 고맙다는 인사를 건넬 수조차 없을 만큼 무섭고 피곤
하다. 아이의 고사리손이 그녀의 손을 찾아서 세게 손깍지를 낀다.

아 스테판 고마워. 아 스테판 사랑해.

10

잠을 잘 수가 없다! 속에서 계속 쓴물이 넘어오고 그걸 어찌어찌 끊어 내더라도 삼킬 수 없다. 목구멍 근육이 방금 전의 기억을 되살리며 의지와 상관없이 구역질을 한다. 하마터면 그녀가 숨이 막혀서 죽을 뻔했다니 믿기지가 않는다.

얼마나 끔찍한 죽음일까—캑캑대며 구역질을 하다가 죽는다면. 아무것도 삼키지 못하고 (결국) 숨을 쉬지 못해 죽는다면.

며칠 낮이 지난다. 며칠 밤이 지난다. 그녀는 날짜 개념을 잊어버린다.

눈꺼풀이 비정상적으로 무겁다. 그런데도 잠을 잘 수가 없다. 잠이 들더라도 얕고 거품이 부글거리는 잠이 파도처럼 그녀를 쓸고 지나갈 뿐이다. 저릿저릿한 의식이 잠깐 꺼졌다가 곧바로 화르륵 불타오른다.

뇌는 촘촘한 살덩어리다. 하지만 수십억 개의 신경 세포와 신경

교세포가 복잡하게 연결되어 있는 곳이기도 하다. 불가사의한 점은 어떻게 하면 뇌를 켤 수 있는가, 또 어떻게 하면 뇌를 끌 수 있는가다. 마취과 의사는 뇌를 잠들게 할 수 있지만 이유는 설명하지 못한다. 오직 뇌만이 자의적으로 의식을 깨울 수 있다.

계단에서 발을 헛디뎌 넘어진다. 계단이 움직였어. 내가 발을 헛디뎌서 넘어진 게 아니야. 계단이 움직인 거지.

정신을 차려 보니 쉰 목소리의 인도를 따라 어두컴컴한 집의 뒤편에 와 있다. 몽유병 환자처럼 걸어온 건 아니지만 온몸의 감각이 없는 걸 보면 어째 꿈속처럼 부유하는 느낌이다. 문고리를 붙잡고 있다. 왜일까? 그녀는 차고 안을 들여다보고 싶은 생각은 없다―그곳은 금단의 공간이다. 사시사철 어슴푸레하고 어머니와 딸의 목숨을 앗아간, 그 푸르스름하고 달콤한 독가스 냄새가 남아 있는 (그녀가 상상하기에는 그렇다) 차고 안으로 들어갈 생각은 더더군다나 없다.

알렉산더도 얘기하지 않았던가. 그 근처에는 얼씬도 하지 마. 그럴 일은 없을 테니까. 알겠지, 엘리자베스?

네 하고 그녀는 대답했다. 당연하죠.

내 말 어기면 내가 아주, 아주 기분 나빠할 거야.

그는 차고 문을 잠그고 폐쇄할까 잠깐 고민한 적이 있었다(자기 말로는 그랬다). 하지만―그럴 만한 하등의 이유가 없었다. 차고가 어떤 위협으로 여겨졌든지 간에 이제는 다 지난 얘기였다.

그런데 이 금단의 공간으로 들어가는 문이 열려 있다. 엘리자베스는 새 신부처럼 수줍게 문 앞에 서 있다.

불면증으로 건조한 눈. 지나치게 예민해져서 따끔거리는 피부.

어둠 속으로 보이는 어둑어둑한 물건들. 차가 한 대 있다. 오래된 BMW로 알렉산더의 것인데, 더는 타고 다니지 않는다.

모든 집들이 그렇듯 이 집 차고도 창고로 쓰인다. 정원용 가구, 가드닝 도구, 화분, 페인트 통이 놓인 선반, 쌓여 있는 캔버스. 어둑어둑한 것들이 엘리자베스의 시야 끄트머리에서 보인다.

둘의 시신이 발견된 사브는 당연히 없다. 오래전에 이 집에서 사라졌다. 엘리자베스는 그 차가 어떻게 되었는지 들은 적도 없고 물어본 적도 없지만 차고에서 견인되어 폐차장으로 옮겨지지 않았을까 싶다.

사람이 죽은 차를 운전하거나 거기에 타고 싶은 사람은 없을 테니까.

(그 차가 폐차되지 않고 있다면 아직까지도 안에서 죽음의 냄새가 날까? 아니면 시간의 흐름에 따라 그 냄새도 희미해졌을까?)

엘리자베스는 문간에 서 있다. 여기 이 문지방은 묘하게 평화롭다. 어두침침한 빛에 눈이 차츰 익숙해져서 더듬더듬 스위치를 찾아 가며 불을 켤 필요가 없다.

차고 문은 당연히 닫혀 있다. 아래로 불빛이 보인다. 달콤한 독가스가 빠져나가고 신선한 공기가 들어오지 않게 하려면 이 끝부터 저 끝까지 수건으로 막아야 한다.

파랗게 웅웅거리는 공기. 유일하게 느껴지는 증상은 평화.

얼른 와! 빨리.

그녀는 서두르고 있다. 숨이 찬다. 3층 하녀 방의 좁은 벽장 앞 널빤지 바닥에 무릎을 꿇고 어둑어둑한 그 안으로 손을 내민다.

머리카락과 눈썹에 거미줄이 들러붙는다.

뭔가가 좀이 슬어서 구멍이 숭숭 뚫린 연보라색 모헤어 숄로 둘둘 말려 있다.

손이 떨린다. 분명 알렉산더도 몰랐던 N. K.의 일기장일 것이다!

그녀가 죽은 뒤에 나온 일기장은 그가 없애 버렸다. 아들을 보호하기 위해.

페미니스트들은 분노하며 남편의 처사를 비난했지만 알렉산더는 뉘우치지 않았다. 그에게는 그럴 권리가 있다고 주장했다―그 일기장은 혐오스럽고 비도덕적이며(읽은 적이 없다고 주장했지만) 그의 소유라고. 그는 아버지로서 어머니라는 타락한 정신병자가 남긴 메아리와 흔적으로부터 아들을 보호할 권리가 있다고.

알렉산더는 지금 여기에 없잖아, 엘리자베스는 생각한다. 알렉산더는 모를 거야.

일기장은 너덜너덜하고 물 얼룩이 진 것처럼 보인다. 채워진 분량이 4분의 1밖에 되지 않는다. N. K.의 생애 마지막 일기장이다.

엘리자베스는 임시로 대충 만든 책상에서 새까만 잉크로 적힌, 심하게 사선으로 누운 N. K.의 필적을 읽는다. 시인의 나지막하고 쉰 목소리가 애무처럼 은밀하게 그녀의 귓가에서 메아리친다.

그 아이들을 해칠까 봐 겁이 나서
그녀에게 맡겨진 그 아이들을 해칠까 봐 겁이 나서
'그녀의' 아이들이 아닌―'그' 아이들
속으로 되뇐다, 그 아이들이 아니라 그녀의 아이들이라고

그녀는 갓 태어난 아이를 안고 계단을 걷지 못해
손에서 미끄러져 떨어뜨릴까 봐 겁이 나서
다치게 할까 봐 너무 사랑할까 봐 겁이 나서

(남편의 아이가 아니야)
(그이도 아나?―알아야 하는데)

당연히 남편도 알지 남자가 모를 수 없지
그는 아이들이 듣지 못하게 베개로 내 얼굴을 덮고 말해
  자기가 양육권을 가져갈 테니 너는 아이들을 두 번 다시 보지 못
할 거라고
  너의 역겨운 시가 법정에서 증거가 될 거라고
  너는 좋은 엄마가 못 된다고
  좋은 인간도 못 된다고

  그는 나를 때린다. 손등으로. 내 가슴, 몸통, 허벅지, 옷으로 멍을
가릴 수 있는 곳만. 누구에게든 입만 뻥긋하면 아이들을 빼앗겠다
고 한다. 나는 의사한테도 내가 어설프고 술을 너무 많이 마시고 약
도 너무 많이 먹는다고 해야 한다(그 정도는 아닌데도).
  법적으로 선언해야 한다, 그를 향한 혐의는 내가 지어낸 거라고.
나는 시인이고 / 나는 거짓말쟁이며 / 나는 타락한 정신병자며 / 그
가 아닌 다른 사람들을 사랑해 왔노라고 /
  나는 거짓말을 무척 훌륭하게 하는 사람.
  환희의 날들, 이제는 어둠의 계절

행복의 날들이 멀리서 메아리치는 소리가 들려

그는 말하지 자기가 결혼한 그 젊고 예뻤던 여자는 어디 갔느
냐고

나는 딴사람이라고, 그 여자가 아니라고

어머니가 된다는 건 소녀이길 포기하는 것

어머니가 된다는 건 어른의 길을 시작하는 것

그는 말하지 나는 이제 끝장난 환자라고, 손목을 긋지 않는 한 아
무도 관심을 기울이지 않을 거라고

내가 얼마나 불안에 시달리는지 알기에, (가끔) 죽고 싶어 한다
는 걸 알기에

자기 곁으로 잘 돌아왔다고, 나를 용서했다고 (그는 말했지) 사실
은 내가 그를 (그의 잔인했던 행각을) 용서한 것인데

나를 끔찍이 흠모했었다는, 그의 거짓말

하지만 들통났지, 그는 나를 용서한 적 없고 다른 남자의 자식이
라고 생각하는 아이를 절대 사랑할 리 없어

수컷이 다른 수컷의 새끼를 죽이는 게 자연의 섭리이듯

(왜 이렇게 써 놓고 놀라는 거지? 놀랍지 않은 사실인데)

아이들을 해칠까 봐 겁이 나서 마음이 약해졌을 때, 그가 공감하
는 척했을 때 실토한 게 실수였다

그는 그 얘기를 듣고 나를 보며 웃었다, 증오의 눈빛을 마노처럼 번뜩이며

어젯밤에는 용기를 내서 말했다 해 얼른 해치워 버려

엘리자베스는 너무 놀라서 하마터면 일기장을 떨어뜨릴 뻔한다. 그녀는 꼼짝 않고 한참을 앉아서 눈앞에 펼쳐진 일기장만 멍하니 바라본다.

방 밖에서 조심스러운 발소리가 들린다. 스테판이겠지?―살아남은 아이.

엘리자베스가 들어오라고 하지도, 심지어 알은체도 하지 않았는데 스테판이 안으로 들어온다. 그게 뭐냐고, 뭘 읽고 있느냐고 묻는다. 엘리자베스가 아무것도 아니라고 하자 스테판은 언성을 높이며 묻는다. "엄마가 남긴 거예요? 맞아요?" 엘리자베스는 대답할 수 없다. 솔로 일기장을 둘둘 말아서 감추고 임시로 대충 만든 책상 위로 허리를 숙여 휘둥그레 뜬 아이의 두 눈이 보지 못하게 몸으로 가리려고 한다.

11

아주 간단하다. 잠을 자는 거나 다름없다.

자리를 잡는다. 자동차 운전석에 아주 침착하게.

먼저 와인과 함께 약을 먹는다. 너무 많이는 말고 위안이 될 만큼만. 그리고 아이, 그 아이를 처리해야 한다.

우유에 넣어서 녹이자. 따뜻한 우유에. 누가 의심하겠어? 아무도 하지 않지!

시동을 건다. 의자 등받이에 머리를 얹는다. 눈을 감는다. 아이의 눈도 감긴다. 아이를 숄로 감싸서 품에 안는다.

조만간 몸이 위로 뜬다. 조만간 몸이 아래로 가라앉는다. 조만간 모든 위험으로부터 안전해진다.

며칠 또는 몇 주 동안 엘리자베스는 열이 나서 몸이 달뜬다. 속이 메슥거린다. 피 때문에 붓기라도 한 것처럼 배가 꽉 찬 느낌이다. 피가 가득 고여 있기라도 한 것처럼.

어느 날 그녀는 계단을 오르다 균형을 잃고 미끄러진다. 희한한 사고다. (절대) 일부러 그런 게 아니다. 감당할 수 없을 만큼 예리한 통증이 뒤틀려 접질린 오른쪽 발목을 강타한다. 아랫배에서 피가 새어 나오다가 뜨끈하게 엉긴 피가 허벅지 위로 콸콸 쏟아진다. 처음에 그녀는 소변을 지린 줄 알고 경악한다. 도와 달라고 외친다. 남편이 놀라지 않도록, 아이가 놀라지 않도록 희미하게, 조그맣게. 다행히 아나가 달려오는데—"어머나, 헨드릭 부인!"—가엾어하고 걱정하는 눈빛이다.

숄로 몸을 좀 감싸지 그래? 네 것인데.

이제 겨우 7주. '태아'라는 조그만 생명체—정확히 임신은 아니다—이걸 임신이라고 할 수는 없다.

엘리자베스는 놀라며 못 미더워한다. 임신했었다고? 어떻게 그럴 수 있지?

알렉산더는 유산 소식을 접하고 (의사가 쓴 단어가 그것이다) 아연한 표정을 짓는다. 충격과 혐오로 얼굴이 흙빛이 된다. "말도 안 돼. 그럴 리가. 당신은 임신하지 않았어. 그 문제는 끝난 얘기라고."

12

〈파리 리뷰〉와의 인터뷰에서 N. K.는 농담처럼 말했다. 즉흥적이고 무계획적인 자살이 최고죠―섹스도 그런 섹스가 최고잖아요.

키스나 웃음을 계획하지 않는 것처럼 자살도 계획하면 안 돼요.

N. K.는 예전에 자살을 시도했을 때는 그랬을지 몰라도 웨인스코트 오션뷰 애비뉴의 집에서 차고 문을 잠그고 자살을 실행에 옮겼을 때는 그러지 않았다. 나를 따라잡은 삶이 내 어깨를 두드린다.

수건으로 문 아래를 틀어막고, 어떤 식으로 죽을지 사전에 계획을 세우고, 자동차 시동을 걸고, 푸르스름한 배기가스가 허공을 채우고. 역한 냄새가 나는 배기가스를 마셔야 한다. 그래야 귀한 일산화탄소를 마실 수 있으니. 옆자리의 아이는 약에 취해서 저항하지 못한다. 뒷자리의 아이는 그보다 덜 협조적이지만 정신이 하나도 없어서 저항하지 못한다……. 아름다운 클리, 아름다운 스테판, 그 어머니란 사람에게 과분했던 아이들. 그녀의 깊은 불행 속에서 망각의 입맞춤이 우리를 부르고 있다.

어두침침한 조명이 비추는 차고 안에서 엘리자베스는 몽유병 환자처럼 더듬더듬 걸어가고 있다.

엄청난 호기심에 이끌려 온 길이다. 목말라 죽어 가던 사람이 물에 끌리듯.

하지만 엘리자베스는 예나 지금이나 자살할 생각은 추호도 없다.

알렉산더의 차 중에서 연식이 좀 오래된 BMW는 차고 안에 방치된 것처럼 보인다. 배터리가 방전된 건 아닌지 걱정이 된다.

체크해 보아야겠다! 시동을 걸어 보아야겠다.

엘리자베스는 알렉산더의 책상 서랍을 뒤진 끝에 BMW의 열쇠를 찾아낸다. 그녀의 주머니에 열쇠와 수면제 한 움큼이 들어 있다. 든든하다!—약을 먹을 생각은 없지만.

그녀의 손에는 힘들게 딴 포르투갈 와인이 들려 있다.

좀이 슬었지만 거미줄 같고 여전히 예쁜 연보라색 모헤어 숄도.

질투는 그 속을 우리도 잘 모르는 사람들에게 바치는 경의.

질투는 숭배의 수준으로까지 자란 무지.

그냥 (금단의) 차고에 들어가 보자. (금단의) 차에 앉아 보자. 시동을 걸어 보자—걸린다!

(시동이 걸리지 않았다면 결정적인 신호가 되었을 것이다. 지금은 아니고 그녀는 아니고. 그건 그녀의 운명이 아니라는 신호.)

카 오디오로 노래를 들어 보자. (하지만 들리는 거라고는 지직거리는 소리뿐이다.)

병나발을 불어 보자. 와인이 주는 위로로 사타구니의 통증을 마비시킬 수 있을지 모른다. 위험하지도 않고 대량 출혈도 아니고 흐느낌에 가깝기는 하지만 아직까지 피가 배어 나오는 그곳. 진짜 임신은 아니었어. 그건 네 운명이 아니야.

본데 없는 여자처럼 병나발을 분다. 오션뷰 애비뉴에 자리 잡은 그 집의 안주인답지 않게.

노숙자. 막무가내로 나오는 성깔 있는 여자. 알렉산더가 보면 경악하겠지만 그녀는 워낙 정신이 없다 보니 그, 그 뭐지—와인 잔을 깜빡했다…….

BMW의 엔진은 고요하다. 요란하게 웅웅거리는 것이 꼭 폭포 소리 같다. 멀리서 벌 떼가 윙윙거리는 것 같다. 아, 그런데 엘리자베스는 이것도 깜빡했다—그녀의 주머니에 초록색 캡슐이 한 움큼 들어 있는 것을.

지직거리는 라디오를 끈다. 시트 꼭대기에 머리를 기댄다. 분위기가 곧 노래지.

너무 졸리고 피곤하다. 엔진이 웅웅거리고 배기가스 냄새가 나는데도 피곤하다. 공기의 무게. 꼼짝할 수가 없다.

어느 날. 너도 그게 언제인지 알게 될 거야.

모헤어 숄이 있어서 따뜻하고 보호받는 느낌이다. 여자의 품처럼 따뜻하다.

공기 같은 가벼움. 입맞춤 같은, 아니면 웃음소리 같은.

13

엘리자베스?—아이가 그녀의 이름을 처음으로 내뱉은 순간.
너무나 아름다운 그 소리가 그녀의 심장을 관통한다.

그녀의 머리 바로 옆 차창 위에 놓인 조그만 주먹. 그녀의 무거
운 눈꺼풀이 삐걱대며 열린다. 스테판이 공포의 힘으로 어찌어찌
무거운 차 문을 열고 그녀에게 소리를 지르고 있다—안 돼요! 안
돼요! 일어나요!

그녀의 손을 치운다. 더듬더듬 시동을 끈다. 콜록거리고 캑캑
댄다.

순간 엔진이 멈춘다. 열심히 웅웅거리던 엔진 소리가 멈춘다.

엘리자베스는 기운이 하나도 없고 속이 메슥거린다. 불쾌한 배
기가스 냄새가 코를 찌른다. 차고 안이 푸르스름한 연기로 가득
하다. 엘리자베스는 장난이었다고, 장난 삼아 저지른 일이었다고
주장하고 싶다.

진심이었다면 아이가 있을 때 이런 식으로 행동했을 리 없지 않은가. (사실, 그녀는 스테판이 학교에 있는 줄 알았다. 왜 스테판이 집에 있지?)

시큼털털한 화이트 와인과 함께 캡슐을 딱 하나 삼켰다. 빠르게 쿵쾅거리는 심장을 진정시키기 위해. 그 이상 어쩔 생각은 없었다.

좀이 슬었지만 예쁜 모헤어 숄로 몸을 감싸고. 기분 좋은 공포와 기대감에 몸을 떨며. 하지만 겁에 질린 아이가 들어와 그녀의 옆에 쭈그리고 앉는다. 그녀를 잡아당기고 할퀸다. 조그만 몸으로 있는 힘을 다해 그녀를 차 밖으로 끌어낸다. 휘청거리는 그녀를 두고 달려가 차고 문을 여는 버튼을 누른다.

천둥처럼 덜커덩덜커덩 문이 열리는 소리…….

엘리자베스를 잡아당긴다. 술에 취해 비틀거리며 콜록거리고 캑캑대는 그녀를. 그녀를 붙잡고 애원한다―밖으로 나가요! 얼른!

그들은 함께 휘청휘청 바다 냄새가 나는 습하고 춥고 화창한 차고 밖으로 나선다.

죽지 말아요, 엘리자베스―아이가 애원한다.

죽지 말아요. 사랑해요. 아이가 애원한다.

의붓아들이 엘리자베스에게 이런 식으로 얘기하다니 처음 있는 일이다. 엘리자베스를 그렇게 걱정하다니, 그렇게 사랑이 담긴 눈빛으로 바라보다니 처음 있는 일이다.

상쾌하고 공기가 맑은 바깥으로 나온 스테판은 엘리자베스에게 비밀을 하나 공개할 것이다.

가장 놀라운 비밀을.

3년 전에 스테판을 그 차에서 끌어내 독가스로 가득 찬 차고 밖으로 안고 나가 집 안 2층으로 옮겨 (간신히) 목숨을 구해 준 사람은 엄마가 아니었다. 엄마는 목이 부러진 사람처럼 고개를 뒤로 젖히고 정신을 잃었고, 동생 클리도 엄마의 숄을 몸에 둘둘 말고 엄마의 품속에 따뜻하게 안겨 정신을 잃었고 숨도 쉬지 않았다.

어머니가 아니었다. 그녀가 아니었다.

스테판은 설명할 것이다. 집에 들어온 아버지가 자신을 살렸다고.

알렉산더는 차고로 들어서며 자동차 뒤꽁무니에서 뿜어져 나오는 지독한 배기가스 냄새를 맡았다. 끔찍한 광경을 목격한 순간 자포자기한 여자가 무슨 짓을 저질렀는지 단박에 알아차렸다. 그리고 그 순간 그녀를 죽게 내버려 두기로 결단을 내렸다.

해. 해. 얼른 해치워 버려.

내 마음속에 당신을 향한 사랑은 없어. 죽어.

알렉산더는 어머니를 구하지 않기로, 숄을 몸에 감고 엄마의 품에 안겨 있는 여자아이도 구하지 않기로 결단을 내렸다. 그의 아들인 뒷자리의 아이만 구하기로 했다.

내 피 중의 피요, 내 살 중의 살. 내 아들.

그는 콜록거리고 캑캑대며 정신을 반쯤 잃은 아이를 차에서 끌어냈다. 아이가 숨을 쉬고 지각이 있는 것을 확인했다. 이미 늦어서 뇌가 돌이킬 수 없는 손상을 입었을지도 모르지만 아이를, 아들을 살리려고 미친 듯이 움직였다. 아들을 살리려고 헉헉대며 일곱 살짜리를 안고 나와 발로 차서 등 뒤로 문을 닫았다.

2층으로 올라가 허둥지둥 아이를 벽장에 숨겼다. 뭐 하는 짓인지 몰랐지만 뭐라도 해야 한다는 건 알았다. 그때까지만 해도 아이를 찾아다니다 보니 벽장에 있더라고 주장하게 될 줄은 몰랐다. 어머니가 아들을 안고 2층으로 올라가 벽장에 내려놓고 문을 닫았다는 식으로 소문이 날 줄도 몰랐다.

아버지는 손이 심하게 떨렸다. 그래도 마음만 먹었다면 얼마든지 차고로 돌아가 어머니와 둘째를 구할 수 있었지만 그는 그럴 생각이 없었다. 심지어 아들을 살리는 데 급급해 시동도 끄지 않았다.

잔인한 음성이 기고만장하게 그를 설득했다―그 둘은 죽게 내버려 둬. 너한테 아무것도 아니잖아. 네 피도 아니고.

엘리자베스는 이 비밀을 듣고 망연자실할 것이다. 엘리자베스는 아이를 굳게 지키려고 손을 잡을 것이다.

이 얘기 아무한테도 안 했지, 스테판? 나한테만 한 거지?

아줌마한테만 했어요.

이건 살인인 동시에 살인이 아니었다. 아버지는 차고가 희미한 독가스로 가득 차고 여자가 확실히 죽을 때까지 기다리기만 하면 끝이었다.

그는 흥분해서 머릿속이 하얘졌다고 핑계를 대면 그만이었다. 제정신이 아니었다고―절대 그런 짓을 작정하고 저지른 게 아니라고. N. K.를 자기 손으로 살해할 일은 없었을 거라고. 클리가 죽길 바라는 일도 없었을 거라고―클리는 다른 남자의 아이긴 했지만.

아내의 애인 중 한 명. 그가 발견해 없앤 일기장에는 이름들이 암호로 적혀 있었기에 알렉산더는 절대 알지 못할 비밀. 아이의 아버지가 누군지는 알 수 없을 테지만 그는 정체 모를 인간을 향한 질투심으로 미쳐 날뛰고 흥분으로 눈이 멀어 그 남자까지 죽이고 싶었을 것이다.

그래서 일이 그렇게 되었다. 사고로 인한 죽음(아버지는 이렇게 스스로 최면을 걸었다).

그는 여자가 해 놓았던 것처럼 수건으로 차고 문 아래를 꼼꼼히 막았다. 독가스가 새어 나오지 않고 제 구실을 해야 하기 때문에 중요한 부분이었다.

시간을 쟀다. 빠르게 지나가는 생각들로 머릿속이 복잡했다. 얼마나 더 기다려야 그가 증오하게 된 여자가 회복의 희망이 없을 정도로 독가스를 마실까?

20분, 25분……. 이쯤 되자 그는 여자와 아이가 죽었을 거라고, 그들의 죽음은 그의 잘못이 아니라고 믿게 되었다. 시동을 건 사람은 알렉산더가 아니라 그 여자이지 않은가.

엘리자베스는 이 얘기를 들으며 놀라워한다. 하지만 아이 아버지의 성격을 아는 사람으로서 그리 놀랄 일은 아니다.

스테판이 그녀를 살렸다. 그가 예전부터 그녀를 사랑했다니, 그녀의 일생을 통틀어 가장 힘들었던 해의 여러 달 동안 그랬었다니 엘리자베스로서는 감격스러울 따름이었다.

새어머니를 살리려고 학교에 갔다가 돌아왔다. 용감하게 금지된 공간인 차고 안으로 들어왔다. 용감하게 BMW의 묵직한 문을 열고 시동을 껐다. 용감하게 힘이 풀린 그녀의 얼굴에 대고 소리를 질렀다—안 돼요! 안 돼요! 일어나요.

그녀는 놀라고 당황스러워서 아이를 향해 팔을 휘둘렀다. 처음에는 아이가 아니라 화가 난 남편인 줄 알았다.

그런 다음에 아이는 얼른 차고 문을 열었다. 그녀의 위에서 천둥 비슷한 소리가 났다. 그녀를 다그치며 죽음의 차에서 반대편으로 잡아당겼다. 그들은 함께 화창하고 추운 3월의 대기 속으로 휘청휘청 걸어 나왔다.

화창하고 추운 대기 속에서 엘리자베스는 달리고 또 달릴 것이다. 그녀의 다리에 다시 힘이 붙고 폐가 불룩해질 것이다. 엘리자베스는 혼자가 되었든, 누구와 함께가 되었든 이토록 자유롭게 달려 본 적이 없다. 그녀는 기쁨으로 충만하다. 그녀의 안에서, 심장이 있는 곳에서 빛이 점점 일어난다. 목구멍 안으로, 머릿속으로. 눈물 때문에 부은 눈 뒤편으로. 늦지 않았다. 아이가 늦지 않게 돌아와 그녀를 살렸다. 손에 손을 잡고 달리며 오션뷰 애비뉴의 나무집에서 멀어진다. 엘리자베스와 스테판은 서로의 손을 잡고 헨드릭 집안의 저택을 떠나 듬성듬성 조약돌이 깔린, 거품을 머리에 인 파도에 부딪쳐 축축해진 바닷가를 따라 달린다. 차가운 대서양 바람에 독가스가 있지도 않았던 것처럼 흩어지자 안도감에 아찔해진다. 이제는 온 사방이 올록볼록 예쁘게 골이 진 회색 모래 언덕이다. 그 속으로 그들은 달리고 또 달릴 수 있다. 아무도 따라오지 않을 그곳으로.

출
처
소
개

《카디프, 바이 더 시》는 〈엘러리 퀸〉에 맨 처음 소개되었다.
《먀오 다오》는 아마존 오리지널 콘텐츠였다.
《환영처럼: 1972》는 〈엘러리 퀸〉에 맨 처음 소개되었다가
〈2019 전미 최우수 미스터리 단편〉에 다시 수록되었다.
《살아남은 아이》는 〈메아리: 고스트 스토리 선집〉에 맨 처
음 소개되었다가 〈2020 최우수 판타지 및 공포물〉에 다시
수록되었다.

Cardiff,
by the Sea

카디프, 바이 더 시

CARDIFF, BY THE SEA

1판 1쇄 인쇄	2023년 5월 10일
1판 1쇄 발행	2023년 5월 30일
지은이	조이스 캐럴 오츠
옮긴이	이은선
발행인	황민호
본부장	박정훈
책임편집	강경양
기획편집	김순란 김사라
마케팅	조안나 이유진 이나경
국제판권	이주은 한진아
제작	최택순
발행처	대원씨아이㈜
주소	서울특별시 용산구 한강대로15길 9-12
전화	(02)2071-2017
팩스	(02)749-2105
등록	제3-563호
등록일자	1992년 5월 11일
ISBN	979-11-7062-362-5 03840